天津《红楼梦》与古典文学论丛

赵建忠 ◎ 主编

红楼梦

李厚基 ◎ 著

林骅　郑　祺 ◎ 整理

HONGLOUMENG
YU MING QING XIAOSHUO YANJIU

与明清小说研究

知识产权出版社

全国百佳图书出版单位

——北京

图书在版编目（CIP）数据

《红楼梦》与明清小说研究 / 李厚基著；林骅，郑祺整理 . -- 北京：知识产权出版社，2020.5

（天津《红楼梦》与古典文学论丛 / 赵建忠主编）

ISBN 978-7-5130-6835-2

Ⅰ . ①红… Ⅱ . ①李… ②林… ③郑… Ⅲ . ①《红楼梦》研究②古典小说 – 小说研究 – 中国 – 明清时代 Ⅳ . ① I207.41

中国版本图书馆 CIP 数据核字（2020）第 044846 号

内容提要

本书为作者多年研究《红楼梦》及中国古典文学的成果总结，分为《红楼梦》篇、明清小说篇和其他篇三部分。《红楼梦》篇从人物的悲剧命运、情节构思与描写技巧、人物语言分析等方面，对《红楼梦》进行研究。明清小说篇则从艺术性、思想性两个角度对《聊斋志异》《三国演义》等古典小说开展细致研究。本书对现代人关注古典文学能起到较好的引领作用，具有较高的学术研究价值。

责任编辑：阴海燕　　　　　　责任印制：孙婷婷

天津《红楼梦》与古典文学论丛　赵建忠　主编

《红楼梦》与明清小说研究

李厚基　著　林骅　郑祺　整理

出版发行：**知识产权出版社**有限责任公司	网　　址：http://www.ipph.cn		
		http://www.laichushu.com	
电　　话：010-82004826			
社　　址：北京市海淀区气象路50号院	邮　　编：100081		
责编电话：010-82000860转8693	责编邮箱：laichushu@cnipr.com		
发行电话：010-82000860转8101	发行传真：010-82000893		
印　　刷：北京建宏印刷有限公司	经　　销：各大网上书店、新华书店及相关书店		
开　　本：880mm×1230mm　1/32	印　　张：11.125		
版　　次：2020年05月第1版	印　　次：2020年05月第1次印刷		
字　　数：300千字	定　　价：66.00元		

ISBN 978-7-5130-6835-2

津沽红学研究概述

——《天津〈红楼梦〉与古典文学论丛》导言

　　"津沽红学"系指出生于或籍贯为天津以及长期在津工作的学者作出的学界公认的红学成果。早在中华人民共和国成立之初，周汝昌先生就出版了红学代表作《红楼梦新证》，奠定了其红学大家的地位。老一辈学者中取得重要红学成果的还有：出生在天津并且在这座城市学习、生活过的杨宪益先生及其英籍夫人戴乃迭女士共同完成的《红楼梦》英文全译本，得到了红学界和翻译界的广泛肯定，他们的译作在忠实原著的基础上，文学性和创造性都很突出；长期在南开大学任教的加拿大籍华人学人叶嘉莹先生，写过《从王国维〈红楼梦评论〉之得失谈到〈红楼梦〉之文学成就及贾宝玉之感情心态》的长篇论文，系统地评析了王国维红学的得失，这是一篇很有分量的红学力作；"脂学"是红学的重要分支，毕生致力于中国古代小说文献整理的南开大学朱一玄老教授，其红学资料整理方面的成果就包括《红楼梦脂评校录》。

　　由天津红学家与古典文学教授共同策划完成的《天津〈红楼梦〉与古典文学论丛》（以下简称"论丛"）即将由知识产权出版社郑重推出，这不仅是天津红学及学术圈的大事，也是值得进入天津文化史的事件！出版前夕，出版社审稿人和论丛撰稿人希望我写一篇"导言"性质的文字置于卷首，以便向广大读者介绍这套书的基本内容和特色，作为本论丛主编，于公于私都是义不容辞的。《天津〈红楼梦〉与古典文学论丛》收录的文章以红学为主，兼及明清小说及古典文学，本论丛集中收录了改革开放后天津学人取得的重要学术成果。下面按照出版社编排次序重点介绍本论丛收录的相关红学论述：

宁宗一教授《走进心灵深处的〈红楼梦〉》分为上、中、下三篇，上篇为小说研究总论性质，中篇为经典文本赏析，下篇专谈天才伟构《红楼梦》。其中，《心灵的绝唱：〈红楼梦〉论痕》，开宗明义强调"读者面对小说中人生的乖庚和悖论，承受着由人及己的震动。这种心灵的战栗和震动，无疑是《红楼梦》所追求的最佳效应"。《追寻心灵文本——解读〈红楼梦〉的一种策略》具体指出"《红楼梦》心灵文本的追寻，使这部旷世杰作的多义性成了它艺术文化内涵的常态，而对《红楼梦》任何单一的解读都成了它艺术内涵的非常态。事实上，对《红楼梦》心灵文本的追寻，极大地调动了读者思考的积极性。每一位读者都有可能根据自己的生活经验和审美体验，思考《红楼梦》文本提出的问题并且得出完全属于自己的结论"。面对《红楼梦》"死活读不下去"的尴尬与困窘，作者仍提出应努力进入心灵世界去解读曹雪芹这部文学经典，为读者构建一条心灵通道。本书结尾篇《为新时代天津〈红楼梦〉研究进言》，系作者在京津冀红学研讨会上所提三点建议，即：第一，珍重、维护和强化《红楼梦》研究共同体，使《红楼梦》研究群体得以健康发展；第二，"红学"永远在进行时，为此，反思旧模式，挑战新模式是必然的前进过程；第三，为了拓展《红楼梦》的研究空间，我们亟须创造性思维。此文最后仍满怀深情地呼唤"曹雪芹以他的心灵智慧创造了他的小说，我们同样需要智慧的心灵去解读《红楼梦》"，足见与作者倡导的回归"心灵文本"一脉相承。

陈洪教授《红楼内外看稗田》收《由"林下"进入文本深处——〈红楼梦〉的"互文"解读》篇，该文结合《世说新语·贤媛》《晋书·列女传》记载，尝试对《红楼梦》的深层内涵进行探索。作者通过互文研究的方法，找到孳乳《红楼梦》的文化和文学的渊源。与此相联系，运用"互文"的思路，在《红楼"碣语"说"木石"》篇中对小说成书背景等方面的研究也有新收获。作者指出，"《红楼梦》中的'只念木石''偏说木石'，和历代文士歌咏的'木石'有着文化血脉的联系，显示出作者在价值取向上的自我放逐，同时又是和当时统治者标榜的主流话语'非木石'构成特殊的互文关系，曲折地流露出作者倔强地'唱反调'情绪。""碍语"者何？该文认为"木石"系其首选，并引述瑶华对爱新觉罗·永忠《因墨香得观〈红楼梦〉小说吊雪芹三绝句》诗批注"此三章诗极妙。第《红楼梦》非传世小说，余闻之久矣！而终不欲一见，恐其中有碍语也"为证，可备一说。而《〈红楼梦〉中癞僧跛道的文化血脉》一篇，也是把目光向文化传统的深层透视，认为"癞"与"跛"承载了讽世、批判的思想内涵。至于《〈红楼梦〉脂评中"阆苑语"说的理论意义》篇，则是站在中国古代小说批评发展史的角度去论证，按脂砚斋批语云"宝玉之语全作阆苑意……只合如此写方是宝玉"，而在贾宝玉阆苑难解的话语中，最有代表性，与全书主题密切相关的，莫过于"水、泥论"，印证这观点的，正是所收《〈红楼梦〉"水、泥论"探源》。

《畸轩谭红》系赵建忠教授红学论文选，分四个专题：（1）红学新史迹。近年来作者一直致力于红学史方面的探索，并获批2013年度国家项目"红学流派批评史论"，有些思考形成文章已发表，如《红学史模式转型与建构的学术意义》等。（2）红学新观点。如作者提出的《红楼梦》作者问题的"家族累积说"以及《曹雪芹家世研究存在的观点争鸣及当代新进展》《〈红楼梦〉后四十回的不同观点论争及新进展》等，介绍了改革开放以来较重要的红学争鸣。（3）红学新文献。本专题侧重收录了一组与《红楼梦》续书新文献相关文章，如《新发现的程伟元佚诗及相关红学史料考辨》《红学史上首部续书〈后红楼梦〉作者考辨》《〈红楼梦〉续书的最新统计、类型分梳及创作缘起》等。（4）红学新视角。如收入本专题的《"非经典阅读理论"

在〈红楼梦〉续书研究中的尝试》，系作者为《红楼梦学刊》编审张云专著《谁能炼石补苍天：清代红楼梦续书研究》所作的书评。还有《大观园"原型"探索及〈红楼梦〉研究中的两种思路》，是作者对大观园问题研究、思考的产物。《〈红楼梦〉小说艺术的现当代继承问题》一篇，系作者为女作家计文君《谁是继承人：红楼梦小说艺术现当代继承问题研究》写的书评，意在借助于《红楼梦》经典在传播中的呈现特别是对后世作家的影响，以逆向的方式显现《红楼梦》的文学意义和真实内容。另外，为方便读者明了红学发展史的轮廓概貌、脉络流变，书末附了"曹雪芹与《红楼梦》研究史事系年（1630—2018）"。

鲁德才教授《〈红楼梦〉——说书体小说向小说化小说转型》，专门收录有"红学篇"，其中《〈红楼梦〉读法》特别强调，第一回至五回是《红楼梦》总纲，读者尤其应该仔细品味，并具体指出"第一回开篇作者就明确向读者提示小说的创作意旨，不否认和作家的经历有关，可又特别强调将真事隐去，'假语村言（贾雨村言），敷演故事'，别把小说看成是作者的自传"；"第二回，积极入世的贾雨村充当林黛玉教习，不过是为日后由他护送林黛玉至荣国府做引线。而冷子兴向贾雨村演说荣、宁二府，则概括介绍了荣、宁二府的发展历史及主要代表人物的性格特征"；"第三回，由于小说家将宝、黛设置为表兄妹关系……这样，林黛玉进入荣国府同贾宝玉会合，透过林黛玉的视点介绍荣国府"；"第四回，贾雨村借贾政题奏，复职应天府……为小说中的人物提供了社会背景。贾家由盛而衰的历程，也影响了人物发展的轨迹，可能是小说家要表现的一种意旨，但不是主要主题。贾雨村为讨好薛家而徇情枉法的错判，却又把薛宝钗推进贾府，这样，宝、黛、钗拧在一起，展开了木石前盟与金玉良缘的矛盾冲突"；"第五回，小说家虚构贾宝玉神游太虚境，看金陵十二钗正副册，听唱红楼梦曲子预示了贾宝玉与众裙钗的悲剧命运。红楼幻梦仍是小说的主色调，甚或是作家认识世界的主要视点"。此外，同专题文章还包括《传统文化心理与〈红楼梦〉的典型观念》《〈红楼梦〉打破传统写法了吗?》《贾宝玉的理想人格与庄禅精神》等，也颇给人启发。

《〈红楼梦〉论说及其他》系滕云先生所著，除外篇部分收录的评论明清小说《三国演义》《水浒传》《儒林外史》及当时的评点家李卓吾、金圣叹外，内篇全部讨论红学方面内容，如《也谈贾宝玉的鄙弃功名利禄》《曹雪芹典型观初探——〈红楼梦〉人物性格刻画的艺术成就》《〈红楼梦〉人物形象的客观性》《〈红楼梦〉文学语言论》等。值得注意的是，《抽丝剥茧说脂批》一文系统地表述了作者的学术见解，如认为脂批不具备李卓吾、金圣叹、毛氏父子、张竹坡之批所显示的各自的世界观、历史观、政治观、哲学观、文学观、小说观，尤其是社会现实观的大理识。脂砚斋不懂得曹雪芹何以发愤、何所发愤、所发何愤作《红楼梦》……尽管脂砚斋作为评点名家成色不足，但脂砚斋毕竟做出了具有历史性的、属于他的大贡献：第一，脂评本有传承并开来的贡献。请注意笔者说的是脂评本而非脂评的贡献。脂评本是曹雪芹创作《红楼梦》未完成就已经以手抄本形式流传于世的众多抄本之一……第二，由于脂评本原藏带雪芹自评注，或混入小说正文，或被裹入脂批混同脂批，遂使在《红楼梦》文本之外，雪芹思想的另一种载体，记录雪芹初创《红楼梦》时措笔情形和想法的另一种亲笔，获得保存，这也是脂评本贡献于中国文化史的特功……第三，脂批提供了有关雪芹生平的若干信息……第四，脂批提供了有关《红楼梦》八十回后情节的若干信息，包括贾家及一些人物的命运变迁、结局，包括若干关目，以及八十回后全书回数规模的信息。

《〈红楼梦〉与明清小说研究》系李厚基先生遗著，由其早年所带的研究生林骅、郑祺整理完成。"明清小说研究部分"的文章有

《〈聊斋志异〉刻画人物性格的几点特色》《浅谈〈聊斋志异〉的艺术心理节奏美》《〈三国演义〉的主题和它的认识作用》《试论〈三国演义〉的结构特色》等；红学部分主要包括《闪闪发光的思想性格 无法摆脱的悲剧命运——谈贾、林等为代表的恋爱婚姻悲剧》《漫话〈红楼梦〉的作者和读者——红楼艺苑掇琐之一》等。收入丛书中的《景不盈尺 游目无穷——从金钏儿事件看〈红楼梦〉艺术构思》，体现出作者的治学特色。文章透过金钏儿这个"小人物"，进入《红楼梦》的整体宏观艺术构思，诚如作者所论述的"从金钏儿事件来看，真是以小概大，咫尺千里。虽然景不盈尺，但令人游目无穷。一个情节包涵了多少丰富的内容：不仅清晰地写出了这个天真的少女惨遭残害，以此对封建社会提出强烈的抗议；通过这个事件也巡视了许多人物的思想性格，烛照了他们（她们）的灵魂；同时，从一旁有力地推进了全书的主要矛盾线索，用来揭示出恋爱婚姻悲剧的必然的社会原因，反映出这个行将崩溃的封建贵族家庭的真实的生活面貌。自然，还必须从整体来看，曹雪芹所创造的每一个情节、故事，每一个人物，既有独立存在的意义，又互相依存，与其他各个方面有千丝万缕的联系，如果脱离了整个作品，是难以理解它的作用和所居的地位的"，正所谓"景不盈尺 游目无穷"。作者毕业于北京大学，曾受教于中国红楼梦学会首任会长吴组缃教授，收入本丛书的文章就有《吴组缃先生教我们读〈红楼梦〉》。

《〈红楼梦〉与史传文学》系汪道伦先生遗著，宋健同志整理完成。红学部分主要由《人性发展的艺术画卷——试论〈红楼梦〉是怎样一部书》《〈红楼梦〉风格浅论》《无材补天 枉入红尘——〈红楼梦〉思想赘述》《中国传统文化中的情学与〈红楼梦〉》《中国封建伦理文化的解体与〈红楼梦〉女冠男亚的新座次》《〈红楼梦〉彼岸世界中的文化雏形》《〈红楼梦〉的真假两个世界》《〈红楼梦〉中的隐线脉络》《哲理与艺术的交融——〈红楼梦〉哲理内涵探微》《〈红楼梦〉"注彼而写此"的艺术手法管见》《〈红楼梦〉塑造形象中的人物相生法》《以虚出实 以幻出真——谈〈红楼梦〉中的虚幻手法》《〈红楼梦〉平中见奇的艺术》《以儿女常情谱写儿女真情——论林黛玉性格内涵》《〈红楼梦〉对曲艺的融会贯通》《〈红楼梦〉中的枢纽性人物——贾母》《试说"说不得"的贾宝玉》《美丑正反的辩证人物——王熙凤》《兼并立冠军之美而居殿军——秦可卿排位深思》等研究文章组成，文章侧重于《红楼梦》的艺术理论研讨，作者对古代史论、文论、诗论、画论和小说理论具有极为丰富的知识，且能融会贯通，左右逢源。此外，作者对中国古典小说与史传文学的关系问题也进行了探讨，收入本丛书的文章就包括《从踵事增华到虚实相生——中国古典小说与史传文学艺术渊源发微》《略其形迹 伸其神理 ——中国小说与史传文学艺术渊源探微》《文其言与文其人——谈经典与小说的渊源关系》《传奇事写奇人——谈经史与小说的渊源关系》《记言与写心——谈经史与小说的渊源关系》等。

孙玉蓉先生著《荣辱毁誉之间——纵谈俞平伯与〈红楼梦〉》，上编重点谈了俞平伯的学术经历及与友朋的交往，下编系俞平伯《红楼梦》研究年谱。作为"新红学"的开创者之一，俞平伯的《红楼梦辨》在红学史上具有不可替代的地位，但晚年对自己曾主张的"自传说"进行了反省，指出"自传之说，明引书文，或失题旨，成绩局于材料，遂或以赝鼎滥竽，斯足惜也"，进而认为，"虚构原不必排斥实在，如所谓'亲睹亲闻'者是。但这些素材已被统一于作者意图之下而化实为虚。故以虚为主，而实从之；以实为宾，而虚运之。此种分寸，必须掌握，若颠倒虚实，喧宾夺主，化灵活为板滞，变微婉以质直，又不几成黑漆断纹琴耶"。他还进一步指出自己早年对高鹗续补的《红楼梦》后四十回肯定得不够。在他生命的最后时刻，念念不忘的是对《红楼梦》后四十回的再研究，感到自己对高鹗保全《红楼梦》的功劳评价得还不够。俞平伯认为《红楼梦》续书的版本很多，唯有高鹗是成功的。不管怎么说，《红楼梦》现在是完整的，如果只有前八十回，它是否能有现在的影响都很难说。他为高鹗辩护说：续书中有败笔，不能求全责备。前八十回就没有败笔了吗？他要重新撰文评论后四十回的价值，给高鹗一个公正恰当评价，然而，晚年的俞平伯已力不从心。

《文学·文献·方法——"红学"路径及其他》，系由南开大学两位青年博士孙勇进、张昊苏合著。他俩的共同导师陈洪教授在"序"中谈及高足时说："入选丛书的作者多为红学界的耆宿，八十高龄以上者超过半数。这显示了津门红学悠久而深厚的传统……不过，'江山代有才人出'，诸多前辈奠定了坚实的基础，发展还要寄希望于后昆……勇进、昊苏的研究，对于方法与路径有较多的关注。二十年前，霍国玲姐弟活跃于京师时，勇进便著长文讨论文献材料使用的学术规则问题。黄一农'e 考据'提出后，昊苏也就其价值与限度著文讨论。"具体而言，"勇进篇"主要包括《"索隐"辩证》《索隐派红学史概观》《一种奇特的阐释现象：析索隐派红学之成因》《无法走出的困境——析索隐派红学之阐释理路》《〈红楼梦〉与中国人生悲剧意识》《〈红楼梦〉对中国古代小说叙事艺术的全面继承与创新》《〈红楼梦〉的写实艺术与诗化风格》等；"昊苏篇"主要包括《〈红楼梦〉文本研究的初步反思》《经学·红学·学术范式：百年红学的经学化倾向及其学术史意义》《对胡适〈红楼梦〉研究的反思——兼论当代红学的范式转换》《红学与"e 考据"的"二重奏"——读黄一农〈二重奏：红学与清史的对话〉》《〈红楼梦〉书名异称考》《"作践南华庄子"考：兼及〈红楼梦〉涉〈庄〉文本的学术意义》《畸笏叟批语丛考》等。

收入本丛书中的《红楼与中华名物谭》与前九种写作风格迥异，作者罗文华多年来致力于文物收藏和鉴赏，因而从屏风、如意、茶具、钱币这四种《红楼梦》中的重要名物为主题和角度切入就比较得心应手。作者充分挖掘和利用历史文献和实物资源，详征博引，不仅提示和解读了《红楼梦》中一些很有价值的文化问题，而且在更加广阔深厚的中华文化背景下证实了这些名物的重要意义和特殊作用。从解读《红楼梦》的角度看，作者写出了名物在标志人物身份、塑造人物性格、展示人物关系、推动情节发展等方面所发挥的特殊作用。作者还通过很多名物与《红楼梦》文字之间关系的解读，印证了《红楼梦》的写作年代。如名物中的如意，是中国特有的一种象征吉祥的民族传统器物，古代帝王、豪族、文士、僧人等都有执握如意之好，以此求得称心如意与平安祥和。尤其是清代中期，是中国封建文化和传统工艺集大成时期，也是如意发展的鼎盛时期。帝王们的推崇，更使如意的制作水平登峰造极，而最喜欢如意的人则非乾隆皇帝莫属，他不仅刻意搜集民间的精美如意，还令宫中造办处制作如意，而且大量接受地方官员进贡的如意。作者介绍了很多乾隆皇帝喜爱如意的史实，指出"《红楼梦》中，对贾府这个皇亲国戚之家，多有关于如意的描写，尤其是元妃对贾府最高人物贾母的赏赐，首选金、玉如意，这些情节完全符合乾隆皇帝重视如意的历史背景。"证明《红楼梦》写作于乾隆时期，有力地支持了曹雪芹对《红楼梦》的著作权。

这套丛书是对天津地区《红楼梦》与古典小说研究成果的一次集中检阅。丛书中的老、中、青三代学人的十部著作，基本代表了天津该领域学人研究的总体水平，反映出天津《红楼梦》与古典文学小说研究的发展历程及方向。某种意义上讲，这套丛书也折射出天津《红楼梦》与古典文学小说研究史。需要说明的是，上述文字只是作为丛书主编的简单介绍以便导读，作品究竟如何，读者才是最权威的裁判。

赵建忠　己亥仲夏于聚红厅

追思厚基先生

斗转星移，屈指算来，厚基先生离开我们已经二十几年了。那是在 1996 年的暑期，天气溽热，大洋彼岸的亚特兰大奥运会正热火朝天地进行，这给消暑的人们提供了难得的话题。一向喜欢体育活动的厚基先生经常眉飞色舞地向消夏的人们转述比赛的盛况。但他没有料到，这种夜以继日的兴奋状态，对一个脑血栓后遗症的患者来说是极其不利的。7 月 30 日上午 10 点，他在院中散步时突然摔倒，昏迷了二十天以后，竟与世长辞了。

厚基先生 1931 年出生于浙江宁波，那里自古是小说戏曲繁盛的地域。他在童年时代就经常出入遍布街头巷尾的书铺、茶楼，沉湎于民间说书艺人的舌辩技艺，饱受了传统文化的熏陶，对中国古代小说产生了浓厚的兴趣。1951 年考入北京大学中文系，本科毕业后又读研究生，方向是中国古代文学史，先后受业于游国恩、林庚、吴组缃等名师，潜心攻读，打下了坚实的学术基础。对中国古代小说，尤其是《红楼梦》，产生了浓厚的兴趣。1957 年研究生毕业时，被分配到保定地区任教。他在教学之余，仍继续研读自己所喜欢的《红楼梦》，并参与了关于电影《达吉和她的父亲》那场产生全国性影响的大讨论。

1962 年，他从保定来到天津师范学院中文系（现改天津师大文学院）。初春的一天，我们几个同学逃课去中国大戏院听一位著名红学家的学术报告，当天下午学校又邀其来校与部分师生座谈。会上，一位头戴哥萨克帽、浓眉大眼的青年教师一连提出了几个问题，对这位红学家在报告中为抬高《红楼梦》而贬低《水浒》的说法大不以为然，认为这是两部风格完全不同、艺术各有千秋的古典小说名著，不应进行简单类比，厚此薄彼，弄得这位红学权威也语塞词乏。我们暗暗佩服这位年轻教师的胆略与学识，后来才知道他就是刚刚调来学校的李厚基先生。值得庆幸的是，不久他就给我们开课了。先讲中国文学史，继而又开了中国小说史，他的课既有浓厚的理论色彩，又不乏深入细致的艺术分析，令人耳目一新。他很快就成了学生们崇拜的偶像。当时的政治气候较为严峻，中国小说史课讲到中途，被迫停开改为"作品选讲"了。学生们几经争取，未果，我们几个古典小说的爱好者只好转入"地下"，在每个周末偷偷地到他家登门造访。当时厚基先生一家四口住在一间仅有十六平方米的"刀把房"里，用一块白布帘将刀把部分遮挡起来作卧室，外面的部分是书房兼客厅。我们畅所欲言地交流自己的读书心得，听着他侃侃而谈对《红楼梦》的人物分析和治学门径，很像是研究生教学。后来，人越聚越多，就又转移到学生宿舍。他那篇著名的红学论文《景不盈尺 游目无穷》就是在女生宿舍的烛光下为我们宣讲的。

　　"文化大革命"中，厚基先生也没能逃脱一代知识分子的厄运，但形势稍稍平稳之后，他就又潜心耕耘自己的文学园地了。20世纪70年代初"评红热"掀起来以后，我曾受区领导之托，请他给全区中学教师辅导了一次《红楼梦》。课程大获好评。1957年，他的第一部红学专著《和青年同志谈谈〈红楼梦〉》问世了。这部书不可避免地带有时代印记，但难能的是其中有长达几万字的艺术分析，精彩透辟，至今读来仍有着感人的艺术魅力。

　　1976年文学艺术的春天到来了。他把研究的重点由《红楼梦》转向《聊斋志异》，发表了系列论文，以轻盈的笔触撩开了这部古艳奇书的面纱，从艺术美学高度揭示其底蕴的真善美。1980年在蒲松龄的故乡山东淄博，隆重召开首届《聊斋志异》学术研讨会。开幕式上他作为学者代表作了精彩发言，受到学术同行们的好评。1982年他把系列论文集结为学术专著《人鬼狐妖的艺术世界》出版。其后，又为河北人民出版社主编了一套《白话聊斋》。接下来，又对《三国演义》进行系统研究，发表系列论文，并开始考虑"电影美学"的课题，同时接受上海古籍出版社之约，主编一套《中国古代文言小说选译丛书》。这是他学术研究的鼎盛时期，也是他心情最舒畅的时期。

然而，人生道路上的一次次磨难损害了他的健康，殚精竭虑、奋笔疾书的漫长岁月使他积劳成疾，繁重的社会工作又压得他喘不过气来，1982年秋天，他终于被病魔击倒了，多年房颤引发脑血栓导致半身瘫痪。经过一年多的治疗恢复，他能拄着拐杖自由行动之后，仍不忍放弃未竟的笔墨文债，又开始伏案走笔的生活。从整理书稿做起，先后请学生代笔，整理出版了《三国演义简说》和《电影美学初探》两部专著。与此同时，他也不能忘情自己心爱的《红楼梦》，仍不断发表红学研究文章。在老伴韩海明的帮助下，把十几年来撰写和发表的"红学"报刊文章整理成一部名为《微观红楼》的书稿，藏箧待出。他一如既往地关心着学术动态，克服了乘车、走路不便的重重困难，参加了一些全国性的古典小说研讨会，包括1988年于芜湖召开的红学研讨会。每次与会他都要发言或送交论文，没有停止在古典小说园地上的耕耘和进取。

作为一名高校教师，厚基先生授课兢兢业业，一丝不苟。每到课堂，都带着厚厚的教案，提着装满参考书的布书包。他习惯于把所讲的内容一字不漏地写在教案上进行宣讲，由于多为真知灼见，科研含量高，学生们也都习惯于一字不漏地拼命速记，唯恐遗漏。如果把当时的教案稍加整理，应该就是一本颇具特色的教材。他喜欢板书，由于有书法根底，粉笔字也遒劲犀利。边写边擦，每节课下来都弄得满身粉笔末。1979年，他与陈玉璞先生合作招收我等三名中文系首届研究生，讲授、讨论、读书笔记、论文作业，耳提面授，井井有序。两位导师很注意培养我们的科研意识，入学不久，就与南开大学中文系、市戏剧研究室三家为主体成立了"天津古典小说戏曲研究会"，厚基先生任会长，每年召开一次研讨会，要求我们都要写文章并准备发言。同时与天津人民出版社联系，创办会刊《古代小说戏曲探艺录》，不定期出刊。我的第一篇学术论文就发表在这本探艺录上。1980年10月，在山东淄博召开全国首届《聊斋志异》学术研讨会，厚基先生带我们三人与会，以扩大学术视野。我们第一次见到了一大批早已熟知的学术名人，聆听着他们的滔滔宏论，不免有一种高山仰止之感，同时受到了极大的鼓舞，产生一种"有为者，亦若是"的冲动。先生的《聊斋志异》研究成果令人瞩目，他的系列文章，在会上颇受好评。但文章憎命，厚基先生是在人生鼎盛的有为之年病倒的。病情稳定之后，他除了重新握笔为文，1987年招收了第二批也是最后一届研究生。他申请获批一个天津市社会科学"七五"规划重点项目——"中国古代小说戏曲艺术心理研究"。这个选题是先生长期酝酿的宿构题目，就先由他拟定了一个构思纲要，让三位新入学的研究生分工撰写，而后我们师生在一起讨论初稿，几经修改，形成定稿。以科研带教学，三年下来，大家都感到收获满满。20世纪90年代出版业逐渐市场化，成果经鉴定结项之后，又历经五年的艰苦努力，才得以正式出版。所幸的是，先生谢世的前几个月，得以看到自己多年心血凝聚的这部成果面世，也算了却了一件心事。

厚基先生为人诚朴，心口如一，耿介率真。做学问写文章，不观风向，我行我素。做人谦虚谨慎，从不把荣誉放在心上，总感到自己面前有研究不完的课题。每次去他家，桌子上都摊着撰写中的文稿。1996年7月31日上午9点，我去先生家索要我的书稿"序言"。他兴致很高，说："文债太多，天气又热，等等再说。"还说他正在酝酿写一篇随笔，题目叫"自以为是和自以为非"……谁料，这竟是我们的最后一次谈话，一小时以后，就传来了他在院中散步摔倒的消息，而且竟一直昏迷到生命的最后一刻。呜呼！厚基先生就这样悄然离开了我们！春蚕到死丝未尽，千古文章未尽才，先生的音容笑貌至今还时常浮现在我的眼前，先生的勤奋治学精神也化成了一笔永久的精神财富。

岁月悠悠，往事如烟，厚基先生辞世已久，他的《微观红楼》没能面世，他的三国系列文章未及集结，作为学生的我们，一直深感愧疚。十分感谢天津市红楼梦研究会赵建忠会长，在他的精心运作下，出版社即将出版《天津〈红楼梦〉与古典文学论丛》。作为天津老一辈的红学家，厚基先生当之无愧地入选了，收集整理书稿的任务自然要落到我们这些弟子的身上。任务对年迈带病的我来说，虽然困难重重，但又深感义不容辞。幸亏有郑祺小师弟不忘师恩，慨然同意加盟。他在百忙之中，除了帮我整理版式之外，还完成了十余万字的文字誊写审阅工作。我已老眼昏花，网文又问题多多，只好全家总动员，老伴、孩子都帮我查字、打字、排版、润色，整整忙乱了一个暑季，总算完成了任务，也算偿还了一笔心债。需要向广大读者说明的是：

（一）厚基先生的学术成果范围较广，包括明清小说、电影美学、艺术心理研究等。由于篇幅所限，也为内容相对集中，本书只选了明清小说部分。其他只能舍弃了，好在有先生的《电影美学初探》（江西人民出版社，1985年3月版）和《中国古代小说戏曲艺术心理研究》（天津古籍出版社，1996年6月版）在，可供广大读者阅读欣赏。

（二）厚基先生的明清小说研究论文，本编主要收集了《红楼梦》《聊斋志异》《三国演义》三部的研究成果（仍有遗珠）。他生前集结的《微观红楼》书稿，已无从寻觅。此外，据我所知，应该还有《西游记》、"二拍"等作品研究文章，报刊上还有大量影视评论，但由于年代久远，难以收集，只得舍弃，深以为憾。

（三）本编所收集的文章，有些从专著《和青年同志谈谈〈红楼梦〉》与《三国演义简说》中析出，故其中有些内容与其他单篇论文或有重叠与交叉，特此说明。

（四）由于文章是在不同时期的不同刊物上发表，体例不一。注释形式也有文中注、页下注和尾注等不同情况。我们一依原文，未作调理。

（五）尽可能照录原文，不是明显排版错误，一般不做改动。互联网虽然给收集文章提供了极大的方便，但网文错讹太多，脱字、漏字、重字几乎布满视野，要与原文一一对照，戛戛乎其难。虽尽力为之，错误仍在所难免，望广大读者见谅。

林骅

2018.8

目　录

《红楼梦》篇

明清小说篇

《红楼梦》篇

闪闪发光的思想性格
无法摆脱的悲剧命运
——谈贾、林等为代表的恋爱婚姻悲剧

　　爱情、婚姻问题，从来不仅仅是男女双方的私事，它总是和一定的社会制度、一定的阶级关系，紧紧联系在一起。因此，也总要反映出一定阶级的物质利益和要求。

　　奴隶社会、封建社会的统治者，故意掩饰其压迫人民、剥削人民的血淋淋的事实，避而不谈人的社会阶级本质，侈谈取消了阶级内容的两性关系，并把它提到至高至圣的地步，用来转移人们对阶级、阶级矛盾、阶级斗争的视线。他们说："有男女，然后有夫妇；有夫妇，然后有父子；有父子，然后有君臣；有君臣，然后有上下；有上下，然后礼义有所错。"（《周易·序卦》）孔子也说"天地不合，万物不生；大昏万世之嗣也"（《礼记·哀公问》）。他们在男女之间的订、娶、处、离等关系上，为了维护男子的绝对权威，制造了极其封建的舆论，订立了十分严酷的制度。什么"娶妻如之何？必告父母"（《诗·齐风·南山》），"不孝有三，无后为大，舜不告而娶，为无后也"（《孟子·离娄上》）。什么"男女无媒不交，无币不相见"（《礼记·坊记》）。什么"妇人七去：不顺父母，为其逆德也；无子，为其绝世也；淫，为其乱族也；妒，为其乱家也；有恶疾，为其不可与共粢盛也；口多言，为其离亲也；窃盗，为其反义也"（《大戴礼记·本命》）。又是什么"壹分之齐，终身不改，故夫死不嫁"。……这一套东西无非要巩固丈夫在家庭、社会中的绝对统治地位，使"妻子除生育子女以外，不过是一个婢

3

女的头领而已"。他们在紧紧约束妇女的思想和行动的同时，还给了男子们一种占有妇女的特殊权利："王者立后，三夫人，二十七世妇，八十一女御……"(《周礼》)，"公侯有夫人有世妇有妻有妾"(《曲礼》)。可见，那个社会在婚姻问题上，男女之间是极不平等的。在剥削阶级眼中，妇女不是人，而是会说话的物，不单单"婚姻的缔结都是由父母包办，当事人则安心顺从"，而且"所仅有的那一点夫妇之爱，并不是主观的爱好，而是客观的义务；不是婚姻的基础，而是婚姻的附加物"。

《红楼梦》用了相当的笔墨，揭露了封建社会末期的两性关系和婚姻制度，为的是能更全面地暴露封建社会的腐朽和贵族统治的残暴。贾、史、王、薛四大家族中的纨绔子弟和虚伪透顶的封建卫道者们，性生活都极其糜烂，无不把妇女当成玩物。他们虽有三妻四妾，但还不满足，于是嫖娼宿妓，纵情取乐，争风吃醋，无所不至，淫乱到了难以复述的程度。以至，有些极其猥亵、无耻的行径，连作者也不愿多暴露出来。例如作为公公的贾珍，与儿媳妇秦可卿的关系，就十分奇特。儿媳妇夭亡，竟使他如丧考妣一般，"哭得像个泪人儿"，要尽其所有，来料理这个丧事，甚至"过于悲痛，因拄个拐，踱了进来"。贾瑞见凤姐后起了淫心，固然说明他是一个无耻到了极点的家伙；凤姐要整治贾瑞，从她毒设相思局，并叫她的侄子贾蓉来做帮手，同样可以看出她的低级下流与贾瑞不相上下。我们从焦大所骂出的"没天日的话"中，可以发现作者确实已将许多肮脏关系上的"真事隐去"！这个贵族家庭，正如柳湘莲说的，"除了那两个石狮子干净，只怕连猫儿狗儿都不干净"。

在婚配的关系上，"买卖婚姻的形式正在消失，但它的实质却在愈来愈大的范围内实现，以致不仅对妇女，而且对男子都规定了价格，而且不是根据他们的个人品质，而是根据他们的财产来规定价格的。当事人双方的相互爱慕应当高于其他一切而成为婚姻基础的事情，在统治阶级的实践中是自古以来都没有的"（恩格斯）。《红楼梦》中所出现的那么多起恋爱、婚姻事件，其结果，都是这样或那样的悲剧。他们（她们）都成为那个制度这种或那种的牺牲品。

迎春与孙绍祖、薛蟠与夏金桂等人的婚姻关系，纯粹是听凭父母之命、媒妁之言来完成的，不要一点思想和感情作基础，完全靠家庭"来规定价格"。结果，迎春被折磨至死，夏金桂弄得薛家鸡飞狗跳，无一日安宁，最终还酿出了人命，自己也没有好结果。形同槁木的大少奶奶李纨，青春丧偶，但深受"女子无才便是德"的孔孟思想的毒害，信奉《女四书》《列女传》之类的"道德"经，想做一个贤女节妇。"惟知侍亲养子，闲时陪侍小姑等针黹诵读"，在毫无一点生气的生活中，了此一生。她真正成了"从父、从夫、从子"和"德、言、容、功"的活标本，为那个制度做了规规矩矩的殉葬品。

在封建统治者的眼里，糜烂、乱伦的性生活也罢，极不正常的婚姻关系也罢，都是合法合理的。相反，却把追求共同思想作为基础的爱情，和希望实现一个平等自由的美满婚姻，看成是出乖露丑、败坏门风、"导人为恶，害及己家"的头等坏事，要防微杜渐和严加禁绝。这种封建思想的影响，根深蒂固，许多人深受其毒。例如，泼辣、大胆的尤三姐，深深地爱上了"风流潇洒"的柳湘莲。两个人已经以鸳鸯剑作为定情信物，订下亲来。柳湘莲从"女家反赶着男家"中，感到了疑惑，决意要退亲。可见，连柳湘莲这种萍踪浪迹于江湖之上的"素性爽侠"人物，也不会相信"双方的相互爱慕应当高于其他一切而成为婚姻基础的事情"。他用鄙俗的眼光来看待尤三姐，误认为她也和贾府其他人一样，不会干净，定是个"淫奔无耻之流"。刚烈、倔强的尤三姐，受了羞辱，一气之下，拔出宝剑往颈上一横，以死来明志。

又如司棋与潘又安这样健康的恋爱，也只能瞒过众人的眼睛，大胆地干出来。被鸳鸯撞见，司棋紧张得便浑身乱颤。鸳鸯之所以没有给她声张出去，只是出于受压迫的奴隶间的情谊，并不是真正理解她的行为，同情、支持她的行动。甚至连潘又安，也对司棋放心不下，认为"大凡女人都是水性杨花"，只为贪财图利，没有什么爱情。直至司棋撞墙死去，潘又安才感到"他这为人，就是难得的"，叫人抬了两口棺材进来，说"一口装不下，两口才好"，也拔刀自刎。书中告诉我们，即使到了这等地步，卑俗、残忍的统治者，对他们的行动仍表示极大的诧异。凤姐就说："那有这样傻丫头，偏偏的就碰见这个傻小子！"可见，在那个制度下，爱情总是一个悲剧。

《红楼梦》中写了许多起恋爱、婚姻悲剧故事，写得最充分、最深刻的，算是贾宝玉、林黛玉、薛宝钗的恋爱、婚姻悲剧。《红楼梦》中，这个悲剧故事与以前的戏曲、小说中恋爱故事迥然不同，它把恋爱、婚姻问题上的尖锐、激烈的矛盾冲突，深深植根在由盛转衰的贾府及其代表的封建社会的种种矛盾之中，使它具有更深广的社会意义。因而，对封建社会的婚姻制度，有强烈的抨击作用。贾宝玉的反正统、反礼教的"叛逆思想"，在恋爱、婚姻问题上，得到充分的表现。他尊重妇女，在她们面前，时时感到自惭形秽。他乐于同她们接近，一定程度上同情那些被压迫、被蹂躏的少女。在他的思想里，"男女大防"的观念，比较淡薄。他和林黛玉的爱情，正是在这样思想感情的基础上萌生起来。他和林黛玉自幼生活在一起。这位表妹年幼丧母、继而丧父，家境败落，个人遭遇不幸，宝玉是深为同情的。同时，两人又对宗法社会的许多罪恶现象看不顺眼，慢慢在思想感情上有这种交流，自然而然增进了彼此的了解。因此，在同辈的少女中，贾宝玉看清林黛玉是他唯一的知己。两人在不断地赌气、吵闹中，产生和发展了爱情。在那样一个家庭，那样一个社会环境中，要想把他们心中有的，全表达出来，不容易，也不允许。然而，他们却在爱情的发展过程中，愈来愈明确俩人思想的一致。贾宝玉毫不隐讳地当着许多人赞扬林黛玉，说她从来不劝他为官作宦，不谈仕途经济和应酬事务。他说："林姑娘从来说过这些混账话吗？要是他也说过这些混账话，我早和他生分了！"（第三十二回）"黛玉听了这话，不觉又喜又惊，又悲又叹。所喜者：果然自己眼力不错，素日认他是个知己，果然是个知己。所惊者：他在人前，一片私心，称扬于我，其亲热厚密竟不避嫌疑。所叹者：你既为我的知己，自然我亦可为你的知己，既你我为知己，又何必有'金玉'之论呢？既有'金玉'之论，也该你我有之，又何必来一宝钗呢？所悲者：父母早逝，虽有铭心刻骨之言，无人为我主张。"（第三十二回）因此，这种深刻的思想感情的交流，道出了他们爱情的基础。从而使贾宝玉和林黛玉一起，以反封建的传统道德、礼教以及科举制度的斗争为基础，更加自觉地在争取他们的"木石姻缘"。

在两性关系上，贾宝玉原先有其不很严肃的一面。这当然不是指在开始时他对林黛玉、薛宝钗，"并无亲疏远近之别"，也不仅仅是表现在他常常对宝钗表现出爱慕之情，而是表现在他爱吃胭脂，爱向许多少女献殷勤，以至于与袭人、秦钟、金钏儿等人有着这样那样不正常的关系。但是随着他对周围环境认识的加深，随着他和黛玉关系的发展，两性关系上有了明显的变化。倒开始懂得，过去以为那些少女们的"眼泪单葬我，这就错了，看来我竟不能全得。从此后，只好各人得各人的眼泪罢了"（第三十六回）。而且"任凭弱水三千，我只取一瓢饮"（第九十一回）。于是，他渐渐克服了自己不严肃的一面，对黛玉的感情更真挚、专一了。如果说林黛玉因父亲身染重疫，把她接了回去时，宝玉只感到"大不自在""剩得自己落单"兴趣索然；后来，"慧紫鹃情辞试莽玉"哄骗宝玉说黛玉又回苏州去了时，他便"如头顶上响了一个焦雷一般"，半天也不声，"呆呆的，一头热汗，满脸紫胀"，"两个眼珠儿直直的起来，口角边津液流出，皆不知觉"，甚至"用手向他脉上摸了摸，嘴唇人中上着力掐了两下，掐得指印如许来深，竟也不觉疼"（第五十七回）。因为他已把全部的感情倾注在一个人的身上了。可是，随着宝玉、黛玉爱情关系的深化，他们与封建家庭的矛盾更加尖锐，最后，就使这个悲剧更快地到来。

林黛玉对于封建制度的反抗，不及贾宝玉开阔，也比宝玉更微弱。这个叛逆者，有着与众不同的的生活经历。她出生在手工业、商业都比较发达的扬州。她虽不是出身于"四大家族"的门第，但毕竟是个贵族小姐。父亲做了巡盐御史，也算是个不小的官，可比起那四家，又差得多。林黛玉六岁时，母亲去世，过着"上无母亲教养，下无姐妹扶持"的生活。不久，被送进了与"别人家不同"的外祖母家。后来父亲又死去,她的地位逐渐起了变化。倘若没有外祖母家可以依靠，她和香菱、晴雯的遭遇，将会相差无几。幼年时，正因为多病、无母，又无姐妹，而且父亲又把她看成掌上明珠，养成了一种"孤高自许，目无下尘"的贵族小姐思想性格。来到贾府，看到"三等仆妇，吃穿用度，已是不凡"，生怕被人耻笑了去，于是"步步留心、时时在意"，怀着很强的戒备心,在那里察看、辨别。贵族小姐的优越感，使她矜持、自尊；客观处境的意想不到的变化，又叫她处处警戒、事事防范。在那个环境中，她会看到男子的思想庸俗、腐朽，行为的专横、跋扈，道德的堕落、败坏，也会看到一些妇女的可悲境遇。联系自己的处境，必然要起来反对"男尊女卑"。她鄙视周围的男子们，坚持"质本洁来还洁去，不教污淖陷渠沟"。除了宝玉而外，从不和其他表兄弟们说笑玩耍。甚至，贾宝玉把北静王所赠的东西，给了她时，她说："什么臭男人拿过的，我不要这东西！"马上"掷还不取"。她也和宝玉一样讨厌那些追逐功名富贵的"国贼""禄蠹"，拒绝循规蹈矩地去走那条为他们安排的三从四德的道路。她很想冲破封建礼教的樊篱，走一条"自由"的路，可是她懵懂、迷惑，不知怎样开始迈出这一步。生活中，虽有许多与她年龄相仿的姐妹，却没有一个理解她的心思，与她情投意合的。但她又深怕丧失自己贵族小姐的地位，被人轻贱了，不愿与丫鬟们为伍。因而，在那个环境里，她是孤独者。这种种主客观的矛盾因素，决定了她要和宝玉亲近，而从中培养出爱情来。一旦爱情得到发展，重重的阻碍，意外的波折，时时向她袭来，使她永远陷在摆脱不尽的痛苦之中。林黛玉这个人比较单纯，也缺乏冷静的头脑，常常自以为是，因此，有时会错误估计形势。例如，当她测出了宝玉对她真是一片赤诚之心时，以为什么问题都已解决，剩下只是需要一个家长出来替她主事，她也只为父母的早亡而悲哀，对于爱情、婚姻中的其他障碍，就估计得很不足了。后来逐渐看出家长们很少有人支持她和宝玉的爱情，甚至还不断地为宝玉另择对象，她又失望起来，陷入新的矛盾中。因此说出："近来我只觉心酸，眼泪却不多"，流露出严重的感伤主义情绪。

在贾家生活的几年中，她带着贵族小姐的傲气，瞧不起周围的一切，气起来就骂，看不惯就说，不"藏奸"，也不像宝钗那样会"做人"。这一切，使她处于"一年三百六十日，风刀霜剑严相逼"的险恶境地中。一段时期里，她幻想自己的爱情即将变成美满婚姻，并感到生活有希望，可追求。可是现实严酷地摧毁了她的全部幻想，登时"千愁万恨，堆上心来。左右打算，不如早些死了"，于是故意糟蹋自己的身子，以求早早"回去"。最后，这个把爱情当作斗争的唯一目的和生命的贵族小姐，终于在宝玉、宝钗成亲的喜乐声中，怀着对污秽、残酷现实的激愤和彻底的绝望死去了。

贾宝玉和林黛玉的爱情，为什么没有一个好的结果，却要酿成悲剧呢？那是因为恋爱、婚姻绝不是凭当事者个人感情的好恶可以决定的。"婚姻都是由双方的阶级地位来决定的，因此总是权衡利害的婚姻。"自林黛玉失去了父母、地位开始变化之时起，她已失去了成为宝玉配偶的基本条件。作品深刻地告诉人们：尽管贾、林两人彼此感情深厚，思想一致，爱情也已成熟，到头来仍然是个悲剧；相反，薛宝钗与贾宝玉的感情愈来愈疏远，思想更是南辕北辙，反倒可以成为夫妇。那个社会需要什么样的婚姻，不是昭然若揭了吗？

　　胸前挂着那块晶莹灿烂金锁的薛宝钗，是一个由封建主义的政治道德培养陶冶出来的极有心机的女子。她是金陵薛家的小姐。原来进到京来，为的是"以备选择为公主郡主入学陪侍，充为才人赞善之职"。住进贾府后，这位盼着"好风凭借力，送我上青云"的人物及其家庭，看中了"宝二奶奶"的位置，再也不提待选入宫的事。怀着这股政治野心，便多方面施展她的权谋才干。首先一条，即"装愚守拙"。在大多数的场合，她把自己打扮成谦谦君子和温良恭俭让的封建淑女。"待人接物不疏不亲，不远不近，可厌之人亦未见冷淡之态，形诸声色；可喜之人亦未见醴蜜之情，形诸声色。"（脂砚斋评语）言谈、举止、动作，总是合乎封建阶级所提倡的"中庸之道"。她明白，只有得到荣宁两府的统治者们的普遍赞扬和支持，她的希望才不会落空。因此，时时事事，要做得合于封建礼教的规范。要"藏奸"，就是说在时机尚未成熟的时候，要会克制、会忍耐、会收敛，要学会以退为进的策略，即"尺蠖之屈，以求伸也。龙蛇之蛰，以存身也"（《易·系辞下》）。因此，这个人不仅是林黛玉所无法匹敌的，比起王熙凤、贾政等人来，也要远胜一筹。她进到贾府后不久，第一桩事，便是为"金玉良缘"制造舆论。一开头，她亲自出马放出一种空气，说她有一种胎里带来的热毒，有个和尚给了她一个"海上仙方儿"，也有一个癞头和尚送的八个字，必须鏨在金器上。还说金锁是个和尚给的，等日后有玉的方可结为婚姻。薛宝钗自己主动向宝玉讨"玉"看，同时，想方设法要让宝玉来看自己的"金"，以便在宝玉的思想中种下这两件东西是"一对儿"的强烈印象。自此以后，这位以"稳重和平，端庄贞静"著称的人物，一反常态，特别喜欢凑热闹，尤其喜欢挤入宝玉、黛玉之间，常常乘他们"言和意顺，似漆如胶"谈心的时机，插了进来，正所谓"一语未了，宝钗来了"。这使"黛玉心中便有些不忿。宝钗却是浑然不觉"（第五回）。实际上，显然是有意为之。她这样做的目的，一则是争取宝玉的感情，二则是"见机劝导"

宝玉，使其去攻读"四书"，留心"八股"，走"立身扬名"的仕宦之途；同时，也是摸清贾、林两人的底数，以达到破坏他们爱情的目的。但是，一切打算，先后落了空。贾宝玉起先对她虽有好感，渐渐对她失去了兴趣，甚至明确地批评她，说她和湘云等人说的都是一些"混账话"，要她们离得远些，"仔细腌臜了你这样知经济的人！"而且公然叫喊"和尚的话如何信得？什么'金玉良缘'？我偏说'木石姻缘'！"这如冷水浇头，使她"不觉怔了"。于是，她十分乖觉，马上改弦易辙，另辟蹊径。由"一语未了，宝钗来了"，一变而为"宝钗走了"，到那能够左右这个家庭的实力派那里，去做她们的工作。同时，从与黛玉争夺，改为与黛玉再不相争，并对她"百般"体贴，以致使黛玉深受感动，竟说出了这样的话："往日竟是我错了，实在误到如今。"从此，完全放弃了对宝钗的戒备。乘此机会，宝钗却来了一个釜底抽薪，一方面故意扩大黛玉与周围人的矛盾；另一方面，不断揭黛玉身世的伤疤，以打击她的情绪，使她身心全面崩溃。宝钗自己，则拼命做人情，买好周围的人，让大家对她有个极好的印象。如贾母爱吃甜烂之物，爱看热闹的戏文，爱听奉承的话，她就顺着贾母的意行事，让贾母对她赞赏不已，说："千真万真，从我们家里四个女孩儿算起，都不如宝丫头。"她为史湘云开社做东，传授湘云"又要自己便宜，又要不得罪了人"的市侩哲学，并送给湘云几篓极肥的大螃蟹，使湘云对她感激不尽。她哥哥去了一趟南方，带来了一些玩意儿，她一份份配搭妥当，分送贾府许多人，连赵姨娘、贾环也没有忽略，使得赵姨娘这样爱贪小便宜的人，对宝钗赞叹不已。此外，她还买好一些势利的奴才，使她们感到她对别人体贴无比。最后上上下下都倾向于她，她也就顺顺当当地夺来了"宝二奶奶"的位置。

"结婚是一种政治的行为，是一种借新的联姻来扩大自己势力的机会；起决定作用的是家世的利益，而绝不是个人的意愿。在这种条件下，关于婚姻问题的最后决定权怎能属于爱情呢？"（恩格斯：《家庭、私有制和国家的起源》) 作品能写出像薛宝钗这样的人不要爱情, 却要没有爱情的结合。这点, 说明作者对封建社会的婚姻制度的观察、理解和剖析比较深刻。确实, "罕言寡语, 人谓装愚, 随分从时, 自云守拙"的薛宝钗, 是个不折不扣的封建主义的功利主义者, 她不仅并不需要爱情, 还认为凡是搞这样事的, 都是"奸淫狗盗的人"。她需要的是与政治势力、经济权利直接关联的实际地位。她家虽然相当富有, 但政治上的权力渐渐不支了。薛蟠打死人后, 问题就明显地暴露出来。看来, 没有很硬的政治权势做靠山, 前程就不甚美妙。"韶华休笑本无根", 如果仅仅依靠自家, 无贾、王两家的出力, 断不能如此迅速地解决她哥哥的问题。她这个家, 自她父亲死后, "各省中所有的买卖承局总管伙计人等, 见薛蟠年轻, 不谙世事, 便趁时拐骗起来, 京都几处生意渐亦消耗。"哥哥薛蟠, 本是"终日惟有斗鸡走马, 游山玩景而已, 一应经济世事全然不知"的花花公子。薛宝钗既然"好为母亲分忧代劳", 必定要在自己的终身大事上, 做一番打算。为了弥补她家政治权势的欠缺, 她不惜"待选"嫔妃。当然, 她对穿上黄袍的元春, 是垂涎三尺的, 但元春归省时, 一家人凄楚、悲苦的情景, 也亲有所见所闻。权衡再三, 也许争取个"宝二奶奶"的位置, 最妥帖、最现实。因此, 不管她自己怎样遭到冷淡, 甚至直到结婚时, 明知宝玉仍旧把全部感情倾注在黛玉身上, 她也完全能忍受, 因为她要的只是这样一个位置。但是, 作品又极其深刻地揭示出, 时代、社会起了变化, 像宝钗这号人到头来, 也是竹篮打水一场空, 依旧逃脱不了悲剧的命运。

《红楼梦》在描述这个恋爱、婚姻的悲剧故事时, 充分写出酿成悲剧的客观社会原因。它没有把它简单地归结为个人的好恶所决定。贾宝玉是贾母最娇惯、最溺爱的唯一一个孙子, 林黛玉又是她唯一钟爱的外孙女, 是她允许他们两人住在碧纱橱内外, "日则同行同坐, 夜则同止同息", 逐渐有了爱情。贾母对此有所察觉, 但她在嘴里没有直说出来。她的耳目——凤姐, 则看得一清二楚。多次拿宝玉、黛玉开玩笑，说黛玉："你既吃了我们家的茶，怎么还不给我们家作媳妇儿？"而且故意把黛玉向宝玉那里一推，单独留下他俩说话，自己走了。贾母也深知宝玉和黛玉已难解难分，她感叹这两个人，真是"不是冤家不聚头"。特别是宝玉听说黛玉要被接回去，"眼也直了，手脚也冷了"，贾母赶忙来劝，说再也不会有林家的人把黛玉接回去。她完全懂得，把宝玉和黛玉拆开，会像摘了他们的心肝一样，使他们痛苦。然而，她到底也不允许他们结合。这决不仅仅是因为后来黛玉"身子就不大很结实"，"这样虚弱，恐不是有寿的"（实际是她在林黛玉身子还没有那样糟糕的时候，早已甩开黛玉，给宝玉物色另外的一些人了）。重要的原因是，黛玉的"门第配不上"，"根基家私配不上"宝玉。相反，薛宝钗与她关系较远，她却要选宝钗做孙媳，无非宝钗家基、家私厚实，而且宝钗的思想、行为完全合乎封建主义的规范，有可能去帮助宝玉改"邪"归"正"，让他去做个忠孝两全的孝子贤孙。尽管包括贾母在内的封建家长，深深懂得活活拆散贾、林这对青年的爱情，对贾、林是一个十分沉重的打击，特别对病重的林黛玉来说，等于登时宣布她的死刑。然而，他们宁愿牺牲黛玉，来"保全"宝玉。如贾母所说："别的事，都好说，林丫头没有什么，若宝玉真是这样，这可叫人作了难了！"于是依了凤姐，施了个毒辣之极的"调包儿"计，结果，把三个人全害了。以贾母、王夫人、王熙凤等为代表的封建家长，宁可戕杀他们的性命来完成"金玉良缘"，也不愿意成就"木石前盟"。足见，封建统治阶级在恋爱婚姻上，实行的也是残酷的地主阶级专政，他们哪有什么超阶级的"人性"，分明是专横、残暴到了极点。因此，连宝玉都明白，黛玉这样的结局，不是他自己的负心，"他是我本不愿意的，都是老太太他们捉弄的。好端端把个林妹妹弄死了。"他的哭诉："林妹妹，林妹妹！好好儿的，是我害了你了！你别怨我，这是父母做主，并不是我负心！"便是对封建社会罪恶婚姻制度的血泪的控诉！

深刻的构思，精湛的技巧

《红楼梦》这部优秀的古典作品，不仅是中国古典小说中思想性最强的，也是思想与艺术结合得最好的。毛泽东《在延安文艺座谈会上的讲话》中，指出："我们必须继承一切优秀的文学艺术遗产，批判地吸收其中一切有益的东西，作为我们从此时此地的人民生活中的文学艺术原料创造作品时候的借鉴。有这个借鉴和没有这个借鉴是不同的，这里有文野之分，粗细之分，高低之分，快慢之分。所以我们决不可拒绝继承和借鉴古人和外国人，哪怕是封建阶级和资产阶级的东西。"为此，要研究我们民族的艺术传统，分析它的规律，吸收它们的长处，加以融化，创造新的具有独特的民族形式和民族风格的文艺。"对于过去时代的文艺形式，我们也并不拒绝利用，但这些旧形式到了我们手里，给了改造，加进了新内容，也就变成革命的为人民服务的东西了"。像《红楼梦》这样一部艺术性很高的作品，我们对它的艺术形式、艺术手法需要认真加以总结研究，以做到批判地继承。

《红楼梦》，在中国小说史上，有很多的突破和很大的创造。鲁迅先生说："至于说到《红楼梦》的价值，可是在中国的小说中实在是不可多得的。其要点在敢于如实描写，并无讳饰，和从前的小说叙好人完全是好，坏人完全是坏的，大不相同，所以其中所叙的人物，都是真的人物。总之自有《红楼梦》出来以后，传统的思想和写法都打破了。"（《中国小说的历史的变迁》）这是多高的评价！

仅就写法而言，中国古典小说自六朝起，分成志怪、志人两类，初步确立小说格局，终究把小说只当作历史、现实的实录，并未看成是一种艺术创作，因此写得比较粗疏，近于杂记、笔记，一般缺乏小说所必须具备的鲜明的艺术特色。到了唐代，作者有意于这种创作，故事更趋曲折，人物刻画也进而细腻、生动。但大部分作者为士大夫，他们由写古文，改写小说，未脱尽写文章时所采用的手法。甚至还把这一行当当作货于帝王家的敲门砖，常常施展出全部招数，刻意盘旋，讲求辞藻华美，追逐"篇幅曼长，记叙委曲"，大有文胜于质之感。宋代由于说书艺术的发展，使古典小说另辟一条蹊径。体裁与前传奇有所不同，文字也接近口语，质朴、生动，"实在是小说史上的一大变迁"。后来，在此基础上，形成拟话本、讲史的白话短篇和章回体的长篇，则题材广、数量大，曾风靡一时。这类小说大都保留了书场文学的特色，仍有愉悦听者的特点，冲突尖锐、情节曲折、人物性格突出，叙述较有条理。但除少数艺术成就较高者外，一般比较拙劣、平庸、重沓，刻画既不细腻，描写又陷于芜杂。绝大多数讲史小说更是"拘牵史实，袭用陈言，故既拙于措辞，又颇惮于叙事。"（鲁迅《中国小说史略》）缺乏革新和创造。《红楼梦》则别开生面，"真打破历来小说窠臼。"（甲戌本眉批）

在思想上，作者对于过去的章回小说创作，有着远超前人的认识。书的第一回，他借石头的口说：

我想历来野史的朝代，无非假借汉唐的名色；莫如我这石头所记，不借此套，只按自己的事体情理，反倒新鲜别致。况且那野史中，或讪谤君相，或贬人妻女，奸淫凶恶，不可胜数，更有一种风月笔墨，其淫秽污臭，最易坏人子弟。至于才子佳人等书，则又开口文君，满篇子建，千部一腔，千人一面，且终不能不涉淫滥。在作者不过要写出自己的两首情诗艳赋来，故假捏出男女二人名姓，又必旁添一小人，拨乱其间，如戏中的小丑一般。更可厌者，"之乎者也"，非理即文，大不近情，自相矛盾……

可见，曹雪芹对那些小说，从题材、情节、人物到结构、语言，都有一番批评分析。而大部分的意见是正确而深刻的，切中了那些作品的弊病。不仅如此，他还正面地提出自己的艺术创作主张。

首先，他想要把现实生活中的"离合悲欢，兴衰际遇"，通过艺术手段认真、严肃地反映出来。他说自己是"实录其事"，"但是按迹循踪，不敢稍加穿凿，至失其真"。换作今天的话加以解释，即运用了现实主义的创作方法，处理了现实生活与艺术的关系。大胆地依照自己对生活的认识，对它进行分析，找出了它的特点、规律，又真实、具体地把它反映出来，以显现生活本身丰富、曲折的面貌和激烈复杂的斗争内容。

其次，他认为创作时，作家本身必先要胸中有丘壑，而后精当地对素材进行剪裁。在环境背景上，尽量要分清主宾、远近，要处理得十分妥帖、恰当，"也不多，也不少"，"该添的要添，该藏该减的要藏要减，该露的要露"（第四十二回）。在人物塑造上，也要分清疏密、高低，该着墨的不惜笔墨，不该花费笔墨的，则应吝惜节俭，以达到艺术肖似生活的目的（即"这园子却是像画儿一般"），决不能随心所欲，胡乱编造和处理。

曹雪芹坚决反对违背生活真实的杜撰、捏造，主张按照生活的规律，合情合理地表现出来。书中，他又借贾宝玉谈大观园的布局，表示了自己的这种艺术见解：

> 此处置一田庄，分明是人力造作成的。远无邻村，近不负郭；背山无脉，临水无源；高无隐寺之塔，下无通市之桥：峭然孤出，似非大观。那及前数处有自然之理，得自然之趣呢，虽种竹引泉，亦不伤穿凿。古人言"天然图画"四字，正恐非其地而强为其地，非其山而强为其山，即百般精巧，终不相宜。……（第十七回）

他主张要构成"天然图画"，便要合乎自然之理，得乎自然之趣，否则即使百般精巧，也终不相宜。

最后，关于语言，他认为应服从内容的需要。他借用黛玉论诗的话说："词句究竟还是末事，第一是立意要紧。若意趣真了，连词句不用修饰，自是好的；这叫做'不以辞害意'。"

由此，不难看出，作者在创作《红楼梦》之前，有一套明确的现实主义的创作主张，作为自己创作的绳墨。因此，他既能继承和发扬中国古典小说的民族特色，又能打破小说创作中因袭着的陈旧、庸俗的艺术倾向，去开拓一个艺术表现的新境界。

曹雪芹努力把自己的艺术见解，付诸《红楼梦》的创作实践中。他突破了过去小说只是演义历史，铺扬传统的倾向，以自己身历其境的社会生活，作为题材，开始了没有依傍的个人创作。他突破了过去临收场时，还必致"感动朝廷""谢报朝廷"，以大团圆为结尾的情节结构的框子，依照生活本身的逻辑，写出了一个深刻的悲剧。他突破过去那种"满纸羞花闭月等字"，"凡写奸人则鼠耳鹰腮等语"的平庸的公式化、概念化的表现手法，开始对形象做深入细致、合情合理的艺术刻画。他突破了那些小说咬文嚼字、集古集唐的习气，创造性地把生动活泼，最具有表现力的生活语言，加工提炼成文学语言，并最大限度地发挥了语言艺术的特色，"能够使读者由说话看出人来"（鲁迅语），等等。因此，《红楼梦》的艺术表现，就有许多创造和革新，使它成为古典小说中，艺术成就最高的作品。

一、宏大而又细密的艺术结构

这部巨大的叙事作品，围绕着四大贵族阶级家庭由兴转衰的历史，组织了大量的生活材料。这里有无数起事件，从尖锐、激烈的重大社会冲突，到日常生活中的平凡而又是深刻的矛盾，都扣紧主题，组织进来；

这里有数以百计的人物形象，从几十个重点人物的塑造到几百个作品的主题所需要的各阶级各阶层的人物的描绘，都紧紧围绕着内容，作了精细的安排；这里有构成当时真实的社会生活面貌所必需的数不清的细节，它涉及诗词歌赋、制艺书信、对联匾额、酒令灯谜、琴棋书画、医卜星相、三教九流、建筑营造、园艺种植、蓄养禽鱼、烹调针黹等的描写。要把它们有机地安插在整个故事之中，使它们成为反映整个封建社会基本矛盾的一砖一瓦。《红楼梦》把这纷纭复杂、头绪繁多的一切，妥帖地、各得其所地结构起来，使整个作品宏伟而不芜杂，细腻而不琐碎，充分显示了作者驾驭这个体裁的很高的艺术才能。

书中，既然以贾、史、王、薛四大家族由兴变衰的历史为主要描写对象，通过它，写出封建社会的必然崩溃，因此，反映这些贵族阶级内外矛盾的主轴线，成了串联珠玑的丝轴、构造房屋的梁柱。宝玉、黛玉、宝钗的恋爱婚姻关系的发生发展，虽然写得十分充分和完整，毕竟是其中的一翼，它犹如投入水中的石子，激起了层层叠叠的涟漪，却不足以囊括全部的内容。

作者以甄士隐、贾雨村的故事作起，并以他们最后的出现为结，使整个故事煞似有个序幕尾声，照应着全剧，这样的构思，是匠心独具的。它既联系着幻想世界与现实世界，又力图实现把"真事隐去"，用"假语村言"来写出的意图；还可把四大家族的关系，与整个贵族社会紧紧勾连起来，以及完成纲举目张的目的。因此，从结构上看，开端的五回，无疑是统领全局的引子。它介绍了荣宁两府的世系、成员，旁及了其他几个家族，引出了作品的主要人物，揭示了作品的重要冲突线索，并为人物性格命运的安排做出了艺术的提示。

从第六回至第十八回进入结构的第一层。作品深入地描绘荣宁二府，巧妙地用刘姥姥一进荣国府，作为起笔：

荣府中合算起来，从上至下也有三百余口人，一天也有一二十件事，竟如乱麻一般，没个头绪可作纲领。正思从那一件事那一个人写起方妙？却好忽从千里之外芥豆之微小小一个人家，因与荣府略有些瓜葛，这日正往荣府中来，因此便就这一家说起，倒还是个头绪。（第六回）

继而，还通过宝玉等人的闹书房、宁府的庆寿辰排家宴、王熙凤毒设相思局、秦可卿之死、建造大观园、元春归省等，进一步揭示了贵族地主阶级家庭的穷奢极欲、荒淫无耻的生活和错综复杂的矛盾。同时，描绘了贾、林、薛关系的发生和发展。

第十九回至第三十一回，在结构上是第二层。它表现了荣、宁两府经历繁忙紧张的几件大事后，转入暂时的平静。作者通过"平和"的贵族阶级日常生活，写出统治阶级内部种种矛盾的潜流。这里所出现的，大都是掷骰子赌钱、赶围棋作戏、猜灯谜、行酒令、读书、写字、弹琴、作画、吟诗、悟禅机、吃花酒……这种贵族地主阶级日复一日的腐朽的无聊生活。其间，还存在唇枪舌剑、明争暗斗的思想性格冲突。因此，一方面写出兴盛时期贵族家庭的面貌，另一方面揭示它的本身已存在着不可克服的重重矛盾。与此同时，进一步描写了宝玉、黛玉恋爱关系的深化，及与周围环境矛盾的日趋显著。

第三十二回至第三十八回，是结构的第三层。这几回，则以宝玉挨打为中心事件，写出统治阶级内部两种思想的冲突的剧烈化、表面化，通过这场激烈的矛盾斗争，初步分清了那个家庭中新旧思想的营垒，表现出贾府统治者的残酷和虚伪。进而，写出贾、林两人思想的贴近和爱情的成熟，以及与贵族家庭及封建制度矛盾的加剧。

第三十九回至第五十二回是结构的第四层。它集中通过刘姥姥二进荣国府，对大观园的环境和人物，作了一次艺术的巡礼。把贾府的奢侈淫逸的生活，作了淋漓尽致的描绘。尽管"金门绣户"的贵族之家中的一些人，很想在箫管悠扬、笙笛并发中，弹出个"富贵寿考"，但从王熙凤的泼醋、鲍二家的自尽、鸳鸯的发誓拒婚、薛蟠的调情遭苦打等大小事件中，多方面暴露出这个阶级已腐烂透顶，隐喻这个家族定是泰极必否，难以为继。

第五十三回至第七十二回是结构的第五层。自"宁国府除夕祭宗祠，荣国府元宵开夜宴"开始，写出这家的穷奢极欲已达到无以复加的地步。同时，毕竟荣极转衰，矛盾重重，危机四伏，不但统治阶级内争权夺利的矛盾有增无已，而且贵族阶级与农民阶级、奴隶阶级之间的矛盾也急剧上升。乌进孝进租、探春理家、玫瑰露的被偷、柳五儿母女的被打被逐、司棋的大闹厨房、贾敬的丧命、尤二姐的被害戕……这一个个人物、一桩桩事件的出现，正是这个家庭上下内外，矛盾百出、捉襟见肘的反映。在这同时，贾宝玉、林黛玉的恋爱的悲剧也得到进一步的发展。

第七十三回至第八十回，是第六层。围绕着抄检大观园这个重大冲突事件，写各方面的矛盾的爆发。真是风波迭起，破绽百出，"异兆发悲音"，衰亡之象已十分明显。

第八十一回至第九十八回，为第七层。写《红楼梦》中许多人物的悲剧命运，及四大家族的破败。以林黛玉的夭亡为其高潮。

第九十九回至第一百十二回，为第八层。又以查抄宁国府为中心事件，充分写出四大家族经济上、政治上的彻底败落。封建主子接二连三的，革职的革职，丧命的丧命。大观园人去楼空，风声鹤唳，草木皆妖，这个家族已经全面崩溃。

第一百十三回至第一百十九回，为第九层。了结荣宁两府，但又使"家业复起"，家声重振，并使一些人物得到一个庸俗卑微的归宿。

第一百二十回，用"甄士隐详说太虚情，贾雨村归结红楼梦"，呼应开端，为全部故事作一个总结。

全书一首一尾和九个层次，虽由两个作者写出，基本上能密切衔接。特别是曹雪芹创作的那部分，更是完整、统一、和谐，难以明显分出层次。它不像有的长篇小说犹如短篇的连缀,也不像另一些作品,由几个大段落组成,格调不统一,布局不均衡。《红楼梦》的结构,颇似开了闸的巨流,一涌而出,奔流直下,一泻千里。尽管时而波涛汹涌,时而涟漪微波,但始终层层推进,没有突兀而起的缺陷。因此,成了一个完美的整体,难分彼此。这样浑然一体的结构,恰到好处地表现出这部作品百科全书式的博大浩繁的内容,成为为内容服务得很好的形式。

二、精雕细刻的人物刻画

文艺作品是通过形象来反映生活的,塑造栩栩如生的典型人物形象,是文艺创作一项重要的任务。

《红楼梦》写出的有名有姓的人物,有四百余人之多,真是王公大臣、太监堂官、嫔妃侍妾、公子王孙、书吏衙役、清客相公、商贾市井、篾片无赖、陪房管家、太太小姐、庄头豪奴、老农村姑、丫鬟小厮、和尚道士、道婆尼姑、郎中相士、"游侠"优伶、老儒画师、娼妓媒婆,等等,应有尽有。有些人物着墨不多,寥寥数笔,也给人留下一个印象。至于着力刻画的几十个形象,更是一人有一人鲜明的思想性格。他们的音容笑貌,在读者脑海中久久不能磨灭。十分可贵的是,作者所塑造的人物形象,大都可以从他们的时代环境、阶级地位、家庭教养中,找到他们的思想性格赖以产生的根据。因此,这些人物往往是深刻的阶级共性和鲜明独特的个性有机的统一,许多人物都具备一定的典型意义。他们"是一定的阶级和倾向的代表,因而也是他们时代的一定思想的代表,他们的动机不是从琐碎的个人欲望中,而正是从他们所处的历史潮流中得来的"(《恩格斯致斐迪南·拉萨尔》)。既然《红楼梦》成功地塑造出这么许多有血有肉的典型形象,在人物塑造上,也必然为我们提供了可资借鉴的艺术经验。

如前所述，《红楼梦》中两个敌对阶级的冲突，以及统治阶级的内部矛盾，如此复杂、激烈，而又无时无处不在。那些主要人物，就是在这样斗争的旋涡中，来显示自己的性格面貌。贾宝玉、林黛玉、王熙凤、薛宝钗、贾母、贾政、王夫人、探春等，贯穿全书的主要人物，始终在错综复杂的矛盾冲突中，无须说它。就连一些次要的人物也总是参与了斗争和冲突。在那里表现出自己独特的性格。

被人背地里称为"二木头"的迎春，是一个自私、怯懦的可怜虫。为了保全自己，求得安生，她总是尽量使自己置身在矛盾冲突之外。平时罕言寡语，事到临头，也竭力回避。她的处世哲学是："罢，罢！省事些好。宁可没有了，又何必生事？"她奶妈偷去了她的攒珠累金凤，她不敢也不愿声张，只求息事宁人，躲在一边，去读她的《太上感应篇》。抄检大观园时，司棋事发，去求助于她，想靠着"数年之情"，替自己做个主。迎春还是依照她利己主义明哲保身的哲学，拿定主意，不过问这事，只是把看着的书停下来，"也不答，只管扭着身子，呆呆地坐着"，不肯帮司棋一把。最后，她嫁了一个市侩、恶霸的孙绍祖，受尽他的羞辱打骂，回到家来，虽也哭哭啼啼，不愿再回去，"无奈孙绍祖之恶，勉强忍情作辞去了"（第八十回）。回到那里，打骂更加厉害，也不放她回家。贾家"打发人去瞧他（她），迎丫头藏在耳房里，不肯出来。天气冷了，还穿着几件单薄的旧衣服"，并"一包眼泪"地再三嘱咐去瞧她的人："回去别说我这些苦，这也是我命里所招！……"请看，这就是可见其人、可闻其声的二小姐迎春。她的堂妹惜春，和她一样怕事。同样，在抄检大观园时，也抄到她家，她见了，先"吓得不知当有什么事故"，后来发现她的丫鬟入画出了事，便恶狠狠地说："我竟不知道，这还了得！二嫂子要打他，好歹带出他去打罢，我听不惯的。"虽然入画一再辩白，说明事情的原委，但惜春不听辩解，不作调查，一个劲地告诉凤姐："嫂子别饶他。这里人多，要不管了他，那些大的听见了，又不知怎么样呢。嫂子要依他，我也不依!"而且认为在姐妹中，"独我的丫头没脸，我如何去见人?昨儿叫凤姐姐带了他去又不肯，今日嫂子来的恰好，快带了他去。或打，或杀，或卖，我一概不管。"听凭入画苦苦哀求和旁人的尽心解说，也"只是咬定牙，断乎不肯留着"，还说了一句："我只能保住自己就够了。以后你们有事，好歹别累我。"她和迎春一样怯懦、自私，但是迎春是在近乎麻木和呆痴的形式中寓存着自私无情的本质，惜春则在机警乖觉里表现她的冷酷残忍。这些共性与个性，也只有通过尖锐激烈的矛盾冲突，才能鲜明地呈现出来。确实，作者大胆地把各种各样的人物推到矛盾的尖端，对他们进行考验。特别是那些妇女，"非死即苦，无一美满"。就以那些次要人物来看：迎春误嫁中山狼，被折磨致死；惜春看破一切，遁入空门；夏金桂害人反害己，中毒身亡；尤二姐被赚入瓮，吞金自尽；尤三姐含恨绝情，拔剑自刎；金钏被屈，怀愤投井；妙玉入魔被劫，死活不知；鸳鸯被逼殉主；司棋撞墙殉情……固然都是把人物放到了生死攸关的严重境地，去充分展现她们的思想性格。其他一些人也都有尴尬的处境和坎坷的遭遇，如香菱饱受薛蟠、夏金桂的百般折磨；平儿在贾琏与王熙凤的夹缝之中生活，动辄得咎；芳官、四儿等受尽凌辱，被逐的被逐，出家的出家……作者总是赋予她们（他们）一定的尖锐冲突的环境和各自不同的紧张的斗争情势，使她们依照自己思想性格，去做出不同的反应，进而，也使他们的性格得到更加突出的表现。

《红楼梦》还擅长通过重大事件和激烈的斗争场面，去集中刻画一批人物。第三十三回宝玉挨打这个事件如此，第七十四回，"惑奸谗抄检大观园"也如此。这一回，由王善保家的陪同王熙凤顺次到怡红院、潇湘馆、秋爽斋、稻香村、蓼风轩、缀锦楼，个个遍查。这便把大观园中许多人物如袭人、晴雯、黛玉、紫鹃、探春、侍书、惜春、入画、迎春、司棋等人，从思想到性格，作了一次集中的展示。王善保家的调三斡四，工于谄媚，欺软怕硬，一副丑恶的奴才嘴脸；王熙凤的阴险狡诈，见风使舵，两面三刀的伎俩，都刻画得淋漓尽致。探春的不安于自己处境的愤懑心情，企图竭力维护封建正统地位的严厉面孔，因为这个封建家族即将败亡的焦灼情绪，和对那些为虎作伥角色的痛恨感情，都在她秉烛而待、"迎接"抄检、大包大揽地自己承担"罪责"，以及给王善保家的一记响亮的耳光中，清楚地表现出来。在抄检中，晴雯的不畏强暴、蔑视权贵，大胆、泼辣、勇敢的行动，和袭人的逆来顺受，以统治阶级的意志为自己意志的奴才性格，又一次得到鲜明的对照。一样对抄检不满，侍书则在主子点拨和撑腰下，敢于尖利、辛辣地嘲笑王善保家的，并与她抢白起来；紫鹃则在沉着、镇定平和的形式中，给予轻蔑的回敬。同样都是"出了点事"，知道"大祸临头"，入画则惊恐万状，无所措手足；司棋则早有准备，"低头不语，也并无畏惧惭愧之意"，明显地表现了各自的性格。

"一个人物的性格不仅表现在他做什么，而且表现在他怎样做"（《恩格斯致斐迪南·拉萨尔》）。一部成功的文艺作品，不仅给予人物一个尖锐冲突的客观环境，还让人物在这个环境中，充分地行动起来。《红楼梦》塑造人物，往往让人物在斗争中，依据自己思想性格的必然逻辑，去说自己的话，做自己的事，而不是静止的对他们进行描写。因此，人物总是活生生的，富有质感的。这一点，是这部作品塑造人物的一个最基本的特点。我们姑且以袭人这个人物形象的塑造作为例子。袭人是宝玉房里的大丫头，实际上，也是宝玉的侍妾。在贾母眼中，她"心地纯良"，"恐宝玉之婢不中使"便把她派到宝玉跟前。这人"服侍贾母时，心中只有贾母，如今跟了宝玉，心中只有宝玉了"。怎么心中只有宝玉？作者写她极其细心地服侍着宝玉，喝茶、穿衣、盖被、做鞋、绣兜肚，她都做得很精心。宝玉睡着时，她坐在身边，一边做针线，一边还拿蝇刷子替他赶小虫子。宝玉外出回来稍晚一点，她便倚门而望，心里焦急。足见，对宝玉照料得多么细致、周到。但是对于这个安于做奴隶、乐于做奴隶的角色说来，仅仅只有这样一些描写，远远不够，因为并未真正接触她的灵魂，没有揭示出她的那些行为的思想根据。为此，必须让她充分行动起来。于是写她出卖肉体来讨好宝玉；写她不断地规劝宝玉，要他好好念书，"念书的时候儿想着书，不念的时候儿想着家，总别和他们玩闹，碰见老爷不是玩的"；写她对宝玉和姐姐妹妹厮混十分不满，埋怨他说："姐妹们和气，也有个分寸儿，也没个黑夜白日闹的！凭人怎么劝，都是耳旁风。"并借宝玉挨打，主动跑到王夫人那里进言："论理，宝二爷也得老爷教训教训才好呢；要老爷再不管，不知将来还要做出什么事来呢。"建议王夫人要叫宝玉"搬出园外来住就好了"。一边吹捧太太是"比菩萨还好"，一边故意把宝玉与表姐妹的关系说得危言耸听，使得王夫人"思前想后，心下越发感爱袭人"。又写她家里的母兄想把她赎回去，她至死不肯，认为自己在那个地方"吃穿和主子一样，又不朝打暮骂"。"这会子又赎我做什么？权当我死了。"（第十九回）但反过来却怄宝玉，说明年家里要把自己赎回去，让宝玉听了"竟是有去的理，无留的理，心里越发急了"。以此，来压压宝玉的"放纵弛荡，任情恣性，最不喜务正"的毛病，"然后好下箴规"。这样，便把宝玉身边的这个被封建主义正统思想所毒化的"至善至贤"的奴才，从立场、世界观，都做了进一层的揭露，并使她的思想与行动，完全统一起来。曹雪芹对书中许多人物的言语和行动的描绘，是十分生动具体和准确的。还以这个为要坐稳奴才的位置、不得不处处赔小心、事事求妥帖的袭人为例来说，每一层笔墨，都用得恰到好处。第十九回，写宝玉看了半天戏后，很腻烦，偷偷叫茗烟引着来到袭人家。"袭人之母接了袭人与几个外甥女儿，几个侄女儿来家，正吃果茶，听见外面有人叫'花大哥'。花自芳忙出来看时，见是他主仆两个，唬得惊疑不定"，便把宝玉接了进去。下面，作者这样描写：

花自芳母子两个恐怕宝玉冷，又让他上炕，又忙摆果子，又忙倒好茶。袭人笑道："你们不用白忙，我自然知道，不敢乱给他东西吃的"。一面说，一面将自己的坐褥拿了来，铺在一个杌子上，扶着宝玉坐下。又用自己的脚炉垫了脚，向荷包内取出两个梅花香饼儿来。又将自己的手炉掀开焚上，仍盖好，放在宝玉怀里。然后将自己的茶杯斟了茶，送与宝玉。

这些细腻生动的道白和动作，十分值得玩味。显然，从袭人的紧张忙碌而又周到、体贴的服侍中，可以看出她是多么扬扬自得！仿佛宝玉来到，成了她骄傲的资本，足以使她在表姐妹、堂姐妹们面前炫耀，并使她们对她羡慕不已。作者一而再、再而三地用"自己的"三个字，与其说这是表现了在这个贫穷的家庭里，只有"自己的"东西干净、精致，可供宝玉一用，表现了袭人对宝玉过细的体贴；不如说借此机会表现了她时时不忘炫耀宝玉是"自己的"。只有这样，才能理解这位貌似和顺的人物，会说出诸如"你们不用白忙，我自然知道"这样口气很大的自诩的话。看来，只有在花自芳家这个典型环境中，只有袭人这样一个典型的奴才，才会有这样的典型化了的语言、动作。她的言行，又反过来使人们看清她的真正面目。如果，我们还嫌这里写得不够清晰，那么，作者紧接着写宝玉告诉她，要她"就家去才好呢，我还替你留着好东西呢"。袭人闻说，更是得意非凡，故意"笑道：'悄悄儿的罢！叫他们听着作什么？'"实际上，恨不得他们都能听了去。而且：

一面又伸手从宝玉项上将"通灵玉"摘下来，向他姊妹们笑道："你们见识见识。时常说起来都当稀罕，恨不能一见，今儿可尽力儿瞧瞧。再瞧什么稀罕物儿，也不过是这么着了。"

这些行动，和她平时在大观园里那种温良恭俭让的表现，有多么不同！在这种场合，为了赞美自己的"美妙的奴隶生活"，显示自己的优越感，她已失去了平时的克制，得意忘形地把隐藏在灵魂深处的肮脏的东西，无保留地抖弄出来。作者的笔，犹如一把锋利的雕刀，一下子打开了这个人物的丑恶的内心世界。使我们通过她的言行，对她有了由表及里的深刻了解。

多侧面、多角度地去描绘人物，是《红楼梦》塑造人物的又一个特点。它笔下的许许多多人物之所以富有立体感，是因为这些形象并不是一次就描绘成的。它总是通过人物自己不断的行动，多方面来展现自己丰富、复杂的性格特征。我们无妨再选择一个人物，作一个简单的剖析。薛宝钗这个被封建道德熏陶出来的"温柔敦厚"的大家闺秀，她平时"看去不见奢华，惟觉雅淡。罕言寡语，人谓装愚；安分随时，自云守拙"，在大多数场合，则"稳重和平""豁达""端庄"，言语、谈吐、举止、动作，处处合于封建的法度，深得贾府统治者的青睐。但是作者并不满足于这些描写，而是又通过多角度、多侧面对她的性格进行深入的刻画。如她自己做生日，却要顺着贾母的意思点戏，因宝玉说怕听这些热闹戏，却又百般吹嘘这戏的排场、辞藻如何之好，企图同时讨好两人；宝玉为怡红院题诗中，有"绿玉春犹卷"一句，她马上趁大家不理论，提醒宝玉说，贵人（指元妃）不喜"红香绿玉"四字，如写上"绿玉"二字，"岂不是有意和他分驰了？"要宝玉马上改了。元春送来灯谜，她实际早已一看就猜着了，觉得"并无新奇"，但口中少不得称赞，只说难猜，故意寻思（第二十二回）。大家出谜语来猜，她提出，"这些虽好，不合老太太的意；不如做些浅近的物儿，大家雅俗共赏才好"（第五十回）。就这样，为了拼命迎合封建家长们的趣味，不惜违背自己的意志和情趣。平时她总是装着淳厚、质朴的样子，甚至连住的房屋都布置得如"雪洞一般，一色的玩器全无。案上只有一个土定瓶，瓶中供着数枝菊，并两部书、茶奁、茶杯而已；床上只吊着青纱帐幔，衾褥也十分朴素"（第四十回）。可是也偏偏还有这样的时候：竟踌躇满志地把元春送来的红麝香珠笼在左腕上，招摇过市（第二十八回）。显然，以为元春所赐的节礼只有宝玉和自己一模一样，这是个兆头，标志着"金玉良缘"有望，于是忘乎所以，把本相露了出来。这个在许多人眼中总是那样柔和、谦恭的人物，却也会生气光火。一次因宝玉不喜欢她夹在自己和黛玉间，要把她支使开，让她陪贾母抹骨牌，她便恼怒起来，冷笑说："我是为抹骨牌才来么？"说着，赌气就走（第二十八回）。又一次，宝玉要她去看戏，她推说自己是怕热躲出来的，宝玉搭讪笑她："怪不得他们拿姐姐比杨妃，原也富态些。"宝钗听了，"登时红了脸，待要发作，又不好怎么样；回思了一回，脸上越下不来，便冷笑了两声"，正想回敬过去，正巧，丫头靓儿向她要扇子，她便借词厉声斥责："你要仔细！你见我和谁玩过？……"老实不客气地既骂了丫头，又指桑骂槐，数落了宝玉、黛玉他们。使人看到了在"和善"的面具掩饰下的，难得见到的凶狠的面目（第三十回）。她给人的另一个一贯的印象是，说话娓娓动听，待人真挚、诚恳。这些是不是她的本质？不是。当她在滴翠亭下听见小红、坠儿喊喊喳喳在谈私房话，怕她们发现自己，"'人急造反，狗急跳墙'，不但生事，而且我还没趣。"便使了个"金蝉脱壳"的法子，嫁祸于黛玉（第二十七回）；黛玉拿刘姥姥取笑，说刘姥姥是"母蝗虫"，宝钗故意吹捧黛玉，说她"用'春秋'的法子，把世俗粗话撮其要，删其繁，再加润色，比方出来，一句是一句。"使人们对黛玉的尖刻、爱挖苦人的毛病，有一个深刻的印象（第四十二回）。接着，黛玉嘲讽惜春画画得慢，"又要照着样儿慢慢的画，可不得二年的工夫？"宝钗借此机会添油加醋，说："所以昨儿那些笑话儿虽然可笑，回想是没趣的。你们细想，颦儿这几句话虽没什么，回想却有滋味。我倒笑的动不得了。"以此，来挑动惜春对黛玉的不满，使更多人嫌弃黛玉，达到孤立黛玉的目的。手段多么狡猾，用心何其歹毒！在贾家许多人眼中，薛宝钗还始终是个热心肠，"乐于助人的好人"。但是她究竟是怎样乐于助人？金钏儿投井死了，刽子手王夫人也还硬挤出几滴鳄鱼的眼泪，宝钗则笑着去劝解她的姨娘，说金钏"并不是赌气投井，多半他下去住着，或是在井旁边儿玩，失了脚掉下去的"。说金钏儿不会有"这样大气"，"纵然有这样大气，也不过是个糊涂人，也不为可惜"。王夫人点头叹惜，说自己"良心不安"，她仍旧继续笑着劝她姨娘，不用十分过不去，"不过多赏他几两银子发送他，也就尽了主仆之情了"（第三十二回）。同样的，尤三姐拔剑自刎、柳湘莲出家的消息传来，连她哥哥薛蟠这样一个恶棍，也假惺惺地眼眶中带出点泪痕，宝钗听了这事"并不在意"，十分冷漠地说了句"'天有不测风云，人有旦夕祸福'，这也是他们前生命定"，就完结（第六十七回）。一副残忍、冷酷的市侩嘴脸，不就跃于纸上？还有，这个一向以老成稳重、端庄大方著称的薛宝钗，竟然当着父母双亡、为此时常伤感的林黛玉的面，故意伏在母亲薛姨妈的怀里撒娇。她这样表演，是什么居心？正像林黛玉立刻所感到的："他偏在这里这样,分明是气我没娘的人,故意来形容我！"（第五十七回）就是这个恪守"女子无才便是德"的格言，"非礼勿视，非礼勿听，非礼勿言，非礼勿动"的女"君子"，一听《西厢记》《牡丹亭》的故事，便一本正经地说"这故事'无考'"，应换了。于是林黛玉说她"忒'胶柱鼓琴，矫揉造作'"。其实，她骨子里比谁都清楚这些故事的底细，只是故意装作不懂。这足以证明她不过是一个货真价实的伪君子。不仅如此，她还不单懂得省下钱来，"打租的房子也能多买几间，薄沙地也可以添几亩"（第五十六回），还认得"当票子"，精通典当行当（第五十七回），懂得仕宦经济之事。因此，常常老气横秋地在她母亲面前，教训她哥哥，要他出个门，经历点"正事"（第六十八回），数落她哥哥，"诸事太不留心"（第六十七回）。这一切一切，说明这个人物实在不单纯，甚而至于太不简单。《红楼梦》的作者从许多角度，向这个人物投射了光线，使这样一类人物，从里到外，让人们看得清清楚楚。从而把这个"百里挑一""上上下下"无不"宾服"的封建阶级妇女的"典范"，在德、言、容、功掩盖下难以见到的虚伪、残酷、狡诈、顽固的本质，一股脑儿端在我们面前。使人们通过这样的典型，进一步认识封建阶级各式各样正统人物、道学家的本质。这便是《红楼梦》多侧面、多角度地描写人物的特点。

应该说"把各个人物用更加对立的方式彼此区别得更加鲜明些"（恩格斯语），是许多成功的艺术作品，共同采取的表现手法。《红楼梦》巧妙地运用对比、衬照、铺垫的方法，来塑造它的人物。

人物之间，之所以可以互相对比、衬照、铺垫，那是因为处在一定社会、历史、阶级关系中的人，本身就存在着矛盾统一的关系。文艺作品既然要反映作为社会、关系总和的人，就不能不从矛盾斗争中去找出人们相互依赖和相互斗争的关系。《红楼梦》中除了写了不同阶级、不同阶层的人物，具有不同的思想性格而外，还写出了许许多多同一阶级乃至同一阶层的人物，各自独特的个性。作者特别注意他笔下人物的性格区别，尽力去表现他们"同"中的"异"。同是这个家族中的老爷，贾敬、贾赦、贾政的面目就不尽相同；同是贾家的少爷公子，贾琏、贾环、贾宝玉几个的思想、性格就有很大的区别；同是这里的太太、少奶奶，邢夫人、王夫人、尤氏、李纨、王熙凤，脾气、秉性又是如此不一样；同是大观园里的小姐，迎春、探春、惜春，让人们一下子就能辨识得清清楚楚；同是贾家的至亲，宝钗、湘云、黛玉等一些表姐妹，无论是仪表、风度，还是性格、志向又有何等明显的差异！同是这里占重要地位的侍妾、丫鬟，平儿、袭人、鸳鸯、晴雯、紫鹃、香菱，她们的性格、行为又有多么大的不同！作者注意了这一个个人物思想性格形成的社会阶级的环境、生活教养和社会影响，还始终注意通过互相衬照，去完成人物性格的刻画。他大胆地把不同人物经常放在斗争冲突的环境中互相衬照着来展示各自不同的个性。薛宝钗与林黛玉如此，袭人与晴雯也如此，甚至连紫鹃与黛玉、平儿与凤姐等人也都在彼此衬托着、映照着。作者表现人物时，明显地作了这样两种区别：其一，某些思想倾向相接近，甚至性格也有某些相似之处的人物，抓住他们（她们）的阶级出身、社会经历的不同，细致入微地表现出不同的个性；其二，某些阶级出身、生活教养相近，关系十分密切的人物，也尽量让他们的思想性格上有很大区别，决不允许他们（她们）混淆。因此每个人不但起居、服饰、体态、面貌、语言、举止、动作不尽相像，而且在精神面貌和内心世界上，也都有这样或那样的不同。作品真正做到了让"每个人都是典型，但同时又是一定的单个人"，"是一个'这个'"（恩格斯语），决不落千人一面的套子。就以晴雯与黛玉来看，同样都是大观园中的叛逆者、反抗者，同样对封建制度不满和有敢于反抗的精神，由于阶级出身、社会地位不同，晴雯勇敢、大胆、直率，敢怒敢骂而无所顾忌；黛玉则敏感、多疑、尖刻，脆弱无力而又多愁善感。那是因为，这两个人物毕竟是不同阶级的叛逆者，她们的性格不能不打上鲜明的阶级烙印。袭人与宝钗也是如此，尽管两人都是封建制度的维护者，而袭人出身低贱，虽然她已从奴隶蜕变成了奴才，但她究竟受过压迫，对处在被蹂躏、被损害地位的奴隶，没有丧失起码的同情，因而在狡诈、虚伪、冷酷上，也远远不能同宝钗相比拟。

另一种区别，便是像迎春、探春、惜春这一类型的人物。她们都是贾府的小姐，也都是站在封建营垒中的一员，因此，她们的共同之处自然很多。作者为了使她们思想性格有十分明晰的区别，在介绍她们出场时，就开始给人留下各不相同的印象。她们是由"三个奶妈并五六个丫鬟拥着"一起出来的，而且"三人皆是一样的装束"。作者告诉我们，"第一个，肌肤微丰，身材合中，腮凝新荔，鼻腻鹅脂，温柔沉默，观之可亲"，这应该是迎春；"第二个，削肩细腰，长挑身材，鸭蛋脸儿，俊眼修眉，顾盼神飞，文采精华，见之忘俗"，无疑，是探春；"第三个，身量未足，形容尚小"，自然是惜春。尽管，其中一些形容，未能脱尽俗套，但简单的几笔，所勾勒的容貌、神情、体态，却都基本上与人物自己的性格相符。因此使这一个亮相，便有了清楚的分别。后来的大量的具体描写，更是注意了她们的不同，甚至在一些众多人物出场的场合，总是扣紧她们各自不同的思想、性格，来做细致的、恰如其分的处理。例如第四十回，写凤姐在宴席上捉弄刘姥姥从而引起众人的笑。作者这样描写：

> 贾母这边说声"请"，刘姥姥便站起身来，高声说道："老刘，老刘，食量大如牛；吃个老母猪不抬头！"说完，却鼓着腮帮子，两眼直视，一声不语。众人先还发怔，后来一想，上上下下都一齐哈哈大笑起来。湘云撑不住，一口茶都喷出来。黛玉笑岔了气，伏着桌子，只叫"嗳哟！"宝玉滚到贾母怀里，贾母笑的搂着叫"心肝！"王夫人笑的用手指着凤姐儿，却说不出话来。薛姨妈也撑不住，口里的茶，喷了探春一裙子。探春的茶碗都合在迎春身上。惜春离了座位，拉着他奶母，叫揉揉肠子。地下无一个不弯腰屈背，也有躲出去蹲着笑去的，也有忍着笑，上来替他姐妹换衣裳的，独有凤姐鸳鸯二人撑着，还只管让刘姥姥。

在戏弄了这个农村的老太太之后，这十来个贵族阶级的奶奶、小姐都尽情地"笑"起来，但每个的姿态、动作、神情都不一样。细心琢磨，没有一个不符合她们自己的地位、处境、身份、性格，乃至于体质的。使人强烈地感到，作者在描绘人物时，时时处处都注意人物个性特征。这里的迎春、探春、惜春也和大家一样，鲜明地表现了自己的性格。

作者在人物描绘中，用以互相补充、铺垫、衬照、对比的手段，是多种多样的。通常所见的正反、远近、虚实、明暗的映照，是《红楼梦》经常采用的。尤其别致的是，作者往往通过一些本质相同、程度稍有区别的人物，来衬照或点破另一个人物的本质。如前所述，贾赦陷害石呆子的无耻无赖的行径，连同样也是个无耻之徒的贾琏也感到不好，竟然说他父亲："为这点子小事，弄的人家倾家败产，也不算什么能为。"可见贾赦的残暴已到了怎样田地！又如贾赦企图强娶鸳鸯为妾的事，偏偏叫奴才性十足，只知顺从、讨好，惯于巴结主子的袭人说出："这话，论理不该我们说：这个大老爷，真真太下作了！略平头正脸的，他就不能放手了。"足见其荒淫无耻已达到无以复加的程度。为了要更有力地揭露王熙凤精于算计、锱铢必较的市侩作风，却通过恪守封建妇道，口不臧否人物的李纨的嘴里，半开玩笑、半正经地说出来。她说："真真泥腿光棍，专会打细算盘，分金掰两的！你这个东西，亏了还托生诗书仕宦人家做小姐，又是这么出了嫁，还是这么着，……天下人都叫你算计了去！"（第四十五回）这样，效果也就格外强烈。薛宝钗的虚伪、做作，作者不仅时时通过与她相对立的人物如贾宝玉、林黛玉，来予以揭露，有时，还让李纨、探春那些人起来点破。例如宝钗不让大家提《西厢记》《牡丹亭》，黛玉批评她"忒'胶柱鼓瑟，矫揉造作'"还不算，连李纨也都认为"凡说书唱戏，甚至于求的签上都有。老少男女，俗语口头，人人皆知皆说的"，有什么了不起。这就把宝钗的假惺惺的虚伪面貌，突出出来，放大起来，使人们一目了然。为了让读者充分了解这个精神极端枯竭的封建卫道士的面孔，作者让薛宝钗邀一社时，挖空心思出那道学气十足的"咏太极图"诗题，并限最佶屈聱牙的"一先"韵，还要求以最古奥难作的五言排律的格式表达出来。跟着，作者挑了薛宝钗自己的妹妹薛宝琴，起来反对她："这一说，可知是姐姐不是真心起社了，这分明是难人。要论起来，也强扭的出来，不过颠来倒去，弄些《易经》上的话生填，究竟有何趣味？"（第五十二回）经过宝琴的埋怨、指责，不单衬托了宝钗的行为丑恶，而且也是对宝钗这号人物，进行了无情的鞭挞。所以说，这样横挑侧击、千变万化的衬垫、补充，不但使人物形象如生活一样真实、生动，而且能更集中、更强烈，更能体现作者的爱憎倾向。

《红楼梦》正是调动各种艺术手段，把人物放在尖锐的冲突环境中，让他们自己行动起来，活跃起来，并多方面、多角度地展示自己的思想性格，因此，它所创造的许多人物，都是充分典型化了的、栩栩如生的艺术形象。

三、纵横交错而又丝丝入扣的情节冲突

中国古典长篇小说，往往有一个紧张激烈、戏剧性很强的情节，贯穿其中。人们能按照情节发展的顺序，把故事叙述下来。《红楼梦》的情节，比较复杂，没有一个可以带动全局的激烈的斗争事件，把全书贯穿起来。宝、黛、钗的爱情婚姻事件，虽然是一个重要线索，但只占全篇情节的十分之二三，带动不起全部故事。如果一定要给《红楼梦》规定一个中心情节，只能说它写了一个贵族地主阶级由盛转衰的历史。

人们知道，所谓情节，不是别的，而是人物与人物、人物与环境矛盾冲突的发展过程，也是人物性格成长和发展的历史。《红楼梦》同时铺展了许许多多人物的性格冲突，写出众多人物的必然命运，从而显示出一个阶级的历史性的变化。每个人物都有自己与其他各方面的冲突关系；他们又都有自己性格展示的过程，因而情节的安排就纵横交错，此起彼伏，相互渗透，层层推进，既复杂又丰富，难以简单地把它归结起来。尽管《红楼梦》的情节头绪浩繁，但写来针细线密，每一个人物故事来有踪，去有迹，埋伏得当，呼应清晰。特别是那一个个人物自己的故事，并不是集中在一定的篇幅中完成，往往是和其他人物的故事交错着、穿插着进行的。即便如此，也从不见有无根无由、缺线断头的弊病。不必说那些主要人物性格展示的过程，作者作了缜密周到的安排，连次要人物的出现、性格的展示和最后结

局的交代，也大都处理得十分平顺妥帖。这里，我们姑且以一个次要人物金钏儿的故事，来作剖析。金钏儿是王夫人的丫鬟，在奴婢中，其地位不能与袭人、晴雯、香菱、鸳鸯等相比。不仅出场次数少，在整个作品中的地位也不如她们重要。但她的出现，以及她的被迫害致死，却是对罪恶的封建制度和吃人礼教的有力控诉。在书中，对她描写得最充分的，就是她被害的前后。她的被逼投井自尽事件的起因和经过写在第三十回，结局写在第三十二回。每一部分都不过数百字。但是，早在第七回，作者已把这个人物引上了场，并且不露痕迹地为后来的事件作了一些准备。那一回，在写她和周瑞家的召唤、攀谈中，表现了她有特色的性格化的语言、动作。她给人们的第一个印象，则是个机灵、乖巧、能见机行事，颇带稚气，对封建制度罪恶还认识不清的一个小奴婢。第二十三回，作者再一次对她进行描写。因贾政召唤宝玉，宝玉正扫了兴，心里发虚，只得磨磨蹭蹭地去见父亲，金钏儿抿着嘴儿笑他，并一把拉着他，故意怄他。这段描写，在金钏儿身上着笔不多，但在并不经意处着意，却把宝玉与金钏儿的关系点染出来。那就是，对于这样的小主人，她无所顾忌，一定程度上突破了封建社会主仆间的等级关系，能平等和善相待，甚至还能进行戏谑调笑。同时，她的性格与在场的几个丫鬟相比，也显得更活泼、洒脱、天真。金钏儿这种性格，她和宝玉的这样关系，在没被封建家长撞见的情况下，可以出现小小的、和谐的趣剧。但这种关系终究与封建阶级所提倡的那一套是直接对立的，因此，一旦被统治者所发觉，就要酿成悲剧。所以，第三十回严重冲突的到来，是势所必然的。这一回，写宝玉在林、薛间受了夹板气后，带着烦躁、纳闷、百无聊赖的心情来到母亲跟前，看到金钏儿已十分困乏，被迫还得坐在王夫人身边替她捶腿，很容易从内心唤起对她的同情、怜悯，说了句："我和太太讨了你，咱们在一处罢。"这种感情的交流，不仅是对金钏儿的安抚，也是这位一向与金钏儿等人平等相处的贾宝玉，吐泄自己方才在薛、林处所受到奚落、冷淡，压抑于胸的烦闷情绪。他们两人此时都没有意识到环境的变化，但在王夫人跟前，是绝不能这样做的。于是，那装睡着的凶恶的太太，便"翻身起来，照金钏儿脸上就打了个嘴巴"，而且认为"好好儿的爷们"，都是让这些"下作小娼妇儿给教坏"的，决定要把她撵出去。事端朝着严重发展，就把情节推向了高潮。金钏儿本来只是同宝玉照平时一样的，无拘无束地戏耍。她本以为王夫人已睡着，不免自由起来，不料王夫人给了她一个突然袭击，使她迷惘、懵懂和羞愤万分。加之，她本来就没有迎接斗争的思想准备，在这样的打击下，迫使她选择了一条哀求无效转而投井自尽的悲剧道路。这样尖锐的冲突的出现，完全符合金钏儿、宝玉、王夫人这三个人物本身思想性格的规定性。因而，也就使情节的发展合乎逻辑的必然。

由于作者安排情节的意义并不仅仅限于情节本身，而是要使它多方面起积极作用，因此，金钏儿事件这个情节，虽是《红楼梦》这个丰富复杂生活画卷的一条纤维，却可以产生多方面的影响。通过它，进一步写出了许多人物的思想性格，写出了他们之间的关系，有力地揭示了两个阶级、两种思想的尖锐斗争。不仅揭露了王夫人的残暴、凶狠，薛宝钗的冷酷、无情，也表现了袭人兔死狐悲的感情。同时，又写出了王夫人与袭人的进一步勾结，企图紧紧抓住宝玉，把他拉到合乎封建主义规范的理想道路上来；还借此反映出家庭内部的深刻矛盾，引出贾环在贾政面前告状，和宝玉挨打的重要情节。特别是表现出这个事件震撼了宝玉的灵魂，使他内心激起巨大的波澜，终于坚定了他沿着反礼教束缚、反封建迫害的道路走下去的决心。

通过对金钏儿之死的粗略分析，不难看出，作者在情节安排上运思极高，他仿佛一个擅长下棋的高手，每动一子，总要作多方面的关注。不仅让情节完全符合人物性格冲突的必然逻辑，并且一处落笔，数处奏功，依靠它，体现出深广的思想意义，以积极地服务于中心故事。所以《红楼梦》的不少情节安排是针线密、照应多，用过去人形容它的话说"如常山蛇首尾相应，安排伏线，有牵一发动全身之妙"。

这部书的作者，对于每次人物之间的冲突情景，即对于每个情节的片断，都不肯轻易放过。他把特定场面的所有人物，尽量放置在冲突中，运用独特的构图，通过不同的角度，对他们作了艺术的调度，使不少场面成了一场场好戏。第五十三、第五十四两回写"荣国府元宵开夜宴"，贾母命人在大花厅上摆了几席酒，"荣宁二府各子侄孙男孙媳等"都到齐了。东边一席是一短榻，贾母歪在榻上。旁边一席，"命宝琴、湘云、黛玉、宝玉四人坐着"。"只算他四人跟着贾母坐。下面方是邢夫人王夫人之位；卜边便是尤氏、李纨、凤姐、贾蓉的媳妇；西边便是宝钗、李纹、李绮、岫烟、迎春姐妹等。"粗疏地一看，不能理解作者为什么要不厌其详地安排她们的位置，而简单地归结为这只是要显示封建家庭的森严的等级关系，即长幼、正庶、亲疏的明显区别。但事实并非完全如此。这样的安排是为着要酝酿一场戏，即要引出第五十四回一场尖锐的思想冲突。当宝玉要了一壶暖酒，遵照贾母的嘱咐，一一按次斟上时，"至黛玉前，偏他不饮，拿起杯来，放在宝玉唇边。宝玉一气饮干，黛玉笑说：'多谢'。宝玉替他斟上一杯。"这情景，表面看来，多么平常却又是多么不同寻常！因为这两位角色你敬我爱的行动，从席位的安排看，很显然是直接当着贾母和许多人的面表现出来的。那么在场的人目睹这样的行为，将会有什么反应？这里所出现的是像黛玉那样一个自尊自重的女子身上少见的十分反常的现象，她一时的心满意足和对于前途的乐观，使她在行动上便失去了"检点"。这些恰恰是封建主义的礼法所不允许的爱情的表露。因此，凤姐马上便笑道，"宝玉别喝冷酒，仔细手颤，明儿写不的字，拉不的弓。"宝玉道："没有吃冷酒。"凤姐笑道："我知道没有，不过白嘱咐你。"

既然宝玉斟的是暖酒，凤姐也明明知道他们喝的不是冷酒，为什么偏偏要说这样的话？这不就是对宝玉斟酒中某些行为的不满，对贾、林的行动的干涉吗？而这一切，书中并没有直接告诉我们，是把它放在这特定的场面中，叫我们仔细去看、细心去琢磨。这是多么巧妙的一场戏剧冲突！相反，如果这种事情换一个场景，例如发生在怡红院、潇湘馆中，当时，只留下宝玉、黛玉两人自己在场，又算得了什么？而曹雪芹正是充分利用特定的时间、空间，要它们在整个冲突中很好地起作用。

在每一个情节、每一个场面中，谁是主角，谁是陪宾，哪些人参与其中，哪些人目睹那个情景，往往作者都经过精心的选择和安排。他能寻找到人物在特定的场合下的依存关系。这种关系又常常是不能随意移动和更换的。例如第八回，"贾宝玉奇缘识金锁，薛宝钗巧合认通灵"这段故事，写得就很有意思。它描写宝玉来到薛姨妈家，这一家人对他的强烈反应。特别把通灵宝玉与金锁之间的微妙关系，形象地提到读者面前，这样就为全书时常引起的纠葛，写下了最初的一笔：

　　且说宝玉来至梨香院中，先进薛姨妈屋里来，见薛姨妈打点针黹与丫鬟们呢。宝玉忙请了安。薛姨妈一把拉住，抱入怀中，笑说："这么冷天，我的儿，难为你想着来！快上炕来坐着罢。"……宝玉道："姐姐可大安了？"薛姨妈道："可是呢，你前儿又想着，打发人来瞧他。他在里间不是，你去瞧。他那里比这里暖和，你那里坐着，我收拾收拾就进来和你说话儿。"

　　…………

　　宝玉一面看，一面问："姐姐可大愈了？"宝钗抬头看见宝玉进来，连忙起身，含笑答道："已经大好了，多谢惦记着。"说着，让他在炕沿上坐下，即令莺儿倒茶来。一面又问老太太姨娘安，又问别的妹姐们好；一面看宝玉头上戴着累丝嵌宝紫金冠，……宝钗因笑说道："成日家说你的这块玉，究竟未曾细细的赏鉴过，我今儿倒要瞧瞧。"说着，便挪近前来。宝玉亦凑过去，便从项上摘下来，递在宝钗手内。……

宝钗看毕，又重新翻过正面来细看，口里念道："莫失莫忘，仙寿恒昌。"念了两遍，乃回头向莺儿笑道："你不去倒茶，也在这里呆作什么？"莺儿也嘻嘻的笑道："我听这两句话倒像和姑娘项圈上的两句话是一对儿。"

这里把"灵玉"与"金锁"这两件宝贝当作轴心，来展开人物性格，构成人物之间的关系。两个主角——宝玉与宝钗；两个配角——薛姨妈与莺儿，全服从于"金玉良缘"的布置安排。特别是安排了莺儿这个陪衬人物，一方面映托着宝钗，使得宝钗不失身份，在言语、谈吐、举止、动作上合于封建的法度；另一方面，通过鲜明的形象化的表情——会心的笑，表现出主仆两人在这一刹那间的共同的心理反应，即宝玉身上的灵玉，恰好与宝钗的金锁相配。这样一个相同的心理活动，用宝钗回头向莺儿笑道，点染出来。主仆两人完全默契。宝钗的语言仿佛在暗示，而她俩又十分平静，并无惊奇的感觉。这一切，不仅巧妙地选取了金玉相遇的最合体的途径，也给读者留下一个值得深思的谜，要我们去揣度薛家母女的用心。《红楼梦》常常是这样高超地来表现人物之间潜在的联系，而这种联系却产生了富有戏剧性的矛盾冲突。同时还必须指出，这里一切是依靠人物自己的动作和对白表现出来的，与视觉艺术如戏剧、电影的构思，何其相似！下面接着又写正在这个时际，"一语未了，忽听外面人说：'林姑娘来了。'话犹未完，黛玉已摇摇摆摆的进来，一见宝玉，便笑道：'哎哟！我来的不巧了！'"跟着：

这里薛姨妈已摆了几样细巧茶食，留他们喝茶，吃果子。宝玉因夸前日在东府里珍大嫂子的好鹅掌。薛姨妈连忙把自己糟的取了来给他尝。宝玉笑道："这个就酒才好。"薛姨妈便命人灌上等酒来。正当这时候，宝玉的嬷嬷出来干涉，薛姨妈却笑着说道："老货！你只管放心喝你的去罢。我也不许他喝多了。就是老太太问，有我呢。"一面命小丫头来，"让你奶奶去，也吃一杯搲搲寒气。"

经过薛家母女殷勤招待，宝玉兴致勃勃，便要喝冷酒。但经薛姨妈劝阻，尤其是宝钗的说服，宝玉"便放下冷的,令人烫来方饮"。这时：

黛玉嗑着瓜子儿，只管抿着嘴儿笑。可巧黛玉的丫鬟雪雁走来给黛玉送小手炉儿。黛玉因含笑问他，说："谁叫你送来的？难为他费心。那里就冷死我了呢！"雪雁道："紫鹃姐姐怕姑娘冷，叫我送来的。"黛玉接了，抱在怀中，笑道："也亏了你，倒听他的话！我平日和你说的，全当耳旁风；怎么他说了你就依，比圣旨还快呢！"

从以上这段描写中，我们看到这几个场面里人物的地位、关系，配置得多好！离开了这些，不会有平和的日常生活的情势，也不会有充满了唇枪舌剑的戏剧性的性格冲突，不会有深刻的心灵的剖析，不会有为戏剧所需要的动作、言语、行动和耐人寻味的丰富的潜台词。也正是在这些地方，留给读者进行联想的巨大可能。读了这以后，既叫人们看得到、听得到，又叫人们捉摸得了、把握得住，还留给大家进行充分想象和再创造的广阔天地，因此，实在是十分成功的艺术场面。

我们知道，叙事性的文学作品中的景物描写，往往来交代故事的时间、地点，烘托环境、气氛，陪衬人物的思想性格。因此一些优秀的作品，总是使景物描写积极地体现主题，并和人物思想性格冲突很好地结合起来，它也往往随着情节的发展变化而变化，成了情节中的有机组成部分。在这方面，《红楼梦》给我们提供了很出色的艺术范例。它的大量的景物描写，紧扣着人物的思想性格，衬映着人物的行为和活动，因此也就十分耐看。如第三十回，写宝玉回到大观园时："只见赤日当天，树阴匝地，满耳蝉声，静无人语。刚到了蔷薇架，只听见有人哽咽之声。"

这是个盛暑的中午，周围鸦雀无声，只有闹人的蝉噪，更使人感到日长神倦。宝玉刚在王夫人跟前闯了"祸"，逃了出来，还心有余悸，却来到这样一个环境中。在这样一个并不出奇，但又是十分有意味的规定情境中他来看龄官画"蔷"，作者不但为他去感受这次画"蔷"，创造了最好的气氛，也让读者去体会宝玉的心情，打开了可供丰富联想的天地。又如第三十五回，黛玉站在花荫之下，见到许多人络绎不绝地去怡红院探望宝玉，内心深有感触，"想起有父母的好处来，早又泪珠满面"。于是：

> 回到潇湘馆来。一进院门，只见满地下竹影参差，苔痕浓淡，……于是进了屋子，在月洞窗内坐了。吃毕药，只见窗外竹影映入纱窗，满屋内阴阴翠润，几簟生凉。

这无疑是使黛玉感受"幽僻处可有人行，点苍苔白露冷冷"的曲文，把自己拿来与崔莺莺相比较，深深感慨自己薄命的最好的时间、空间。人们记得，作者对于潇湘馆周围的环境，不止一次地作了细致的描写，说它是"一进门，只见两边翠竹夹路，土地下苍苔布满，中间羊肠一条石子漫的甬路"。而黛玉自己也说："我爱那几竿竹子，隐着一道曲栏，比别处幽静些。"（第二十三回）作者选择翠竹，仿佛要它映托着主人翁孤高自傲的叛逆性格。这里的竹影、苔痕，更给人清凉、幽邃、寥落的岑寂感觉，像是很出色的电影的主观镜头，直接与人物思想感情胶合在一起，用来表现和说明人物的气质、格调和思想情绪，因此，产生了十分动人的艺术效果。

调动外部景物环境这个艺术因素，来为人物服务，在《红楼梦》中可以找到许多成功的例子。例如作者描写薛宝钗所住的蘅芜院，就与潇湘馆迥然不同。一进那里，"只觉异香扑鼻。那些奇草仙藤，愈冷愈苍翠，都结了实，似珊瑚豆子一般，累垂可爱"。她的环境却是从清雅不凡中透露着浓重的富贵气。住在这样的环境中，恐怕只有宝钗才最为合适。再看探春的住处、陈设环境，则又与她们不同，它是：

……这三间屋子并不曾隔断。当地放着一张花梨大理石大案，案上堆着各种各人法帖，并数十方宝砚；各色笔筒，笔海内插的笔，如树林一般；那一边设着斗大的一个汝窑花囊，插着满满的一囊水晶球的白菊。西墙上当中挂着一大幅米襄阳"烟雨图"，左右挂着一副对联，乃是颜鲁公墨迹，其联云："烟霞闲骨格，泉石野生涯。"案上设着大鼎，左边紫檀架上放着一个大官窑的大盘，盘内盛着数十个娇黄玲珑大佛手；右边洋漆架上悬着一个白玉比目磬，旁边挂着小槌。

请看，这是经过多么精心设计的环境！几乎每个道具都在说明自己的主人：她决不会是个一般的贵族小姐，而是一个野心勃勃的实干家。她所陈设的东西，没有纤巧柔弱的色彩，却有粗犷、疏朗、浑厚的格调。它恰好与对联中所写的烟霞骨格、泉石生涯的风格统一起来，能充分表明，她是个独具胸襟的人物，是个贾府中的"镇山太岁"。她的生活环境，就为她的"我但凡是一个男人，可以出得去，我必早走了，立一番事业，那时自有一番道理"，这样的理想、抱负，做好艺术的补充和形象的注解。

由此可见，《红楼梦》在情节的安排和场面、环境的描写上，有许多的东西是可资我们进一步学习与借鉴的。

四、生动、具体的细节描写

文艺通过形象反映生活。真实的艺术形象，总是生动、具体、可感的。因此，细节的描写，对于形象的创造，具有重要的意义。马克思、恩格斯等革命导师，在谈文艺的现实主义时，也曾多次指出细节真实的重要性。

读过《红楼梦》的同志，往往有口皆碑地称道这部书写得细腻、写得逼真。这就是说，作者相当重视细节、具体描写。这部书的一个特点是从平凡的日常生活中写出不平凡的尖锐冲突，其中也包括通过细节的具体描绘，体现出事物的本质和典型意义。

被人们所提起的，"未见其人，先闻其声"的典范描写，即王熙凤的出场，就依靠成功的细节描写来完成。且看：

一语未完，只听后院中有笑语声，说"我来迟了，没得迎接远客！"黛玉思忖道："这些人个个皆敛声屏气如此，这来者是谁，这样放诞无礼？……"心下想时，只见一群媳妇丫鬟拥着一个丽人从后房进来。这个人打扮与姑娘不同：彩绣辉煌，恍若神妃仙子。

这段描写，作者选择最恰当的时间、地点，通过人物的声音、姿态、服饰，甚至行路的途径等细节，写出了贾府管家奶奶王熙凤的出场。贾府中许多人在这个环境中，都是"敛声屏气"，唯独她敢又说又笑。而且人未进屋，声先传来，充分表现了她的骄横跋扈、有恃无恐。后面又有"一群媳妇丫鬟拥着"，更表现她的"尊贵"。尤其是利用黛玉的主观感受，更强化了这些细节，从而也突出了凤姐在这个家庭中的显要地位。同时，又和这一回中写宝玉的出场形成对照。宝玉未登场前作者先通过王夫人的口向黛玉介绍这"混世魔王"，给读者造成一种艺术上的期待，也为这个"都不敢惹"的人物的出场营造了气氛。接着：

一语未了，只听外面一阵脚步响，丫鬟进来报道宝玉来了。黛玉心想："这个宝玉不知是怎样一个惫懒人呢。……"及至进来一看，却是位青年公子。

看来，宝玉与凤姐的出场有相似之处：其一，先声夺人；其二，从旁观者眼中写出。然而，却又不同。一个是自己先说一句："我来迟了……"而后进得门来；一个是由"丫鬟进来报道宝玉来了"，而后出场。尽管这差别很细微，却又十分重要。它生动而又贴切地勾画出两个人物同样受全家人注目，同样在家里有特殊地位。然而，一个无疑是自己家庭的实权的掌握者，一个是全家的珍珠宝贝。这样的"同"与"不同"的客观地位，则在精练、准确的细节描写中表现出来。细节，在这里发挥多大的艺术作用！

动人的细节，既然对于塑造人物（描写人物的外貌，刻画他们的内心世界），深化主题，有十分重要的意义，因此，成功的细节描写往往具备以小胜大，以一斑能见全豹的艺术特点。《红楼梦》中的许多细节描写，确实达到了这样高的艺术水平。第三回，当作品写到黛玉想起这陌生人便是王熙凤，连忙赔笑和她见礼时，下面这样描写：

这熙凤携着黛玉的手，上下细细打量一回，便仍送至贾母身边坐下，因笑道："天下真有这样标致人儿！我今日才算看见了！况且这通身的气派竟不像老祖宗的外孙女儿，竟是个嫡亲的孙女儿似的。怨不得老祖宗天天嘴里心里放不下。——只可怜我这妹妹这么命苦：怎么姑妈偏就去世了呢！"说着，便用手帕拭泪。贾母笑道："我才好了，你又来招我。你妹妹远路才来，身子又弱，也才劝住了。快别再提了。"熙凤听了，忙转悲为喜道："正是呢。我一见了妹妹，一心都在她身上，又是喜欢，又是伤心，竟忘了老祖宗了。该打，该打。"又忙拉着黛玉的手问道："妹妹几岁了？可也上过学？现吃什么药？在这里别想家。要什么吃的，什么玩的，只管告诉我。丫头老婆们不好，也只管告诉我。"……

这里的王熙凤，一边把黛玉携过来、送过去，一边又忽而难过得落下眼泪，忽而破涕为笑，像是在演戏，足见完全是一派虚情假意。我们从这些动作、语言的细节中，看到这副狡猾、虚伪、惯于见风使舵的市侩嘴脸。这里的一些表现，与其说是表示了她对黛玉遭遇的同情，不如说是借此来讨好老祖宗贾母。她不仅拼命地拣贾母爱听的说，而且竭尽察言观色、随机应变之能事。最后，在她向黛玉买好中，还充分暴露了这个人物时时炫耀自己地位、卖弄自己权势的丑态。这一段描写，放在作品的开端，应该说，对王熙凤的刻画还仅仅是个简单的开始，但却扣紧了王熙凤这个人物思想性格的本质，含蕴丰富，十分形象地表现了这个人物无比丑恶的精神世界；并帮助我们了解她的基本性格特征。这些细节真的达到了细中见大的目的。

《红楼梦》在充分运用细节描写服务于主题时，大都是细而不碎，完备而不冗长，充分而不啰唆。这里，我们无妨举一个绝对化的例子，书中描写元春归省时，有一段是写仪仗行列的，那可以说是写得相当细致了。它这样写道：

至十五日五鼓，自贾母等有爵者，具各按品大妆。大观园内，帐舞蟠龙，帘飞绣凤；金银焕彩，珠宝生辉；鼎焚百合之香，瓶插长春之蕊。静悄悄无一人咳嗽。贾赦等在西街门外，贾母等在荣府大门外。街头巷口用围幕挡严。正等的不耐烦，忽见一个太监骑着匹马来了。……

执事人等带领太监们去吃酒饭，一面传人挑进蜡烛，各处点起灯来。忽听外面马跑之声不一，有十来个太监喘吁吁跑来拍着手儿。这些太监都会意，知道是来了，各按方向站立。贾赦领合族子弟在西街门外，贾母领合族女眷在大门外迎接，半日静悄悄的。忽见两个太监骑马缓缓而来，至西街门下了马，将马赶出围幕之外，便面西站立。半日，又是一对，亦是如此。少时便是十来对，方闻隐隐鼓乐之声。一对对凤翣龙旌，雉羽宫扇；又有销金提炉，焚着御香。然后一把曲柄七凤金黄伞过来，便是，冠袍带履。又有执事太监捧着香巾、绣帕、漱盂、拂尘等物。一队队过完，后面方是八个太监，抬着一顶金顶鹅黄绣凤銮舆，缓缓行来。

粗看起来，像是写得多么琐细！但离开了这样详尽的细节描写，怎么能表现出封建社会最高统治集团的"威严""气派"，怎么能映托出它的"富贵""华丽"的气象，怎么能反映出那个社会森严的等级关系，怎么能体现荣极必衰、乐极生悲的深刻变化，又怎么能使我们对封建社会，对那个统治阶级，有一个具体而形象的认识呢？因而，这样的细节描写，不仅是可以的，也完全是必要的。

文学作品要写人物，自然脱离不开写人物的一言一行。人物的思想性格，却总是在他自己的言与行中来表现的。但写行动则较写语言更为困难。要从人物的行为、动作的细节中，看出那个人物鲜明的思想性格，实在是颇见艺术功力的。中国古典小说，通过人物对白和大的行动写出人物的，不乏成功的例子，但往往有传奇色彩和夸张的成分，用一些精细的动作，能把人物十分真实地凸现出来，这样的古典小说也有不少，《红楼梦》是其中最出色的一部。它的这类细节和具体描写，既无须作者再加描叙、评议，以帮助人们了解；也无须用更多对白加以补充，便能让读者很好地把握起来。第六回写到刘姥姥初进荣国府，去见王熙凤的情景，是这样的：

只见门外铜钩上悬着大红洒花软帘；南窗下是炕，炕上大红条毡；靠东边板壁立着一个锁子锦的靠背和一个引枕，铺着金线闪的大坐褥，旁边有银唾盒。

那凤姐家常带着紫貂昭君套，围着那攒珠勒子，穿着桃红洒花袄，石青刻丝灰鼠披风，大红洋皱银鼠皮裙，粉光脂艳，端端正正坐在那里，手内拿着小铜火箸儿拨手炉内的灰。平儿站在炕沿边，捧着小小的一个填漆茶盘，盘内一个小盖钟儿。凤姐也不接茶，也不抬头，只管拨那灰，慢慢的道："怎么还不请进来？"一面说，一面抬身要茶时，只见周瑞家的已带了两个人立在面前了，这才忙欲起身。犹未起身，满面春风的问好，又嗔着周瑞家的："怎么不早说！"

这是多好的一段描写！其中有精彩的环境、背景的描绘，和人物的动作与心理的细节描写。可以看出，这段描写，既从作者和读者的角度写出来，也从刘姥姥的眼中来写。好像是作者让刘姥姥和我们一起先从门外进到屋里，自南向东，从窗上到地下把屋里的陈设，巡视一遍。犹如一组电影镜头，把景由远推近，由这边摇到那边，最后又集中在这个人物身上，而后，从全景推至中近景，慢慢地把镜头集聚到王熙凤拨弄灰的动作和不抬头、冷冰冰的说话神情中。从这一连贯着的细节中，刘姥姥这个贫苦的老婆婆，来到煊赫的豪富之家，去见王家"姑奶奶"时，那种屏声侧耳、惊奇、羞怯、紧张的神情，通过所选取的这一组镜头衬托、映照出来。而王熙凤的起先不屑理睬这个穷亲戚，又不得不勉强应付的冷淡、矜持、虚骄，却是在那"不接茶，也不抬头，只管拨那灰"和"慢慢的"开口说话中，形象地体现出来。当她看到那两个人已立在她的面前，又觉不妥，顿时马上改为"忙欲起身，犹未起身"和"满面春风的问好，又嗔着周瑞家的"，这些细节，就把她乖觉善变、巧于趋奉的一贯伎俩，又写出来了。可见这些描绘，尽管没有用人物的多少语言，但通过行动的细节描写，也能生动、精练地表现出人物丰富、复杂的思想活动。它可以给人们鲜明的视像感，因此，是精彩的具有深远的概括性的细节。又如第九十七回，林黛玉的焚稿断痴情，也是用了一系列的细节描写：

那黛玉却又把身子欠起，紫鹃只得两只手来扶着他。黛玉这才将方才的绢子拿在手中，瞅着那火，点点头儿，往上一撂。紫鹃吓了一跳，欲要抢时，两只手却不敢动。雪雁又出去拿火盆桌子。此时那绢子已经烧着了。紫鹃劝道："姑娘！这是怎么说呢？"

黛玉只作不闻，回手又把那诗稿拿起来，瞧了瞧，又撂下了。紫鹃怕他也要烧，连忙将身倚住黛玉，腾出手来拿时，黛玉又早抬起，撂在火上。此时紫鹃却够不着，干急。雪雁正拿进桌子来，看见黛玉一撂，不知何物，赶忙抢时，那纸沾火就着，如何能够少待？早已烘烘的着了。雪雁也顾不得烧手，从火里抓起来，撂在地下乱踩，却已烧得所余无几了。

林黛玉对自己的爱情的完全绝望，对宝玉由爱转恨，决意要把过去爱情的记录——手绢、诗稿一起焚烧干净，表示从此彻底弃绝。这段描写中，写了三个人物的一系列具体行动的细节，并构成了动作的冲突。林黛玉主意已定，无法挽回；紫鹃与黛玉贴近，了解她的心思，关心她的命运，生怕她糟蹋自己，便努力劝阻；雪雁则不大懂得其中的底细，只做了些"奴仆"应做的事。这三个人每人的思想感情和互相间的关系，通过这行动细节，清楚地表现出来。特别是两次焚烧中间的极其复杂的感情变化，也可以从细小的动作中看清楚。第一次焚绢子时，她"瞅着那火，点点头儿，往上一撂"，把当时的黛玉百感交集，又怒、又怨、又恨、又悔，既不能讲什么，不想讲什么，又无须再讲些什么，化成"点点头儿"的细节，全都表达进去。当绢子焚尽，再焚诗稿时，只是拿起它"瞧了瞧，又撂下了"，终于"撂在火上"。看来，也许对诗稿的感情分量比绢子要重，因此，稍有一停，但毕竟态度十分坚决，没有什么可留恋的，于是下决心也就一起焚烧掉了。这样的行动细节，却胜过多少语言的形容和描写！

《红楼梦》作者，为了让人们见到他所要描写的一切，竭力避免用抽象化的语言进行描述。他喜欢选取无声而有形的语言，把每个细节都写得丝丝入扣，历历在目，甚至设计了大量小道具，用来带动一个个小故事。那些含蕴丰富的小道具，既可以辅佐人物的动作、表情，又可以直接表现人物性格，展开冲突。王熙凤手中拿着小铜火箸儿有"戏"，被林黛玉焚烧的绢子、诗稿也有"戏"。另外，如周瑞家的给姑娘们送上的十二枝宫花；林黛玉对宝玉有意怄气时，要想用剪子铰掉的荷包；小红遗落，而被贾芸捡着的绢子；蒋玉函赠给宝玉的大红汗巾子；宝玉递给晴雯，让她撕着作乐的扇子；宝玉赠送给贾环的茉莉粉；宝钗送给黛玉提神补气的燕窝；湘云拾得的一张当票……都在一定环境里，和人物的思想性格、生活命运紧紧地纠结在一起，构成了令人难忘的戏剧性的冲突，产生了动人的情节波澜。

《红楼梦》的细节描写，是如此丰富而又千变万化，因此，它给我们的艺术启示，是多方面的。

五、新鲜、活泼、贴切、动人的艺术语言

马克思曾经说过："语言是思想的直接现实"（《德意志意识形态》），"思想是不能脱离语言而存在的。"（《一八五七至一八五八年的经济学手稿》）文学又是语言的艺术，一部作品语言的好坏，直接影响这个作品思想内容的表达。因此，艺术语言的问题，无疑是值得重视的一个重要问题。

《红楼梦》在语言运用上，可以说是古典小说中最好的。它基本以乾隆时期的北京话为基础，经过加工锤炼成为相当成熟的艺术语言。直至今天，我们读起来仍感到明白、晓畅、新鲜、亲切，而能朗朗上口。并且，它大量吸收了丰富的人民语汇，大大加强了作品的表现力。如刘姥姥教训他女婿说："姑爷，你别嗔着我多嘴。咱们村庄人家儿，哪一个不是老老实实守着多大碗儿吃多大的饭呢？……在家跳蹋也没

用。"她向王熙凤道谢时，却说："我们也知道艰难的，但只俗话说的：'瘦死的骆驼比马还大呢。'凭他怎样，你老拔一根寒毛，比我们的腰还壮哩！"（以上均见第六回）奴才焦大，趁着酒兴，发牢骚骂大街，"你也不想想，焦大太爷跷起一只腿，比你的头还高些。二十年头里的焦大太爷眼里有谁？别说你们这一把子的杂种们！"（第七回）尤氏在和璜大奶奶说起儿媳妇秦氏，这样讲："那两日，到下半日就懒怠动了，话也懒怠说，神也发涅。……连蓉哥儿我都嘱咐了，我说：'你不许累捎他……这么个性格儿，只怕打着灯笼儿也没处找去呢！'"（第十回）王熙凤和李纨谈起小红，王熙凤就说："林之孝两口子，都是锥子扎不出一声儿来的。我成日家说，他们倒是配就了的一对儿：一个天聋，一个地哑。……"（第二十七回）宝玉想吃小荷叶儿小莲蓬儿的汤，凤姐就笑他："都听听，口味倒不算高贵，只是太磨牙了。巴巴儿的想这个吃。"（第三十五回）鸳鸯向平儿等人表态，誓死不嫁贾赦，她说："家生女儿怎么样？'牛不喝水强按头'吗？我不愿意，难道杀我的老子娘不成！"（第四十六回）王熙凤冲着平儿形容贾兰、贾环，说他们"是个燎毛的小冻猫子，只等有热灶火炕让他钻去吧"（第五十五回）。探春批评她母亲："耳朵又软，心里又没有算计，这又是那起没脸面的奴才们调唆的，作弄出个呆人，替他们出气！"（第六十回）尤三姐痛揭贾琏这号人说："你不用和我'花马掉嘴'的！咱们清水下杂面，你吃我看。提着影戏人子上场儿，好歹别戳破这层纸儿。你别糊涂油蒙了心，打量我们不知道你府上的事呢！……"（第六十五回），等等。这些生动、活泼、新颖、贴切的语汇，完全是从现实生活中提炼出来的，它散发着浓郁的生活气息，具有极大的艺术表现力。

一部成功的小说，要靠语言把一切写得活灵活现。它的叙述事件、描绘环境、刻画人物、抒发感情的语言，一定是生动、形象的，而人物的对白、独白的语言，又一定是个性化了的。《红楼梦》就有这样显著的优点。

第二十三回，描写宝玉被叫去见贾政，作者这样写道：

宝玉呆了半晌，登时扫了兴，脸上转了色，便拉着贾母，扭的扭股儿糖似的，死也不敢去。……宝玉只得前去，一步挪不了三寸，蹭到这边来。……宝玉只得挨门进去。原来贾政和王夫人都在里间呢。赵姨娘打起帘子来，宝玉挨身而入……

作者把动作描摹得多么生动！这里用了一连串准确而传神的形容词、动词，把宝玉怕去见父亲，但又不敢不去的矛盾心情和尴尬的神态、动作写活了。最后，贾政又训斥宝玉一顿：

说毕，断喝一声："作孽的畜生，还不出去！"……宝玉答应了，慢慢的退出去，向金钏儿笑着，伸伸舌头，带着两个老嬷嬷，一溜烟去了。

宝玉在父亲跟前"循规蹈矩"的受罪模样，表现在"慢慢的退出来"几个字中。而他原先在被叫去时的紧张心情，在离开父亲后如释重负的轻松感觉，也就由"笑着""伸舌头"这几个字，非常逼真地传达出来。如果没有对生活的细致的观察和体验，没有捕捉形象和驾驭语言的本领，绝对写不出这样的细节。又如第四十七回，描写柳湘莲痛打呆霸王薛蟠的情节，又是成功运用描叙语言的例子。

湘莲见前面人烟已稀，且有一带苇塘，便下马，将马拴在树上，向薛蟠笑道："你下来，咱们先设个誓。日后要变了心，告诉别人的，就应誓。"薛蟠笑道："这话有理。"连忙下了马，也拴在树上，便跪下说道："我要日久变心，告诉人去的，天诛地灭！"一言未了，只听镗的一声，背后好似铁锤砸下来，只觉得一阵黑，满眼金星乱迸，身不由己，就倒在地上了。湘莲走上来瞧瞧，知道他是个不惯挨打的，只使了三分气力，向他脸上拍了几下，登时便开了果子铺。薛蟠先还要扎挣起身，又被湘莲用脚尖点了一点，仍旧跌倒，口内说道："原来是两家情愿！你不依，只管好说，为什么哄出我来打我？"一面说，一面乱骂。湘莲道："我把你这瞎了眼的！你认认柳大爷是谁？你不说哀求，你还伤我！我打死你也无益，只给你个利害吧！"说着，便取了马鞭过来，从背后至胫，打了三四十下。

薛蟠的酒早已醒了大半，不觉得疼痛难禁，由不的"嗳哟"一声。湘莲冷笑道："也只如此！我只当你是不怕打的！"一面说，一面又把薛蟠的左腿拉起来向苇中汀泥处拉了几步，滚的满身泥水，又问道："你可认得我了？"薛蟠不应，只伏着哼哼。湘莲又掷下鞭子，用拳头向他身上擂了几下。薛蟠便乱滚乱叫，说："肋条折了！我知道你是正经人，因为我错听了旁人的话了！"湘莲道："不用拉旁人，你只说现在的！"薛蟠道："现在也没什么说的！不过你是个正经人，我错了！"湘莲道："还要说软些，才饶你！"薛蟠哼哼的道："好兄弟——"湘莲便又一拳。薛蟠"嗳"了一声，道"好哥哥——"湘莲又连两拳。薛蟠忙嗳哟叫道："好老爷！饶了我这没眼睛的瞎子罢！从今以后，我敬你怕你了！"湘莲道："你把那水喝两口！"

薛蟠一面听了，一面皱眉道："这水实在腌臜，怎么喝的下去！"湘莲举拳就打。薛蟠忙道："我喝！我喝！"说着，只得俯头向苇根下喝了一口，犹未咽下去，只听哇的一声，把方才吃的东西都吐了出来。

这里通过十分生动的环境、行动、心理描写，把薛蟠无耻、无能的软骨头相，狼狈不堪的窘态，和柳湘莲的大胆、机智、善于作弄人的特点，惟妙惟肖地勾画出来。这段语言描写，真使绘形、绘声、绘色三者很好地统一起来，让人如见其人，如闻其声，如临其境。

关于作品中人物自己的语言，也完全是个性化了的。它能使许多人物说出的话，十分符合自己的出身、经历、文化教养和自己的独特的性格。薛蟠的语言，粗野、鄙俗、下作；贾蓉的语言则庸俗、低级而带油腔滑调；林黛玉的语言，既娇又骄，气盛而直露，锋利而又有些尖刻；薛宝钗的语言尽管枯燥无味却说得委婉、圆滑老道、无隙可乘；王熙凤的语言是粗俗中有诡谲，她的老辣、狠戾常在故作软语中透露出来；……真是那些人物本身有多少种性格，就有多少种性格化的语言！不仅主要人物如此，就连那些次要人物，也具有自己个性化的语言。廊下住的五嫂子的儿子贾芸，是个无耻之徒。他们家虽已败落，但整日价惦着飞黄腾达，因此总想攀龙附凤爬上去。第二十四回，他和宝玉有这样一段对话。宝玉说：

"你母亲好？这会子什么勾当？"贾芸指贾琏道："找二叔说句话。"宝玉笑道："你倒比先越发出挑了，倒像我的儿子！"贾琏笑道："好不害臊！人家比你大五六岁呢，就给你作儿子了？"宝玉笑道："你今年十几了？"贾芸道："十八了。"

原来这贾芸最伶俐乖巧的，听宝玉说像他的儿子，便笑道："俗话说的好，'摇车儿里的爷爷，拄拐棍儿的孙子'，虽然年纪大，山高遮不住太阳，只从我父亲死了，这几年也没人照管。宝叔要不嫌侄儿蠢，认做儿子，就是侄儿的造化了。"

不用多说，仅这样短短一段话，便把这个利欲熏心的家伙的嘴脸揭露出来。后来，他又见到凤姐，想要求她给自己谋个事，便先送礼，送礼前，"深知凤姐是喜奉承爱排场的，忙把手逼着，恭恭敬敬，抢上来请安"，又天花乱坠地吹乎一通，什么"侄儿不怕雷劈，就敢在长辈儿跟前撒谎了！昨儿晚上提起婶娘来，说婶娘身子单弱，事情又多，亏了婶娘好精神，竟料理得周周全全的；要是差一点儿的，早累的不知怎么样了"。这几句话，不正是把这个精工谄媚的角色的思想性格深刻地刻画出来了！曾经看中了贾芸，又和他相当般配的小丫头小红，也是一个"想爬上高枝儿去"的人物。第二十七回，她的一段"精彩"的说白，是她最好的自我介绍。那是凤姐差她去告诉平儿给绣匠工价，要她返回来时，把床头的小荷包儿捎来。你看她回来时是怎样回话的，她说：

> "平姐姐说：'我们奶奶问这里奶奶好。我们二爷没在家。虽然迟了两天，只管请奶奶放心。等五奶奶好些，我们奶奶还会了五奶奶来瞧奶奶呢。五奶奶前儿打发了人来说，舅奶奶带了信来了，问奶奶好，还要和这里的姑奶奶寻几丸延年神验万全丹。若有了，奶奶打发人来，只管送在我们奶奶这里。明儿有人去，就顺路给那边舅奶奶带了去。'"

请注意，她原本是宝玉屋里的丫头，这是第一次为凤姐办事，对凤姐那边的人事关系，应该说并不十分熟悉，但却如数家珍。她像爆豆似的，说了一大堆"奶奶""爷爷"的关系，连李纨听了都蒙了，搞不清这里是怎么回事。足见小红的记性有多好，口齿有多伶俐！因此，一下子就被凤姐看中，赞赏她说："好孩子，难为你说的齐全，不像他们扭扭捏捏蚊子似的。"于是要留下她来服侍自己，并想认她作干女儿。小红这一段转述，不正是把凤姐之所以喜欢她的原因，和她的能说会道的个性特点，都表现出来了吗？

同样是伶牙俐齿，王熙凤与那些奴仆的语言，又有所不同。用兴儿的话说，她是"心里歹毒，口里尖快"，"嘴甜心苦，两面三刀"。全书随处都可见她的这种语言特色，最典型的可以说是她谋害尤二姐的情节中的一些说白。当她刚一听说贾琏瞒过了她，偷娶了尤二姐，她压不住怒火，冲着奴仆们发作起来，把最粗野低级的话全骂了出来："你们这一起没良心的混账忘八崽子，都是一条藤儿！打量我不知道呢！先去给我把兴儿那个忘八崽子叫了来，……"后来，暗自一盘算，决计以不露声色地将尤二姐折磨死为上策，于是马上换了一副面孔，改了一种腔调，把"明是一盆火，暗是一把刀"的语言方式，淋漓尽致地发挥出来。她对尤二姐说：

"皆因我也年轻，向来总是妇人的见识，一味的只劝二爷保重，另在外边眠花宿柳，恐怕叫老爷太太担心：这都是你我的痴心，谁知二爷倒错会了我的意。若是外头包占人家姐妹，瞒着家里也罢了；如今娶了妹妹作二房，这样正经大事，也是人家大礼，却不曾合我说。我也劝过二爷：早办这件事，果然生个一男半女，连我后来都有靠。不想二爷反以我为那等妒忌不堪的人，私自办了，真真叫我有冤没处诉。我的这个心，惟有天地可表。头十天头里，我就风闻着知道了，只怕二爷又错想了，遂不敢先说；目今可巧二爷走了，所以我亲自过来拜见。还求妹妹体谅我的苦心，起动大驾，挪到家中，你我姐妹同居同处，彼此合心合意的谏劝二爷，谨慎世务，保养身子，这才是大礼呢？要是妹妹在外头，我在里头，妹妹白想想，我心里怎么过的去呢？再者：叫外人听着，不但我的名声不好听，就是妹妹的名儿也不雅。况且二爷的名声，更是要紧的，倒是谈论咱们姐儿们，还是小事。至于那起下人小人之言，未免见我素昔持家太严，背地里加减些话，也是常情。妹妹想，自古说的，'当家人，恶水缸。'我要真有不容人的地方儿，上头三层公婆，当中有好几位姐姐、妹妹、妯娌们，怎么容的我到今儿？——就是今儿二爷私娶妹妹，在外头住着，我自然不愿意见妹妹，我如何还肯来呢？拿着我们平儿说起，我还劝着二爷收他呢。这都是天地神佛不忍的叫这些小人们糟蹋我，所以才叫我知道了。我如今来求妹妹进去，和我一块儿，——住的、使的、穿的、带的，总是一样儿的。妹妹这样伶透人，要肯真心帮我，我也得个膀臂。不但那起小人堵了他们的嘴，就是二爷回来一见，他也从今后悔。我并不是那种吃醋调歪的人，你我三人，更加和气，所以妹妹还是我的大恩人呢。要是妹妹不合我去,我也愿意搬出来陪着妹妹住,只求妹妹在二爷跟前替我好言方便方便,留我个站脚的地方儿。就叫我伏侍妹妹梳头洗脸,我也是愿意的!"说着,便呜呜咽咽,哭将起来了。

为了诓骗尤二姐,使她相信自己,王熙凤无所不用其极。不仅装得真挚、诚恳,甚至达到低三下四的程度,时而晓之以封建的"大礼",时而对天盟誓,说得委婉动听、入情入理、声泪俱下。因而深深地打动了尤二姐,使她也"不觉滴下泪来",错认凤姐"是个好人,想道:'小人不遂心,诽谤主子,也是常理'",完全取消了戒备,"竟把凤姐认为知己"。

一旦诓骗的目的达到,转过脸来,向着尤氏家里人,大举兴师问罪。她肆无忌惮地骂着跑媒拉纤的贾蓉,说他是:"天打雷劈,五鬼分尸的没良心的东西!不知天有多高,地有多厚,成日家调三窝四,干出这些没脸面,没王法,败家破业的营生。你死了的娘,阴灵儿也不容你!祖宗也不容你!""一面骂着,扬手就打。"同时,照着尤氏的脸一口唾沫啐道:"你尤家的丫头没人要了,偷着只往贾家送!难道贾家的人都是好的,普天下死绝了男人?……如今咱们两个一同去见官,分证明白,回来咱们共同请了合族中人,大家觌面说个明白,给我休书,我就走!"而且,"滚到尤氏怀里,嚎天恸地,大放悲声","说了又哭,哭了又骂。后来又放声大哭起祖宗爷娘来,又要撞头寻死。把个尤氏搓揉成一个面团儿,衣服上全是眼泪鼻涕,并无别话",十足是泼皮、无赖的样子。

通过这些语言,我们确实感到王熙凤是个口蜜腹剑、两面三刀,既阴险又泼辣的家伙。她的语言,多么有力地表现出她的个性。

林黛玉处在"一年三百六十日,风刀霜剑严相逼"中,她用语言作武器,来向封建礼教、封建正统进行斗争。所以她的语言,虽然也是十分锋利,常常用它来"专挑人的不是"和"见一个打趣一个"。

但不鄙俗、粗野，更多的则是尖锐的讽刺，含蓄而有力的奚落、揭露。因此说出来的话常常是语意双关，有丰富的潜台词，既刺痛人家，又要有个曲折。这就与她的性格完全一致。

第二十八回，贾宝玉见着薛宝钗左腕上笼着一串香串子，忽然想起"金玉"一事，不觉呆住了。宝钗褪下串子来给他，"他也忘了接"。这时，"宝钗见他呆呆的，自己倒不好意思起来。扔下串子，回身才要走，只见黛玉蹬着门槛子，嘴里咬着绢子笑呢。宝钗道：'你又禁不得风吹，怎么又站在那风口里？'黛玉笑道：'何曾不是在房里来着？只因听见天上一声叫，出来瞧了瞧，原来是个呆雁！'宝钗道：'呆雁在那里呢？我也瞧瞧。'黛玉道：'我才出来，他就忒儿的一声飞了。'口里说着，将手里的绢子一甩，向宝玉脸上甩来。"谁都听得出，她是拿呆雁来形容宝玉，奚落他那丧魂失魄的样子，但又不直说，因此说得风趣而尖刻，使人听了哭笑不得。

说到这里，我们不得不替续作者高鹗说上几句。这位续作者的语言运用，也达到很高的境地。他不单是叙述描写的语言，运用得十分精彩，而且人物道白也极富个性化。例如林黛玉最后听傻大姐告诉她说，宝玉就要娶亲，但对象并不是自己。续作者这样形容道：

那黛玉此时心里，竟是油儿、酱儿、糖儿、醋儿倒在一处的一般，——甜、苦、酸、咸，竟说不上什么味儿来了。停了一会，颤巍巍的说道："你别混说了。你再混说，叫人听见，又要打你了。你去罢。"说着，自己转身要回潇湘馆去。那身子竟有千百斤重的，两只脚却像踩着棉花一般，早已软了。

这是多么精练、准确而生动的艺术语言！真是把林黛玉听了这话后的复杂心情，剧烈的感情变化，完全表现出来了。后来黛玉决定要去责问宝玉，但她到了宝玉住处，见着袭人时，偏偏"笑着道：'宝二爷在家么？'"这时紫鹃在黛玉身后和袭人"努嘴儿，指着黛玉，又摇摇手儿"，向她示意，要她不要言语。待黛玉进了宝玉房子，"看见宝玉在那里坐着，也不起身让坐，只瞅着嘻嘻的傻笑。黛玉自己坐下，却也瞅着宝玉笑。两个人也不问好，也不说话，也无推让，只管对着傻笑起来。"这是何等奇特、大胆的语言描写！一个"笑"字，却概括了多么丰富的内容。它恰当不过地表现此时、此地、此情、此景中两人那难以复述的感情。最后，黛玉并没有正面提出来责问宝玉，只问了个："宝玉，你为什么病了？"而且"瞅着宝玉只管笑，只管点头儿"，当紫鹃她们一再催着，要她回去歇着时，她只说了这么一句话，"可不是？我这就是回去的时候儿了。"一句平淡、寻常的话，却说出，对生活的完全绝望，表现了她无限的悲苦辛酸！她最后见着贾母时，"喘吁吁的说道：'老太太，你白疼了我了！'贾母一闻此言，十分难受，便道，'好孩子，你养着罢！不怕的！'黛玉微微一笑，把眼又闭上了。"这两句道白，同样都耐人寻味，应该说都有十分动人的潜台词。前一句，当然不是说要回潇湘馆去，而是说：够了，生命该结束了。因此，话虽说得十分平静，却透露沁人心肺的凄凉感；后一句，也绝不是向着贾母去表示她的自艾自歉，没有什么抱愧而忏悔的意味，而是认清了她们，对她们作最后的谴责，坚决表示她自己的不妥协。林黛玉生命结束前，续作者赋予她的最后一句话，是这样："猛听黛玉直声叫道：'宝玉！宝玉！你好——'说到'好'字，便浑身冷汗，不作声了。"这就不难看到黛玉这个人物，是冲破梗塞的喉咙，迸发出她最后的控诉。虽然话仅六个字，但字字含着多大的悲愤！她的矛头不是指向宝玉个人，而是指向铸成这个悲剧的人世间和那吃人的封建制度，因此，产生了震撼人心的巨大的悲剧力量！

深刻的思想内容，伴之以精湛的艺术语言，因此，《红楼梦》的语言除了生动、精练之外，常常还带有深刻的哲理性。为人们所熟知的"大有大的难处""千里搭长棚，没有不散的筵席""天下老鸹一般黑""但凡家庭之事不是东风压倒西风，就是西风压倒东风"……都反映出客观事物中的一定的辩证关系，道出了剥削阶级的阶级本质和阶级斗争的规律。因此，直到现在，这样既通俗又意味隽永的话，还常常被我们所借用。所以说，这部作品出现在酸溜溜、文绉绉、空空洞洞的八股文风靡一时的历史时期，它的语言不仅是独树一帜、别开生面的，而且是一种革新和反潮流的大胆举动。仅就这一点，也需要给它一个较高的评价。

　　总之，《红楼梦》的艺术成就是很高的，可资我们学习借鉴的地方相当的多。但也不是白璧无瑕、无可挑剔的。它在艺术描写上，仍存在着明显的可以克服的缺陷。虽说它所描写的四大家族的故事，出现在什么朝代，发生在什么地方，交代不清和搞得扑朔迷离的主要原因，是作者有意将真事隐去，而用假语村言写出。但是，其他的描写，有的则是艺术上不够细致，不够周到。例如，有些人物的来龙去脉就看不清楚。贾琏究竟与邢夫人是什么关系？称他为琏二爷是因为什么？贾琮是贾赦的什么人？……又如，有一些人物被写在作品中，应该说是经历了十几年的时光，但几乎没有什么变化。凤姐的女儿巧姐儿就是其中的一个。还有不少人物的思想性格也看不出一个显著的发展变化。就以贾宝玉、林黛玉而言，最初出场不过是十来岁的孩子，但他们所想的、所说的，完全是成年人的一套。显然作者以自己成熟了的思想和语言，赋予了他心爱的主人翁。这就使性格与年龄脱节，令人难以置信。如此等等，大大小小的艺术缺陷，在《红楼梦》中也是可以挑得出来的。至于受着阶级时代的局限，对于一些人物做了些歪曲的描写更是屡见不鲜。因此，我们对《红楼梦》的艺术价值也始终需要采取一分为二的分析态度，只有这样，才能真正去粗取精，去伪存真，吸收其中有益的东西。

景不盈尺　游目无穷

——从金钏儿事件看《红楼梦》艺术构思

一

《红楼梦》这部弘博浩繁的长篇巨著，它在广阔的日常生活事件中提炼出巨大的思想意义；它细致、深刻地塑造了数以百计的人物形象，人物性格的成长发展贯穿于作品的始终；它将详尽的心理描写与细致入微的环境勾勒有机地结合在一起，因此撷取一斑是难见全豹的。要想孤立地看它的一章一节、单独地分析一个片断是困难的，甚至是不大可能的。这里不妨就金钏儿事件来做一次这样的尝试。

《红楼梦》中写了大小不等的无数起事件，这些事件纵横交错，构成了丰富复杂的生活画卷，金钏儿的死只是其中的一条纤维。金钏儿在全书中是个次要人物，在丫头中不能与袭人、晴雯、平儿、香菱、鸳鸯等相比，不仅出场次数少，而且在整个故事中的地位也不如她们重要。她的投井自尽，不过是这个家庭中无数起悲剧事件的一桩。这事件起因和经过写在第三十回，每一部分都不过数百字，看起来比较完整，因此选择这样的事件来分析作者的构思，也许有方便之处。

第三十回写宝玉来到王夫人房里，看到王夫人睡着，金钏儿坐在旁边替她捶腿，也很困乏的样子。于是宝玉走到金钏儿跟前，拽拽她的坠子。金钏儿一见是宝玉，"抿嘴一笑，摆手叫他出去，仍合上眼"。宝玉有些恋恋不舍，从身边荷包里掏出香雪润津丹，送到金钏儿嘴里，并且拉着她的手说："我和太太讨了你，咱们在一处罢。"金钏儿起先不回答，后来推了他一把，笑着说："你忙什么，'金簪儿掉在井里头，有你的只是有你的'"，叫宝玉往东小院儿里拿贾环与彩云去。他们正在耍笑，王夫人翻身起来，照金钏儿脸上打了个嘴巴，把她骂了一顿。这时宝玉一溜烟跑了，但王夫人不肯罢休，叫玉钏儿把她们妈妈找来，带金钏儿回家去。经金钏儿苦苦哀求仍然无效，金钏儿只能含羞忍辱地走了。到第三十二回，一个老婆子急急忙忙地跑来告诉大家说："这是那里说起！金钏儿姑娘好好儿的投井死了！"

这便是这个事件的始末。

这个事件虽然写得很清楚，但是单就这故事来分析是很困难的。因为这个冲突的性质是什么，这首先弄不清；同时宝玉与金钏儿究竟是什么样的人，也无从知晓，更说不上去了解作者构思这个情节的用心了。也可能会以为这真的像王夫人所想的那样，是"金钏儿行此无耻之事"，受到惩罚，理所当然。倘若我们摸清了宝玉和王夫人的思想性格，或许懂得这是封建主义对这个少女无辜的残害，也仅止于此，很难深入一步。由此可见，只就一个片段来评论，丝毫不足以说明曹雪芹是位伟大的作家，《红楼梦》是部伟大的作品。但是我们如能纵横联系起来进行观察，那么一切都变了样子，完全可以看出作者思致之高、用心之深、目光之炬、心手之应。

二

首先，我们知道曹雪芹按照生活的逻辑来描写生活，他不是也不能为一个事件处心积虑，上下奔走，作勉强的安排。如果这样，他的作品在思想和艺术上所达到的高度也要打折扣，这是不言而喻的事情。但是由于生活的内在联系、形象的有机联系，作家笔下的一切又是一个完美的整体，就这个意义上看，曹雪芹在铺写全书的其他方面的同时，必然客观上也就为金钏儿事件做了一些准备。这种准备是不露痕迹的、极其自然的，甚至看起来是无意识的。

这种准备表现在什么方面？主要是人物性格和人物关系的前后照应。现在先就这方面看一看。

金钏儿在第七回就出场，这次出场是有她性格化的语言和动作的。她在和周瑞家的打招呼、攀谈中给读者留下了第一个印象：她是一个机灵、乖巧、能见机行事，但又颇带一些稚气，而某些方面却也能品味到人生沧桑的这样一位少女。作者在这里用笔很淡，因此不注意就容易忽略过去。但把她引上场，绝不是无所谓的，这多少帮助我们认识了后来投井自尽的金钏儿。

到了第二十三回作者又写得更充分些，这是正当宝玉知道姐姐元春下了谕令，让姐妹们和他一起搬进大观园去居住，他正"喜之不胜"的时候，忽然听说老爷叫他，"登时扫了兴，脸上转了色，便拉着贾母，扭的扭股儿糖似的，死也不敢去"。后来经过贾母劝说，只得"一步挪不了三寸，蹭到这边来"。这时王夫人的丫鬟金钏儿、彩云、彩凤等五六个人在廊檐下站着，"一见宝玉来，都抿着嘴儿笑他。金钏儿一把拉着宝玉，悄悄的说道：'我这嘴上是才擦的香香甜甜的胭脂，你这会子可吃不吃了？'彩云一把推开金钏儿，笑道：'人家心里发虚，你还怄他！趁这会子喜欢，快进去吧。'宝玉只得挨门进去。"等到宝玉从父亲那里出来，"向金钏儿笑着，伸伸舌头"。

这段描写在金钏儿身上着笔不多，但是利用这特定的紧张的情势，又通过和其他几个丫鬟的对比，她的性格跃然纸上。特别在这并不经意处着笔，把她和主子的关系点染出来：那就是对于这样的小主人她无所顾忌，一定程度上突破了封建社会主仆的等级关系，而能以平等和善相待。同时她的性格较之在场的几个丫鬟也更为活泼调皮些，更为洒脱天真些。一定意义上看，她阅世还不深，污染还不多。这段描写虽然和第三十回在情节发展上还有时间的距离，但却能帮助我们了解她在后面所发生的故事。

　　至于贾宝玉这位全书的中心人物，作者对于他的性格描写当然着笔最浓，他的至理名言："女儿是水做的骨肉，男人是泥做的骨肉。我见了女儿便清爽，见了男子便觉浊臭逼人！"这是凡读过《红楼梦》的人都知道的。他亲近丫鬟们很大程度上是同情她们的身世、遭遇，敬慕她们的品格高尚和精神美好。这些我们不去细细说它，单就第三十回以前，作者也是有意地作些照应，使我们对金钏儿事件的发展有合理的逻辑可寻。就以第二十九回来说，着重写了张道士提亲，引起了宝玉、黛玉为恋爱婚姻问题的一次大吵闹，他俩怄了气，宝玉情绪上有了较大的波澜。跟着，第三十回又写他无意中用话语得罪了薛宝钗，使宝钗难堪，因而又受到宝钗指桑骂槐的谴责。贾、林、薛三人的关系正像凤姐说的，"既没人吃生姜，怎么这么辣辣的呢"？正是在彼此都有些不快的情势下，宝玉到处碰壁，左右为难，"说不得忍气，无精打采"地"来到王夫人上房里"。我们为什么要介绍以上这些？就是在这一系列其他情节的描写中，寓存了作者要求我们去把握的人物性格的规定性和心理的规定性。然后金钏儿事件的尖锐的性格冲突，正是选择了这样的时际，就有可能吹散弥漫在金钏儿事件上的烟云，使人们窥测到这个人物悲剧遭遇的真正奥秘，涤清其中不洁的色泽，还它本来面目。

　　作者正是从这样远近、疏密、正侧等几个方面，通过对人物性格的勾勒，为展示这一事件做了准备的。

三

　　在直接展开事件以前，作者先努力创造了很好的时间、空间的规定情境。这时正是盛暑的正午，"各处主仆人等多半都因日长神倦之时，宝玉背着手，到一处，一处鸦雀无闻"，大约都在歇午。

　　他来到王夫人房里，"只见几个丫头子手里拿着针线，却打盹儿呢。王夫人在里间凉榻上睡着，金钏儿坐在旁边捶腿，也乜斜着眼乱恍"。这一段环境的描写重要极了，它好像电影镜头，由广阔的空间推向一个主体；好像是精彩的场面调度，先把舞台的四方用灯光一扫，然后集中于一点之上。这些主仆们只是陪宾，用来反衬金钏儿此时的尴尬处境。而宝玉却是带着烦躁、纳闷、百无聊赖的心情来到母亲这里，于是他们就构成了独特的冲突关系。当他看到金钏儿此时此刻的处境，会引起什么样的感情呢？显然他自己精神上受到折磨，很自然地就容易从内心里唤起对别人的同情、怜悯、爱抚，所以他对金钏儿说的"我和太太讨了你，咱们在一处罢"，这话并没有什么不干净的成分，其中有着很多说不出来的潜台词。我们不妨这样设想，这种感情的交流，对宝玉来说也许联想到可以向这位一向以平等相处的金钏儿吐露一下压抑在胸中的心曲；也许就是他从自己遭到人家的奚落、冷淡，联想到金钏儿此刻所遭受的不公平的待遇，进而也就可能想到如果在自己的怡红院中，这样的事情不会发生，她可以自由得多，人格可以得到尊重……这些作者不诉诸文字，而是调动读者的想象去完成，实在是最高明不过的精练含蓄的手法。

至于金钏儿，是不会了解在这个特殊情势下宝玉心情的底蕴的，自然依旧和往常一样毫无拘束地和他戏耍。她以为王夫人已睡着，于是还没来得及思索这里和廊檐下在环境上有多大的不同，却已从思想上解除了戒备，不免自由起来。我们不难理解，她一方面是由于与宝玉相处的习惯，一方面也在此时受到对方的关怀，萌发了一种合理的要求。然而这还不是自觉的、有意识的，因此王夫人的突然袭击，使她迷惘、懵懂，不知所措。而作者前几次写到的金钏儿，却没有写出她有迎接抗争的思想性格的准备，她也无法领悟这次冲突的本质。作者对她的全部思想性格的描写，决定了她不同于晴雯、鸳鸯，只能按照自己性格，选择一条哀求无效而投井自尽的悲剧道路。

作为宝玉与金钏儿对立面的是王夫人。王夫人打击金钏儿，与其说是干涉他们的行动，不如说是弹压这种思想行为，严防其泛滥。那么封建主义代表者是不是这样高尚、神圣呢？这点作者在全书中写得非常清楚：袭人可以同意与宝玉初试云雨之情；邢夫人可以代她丈夫去牵线，要娶丫鬟鸳鸯；当贾琏与鲍二家的媳妇干出下流勾当的时候，贾母反倒数道凤姐说："什么要紧的事，小孩子年轻，馋嘴猫儿似的，那里保的住呢？从小儿人人都打这么过的……"由此可见，这个家庭中男主子与女仆的关系从来都是这样肮脏的。特别是贾母的话，这是对他们的生活很有倾向性的概括。联系这些，我们才能真正懂得王夫人所反对的究竟是什么，也才能懂得金钏儿事件本身的冲突具有何等深刻的社会思想意义！那就是这个家庭完全可以允许建立在奴役、压迫基础上的性行为，却坚决不能允许有建立在平等相待基础上的感情交流；他们可以默许干这些见不得人的勾当，却不能同意当着别人的面公开表露自己的感情。因为前者无损于封建的纲纪、伦常，后者则是在摧毁这样一种封建的关系。这就是这场冲突的实质。因此，金钏儿的悲剧不仅是罪恶的制度戕杀了一个无辜的弱者，而且是新的人与人的关系彻底地遭到摧残。

四

这里有一个很有意思的问题：为什么金钏的最终结局作者不正面来写，而她的死之噩耗却要由一个老婆子嘴里传出来呢？表面看来这是一个描写手法的问题，实际上不然。我们姑且先就用笔的得体来看，曹雪芹不肯在这故事上多添几笔，很吝惜自己的笔墨，这是完全有道理的。因为金钏儿被逐以后将会如何，这并不是非正面描写不可的，它毕竟不是中心事件，如果过多地留恋其间，左顾右盼，就会使全书的布局失宜，也就无法突出主题。再者，既然作者已经毫不含糊地写出了金钏儿致死的原因，对她被逐后的命运也作了布置，那就是金钏儿自己说的："太太要打要骂，只管发落，别叫我出去，就是天恩了。我跟了太太十来年，这会子撵出去，我还见人不见人呢？"这话当然不是随便说的，可以看出金钏儿的处境实在有不易告人的为难之处。因此，事态的变化发展，她的悲惨结局，人们是可以推想出来的。以上种种说明作者采取了隐而不显的描写手法完全是有道理的。这就是精当的剪裁。

但是仅仅如此还不是我们体会作者构思的全部内容。那么进而再从作者的着眼来看，他写这个事件，并不仅仅局限于这个事件本身有深刻地暴露黑暗社会的作用，有强烈的控诉性。正像有正书局本戚蓼生序中所说，这部作品是"一声也而两歌，一手也而二牍"。这就是说作者写一个情节，除了本身意义之外，也还有别的用意。那么金钏之死的其他意义是什么？这就是把它当作一座天平的砝码，用来掂量一下其他人物思想品格和道德面貌。简单一句话就是，通过它来写其他的人物性格，写他们之间的关系。因为人们会感觉到，在第三十回前后，作者多方面着力地写两种思想的矛盾冲突，已然达到壁垒分明的境地，书中许多人物所站的立场也已十分清晰。这时际的全部情节描写，主要应来突出这些方面。就在这总的构思的导引下，金钏儿事件显然给全局添上了有力的一笔。

因此这老婆子来报告时，作者安排了两个人物在场，就是宝钗与袭人。这不是没有缘故的，作者是用这事件作为引线，勾出她们的灵魂。

宝钗听了这消息，简单地说了一句"这也奇了"，便匆匆地赶到王夫人处来。

她见王夫人在那里垂泪，连忙劝慰王夫人不用过意不去，笑着说："姨娘是慈善人，固然是这么想。据我看来，她并不是赌气投井，多半他下去住着，或是在井旁边儿玩，失了脚掉下去的。他在上头拘束惯了，这一出去，自然要到各处去玩玩逛逛儿，岂有这样大气的理？纵然有这样大气，也不过是个糊涂人，也不为可惜。"王夫人点头叹道：

"这话虽然如此说，到底我心不安！"宝钗笑道："姨娘也不必念念于兹，十分过不去，不过多赏他几两银子发送他，也就尽主仆之情了。"

　　读到这里真叫人毛骨悚然！这话绝不是随便想起说说的，因为从语态、表情以至语言的逻辑来看，是真实地暴露了薛宝钗的思想感情。如果在很多地方这位少女还蒙着一块美丽动人的面纱，仿佛完全是位善良、温柔、多情的小姐，那么这里作者毫不客气地扯掉了这块纱绢，让她赤裸裸地露出她那被铜绿染污了的狰狞的嘴脸！难道仅仅是她不了解金钏儿事情的经过，无意曲解了她吗？显然不是。对于这位一心想着"好风凭借力，送我上青云"、积极"入世"的宝钗来说，好生生的一个人，偏要寻短见，的确是"这也奇了"！另外，这位皇商家庭出身的姑娘，深深懂得在那个社会中，遇事可以"多赏他几两银发送他"的道理。她心目中这些奴婢也不过是和几两银子等价的蝼蚁之辈，若不是关系到她姨母的事，她绝不会"忙向王夫人处来"的——不，说得确切些，也是关系到她自己的事，因为她利用这一机会，可以更贴近姨母的心意，充分施展她"会做人"的处世艺术，博取姨母欢心。作者这里用了浓重的色墨给她敷上了这一笔，无非让人们看到她复杂的性格。由此，我们看到她内心深处有着浓烈的阶级优越感和市侩习气，伴随而来的就是冷漠寡情、泯灭人性。作者正是利用金钏儿事件，把宝钗心灵深处的东西挖掘出来，使我们可以懂得为什么她与宝玉不能一起相处，而要分道扬镳的思想性格根据，换句话说，也就可以帮助我们透视出贾、薛之间婚姻悲剧的深刻的原因。

　　袭人听了老婆子的话，却又与宝钗不同。她"点头赞叹，想素日同气之情，不觉流下泪来"。就这样寥寥几句，便不写了。我们不能不佩服作者的高明，他实在把人物琢磨透了。在这里袭人与宝钗不同，是完全正确的，应该的。因为她们相通的是思想，不同的是客观处境。袭人毕竟是个丫头，因此她与金钏儿还有"同气之情"，同时这里谁能说没有一点兔死狐悲式的哀鸣呢？因为金钏儿做人不小心，落得如此结果，她也很难保不会有这样下场。但是看到这件事以后，她的思想性格怎么样进一步发展呢？第三十四回在"不肖种种大受笞挞"以后，她借机向王夫人进言，说道：

> 如今二爷也大了，里头姑娘们也大了，况且林姑娘宝姑娘是两姨姑表姐妹——虽说是姐妹们，到底是男女之分，日夜一处，起座不方便，由不得叫人悬心。……况且二爷素日的性格，太太是知道的，他又偏好在我们队里闹。倘或不妨前后，错了一点半点，不论真假，人多嘴杂，……后来二爷一生的声名品行岂不完了呢？

听了这一席冠冕堂皇的话，我们可以了解这个丫头的思想性格又是多么复杂。她难道忘记正是自己做出来的不干净的勾当！可是她反倒装作好人。这一方面是忌妒宝玉与别人的关系，另一方面竭力想用封建主义的规范把宝玉拉到她理想的道路上来。说到这里，也许有人会认为这种看法实在太漫无边际，袭人对王夫人说了这一席话，与金钏儿事件有什么必然联系呢？假若真的这样想就错了，因为《红楼梦》的作者明白告诉我们经过袭人这一番劝说，王夫人"正触了金钏儿之事，直呆了半晌，思前想后，心下越发感爱袭人"，说："你如今既说了这样的话，我索性就把他交给你了！"这样就确立了袭人不同寻常的地位。可见作者是有意把它们勾连起来的。

王夫人、薛宝钗和袭人在这个事件上完全站在了一起。因此我们看到作者也利用了这个事件，把书中的主要人物，从思想性格上作了泾渭之分，进而也就把人物的命运紧紧地联系起来。

另外，通过金钏儿事件还衬托出这个家庭其他一些人物的关系。如贾环曾经在贾政要打宝玉时参了一本，说宝玉强奸金钏儿不遂，金钏儿被打了一顿，赌气投井了。这样就把贾政气得"面如金纸，大叫

'拿宝玉来'",一定要把宝玉活活打死。这不仅使得这父子两人所代表的对立思想冲突格外尖锐,而且贾环的挑唆,深刻地表现出封建社会中嫡庶之间为争夺地位和权力,存在着你死我活的矛盾。

第三十六回作者还添上这样一笔:"如今且说凤姐自见金钏儿死后……自己倒生了疑惑,不知何意。"原来如平儿所解释的,这些人看着"如今金钏儿死了,必定他们要弄这两银子的巧宗儿呢"。这就是说,大家为觊觎这份月钱而红了眼,拼命巴结主子,想讨得这份额外赏赐。这个家庭里人与人的典型关系,就如此赤裸裸地暴露出来。

以上种种看来,这个事件虽仅仅写了七百字,但作者最大程度上发挥了它的作用,收到了一石三鸟的效能。一处落笔,数处奏功,由这简单平常的事件,挖掘出多么深广的思想意义,又如此积极地服务于中心故事。这就是《红楼梦》在艺术构思上的最大特色。

同时,作者写这件事,是联系到更多方面来补充、衬托、照应的,反过来也为更多的方面服务。因此远近、隐显、直曲、方圆、多寡、虚实、深浅交映在一起,满纸淋漓,美不胜收。这样的创作,无疑是充分相信欣赏者和尊重欣赏者,启发大家和作者一起来思考,因此有发人深思、给人余味无穷的艺术感染力。如同《增评补图石头记卷首·读法》中所指出的:"观其通体结构,如常山蛇首尾相应,安根伏线,有牵一发全身动之妙。"这种美溢之词,用在《红楼梦》上,并不为过。

五

金钏儿事件的余波是比较久远的。这主要还是对主人翁贾宝玉精神世界、内心世界的巨大影响,它成了促进他思想性格急遽变化的重要因素。

这里我们应该说说宝玉。实在的,从某种意义上看,金钏儿事件,与其说为的是写金钏儿,不如说为的是写贾宝玉。第三十回这位肇事的"祸首"逃之夭夭，这方面写出了这位主人翁的软弱性，他不敢公开地站出来保护金钏儿，因为这时他的实际地位和这些受压迫者是一致的。然而这件事并未就此了结，这个事件震撼了他的灵魂，从情节互相渗透的关系上看，作者跟着写宝玉看龄官画"蔷"字出了神，浑身上下淋得湿透，他毫无感觉；回到怡红院，不满丫鬟们和他嬉耍，无心地踢了袭人一脚；后来因为晴雯失手跌折扇子骨，被他狠狠地骂了一顿……这一系列的反常行为，无非是从多方面渲染他内心所激起的波澜。如他所说："叫我怎么样才好？这个心便碎了也没人知道！"无疑，这是要点染出他有着比较潜在的然而却是无比激烈的内心斗争。特别是他挨了打，亲身受到打击得到教训后，终于选定了这条反礼教束缚、反封建迫害的道路。他对黛玉所说："我便为这些人死了，也是情愿的！"实际上这就是誓言，决心走下去，永不反悔。"他们"当然包括金钏儿在内，可见金钏儿的死对他精神的影响是多么巨大。他的思想通过几次教训，有了提高。第三十五回他看到玉钏儿，"便想起他姐姐金钏儿身上，又是伤心，又是惭愧，便把莺儿丢下，且和玉钏儿说话。"这分明是努力想用对玉钏儿的加倍关怀、爱抚来减轻自己良心上的责备。第四十三回九月初二这天，作者有意安排了既是凤姐的生日，也是金钏儿的生日，荣、宁两府正十分热闹地为凤姐祝寿，宝玉偏偏这一天清早远离了家，到郊外水仙庵去祭奠金钏儿，了结他的心愿。但这件事他事先既不同任何人说，回来以后也还瞒着大家，可见他完全懂得自己的这种行动绝不会得到家里人的同情和支持，因此思想上已经有了此与彼的界限。

作者拿宝玉的这种举动和他家里人的举动反衬着写，一方面家里人都不满意他不来参加这些热闹，认为今天"再没有出门之理"；另一方面也写全家为凤姐祝寿，变着法子学那小家子，"大家凑个分子"，虽然极尽欢乐之能事，但背地里弄得有些人十分难堪，因此是强作欢笑。这样一种繁荣、艳彩来得十分勉强，只是虚假的、表面的。

就在这天，凤姐捉住了丈夫贾琏与鲍二家的奸情，于是大闹了一场。这些情节放在一起，绝不是漫然置之的。作者要彻底暴露出这种看来欢乐美好的关系背后有着多么令人齿冷的丑恶内容。与此完全相反，宝玉的行动却显得多么高尚！他对金钏儿的感情是真挚的、纯洁的、美好的。相形之下，美与丑、高尚与低下，都清晰地展示在我们眼前。作者这样构思，绝不是单纯艺术技巧的高超所能解释的，更重要的决定于他对生活的认识，因为他的立意是发乎笔之先、溢乎笔之外的。最后，宝玉从外边回来，"一径往花厅上来，耳内早隐隐闻得箫管歌吹之声，刚到穿堂那边，只见玉钏儿独坐在廊檐下垂泪"，宝玉笑着对她说："你猜我往那里去了？"这样疏淡地添了几笔，更清晰地照出他感情的动向，但不露雕琢痕迹，无疑令人惊叹欲绝。

上面所列举到的全部描写，作者都点出了与金钏儿事件的联系。如果我们从这个事件的发生、发展的全部过程来进行观察，从联系着的诸多人物集聚起来进行分析，那么就会看到，这种构思仿佛一个擅长下棋的高手在交战时的运思，每动一子，总是关注许多方面，而不单纯只求一个目标。这就是《红楼梦》构思的一个特色。

从金钏儿事件来看，真是以小概大，咫尺千里。虽然景不盈尺，但令人游目无穷。一个情节包含了多少丰富的内容：清晰地写出了这个天真少女惨遭残害，以此对封建社会提出强烈的抗议；通过这个事件也巡视了许多人物的思想性格，烛照了他们（她们）的灵魂；同时，从一旁有力地推进了全书的主要矛盾线索，揭示出恋爱婚姻悲剧的必然的社会原因，反映出这个行将崩溃的封建贵族家庭真实的生活面貌。自然，还必须从整体来看，曹雪芹所创造的每一个情节、故事，每一个人物，既有独立存在的意义，又互相依存，和其他各个方面有着千丝万缕的联系，如果脱离了整个作品，是难以理解它的作用和所居的地位的。

漫话《红楼梦》的作者和读者

——红楼艺苑掇琐之一

有这样几个安谧、恬静的夜晚，读着阿·托尔斯泰的《论文学》，像听着这位杰出的语言艺术大师娓娓动听的教导，印象是极深的。尤其读了他那篇文笔优美、说理透辟的《谈谈读者》，更是心潮起伏，思绪联翩。使人们强烈感到这位有成就的作家，对读者的绝对尊重、无比信任。他说：

读者就是我的想象、经验和知识所理解的一个普通人，他是与我的作品的主题同时产生的。

读者的性格和对读者的态度，就决定着艺术家创作的形式和比重。读者就是艺术的一个组成部分。

他还把读者比作一个"幻影"，觉得：

艺术家跟想象出来的这个幻影交往，才会产生出最高级的艺术……

艺术的大小是同产生这个幻影的艺术精神的容积成正比的。

这些话说得多好！它不是廉价地取悦读者，以换得人们对他的尊敬，是一个优秀创作家真诚、恳切的内心坦露，也完全是符合创作实际的经验总结。

在俄罗斯文学史上，曾出现过别林斯基这样的读者，他被名诗人涅克拉索夫称之为："我是他底最接近的朋友，命运相共的兄弟。我们走过同一条荆棘的路。"同时，他又是大作家果戈理的诤友。他的严厉而又推心置腹的批评，给了果戈理多大的帮助！杜勃罗留波夫也是一位了不起的读者。他那样熟悉冈察洛夫、奥斯特罗夫斯基、谢德林和屠格涅夫。他从他们的作品中听到了时代的信息，用他受到的平凡而又沉重的不幸和他体验过的深广的人间的不平，去贴近那些作家的心灵。因此，他和他们有共同语言，并可以给予他们帮助。他们是多么需要这样的读者！

说这些，是为了使我们能记起《红楼梦》的作者和他作品的最早读者脂砚斋、畸笏叟。不管这两位化了名的读者，是作者什么人，对于《红楼梦》而言，他们是行家，是了不起的"幻影"。他们的形象定会时常萦绕在作者的脑海中，使他数易其稿，不能忘记。因为，他们比较了解作者的创作动机和艺术构思；比较了解他积累的生活素材和他的加工提炼过程；比较了解作品的思想和艺术特色；也比较了解作者的所长和所短。也许他们的思想水平、认识能力都达不到别林斯基、杜勃罗留波夫的高度，即使这样，对作者的帮助，也是很大的。仅就这点而言，他们的见解也是《红楼梦》这部伟大作品不可缺少的"组成部分"。例如，他们曾认为《石头记》（即《红楼梦》）是"万法俱备，毫无脱漏，真好书也"（庚辰本第四十四回中批语）。在甲戌本第一回眉批中就曾精确地从艺术上作了这样的概括：

事则实事，然亦叙得有间架，有曲折，有顺有逆，有映带，有隐有见，有正有闰，以至草蛇灰线，空谷传声，一击两鸣，明修栈道，暗度陈仓，云龙雾雨，两山对峙，烘云托月，背面傅粉，千皴万染诸奇书中之秘法亦复不少，予亦于逐回中搜剔剞劂，明白注释，以待高明，再批示谬误。开卷一篇立意，真打破历来小说窠臼⋯⋯

看来，书中的不少特色，被这样"巨眼"独具的读者发现了，道破了。

自然，从确切意义上说，脂砚斋、畸笏叟是作者极亲近的人，极熟悉的人，又不能算是一个"幻影"。除他们外，作者写这部书时，不知还有哪些人看过，但可以相信，他的心中必定有一个并非他熟悉的人所组成的读者群。他的书准备为这些人而写。不然，为什么会用"字字皆血、泪尽而逝"的艰辛劳动，去完成他那"假作真时真亦假，无为有处有还无"的真真假假的旷古奇作：

满纸荒唐言，一把辛酸泪！都云作者痴，谁解其中味？

这是多么沉痛的慨叹！但他完全相信自己饱含辛酸泪水，以极大的"痛情"，写下这看来是"荒唐"的文字，定会有人能解得其中深刻的含意和隽永的旨趣的！正因为如此，他写得这样含蓄，这样有意味，这样可供琢磨，又是这样值得人们去咀嚼和玩味，使人们百看而不厌，是因为他深信读者中有许许多多人有较高的鉴赏力，能读懂他的书，能和他的心息息相通。他的创作绝不是为了自己。尽管他也可能像古斯塔夫·福楼拜一样，"曾对他的同时代人感到绝望"，他的作品也"充满着这种痛苦的感情。他是为他心目中特定的朋友，或者是为子孙后代写作的"。

今天的读者和《红楼梦》的作者相距二百多年，用时代、社会、阶级的生活这"建筑材料"所筑成的厚厚的"世纪墙"把我们隔开，使人们接近它、穿透它，有一定的困难。但是它和我们已经或将会贴紧的。因为，作者在写作时，已考虑到要调动那些素昧平生的陌生人和子孙后代阅读时的积极性，给人们留下了十分开阔的想象、联想和再创造的天地，使人们通过它和他的心灵贴近，通过它还能真实地还原出作品所竭力描写的社会生活面貌。

作为这样一部奇书，虽则人们的理解有种种差别，欣赏还大有出入，但谁都不会否认要细细地研读，而且越读会越有味道。因为它的细腻、精练、丰富，至今留给我们许多值得品味的东西。例如，一开始，从女娲炼石补天所剩下的一块宝玉这一神话，拉到"昌明隆盛之邦，诗礼簪缨之族，花柳繁华地，温柔富贵乡"的现实生活里来，却为什么要从甄士隐、贾雨村的故事写起？是一支入话，由小悲剧预示大悲剧，还是穿针引线接引出宏大博繁的故事？！第二回，从贾雨村之遇冷子兴，听冷子兴"演说荣国府"，来鸟瞰作者所要着力描写的这个"钟鸣鼎食"的贵族世家，起着提纲挈领的艺术作用，企图勾画出一个典型环境，还是准备揭示一个深刻的主题？第三回，由第一女主角林黛玉登场，逐个介绍出贾母、邢夫人、王夫人、李纨、迎春、探春、惜春、王熙凤和贾宝玉等主要人物，并对荣国府进行一次艺术的巡礼，其写法是新颖而别致的。谁又能说这只对那些重要人物的思想、性格作了一些轮廓性的勾勒未曾触及整个作品所要展现的矛盾冲突！第四回，由英莲的悲剧、"葫芦僧乱判葫芦案"和那俗谚口碑以及对四个名宦大族的介绍，引出第二女主角薛宝钗及其一家，这样的一回，是不是就是全书的"总纲"？第五回，让贾宝玉神游"太虚幻境"，见着金陵十二钗册子，听到《红楼梦》十二支曲，是否仅仅借此交代作者所创造的这些主要人物形象的身世、遭遇及最后的必然结局，预示这个家族及其所隶属的阶级那无可挽回的厄运，因此，可算"是一部书之大纲领"（护花主人）？第六回，着力来写一个与贾府毫不相干的老乡妇刘姥姥进到荣国府，难道仅如作者所言，是"荣府中一宅人合算起来，人口虽不多，从上至下也是三四百丁；事虽不多，一天也有一二十件，竟如乱麻一般，并无个头绪可作纲领。正寻思从那一件事自那个人写起方妙，恰好忽从千里之外，芥荳之微，小小一个人家，因与荣府略有些瓜葛，这回正往荣府中来，因此便就此一家说来，倒还是头绪"。除了结构的需要，是否还别有探意？

············

就这样，几乎每一回，每一节，都可以提出一些很值得探究的问题。由于感受不同，至今还见仁见智。但无法否认作者写得精妙绝伦，给人们留下的天地非常广阔，可供人去探索，也可供人去鉴赏，本来，它的美就要求读者和作者一起来"创造"。斯坦尼斯拉夫斯基在谈《奥瑟罗》一剧角色的创造时，曾说过这样一段话："真正天才作品的美到处隐藏着，有的藏在作品的外部形式里，有的藏在作品隐蔽的深处。"（阿·托尔斯泰《论文学》，第二十四页）《红楼梦》也是这样的作品。

请让我们暂且抛开那奇丽、诡谲而有许多争议的前几回，以较为"平淡"的第八回作为一例，来看一看作者和读者的关系！

第八回很像全书的所有的章回，它既平常又很不寻常。在日常平和的生活情势中，寓存着惊心动魄的斗争。因此，也有深邃的思想、高超的艺术成就。读着这一回，同样可以使人如闻、如见其中一切情景。作者把小说艺术表现手段，发挥到了淋漓尽致的地步。故事情节的展开，基本上是顺序式的，但常常有一些意想不到的穿插，显得生动而富有变化。其中被写到的人物音容笑貌、举止动作，都历历在目。不仅可从已被写到人物看出"戏"来，还可以从揣摩到的应该被写进去的人物，从开腔说话的人物，从未曾开腔说话的人物那里，看出"戏"来。它的对白，是充分个性化的，而且有异常丰富的潜台词。它的外部形式的美和隐蔽得较深的内在的美，有意识留给读者去开掘，表现了对读者审美能力的极大信任和尊重。

选择第八回来剖析，还有什么意义？应该说这一回是贾、林、薛三位主人翁思想性格直接碰撞的第一回合；是"金玉良缘"与"木石前盟"恋爱、婚姻悲剧冲突第一次正式的展现，是故事情节进入主线轨道的第一场戏。无论就艺术结构、情节、人物性格来讲，还是主题的展示，都是很重要的一回。

现在我们把囊括"比通灵金莺微露意　探宝钗黛玉半含酸"(《石头记》第八回回目)之意的前半回,分成三段情节来看。这里所写的探病、识宝、见锁、闻药、"热宴"一系列情节处理,都是别开生面的。乍看起来,与前几回无多少必然联系,实则不然,它们衔接得很紧。因为作者首先要求读者读这一回时,要很好地回顾以前写过的情节,甚至是某些细节。例如,这里写了三个牵动全回(甚至是牵动全书)的"道具":一块通灵宝玉,一个金锁,一味冷香丸。对这三件东西,写法不同,给予的笔墨也不一样。这块宝玉在第一回、第二回、第三回等处,多次详尽描写过。有的暂时孤立在冲突之外,有的直接介入矛盾之中,却未曾真正展现过这块宝玉的庐山真面目。冷香丸一事,在第七回已作了描述,然而又似乎还没有引出"戏"来。第八回再补上一笔,显然给人以进一层的感觉,前前后后一联系,如甲戌本脂批所提示的:"奇奇怪怪,真如云龙作雨,忽隐忽见,使人逆料不到。""卿不知从那里弄来,余则深知是从放春山采来,以灌愁海水和成,烦广寒玉兔捣碎,在太虚幻境空灵殿上炮制配合者也。"言下之意无非说此事本系子虚乌有,只为情天情海之事而"炮制"出来的。第三件"金锁",以前一笔未曾提过,突然一出现,不能不给人以疑惑之感。总之,这三件"道具"在描写上采取了多寡、深浅、浓淡、远近各不相等的照应、铺垫,目的只有一个,为要把第八回所展示的矛盾冲突关系写得更艺术,更巧妙,更成功。

在前七回中,除了写过这些"道具"外,读者还会记得,另有许多伏笔和呼应。如第七回从周瑞家的嘴里透露宝钗"身上不大好呢",这才有宝玉、黛玉先后不约而同的探病,特别是在此前虽没有写到宝、黛、钗三人的直接冲突,甚至还没有着意写到三人在一起的相聚。但第五回写宝玉与黛玉原本亲密友爱,"日则同行同坐,夜则同息同止,真是言和意顺,略无参商。不想如今忽然来了一个薛宝钗……因此,黛玉心中便有些悒郁不忿之意,宝钗却浑然不觉"。自此,宝黛间开始"言语有些不合起来，黛玉又气的独在房中垂泪"。第七回，描写送宫花至黛玉处，她一见十二枝宫花仅剩最后两枝，便当着宝玉发作起来，冷笑道："我就知道，别人不挑剩下的也不给我。"开始对这种慢待表现了一种鄙夷的高傲神气，而且从这种特殊的敏感中，还带出一点点酸溜溜的醋意。应该说，这都是作者为我们提供的在阅读第八回时理解、认识、欣赏的思想和感情的基础。

现在让我们顺着作者描述的逻辑，来看第一幕宝玉向薛姨妈问安的"过场戏"。这是一个寒雪将降的午后，宝玉来到梨香院，先见薛姨妈和丫鬟们在打点针黹。宝玉忙请了安。如果不曾记错，应是薛姨妈寄居贾府后第一次单独见着这位被贾家上下视为心肝宝贝的外甥，她的兴奋、喜悦不言而喻，"忙一把拉了他，抱入怀内，笑说：'这么冷天，我的儿，难为你想着来，快上炕来坐着罢。'命人倒滚滚的茶来。"接着她娘儿俩扯了几句礼节上的话。随即，宝玉便问起："姐姐可大安了？"值得注意的却是薛姨妈马上接上："可是呢，你前儿又想着打发人来瞧他。他在里间不是，你去瞧他，里间比这里暖和，那里坐着，我收拾收拾就进去和你说话儿。"按常理，这些话也没有什么特别的地方，可是，这样一来，这位外甥原本只不过在薛姨妈房里匆匆一过，而在这位姨妈怂恿下，忙着进到里间屋了。尤其是他们之间一共没说上几句话，每句话也没有多少字，但这句话却最长、最细。作者为什么要这样去描述？可有不同解释，例如，说宝玉主要为探望宝钗的病而来，此是正题。薛姨妈也出于这样理解，真正愿意小姐弟俩能尽快地谈谈心；还可以理解成这是顺着宝玉，有意向他讨好，甚至冥冥中还有别的目的。那么，在这样的规定情境中要让薛姨妈这个角色去完成什么样的"最高任务"呢？自然不是仅仅凭这么几句话，能完全看得出来的。然而，写到这里，作者却伏下一笔不去展开了，给正注意观察这种动静变化的读者，留下一个有趣的扣子。你看，蒙古王府本的脂批，在薛姨妈说完这段话、宝玉下炕准备进宝钗房里去时，批曰："作者何等笔法！'里问（间）里'三字，恐文气不足，又贯之以'比这里和缓（暖）'。其笔真是神龙云中弄影，是必当进去的神理。"不也是感到这里有可以捉摸的问题？

第二幕，可以分成前、后两个半场。前半场是宝玉与宝钗的观"玉"，赏"金"。人物仅仅三个，除贾、薛两人外，还有个丫鬟莺儿，但却演了一出精彩的戏。

开始，先从宝玉门外揭起悬挂的软帘写起，而后，把镜头对准正坐在炕上做针线的宝钗。这是除了"金陵十二钗正册"和《红楼梦》十二支曲外，第四次集中描述薛宝钗，而且最为详细地描绘了她的穿着打扮、长相容貌、举止动作。这一组镜头，很有层次地从远景推向中景、近景，仿佛代表着宝玉的眼睛。写来有些像第六回刘姥姥进见王熙凤时的情景，所不同的是没有在掀帘后先把四周的布置陈设巡视一遍（因此，也和第五回宝玉进秦可卿的卧房不同），就一下集中在较静态的宝钗身上，不仅说明宝玉进宝钗闺房，与刘姥姥进王熙凤的处所不同，更重要的是要把这位不尚奢华、安分随时的小姐，用浓墨先勾勒一下，至于是否与后面她在里面大红袄上挂着那一珠宝晶莹黄金灿烂的璎珞，形成一个鲜明的衬照，也未可知。

有趣的是，作者在这番描写以后，有四句寓贬于褒、似褒却贬的评语，夹入文中："罕言寡语，人谓藏愚；安分随时，自云守拙。"这是什么意思？是不是对薛宝钗整个形象的评价，又是不是对第八回作者所描写的这个人物思想、性格、行为的提示？值得我们琢磨。

下面，又有一个有趣的艺术现象出现了。作者把宝玉和宝钗泛泛的攀谈、问好，写得很简略，动作也只有让坐和命莺儿斟茶，却细细地写宝钗从头到身地打量宝玉，而镜头（也是宝钗的眼睛）则在他项上挂着的东西上停了下来。尤其注意的是"那一块落草时衔下来的宝玉"，并且笑着说："'成日家说你的这玉，究竟未曾细细的赏鉴，我今儿倒要瞧瞧。'说着便挪近前来。"这样描写，有两点值得注意：一，前后对比，显然重点凸现出来，使人似感作者在作提示；二，在这里，宝钗的语言、动作和她已表现的和将表现的基本性格特征，不大一致。也就是说她多少有些失态。当然，这不是作者的败笔，正是他的匠心。他写出了一个人在迫切追求某种东西而将得到时，所产生的一种稍稍失去控制的冲动和喜悦之情。果然，她接过宝玉递给她的这块玉时，托在掌上，仔仔细细玩赏一过。看毕，"又从新翻过正面来细看，口内念道：'莫失莫忘，仙寿恒昌。'念了两遍，乃回头向莺儿笑道：'你不去倒茶，也在这里发呆作什么？'"对这些描写怎么解释、体会？难道它不是带有戏剧性的动作和丰富含蕴的潜台词！它不是似在那里暗示！特别是宝钗无缘无故突然向着莺儿说了这样一句话，看来主仆间似有交流、似有默契。因此，甲戌本脂批提出这样的疑问："阅者试思此一句是何意思！"而且评议道："请诸公掩卷合目想其神理，想其坐立之势，想宝钗面上口中，真妙！"妙在哪里？妙在宝钗一番心思不能与外人道，妙在作者也不愿直接道破。这一点，二百多年前的高明的读者——脂砚斋等竟会与我们有同样的感受。果真，莺儿没听从宝钗的吩咐，而嘻嘻笑道："我听这两句话，倒像和姑娘的项圈上的两句话是一对儿。"这才把宝钗有一个和宝玉能配成一对的项圈，第一次在书中人物（如宝玉）和读者面前抛了出来，迫使宝玉和读者不由好奇，要想"赏鉴赏鉴"这件宝贝。尽管宝钗故意掩饰，说："你别听他的话，没有什么字。"这种故作姿态，却顺理成章地必然引出宝玉的央求，因而自然也会引起读者的关注。请看，她果真把璎珞掏了出来，并且作"此地无银三百两"式地解释："自也是个人给了两句吉利话儿，所以錾上了，叫天天带着，不然，沉甸甸的有什么趣儿。"看，她多么重视这堪匹成对的"吉利话儿"，真是不打自招了。如猜测不错，作者有意不让宝钗口中说出这是个什么人，因为这样未免太露了〔虽然她当着周瑞家的提起冷香丸的经过时，可以大讲"还亏了一个癞头和尚"（第七回），但当着宝玉，毕竟有碍〕。这样的事，似乎留给在一旁的莺儿去做最为妥帖。所以脂批也看出了破绽，说了一句"写宝钗身份"（甲戌本）很对。说也奇怪，莺儿一直不去斟茶，偏偏留在旁边，等待关键时机进行她的必要活动——插话。待宝玉看毕念了两遍，并承认这两个"八个字"的确是珠联璧合的一对后，莺儿才"笑道：'是个癞头和尚送的，他说必须錾在金器上。'"到这里，如此重要的一个陪宾人物所要承担的戏剧性"任务"已全部完成。宝钗心中应是暗地高兴，"不待说完，便嗔他不去倒茶"。作者想给宝钗涂抹一层"仙气"，同时又这样让人物自己和她的陪衬角色，把它揭破，露出人造的痕迹。这种有趣的矛盾，是希望读者能了然于心的。所以脂批不断地说："又引出一个金项圈来，却在侍女口中出，妙。"（甲辰本）"又引出一个金项圈来，莺儿口中说出，方妙。"（甲戌本）妙就妙在这些地方。难怪作者要三次命莺儿去斟茶，原来不过是虚晃一招，实是到了节骨眼时的暗示。莺儿敢于那样忤逆小姐的旨意，是得到小姐默许的。蒙古王府本在"便嗔他不去倒茶"句时，醒目提出"'嗔'字一劫，劫得妙。"总之，主仆一搭一挡的"表演"，瞒过了宝玉的眼睛，却没瞒过读者，这一点正可能是作者所期望的。因此，戚蓼生本在回末总评时，劈面就提出："一是先天衔来之玉，一是后天造就之金……"这个"天机"，从过去到现在，早被识破了。

我们应该佩服作者的神来之笔，他苦心运思，巧妙结构，使许多矛盾弥合得不大容易被一下子发现。特别是他不想点透、不想说尽的，因此，迂回曲折，耐人寻思。宝钗嗔莺儿去倒茶后，故意把话题岔开，引出宝玉闻到冷香丸那甜丝丝的幽香上去。看起来已"离题"了，实际上又对"天意""天授"，补了分量很重的一笔，使人们对编造的"神话"产生更大怀疑。这可能便是作者的目的所在。所以说没有极深的艺术功力，固然写不出来，没有对读者欣赏能力的充分信任，也不会这样去写。

如果说上面"演出"的还只是第二幕的前半场，由黛玉进来，就开始了"戏"的后半场。假如可以想象有一个合理的舞台调度，那么黛玉一被拉上场来，就占据了舞台的中心位置。她见宝玉在场，便连续不断地说了四段话："嗳哟，我来的不巧了！""早知他来，我就不来了。"还针对宝钗如此聪明却装成不明白，黛玉又说："要来时一群都来，要不来一个也不来；今儿他来了，明儿我再来，如此间错开了来着，岂不天天有人来了！也不至于太冷落，也不至于太热闹了。姐姐如何反不解这意思？"这是她的真意吗？显然不是。因此，甲戌本脂批说她是"强词夺理"，其实乃是口是心非。而且，再进一步嚼下去，还会引出别的事来。我们感觉到了，书中人物贾宝玉也感觉到了。因此，他借着见黛玉的穿着，便问"下雪了么"，想把话岔开去。但林黛玉却不依不饶，还要紧逼一步，说出了第四段重要的话："是不是，我来了他就该去了。"脂砚斋在黛玉的几段话语旁，连批了几个"我实不知颦儿心中是何丘壑！""吾不知颦儿以何物为心、为齿、为口、为舌，实不知胸中有何丘壑！""实不知有何丘壑。"真不知？不见得。不过是借此道出黛玉有很深的"丘壑"罢了。

这场描写实在生动，不但四段话把黛玉自己的性格活托出来，而且每段话均含有丰富的潜台词，真是尖利而带着刺，够宝玉与宝钗去咂摸滋味儿的。应该说，这不是无聊的斗嘴，而是极有城府的唇枪舌剑的挑斗。还该赞赏作者点燃了这性格冲突的雷管，让它火星四溅，吱吱作响，却撇开不表，又故意留个扣子，在不似戛然而止又是戛然而止中，结束了第二幕。真有"余音绕梁三日不绝"的艺术效果。

第三幕应该是这段情节发展的高潮，它把第一幕薛姨妈如此接待宝玉的用意，和第二幕宝、黛、钗三人的冲突揭示了出来。因而，是思想性格碰撞的第一回合，恋爱、婚姻主线的第一次正式展现故事情节进入主线轨道的第一场戏，这三个"第一"的特征，展示得格外明显。

从第二幕到第三幕的转换，十分自然，只是改换了场景，增加了人物，暗暗地转了过去。一开始，写"薛姨妈已摆了几样细巧茶果留他们吃茶"。于是，宝玉的贪求，李嬷嬷的阻挠，薛姨妈的纵容，构成了带喜剧色彩的冲突。薛姨妈为尽她的地主之谊，简直口不停、手不停地忙碌着。她要使宝玉顺心、欢喜，给宝玉取了糟好了的鹅掌鸭信，又劝宝玉尽情喝酒，又为宝玉承担挨骂的责任。其热情已超出了封建礼数的范围。甲戌本脂批说："是溺爱，非势利"，此话不确。这股"热忱"劲儿，给人一种不舒服的感觉，透露出一些作假的气味。所以，与其说是"溺爱"不如说是卖好。别的不说，仅有一例可以佐证。试想，围坐在一起的，还有一位稀客——黛玉，这位还是贾母心肝肉的小贵客，竟被薛姨妈忘得一干二净，完全把她冷落了。是作者的疏忽，还是艺术的需要故意把她撇了？假如人们不是在看书而是在看戏，定会看到被冷着的小客人无声但又十分丰富的心理反应。一直等到薛姨妈阻止宝玉喝冷酒，说这样会"写字手打飐儿"，宝钗满怀深情地讲了一番道理，也来劝阻他："从此还不快不要吃那冷的了"，宝玉一听，"这话有情理，便放下冷酒，命人暖来方饮"，这时作者才让黛玉上了镜头。而且给她选择了一个极妙的动作："嗑着瓜子儿，只抿着嘴笑。"就是说作者不仅没有忘记这个人物，有意让她成为一个在一旁观看热闹戏文、有强烈内心反应的角色。甲戌本脂批："实不知其丘壑自何处设想而来。"看来，她抿嘴笑而不语，有较深的底蕴。虽说声色不露，似乎全不在意，但是一切均收眼底，这种静中写动的动作，胜过叨叨碎语数倍。因此，蒙古王府本脂批说："笑的毒。"作者把握人物性格始终极其准确，作为直爽而又尖刻的黛玉，不可能长久沉默。"可巧"，她的小丫鬟雪雁走来给她送来小手炉，她"因含笑问他：'谁叫你送来的？难为他费心，那里就冷死了我！'"这话可听出语意双关，是有强烈的嘲讽性的潜台词，矛头对准了宝钗和宝玉。看来，雪雁还没有听出来，因此，摸不着头脑，还补充解释："紫鹃姐姐怕姑娘冷，使我送来的。"黛玉借机又接着说："也亏你倒听他的话。我平日和你说的，全当耳旁风？怎么他说了你就依，比圣旨还快些！"谁都会听出黛玉所说的你（雪雁）、他（紫鹃），当然是指宝玉（你）、宝钗（他）。真是极有艺术性的冷嘲热讽，亏得她想得出。因此，脂批说："句句尖刺，可恨可笑，而句意毫无滞碍。"（蒙古王府本）"要知尤物方如此，莫作世俗中一味酸妞狮吼辈看去。"（甲戌本）实在奚落得宝玉和宝钗脸红耳赤，无回复之词。那宝玉"只嘻嘻的笑两阵罢了"，也无可奈何；宝钗则"也不去睬他"。这样，实际已把他们三者的微妙关系，通过黛玉的嘴吐露出来。偏巧稍嫌愚昧、一味作自己打算的薛姨妈，没有听出这双关的语意，还接着说："你素日身子弱，禁不得冷的，他们记挂着你倒不好？"这一下，惹得黛玉调转枪头对准薛姨妈，乒乒乓乓地放了起来："姨妈不知道。幸亏是姨妈这里，倘或在别人家，人家岂不恼？好说就看的人家连个手炉也没有，巴巴的从家里送个来。不说丫头们太小心过余，还只当我素日是这等轻狂惯了呢。"这"轻狂惯了"四字仅仅在形容自己？不见得。是否也含有对方才薛姨妈娇纵宝玉，任其"轻狂"的一种斥责和嘲讽？！请再听听，当李嬷嬷又出来阻挠宝玉继续喝酒时说："你可仔细老爷今儿在家，提防问你的书！"宝玉听了不大自在，黛玉则抢上去说："别扫大家的兴！舅舅若叫你，只说姨妈留着你呢。这个妈妈，他吃了酒，又拿我们来醒脾了。"故意抬着薛姨妈，欲抑先扬，实是高明不过的讽刺。但李嬷嬷怎么能听得出这里话中有话，她只以为黛玉还"助着"宝玉。这下，把黛玉激起来，她恼怒李嬷嬷和薛姨妈的迟钝、麻木、浑然不觉，决心再刺她们一下，于是"冷笑道：'我为什么助着他？我也犯不着劝他。你这个妈妈太小心了，往常老太太又给他酒吃，如今在姨妈这里多吃一口，料也不妨事。必定姨妈这里是外人，不当在这里的也未可知。'"前边的"助着""劝他"，自然不仅说自己，还捎着刺了宝钗、薛姨妈。

后边的口口声声"姨妈这里是……"，是极其乖巧的反话。作者通过黛玉的这些话，把自己之所以这样去描写薛氏母女对宝玉的热情，把自己对她们的态度，才率直地表现出来。由此看来，我们从一开始在"过场戏"中对薛姨妈态度的怀疑和在这幕戏的前半部分对她的"热忱"用心的探究，不是没有一点根据的。可是，这位伟大的作者，却不用直露的笔法，而用曲笔，把它们表达出来。这不仅符合黛玉的性格，符合"规定情境"中的人物关系，符合作者所选取的统一的艺术风格，也始终符合回目标题"探宝钗黛玉半含酸"的这个"半"字。

确实，黛玉的言语比刀子还锋利，她替作者揭开了前面所伏下的余笔的蕴含，使我们重新回味起以前那些描写，会获得更完整的体会和认识。可惜的是脂砚斋等对这些极为精彩的潜台词和对白，没有去做精心的探求，只一味地用一些"爱极矗儿，疼煞矗儿"来加以形容，不能不使人们引以为憾了。

我们所选取的第八回的片段，到这里告一个段落。通过这样精彩的艺术描写，我们不得不佩服作者运思的精妙，语言的新颖、别致、丰富、精到。同时，又使我们不能不感激他对读者的尊重和信赖。他时时在控制自己的用笔，使之既不漫又不露，用它来启迪我们的美感，调动我们的艺术想象力，以便自然而然地去给形象作合理而必要的补充，使无比动人的艺术形象真正活到每个读者的脑海中。

同时，从上面曾经援引过的这段情节中，也可以看到：形象化的画面是处在不断变化之中的，或行或止，或顺或逆，或径直，或插入，这多种描写，都给人们创造了一个自由进行艺术思维的天地，让读者既循着作者构思的顺序，向前推进着，同时，还启发着人们期待、回忆、思索、探求……艺术思维的积极性，去开掘外部形式的美和隐蔽着的内在的美，来完成对这部伟大作品的认识、理解和欣赏。

从这些活灵活现的艺术形象中，能看到作者对读者的态度。虽然曹雪芹等没有像阿·托尔斯泰那样，在这方面有什么理论上的建树，但他们用自己的艺术创作，体现了这样一种美好的思想、美好的关系，因此，这就增加了我们对《红楼梦》作者的深深的感佩和敬意。

附言：这里所引用的《红楼梦》原文连同它的回目，均取自脂批本《石头记》。

这样的裁决公正吗？

——谈周汝昌先生对《红楼梦》后四十回的评论

像《红楼梦》这样一部思想性、艺术性都很高的作品，居然未竟而辍，实在是一件极大的憾事！高鹗、程伟元代为捉笔，续完全书，究竟续得好，续得歹？争议颇多。点头的，有，摇头的，也有，总起来贬者多而褒者少。周汝昌先生就是力持贬议的。他说：

乾隆朝的统治者们，在收买、威逼、迫害、破坏种种伎俩都经使尽而仍然得不到曹雪芹的丝毫让步的情形下，便施展出最为阴险辛辣的一著：抽梁换柱，暗地腾挪，使之整个存形变质……

为了这一特殊使命，这要物色"人才"。这种人才要不显山不露水，能力还要混得过耳目，身份地位要能够知己知彼，才便于取中要害。物色的结果，差使落到高鹗（也是内务府旗人）程伟元二人头上……

高、程二人的续补刊刻《红楼梦》，并非出于自身对它的"知赏"和爱玩。嘉庆以来的《红楼梦》续补书，不管多么庸俗荒谬，下流反动，但看看它们卷首序言的诉说，总还是有一点出于对原著爱赏、因而发心立愿要为续补的意思流露出来。高、程二人即不然。[见《红楼梦新证》（增订本），第1161—1162页]

听周先生这一讲，高、程简直成了乾隆朝统治者精心挑选、豢养的文化特务。诚然，高、程二人续作的思想性和艺术性都逊于曹雪芹的原作，这是事实。但是，周先生的上述结论，却缺乏根据，也难以服人，只能说是主观的臆断，不符合客观的实际。

一

人们熟知，封建社会伟大的文学家曹雪芹的思想和生活经历，极不寻常。像他这样出身于显赫一时的豪宦人家的子弟，几经变故，饱尝了因经济生活的天翻地覆变化所造成的艰辛困苦，深切体验了"六亲同运"的政治变故所带来的尴尬、坎坷的处境，这就有可能对封建社会统治阶级的某些本质，比别人看得更清楚。因此，他写《红楼梦》的思想、生活基础，不是一般的贵族地主阶级知识分子所能达到的。但是，曹雪芹毕竟还只是贵族阶级中的一员，虽说是个"叛逆者"，他的立场和世界观没有也不可能超越本阶级所能允许的范围，转变到劳动人民一边来。因此，他的思想和作品充满着矛盾，始终还有落后和封建的一面。高鹗出身的门第高，自己中过举，续补《红楼梦》以后，又中进士、点翰林，是个热衷仕途之人。程伟元尽管一生没能飞黄腾达，东处为"莲幕"，西处为"西宾"，属于闲散文人一流，但他一辈子的生活比较安定，没有经受过"由盛转衰"的剧烈的动荡。这两人的身世遭遇与曹雪芹不同，思想感情距离较大，也是自然的。然而，生活、思想和作品的关系，远不是这样简单。如果那样，只需把作家出身经历一摆，作品的思想倾向便跃然而出，何必再下更多功夫去研究作品本身！文艺作品是社会现实生活在作家、艺术家头脑中的反映的产物。时代、社会的具体特征，作家、艺术家思想性格的细致变化，都会对作品产生决定性的影响。高、程等人在一个时期想往上爬，又没能爬上去的处境，使他们对封建主义的那套东西既执着又不满。在这种个人"理想"不得实现的矛盾、痛苦中来续写后四十回，它的思想，不会仅仅只有一个方面。如果说，得了功名，就一定要吹捧功名利禄，那么和曹雪芹、高鹗同时期的两位大作家吴敬梓和蒲松龄，一个，得了功名，却厌弃它、鄙薄它、无情地揭露它；一个，一生没有功名却孜孜不倦地死命追逐它，可又在作品中抨击它、鞭挞它，这些现象又将如何解释呢？还是鲁迅先生指出得对，像高鹗这样的人"心志未灰，则与所谓'暮年之大，贫病交攻，渐渐的露出那下世的光景来'（戚本第一回）者又绝异"。因此，"殊不类茫茫白地，真成干净者矣"，然而，"其补《红楼梦》当在乾隆辛亥时，未成进士，'闲且惫矣'，故于雪芹萧条之感，偶或相通。"（均见《中国小说史略》）可见他的身上也有这样的两重性。凭着这点在"萧条之感"上的"偶或相通"，难道连个"知赏"和"爱玩"都还不够用吗？非要说他是"有后台授意的"，怀着一定"政治目的"去干见不得人的罪恶勾当，未免过分！

当然，我们可以不把某些结论当作研究的出发点，换个角度，从作品入手来做一些粗略的剖析。

被周先生横加责难的"程乙本"后四十回，最大的罪过，莫甚于对曹雪芹原作作了本质的歪曲。其中被指为最不堪入目的，则是对一些重要情节的蓄意篡改。例如，明明应是整个败落破亡的贾家，却被高、程等人写成宁荣两府仍有人袭了"世职"，所抄家产全部发还，而且子孙辈"兰桂齐芳"。一向反对仕宦之途，痛骂热衷功名富贵的家伙为"国贼""禄蠹"的贾宝玉，竟会拼命追逐功名，中了第七名举人，以报答父母养育之恩；对恶劣环境做了斗争、最后"沦为乞丐"的叛逆者，则身披大红猩猩毡的斗篷，出家做了和尚；反对礼教、反对孔孟之道、反对时文八股的贾、林二人也尊起名教，赞起八股来了。至于大观园中"倏尔神鬼乱出，忽又妖魔毕露"，真是风声鹤唳，草木皆妖，充满着阴森恐怖的气氛。这些实在是后四十回糟糕的地方，确乎是他们落后的世界观在笔下的大暴露。但是作为对功名利禄热心追逐或未能忘情的封建文人，就在这些地方要篡改曹雪芹的原意，无疑是情理之中的事情，又何必非要肩负"抽梁换柱，暗地腾挪"的

"特殊使命"不可呢？

高、程两人对原作的删改是否完全是肆无忌惮、毫无顾忌呢？恐怕不是。且不说原作中是否也落下了这些消极思想的尘埃，就说续作中那些人物描写和情节的安排，多少也有原作中的一些提示作依据。就以家业中兴"兰桂齐芳"而言，在一向被人们看作安排人物命运的"写作提纲"的原作第五回"正册"上，不是有这样的话吗：

> 诗后又画一盆茂兰，傍有一位凤冠霞帔的美人。也有判云：
> 桃李春风结子完，到头谁似一盆兰……

又：在《红楼十二曲》的"飞鸟各投林"中，有"老来富贵也真侥幸"（以上在重要脂批本《石头记》中均有）。这些话怎么理解？可不可以说作者想安排贾兰有"出头"之日，让这位年轻守寡的李纨享受一下"荣华富贵"！又如贾宝玉出家的情节，在脂铨本（即甲戌本）、脂京本（即庚辰本）和戚蓼生序本这样一些重要版本的第一回中，都有："抄录回来，问世传奇，因空见色，由色生情，传情入色，自色悟空，遂易名为情僧，改石头记为情僧录。"只不过高、程两人，把"情僧"坐实起来，把他落在贾宝玉身上。何况贾宝玉在否定可憎恶的现实生活时，常常用他那独特的方式，即作《寄生草》，悟玄理、禅机，念道"你死了，我做和尚"，如此等等。他的思想中有浓重的悲观主义、虚无主义，而高、程两人把它发展了，夸张了。至于反名教，变成了尊名教，同样也是如此。他反礼教、反孔孟之道，反时文八股，这是他思想中的主流，然而又偏偏要说"除四书之外，其他都是杜撰的"。他深深感到晨昏定省这一套腻烦煞人，却又不得不学着去做。

二十多年前，俞平伯先生在写《红楼梦辨·高鹗续书底依据》时，曾找出过后四十回人物、情节的某些依据。他在宝玉出家、宝玉中举、贾氏抄家、贾氏复兴、黛玉早死、宝钗与宝玉成婚、宝钗守寡——宝玉弃她而出家、黛死钗嫁在同时，元春早卒、探春远嫁、迎春被糟蹋、惜春为尼、湘云守寡、妙玉被污、凤姐之死、巧姐寄养于刘氏、李纨因贾兰而贵、秦氏缢死、袭人嫁蒋玉函、鸳鸯殉主以及薛文起复惹放流刑、宴海棠贾母赏花妖、证同类宝玉失相知、得通灵幻境悟仙缘等情节上，都少则一二条、多则一二十条给他们找了线索。有些是穿凿附会、荒唐可笑的，俞先生的目的是要逐一加以否定，企图从这里得出他自己的另外一套结论，但在某些重要线索上，却相互有照应，这也是事实。

因此，我们如果说，高、程两人由于站在庸俗的士大夫的立场，自觉不自觉地对某些重要人物和情节作了程度不同的歪曲，是恰当的；要说他们完全是出于罪恶用心的杜撰和捏造，则并不妥当。

后四十回的严重缺陷，除了思想上远不如曹雪芹，自觉不自觉就要歪曲原意外，艺术上则不在于随心所欲地胡乱发挥，恰在于过分拘泥于前八十回，没有什么创造。因此，不仅人物、情节，改头换面，重新搬来，甚至语言和行动都有大量重复。但不管如何，它比之这个"园梦"，那个"重梦"之流的续作，所谓"打破愁关，迥超鬼刹；极登乐园，共结喜缘"，死而复生、宝黛团圆的庸俗"喜剧"，无论是思想还是艺术，内容还是文字，都不知要高明多少。真理夸大一步哪怕是同一方向，也会成为谬误。周汝昌先生的结论，无疑是太偏激了。

二

周汝昌先生在批评高鹗的续作时，曾这样说过：

高鹗若改一百处，起码总有九十九处是改糟了。[《红楼梦新证》（增订本），第7页]

　　既是"起码"，干脆说是百分之百的"糟"了。这样的判定公允吗？当然不公允。

　　任何一部作品在作者和编者手里，或多或少都要经过修改。经过不同的人，见仁见智，各有长短，就连作者自己几易其稿，也往往有得有失。

　　曹雪芹曾说他"披阅十载，增删五次"。如果把几个脂批本稍加比较，可以发现前八十回中这种修改不仅是技巧文字上的，也常会涉及思想内容，不尽是愈改愈好，也有改糟了的。特别是一些"碍眼"之处，或作者自己发现，或经脂砚斋这号人的提醒、劝说，给删去了，改掉了。

　　如第一回中常被大家看成揭示《红楼梦》故事产生的深广的社会背景的一段话："偏值近年水旱不收，鼠盗蜂起，无非抢田夺地，民不安生，因此官兵剿捕，难以安身"（见脂戚本）。这句话，在脂铨本中则为"鼠盗蜂起，无非抢粮夺食，鼠窃狗偷，民不安生，因此，官兵剿捕……"。显然，语言有重复，也不如脂戚本能表现出风起云涌的农民起义的某些本质。稍晚于脂铨本的脂京本，改"粮"为"田"，改"食"为"地"，保留"鼠窃狗偷"四字，戚本则把这四字也删了。这是一次比一次改得好的例子。

　　又如第五回十二曲中，点明王熙凤的"机关算尽太聪明，反算了卿卿性命"句，后一个"算"字，许多脂批本都有，唯独脂戚本把"算"改为"送"，也就没有"算来算去，却把自己算了进去"的那股子劲头了。

　　再如二十七回，滴翠亭前宝钗使金蝉脱壳计暗害黛玉的一段：

　　"……如今便赶着躲了，料也躲不及，少不得要使个'金蝉脱壳'的法子，"犹未想完，只听"咯吱"一声，宝钗便故意放重了脚步，笑着叫道："颦儿！我看你往那里藏！"一面说一面故意往前赶。

许多脂批本用"笑着叫道",戚本则改为"笑说道",这样一来，不仅缺乏语言力量，而且对薛宝钗这个封建伪善者的阴狠狡诈的本质揭露，要削弱很多。

这些文字的修改，对于思想内容的变化，多少起些作用。至于对统治阶级丑行揭得过狠、过露，而被删削去的，如大家都知道的"秦可卿之死"，更不待言。又如第一回楔子，在高、程改动前，更是多次变更。对于书中内容起提示作用的凡例的存、去，就几经变化。凡例中的最后一段：

乃是第一回题纲正义也。开卷即云"风尘怀闺秀"，则作者本意原为记当日闺友闺情，并非怨世骂时之书矣。虽一时有涉于世态，然亦不得不叙者，但非其本旨耳。阅者切记之。诗曰：

浮生着甚苦奔忙，盛席华筵终散场。

悲喜千般同幻渺，古今一梦尽荒唐。

漫言红袖啼痕重，更有情痴抱恨长。

字字看来皆是血，十年辛苦不寻常！

如此重要的诗词，也被删掉。"此回中凡用'梦'用'幻'等字，是提醒阅者眼目，亦是此书立意本旨。"二十五字的删、留，以及仅脂铨本所有的一段关于僧道点顽石成美玉的"神话"故事的被裁去，如此等等的删节、变化，恐怕都与政治主题思想有关，只是它出于曹雪芹自己和他亲近的如脂砚斋之流的手笔，显然就没有这样大的罪过了。

目前已经发现的脂本系统的重要本子，有十二种之多。这些本子，除脱页、残缺上的差别外，文字上的出入还不小。从思想和艺术上作比较，也不一定后来者定居上。这说明作者自己的修改，也有成败得失。在此，我们无意为高、程修改的罪咎开脱，而只是希望说明，反复修改对于一个严谨的作家来说是必然的。

为了了解高、程的"程乙本"在修改原著上存在的问题，我们校对了包括第一回在内的个别章节，发现：诗词作品几乎没有什么出入；叙述故事、描写人物，出入也小；在作者议论、阐发作品"主旨"的地方，出入较大。如还是第一回的："亦令世人换新眼目，不比那些胡牵乱扯，忽离忽遇，满纸才人淑女、子建文君红娘小玉等通共熟套之旧稿"等三段，和空空道人听了，又把《石头记》再检阅一遍之后的那一段描述"因见上面虽有些指奸责佞贬恶诛邪之语，亦非伤时骂世之旨；及至君仁、臣良、父慈、子孝，凡伦常所关之处，皆是称功颂德，眷眷无穷，实非别书之可比。虽其中大旨谈情，亦不过实录其事，又非假拟妄称，一味淫邀艳约、私订偷盟之可比，因毫不干涉时世"，这些地方的被删削，能反映出高、程思想与曹雪芹确实不同。然而，原著文字也有赘疣，如"满纸才子淑女，子建文君……"一段与前边"千部共出一套，……以致满纸潘安子建西子文君"，语言和意思都有重复，似应删节。又如甄家丫鬟见到贾雨村的一段心理活动，脂批本是这样写的：

这丫鬟忙转身回避，心下乃想："这人生得这样雄壮，却又这样褴褛，想他定是我家主人常说的什么贾雨村了，每有意帮助周济，只是没甚机会。我家并无这样贫窭亲友，想定是此人无疑了。"

这里，重复、不顺当、不合逻辑，是显而易见的。高、程本改为：

心下自想："这人生的这样雄壮，却又这样褴褛，我家并无这样贫窭亲友，想他定是主人常说的什么贾雨村了，——怪道又说他必非久困之人，每每有意帮助周济他，只是没有什么机会。"

经这一改，删去重复，顺当得多。类似这样的删改、接榫好的地方还有，就不一一列举。我们举出的虽是文字上的删改，但这只不过是作者开头几回，已可以看出，那种删改，不是"起码总是九十九处是改糟了"的。可能周先生不同意这样看法，他说过曹雪芹原作：

单按文字说，有的地方有点罗索复沓，有的地方专门有特殊的别字出现，有的地方严格要求起来且"似通非通"，拿到"国文班"上，老师们一定大有改正之余地！〔《红楼梦新证》(增订本)，第6页〕

话虽如此说，但周先生仍不赞成删改润色，因为那样一来，会失去原来的"手笔风格"。周先生批评那种"爱之欲其生，便把一切金全贴在一个人脸上"的做法，可是自己是否也有这样绝对化之嫌呢！

总的来说，程乙本不如脂批本，甚至还不如程甲本，不少地方改坏了。但达到怎样程度就说怎样程度，是什么性质的问题就是什么性质的问题，这样，才能真正对它作出恰如其分的估价，才能帮助读者对它有个正确的认识。带着偏见去评定一个问题，是很难把它说得公正而客观的。

三

周先生对于作家在作品中直接阐述自己观点的部分十分重视。作者直接阐述自己观点的一些材料，可以是我们研究作家、作品的重要参考。例如了解《红楼梦》的第一回的那些自我表白，对了解这部书产生的历史和社会背景，作者的思想及创作意图，作者所采取的创作方法，会有一定的帮助。但这一回在那真真假假的语言，虚幻缥缈的形式下所隐藏着的深邃思想，是不易把握的，更不是一下就能说得贴切、准确的。这部书的揭示封建社会必然灭亡、无可挽救的反封建的政治主题，并不是从第一回作者叙述的话中可以概括出来的。相反，我们只有听他"假"宣言而看他全部描写的"真"行动，从比较中，才懂得楔子里不少是掩人耳目的"假语村言"。

文艺作品的主题总是寓于生动感人形象这个最合适的外壳之中的。

恩格斯在给玛·哈克奈斯的信中曾指出，他不反对"倾向小说"，但"作者的见解愈隐蔽，对艺术作品来说就愈好"。这句话对我们评价文学作品具有十分重要的意义。文学以艺术形象反映社会生活。它揭示客观现实生活的本质、规律，不是用抽象的概念、公式和定理，而是用具体生动的艺术形象，即生活的画面。因此，"倾向应当从场面和情节中自然而然地流露出来，而不应当特别把它指点出来"，"不必要把他所描写的社会冲突的历史的未来的解决办法硬塞给读者"（均见《恩格斯致卡尔·考茨基》）。

《红楼梦》原若以第四回为纲，通过全部艺术描写，向人们形象地揭示了以贾、史、王、薛四大家族为代表的封建贵族阶级的兴败、盛衰的历史命运，深刻揭露和尖锐批判了以贾府为典型的贵族世家的骄奢淫逸的腐朽生活，以及内外交困的重重矛盾。透过它，我们看到封建社会末期尖锐、激烈的阶级矛盾和阶级斗争。而贵族地主阶级的"遗泽"已是"五世而斩"，它将随着整个封建制度的衰朽、死亡而走向坟墓。通过全部场面和情节，使我们感到，作者就像巴尔扎克一样"看到了他心爱的贵族们灭亡的必然性，从而把他们描写成不配有更好命运的人"。续写的四十回，在这个主要方面，基本上是承继下来的。它没有过于美化贵族统治阶级，没有掩盖他们之间的尔虞我诈、你死我活的矛盾斗争；没有涂饰他们的腐朽和丑恶，没有曲解这个阶级行将死亡的"悲剧"命运，没有给那些主要人物以"更好"的结局。这就是后四十回之所以给人感觉它基本是顺着前八十回写下来的原因。即便是写了几段很拙劣的"沐皇恩""延世泽""兰桂齐芳"，不过是在整个悲剧气氛中添几笔很不协调的"喜悦"的暖色，也根本改变不了浓重的悲惨凄凉的冷调子。试想曾经占据高位、显赫一时的国公府里，出个把举人、进士，算得了什么大事！"曾经沧海难为水"已经彻底破败的家庭，靠贾兰这号人得个功名就能重新支撑起来（况且，这些人物不是主要人物，他们无法代表作品的主要倾向）？再如"白玉为堂金作马""珍珠如土金如铁"的豪门贵族，用承袭"世职"之名和发还被抄的一些家产，就能重新"振兴"？它的很硬的靠山——元妃已经夭逝，它的"连络有亲""扶持遮饰皆有照应"的其他豪富人家，均已衰败，它的"奸淫狗盗"之徒的子子孙孙们，作祸作孽到了尽头，有哪一个能挽救这崩溃的局面？这个家庭原想把全部希望、理想寄托在这位生来就不凡的"宝二爷"身上，不想他随着一僧一道飘然而去，那么，剩下的还有什么呢？因此，即使是高、程等人有意想给这个家族留一个"光明"的结尾，这种形势下，一点点"光明""喜悦"，在整个艺术效果上，有意无意地倒成了对这个阶级的自我嘲弄、讪笑。除此之外，再不会带来"更好"的东西。

四

千千万万的《红楼梦》读者认为，它是中国古典小说中思想与艺术结合得最好的一部书，它是形象的封建社会的百科全书。通过它，能进一步了解封建制度的残酷剥削本质，认识贵族地主阶级的腐朽没落，以及它的不可抗拒的灭亡的命运。这些印象，大都是从读了一百二十回本的全书得来的，这是一个无可否认的基本事实。仅这一点理由，其意义要比"内廷索阅"，各王公巨卿点头，大得多。因为这才是判断一部作品优劣的最根本的依据。几百年来，读者中能看到这样的脂评本、那样的手抄本的恐怕为数不多。这说明，经过高、程篡改、续写的百二十回本的基本倾向还是好的，否则，广大读者哪能有那些总的印象，《红楼梦》还会是一部思想和艺术结合得最好的古典小说？

广大读者对于小说是希望有一个完整的、符合人物思想性格发展历史的故事情节。曹雪芹的八十回，尽管人物思想性格刻画得十分细致，而且一步步地正在发展，矛盾冲突也一层层在深入，情节在不断推进，但是，高潮并没有到来，结局更没有显示出来，就是绝大多数人物的命运，也没有一个归宿。这对读者来说，是不满足的。如果，只有像脂铨本那样仅存第一回到第八回、第十三回到第十六回、第二十五回到第二十八回的十六回残本，或者像其他那些缺这回缺那回的脂批本，怎么能适合大多数读者读小说的需要呢？这些脂批本，虽极宝贵，它的价值毕竟不在于可供广大读者当作完整的小说来读上。重要的历史文物，有时虽已残缺，却很珍贵，但一部文学作品，如果残缺不全，就成问题了。

当然，也许周先生会说，他并不赞成把残缺的"珍本"直接推荐来供阅读，他是反对高、程等人恶毒篡改成的"完整"本。俞平伯先生曾反对续书，认为那是"不自量力"，妄想"狗尾续貂"，周先生则希望能按照作者原意"和原作精神"，把它接好。他从脂砚斋的评语中知道作者有后半部三十回"五六稿被借阅者迷失"而终归散佚，无法问世。于是，从许多材料的寻觅、比较中，钩沉出三十回的轮廓。但由轮廓变成可读的小说文字，还要付出巨大的劳动。这个重任由谁来承担？过去的那些研究者们，无论是思想认识的高度和艺术水平都担负不了。二百来年，《红楼梦》如果只能作为有头无尾、残缺不全的珍贵文物资料，供极少数人研究、观赏，就根本不可能拥有这么多的读者了。

周先生曾指出，曹雪芹有后三十回的佚稿，而钩稽出佚稿的情节线索之后，似乎续作者只要按照这些线索去创作，就可以一切如意了。事情并不这么简单，周先生所勾勒的后三十回轮廓本身就不是无可挑剔的。如他认为"在全书的构局上有一个大设计，大用心"。前一半写"盛"，后一半写"衰"。所有的重要人物的身份地位，要来个"大改变、大颠倒"，即：

被贾府拿着当开心物的村姬刘姥姥，改变颠倒成为"归结"贾府后代命运的主要人物。威权贵重、不可一世的凤姐儿，改变颠倒成为妾侍（平儿成为正妻），躬执扫雪"贱役"，受尽贾琏恶待。众星捧月、娇生惯养、享用非凡的宝玉，改变颠倒成为破毡酸斋、奇穷无比的贫丐。命运死生，一切听主子摆布的小丫鬟茜雪、红玉等，改变颠倒成为可以在一定范围内决定原为主子者的悲欢离合的重要角色。如此等等。[《红楼梦新证》（增订本），第 895 页]

这样一来，难道《红楼梦》后半部的思想性、艺术性就能陡然升华了吗？恰恰相反，这里是庸俗的报恩思想、因果报应观念以及历史循环论、阶级调和论等乌七八糟东西，应有尽有。然而，周先生并不因此罢休，还用相当篇幅去推测宝玉、宝钗的关系。他说曹雪芹写到八十回后，宝玉、宝钗确已"成婚"，而"二人的'话旧'"，也可能就在"洞房花烛夜"开始，那时谈什么心呢？宝玉"首先要向宝钗推心置腹，开诚布公，诉说自己平生对黛玉的情分，誓若山河，死生不渝，……"若毁誓盟，实为不义。宝钗看透宝玉心思，料想再也笼络不住，于是回答说："你愿为林妹妹守约，我也不能只图自身有靠，陷你二人于不义，那样我固落于嫌疑，咱们纵为夫妇，亦无意味；我亦无法勉强你。"宝玉则"深为她的这种决断和谅解精神所震动，对宝钗在这一点上异常地感激和敬重，认为这是成全了他的品格，遂了他的心愿，把她当作高人（而不是昵侣）相待"[以上均见《红楼梦新证》（增订本）911 页]。凡此种种奇妙的推测和设想，且不说它是不是符合两个主要人物的"典型环境典型性格"，也不说这样一来把八十回对这两个人物思想、性格的矛盾，及其有深刻的社会根据的精心细致的描绘是否就一笔勾销了？只从"推心置腹"到为其"精神所震动"而"异常感激和敬重"的思想感情的进程来看，两个人思想性格冲突早已烟消云散，原来他们的冲突所代表的封建的和反封建的思想力量也就合二而一，剩下的，只是完成了一个从一而终的"情种"贾宝玉和另一个堪称封建淑女典范的薛宝钗。这种设计是否准比高鹗现在的续写出色，恐怕是很难说的！

到此，必须郑重指出，我们完全赞同要把曹雪芹和高鹗、程伟元分开来，要把八十回与后四十回作一比较，以指出后四十回在哪些地方违背了原意。这些，社会上已有不少文章作出公正的分析，我们是同意的，因此，不想在这里再多费笔墨。想要说明的是，我们不反对对高、程的揭露，也不反对对社会上流行的"程乙本"的批判，更不反对能集中力量整理出一个更理想、更符合曹雪芹原意的好本子。但高、程编集的百二十回作为一部完整的古典小说，曾起过历史的作用，它有过，也有功，应该一分为二地对待，不能一笔抹杀。对二百年前的一部续作，应该作实事求是的批评，不要作过于苛刻的责备，不能这样无限上纲。这就是我们的结论。

吴组缃先生教我们读《红楼梦》

我作为一位曾在高等学校讲过三十年中国古典小说的教授，经常被人问起我是怎么读古典小说的。说来惭愧，我在青少年时代是个较贪玩的孩子，很不会读书。即使我在考入北京大学中文系之初，仍然对读书茫无所知。尽管我也曾读过许多小说，但那时只追求故事的有趣和情节的诱人，因而良莠不辨。加之我读小说是囫囵吞枣式的，因此在读书上得益极少。真正使我懂得了读书的门道，还是在我听了非常著名的教授吴组缃先生的课以后。

1953 年吴先生给我们讲授现代文学课，其中讲到鲁迅的《离婚》，给我留下极深的印象。我以前读过这篇小说，鲁迅先生小说大都取材于自己家乡绍兴。我的家乡离那儿不远，也是江南水乡，自然对鲁迅小说中所描写的一切备感亲切。如那行驶在塘河中的乌篷航船、那两支钩刀样的脚正对着他人摆成个"八字"的妇人，以及吸着长烟管的人们，等等，这些情景、人物形象都是我少年时代目睹过的。通过吴先生把那些鲜灵活脱的形象描写，有声有色的讲述，甚至小说中七大人拖着长音的"来——兮"传神地传达出来，让我们去感受、认识和理解，并在这样的基础上分析了那个时代的爱姑的无力摆脱的婚姻悲剧，才令我大吃一惊，茅塞顿开。吴先生引导我们带着情感和思想进入小说之中。即令是这么一篇短篇小说，也能开掘蕴藏在字里行间的意味。听先生讲完这门课，我初步悟出点如何读小说的道理。我下了决心，要向吴先生学习，静下心来，仔细地去读书。但实际上做起来也不容易。一要与自己以往的读书的坏习惯做斗争；二要与自己浮躁、好动的性格决裂。思想有了认识是一回事，而能否持之以恒地坚持去做又是一回事。

一

我生于商人之家，母亲目不识丁，兄、姐无一人念过大学，且都
有自己的事要干。好在我的学习还不错，加之在外面从不招灾惹祸，
他们也就不过问我，任我自由发展。大约在我十岁时曾到天津读了一
年小学。除了学会北方话、骑自行车、滑冰、游泳外，还深深地迷上
了踢球。由我家到学校的路上，必经一家租书铺，我开始租小说来读。
宫白羽的《十二金钱镖》、郑证因的《鹰爪王》都令我着迷。我被其
曲折、离奇的情节所吸引，也被其侠义人物的行为所感动。这种小
说较少神怪色彩，故此，我相信这或许是些真实的故事。回故乡后，
我每日往返家与学校之间的路上，虽然没有天津那样的租书铺，却有
一座说书的茶楼。下学后，我常驻足听上一段历史演义故事。于是，
我又有意识地寻找与说书故事有关的旧演义小说来读，如"薛家将"
故事、"罗通扫北"故事等，兴许，这就是我接触古典小说的开始。
读中学后，有一位同学家中藏有一些现代文学作品，我常借来读，如
巴金、靳以、叶圣陶等人的，也有一些并不出名作家的，如予且的、
郁茹的。我念的中学是所老学校，藏有不少外国文学名著，我也曾
借过如屠格涅夫的《罗亭》《父与子》《前夜》等，但读得没有兴味。
对它们的文学性特色及故事情节都没有什么体会，也许我根本就不曾
看懂。我还是怀恋着那诱人的武侠小说。在上高中的暑假中，我每日
去书铺租书。租金以日计算，为了多看几本书，我的读书似乎就变成
了翻书。这时着迷的已不是宫白羽和郑证因，而是还珠楼主的五侠小
说，我既注意读他连续写就的《蜀山剑侠传》《青城十九侠》，还特别
关注他新写的《峨眉七矮》《长眉真人传》及《柳湖侠隐》等，自然
对这位神怪武侠小说作家非常钦佩。在看了书中所描写的怪异神奇的

武技之外，也看到书中的山水风光和风土人情的描写。同时我还租赁了一些侦探小说．我喜欢中国式的侦探，如鲁平和霍桑的探案故事，不爱读福尔摩斯的。随着年龄的增长，由生理的嬗变而影响到审美心理的改变，我对言情小说也喜欢起来。大约我读高一时，在亲戚家中偶然发现一本名曰"金玉缘"的小说。由书名看，是言情的，一读，是白话的，讲贾宝玉、林黛玉和薛宝钗的故事。我听说《红楼梦》中有这三个人物，何以《金玉缘》里也有这三个人？这两部书是什么关系？我不清楚。对于这本书我依旧读得很粗，书中诸多人物把我搞得晕头转向，我只觉得这本书与一般言情小说不一样，究竟如何不同，我也说不清。但由此我体会出一点，我被自己胡乱读的那些低级小说破坏了审美情趣，我受了害；但我读过的许多好书、坏书一起，培养了我爱读书，尤其爱读小说的兴趣。出于这个目的，我考大学，自然报了中文系。其实，我对音乐、美术、电影，甚至体育也都很爱，但我在那些方面没有专长，只能选择文学专业。最后我竟然被北京大学中文系录取，从此，我更与小说真正结下了不解之缘。回忆这段青少年时的读书生活，虽然有些荒唐，但就总体而言，多少还是开卷有益的。如果你仅仅读过中学的语文课本，读中文专业是否基础薄弱些？当然，我也已读过如《水浒》《三国演义》《西游记》《说岳全传》等较好的古典小说，也包括在上面曾开列的那几部，还有一点必须一提的是，至今我仍深爱的是现代文学作品。

二

我入北大的第一年，便想弄明白《金玉缘》与《红楼梦》的关系。我在图书馆借了一部《红楼梦》,粗粗一读,便发现"金"与"红"十分相似。我对"红"有似曾相识之感。这次读书的收获是：也许"金"是"红"的别名。在大学的四年中，我的读书逐步走上正轨，按照课程的开设，系统地读了我应该读的书，如中外名著。我的读书趣味却转向外国文学、现代文学代表作、文学理论如美学之类，甚至偏于抽象思维的书籍。对于古典文学和语言方面的课程，我不愿多下功夫。在这一阶段中，我还经常反思自己过去读书的态度及学过的东西对于今后学习带来的好处及缺点。例如我以往爱读小说，但囫囵吞枣，对于其中的形象描写、感情的抒发、文笔的运用，都不留心，浪费了一些时间，对于自己审美情趣的提高，文笔的运用都好处不大。至今文笔很涩，抒情、叙事总感啰唆。我写起评论文字来倒是逻辑思维严密，头头是道，这可能是写理论文章很少受到以前读书的坏影响之故吧！在写记叙文及论说文两方面一弱一强，一直影响到了今天，也很难从这魔圈中摆脱出来。

大学毕业后，因工作需要，我被留在中文系做了中国古典文学史通段的研究生。按我的兴趣、基础，似乎不宜承担这一任务，但只能服从。我的导师是游国恩、林庚、吴组缃三位著名的教授。他们顺着文学史的分段，逐一指导我。由于20世纪50年代后期政治思想运动不断，真正让我们坐下来学习、研究的时间较少。导师们为我布置的任务有随堂听课、写读书报告并为外国留学生辅导中国文学史。这样，我的古典作品基础多少扎实起来。大约在1956年，吴组缃先生在系里开设了《红楼梦》专题课。我自然认真去听，一下子就被先生的课所吸引。先生的讲稿是蝇头小楷，要讲的内容全部写入讲稿中。先生讲课似在照稿宣科，但又不是。不呆板，抑扬顿挫、轻重有致。讲到风趣时，引发学生会心的笑声，但先生表情依然严肃。先生的课最叫座，偌大的阶梯教室，座无虚席，迟来者搬来椅子塞满过道，听者虽众，却又鸦雀无声，只有笔记的唰唰声和翻查书页的响动声。我曾先后听了两遍先生的这门课，因为第一次听课时发现先生举的一些例子我仿佛根本不曾看到过，因此我又二次重读了《红楼梦》。先生从不曾讲空洞、抽象的话，他都是从书中描写的精细处钩稽出例子，进行极细

致、极精到的剖析，同时指出那些例证出自某回某段描写之中。下面
我举一些听课的学生对先生讲课的反映：

字字真知灼见，句句文采斐然，不见浮泛之词，没有多余的话，
虽系照本宣科，却能声情并茂。

听先生课，如吸甘醪，是大营养，是真享受。每逢他讲《红楼梦》，
我都全神贯注，奋笔疾书，恨不能多生一对耳朵，多长两只手，好把
那字字句句都捕捉得到，记录下来。

吴老师讲课，从容不迫地走上讲台，目光深邃而又亲切。给人
以美的享受的艺术分析如山中涓涓清泉，润物于无声地注入听者的
心田。

讲到生动之处，不时响起会心的笑声。讲到精彩之处，听者如醉
如痴，似乎被领进一个瑰丽多彩的艺术境界……

下课铃声响了，听者仍然徜徉于美的艺术境界之中，一位中年教
师情不自禁地对旁边听课的学生说："太精彩了！你们真有福气，听
吴老师讲课，简直是一大艺术享受。"❶

受业于吴先生的学子成百上千，褒扬之词难以一一再述。下面我具体
地展现先生讲解《红楼梦》的特色。

三

吴先生是著名的学者、作家和大师级的教授。他有丰富的社会阅
历，有深厚的古今中外的文学修养。他敏于观察，对社会、历史、人
生有独具的视角。他自己从事过创作，故对创作有体验。他的小说创

---

❶ 文中所引学子们对先生的称颂，大部出自《吴组缃先生纪念集》。该书于1995年由北
京大学出版社出版。

作很有特色。因此,他大不同于从纯书斋中走出的教授。他讲授的《红楼梦》独具慧眼。他能从创作的甘苦上谈出"红"作的高明,也能从构思的精巧上观察到作者在细枝末节上的良苦用心,先生总是从具体形象入手,归旨出全书的思想、艺术的真谛。

在与先生讲《红楼梦》的同时,北京大学还请校文研所所长、诗人何其芳先生作《红楼梦》的学术报告。何、吴二先生是挚友,他两人对《红楼梦》的看法却有较大分歧。听说二位先生为此曾有彻夜之争,但谁也不能说服谁。吴先生曾把这种分歧的观点讲给我们听。给我总的印象是表现在对薛宝钗的认识上。吴先生说,有人说宝钗一脑袋的封建思想,是个典型的淑女。吴先生不同意,他认为"薛是一个实利主义者,什么事情对自己有利就干什么。她多少有点市侩气"。❶先生对宝钗贬的态度更浓重些。自然,先生从不是空洞地给人物下结论,而是从作品形象描绘的许多细节中抖搂出来给大家看。例如先生分析薛宝钗说:"她家是皇商,给皇家当买办,在封建时代,商人没有社会地位,薛家虽然是皇商,但作为豪门,政治地位比不上其他贵族。《红楼梦》中贾史王薛四大豪门,薛家排在最后,大概也因为政治势力差。"吴先生首先从一个人的出身、社会政治地位出发,以高屋建瓴之势,对这个人物的性格、行为作了总的可信的分析。先生说,《红楼梦》接下来写薛蟠打死人命却和母妹进京,若无其事,扬长而去。"书中轻描淡写,好像花几个钱就可完事,真实也要看具体情况。封建社会的官府草菅人命,视为常事,但你得有政治势力做靠山,不然还是要偿命,要弄得你家破人亡。所以薛家母子三个,要进京去投奔贾家。""书中写薛蟠进京有四条原因:一来送妹候选;二来望亲;三来亲自入都销算旧账,再计新支;四来游览上国风光。"先生就薛蟠的性格分析后指出:"他不可能有这样一套精密的想法。第一条送

---

❶ 文中所引先生讲课的语言,大都出自吴先生自撰的《说禅集》。部分根据笔者听课时的笔记。

妹妹候选，他不会有这样高明的主意；第二条探望亲戚，他不会关心这些事情；第三条整理店务，更不放在他心上；倒是最后一条'游览上国风光'，才是他真正的意图……所以要上京，是薛家的家庭现状提出的要求。送薛宝钗候选就为争取政治势力。在封建时代，一般善良的父母都不肯把自己女儿往深宫里送，牺牲女儿的终身幸福来谋求富贵。……作者写这一条就是贬薛家，同时也点出薛家的阶级本性——他们缺乏政治势力。"那么这条进京寻求政治庇护的高招是谁出的呢？"薛姨妈是控制不了也依靠不上薛蟠的，薛宝钗才是薛家的灵魂和主宰。薛家如果没有薛宝钗，很难想象将怎么办。所以薛宝钗是不能真的进宫去的。到了北京，薛家投奔贾府，很快他们就认为国公府也挺不错，尤其是有贾宝玉这样一个有希望的人。"

先生指出薛家住到贾府，再也不提待选的事。薛宝钗为争取宝二奶奶的位置是有计划、有步骤的。宝钗开始是两面讨好，争取赢得上上下下及宝玉对她的好感，同时制造只有她才具备和宝玉成婚的条件、舆论。先生说："贾宝玉那块玉，作者硬要写成从妈妈肚子里带来的，这是神话，我们没有办法。那么你写薛宝钗的金锁又是哪里来的？他一会儿说是和尚给的，一会儿又说那锁上的'不离不弃，芳龄永继'八个字是和尚给的，又说什么命里注定必须有玉的才能配。我们知道，只有贾宝玉才有玉。又如，作者写薛宝钗从小不爱花儿粉儿，平常穿半新不旧的衣服，连周瑞家的送去宫花她都不要，转送了别人。可是那把沉甸甸的金锁，为什么老是挂在胸口？薛宝钗自己也说冷冰冰的。第八回写宝玉宝钗互看玉、锁，宝钗拿着那块宝玉，把'莫失莫忘，仙寿恒昌'八个字念了一遍又一遍，旁边莺儿接着搭腔，道出宝钗有个金锁。宝玉原来不知道有金锁这回事，听莺儿这么说，才要求薛宝钗给他看看金锁。这一回脂砚斋八十回本中叫'看金锁金莺微露意'，实际是暗示求婚。在封建社会，从没有女家向男家求婚的……因此非得让自己姑娘有把金锁，扬言必须有玉的才能配亲，并且还要找机会显露这把锁，这不是求婚是什么？"先生还特意指出这把锁锃亮，即"黄金灿烂"，像是新打的。在此之前，竟然没人听说过宝钗有金锁，到了贾府后人们才晓得。在三十四回因宝玉挨打事，薛家母女怨薛蟠，薛蟠气急地把制造金玉良缘的事捅了出来，弄得宝钗很狼狈。先生又指出，在以前宝钗总是围着宝玉转，每当宝玉和黛玉在一起时，总是紧跟着一声"宝姑娘来了"，用北京的土话说："夹萝卜干"。论理，像宝钗这样的人，应该成天跟着李纨、迎春、探春、惜春等人才是，现在成天跟着宝玉转，其实，这是人家宝钗在做宝玉工作。

从二十二回起，情况有所变化，先生指出："从这回起开始了第二阶段。贾母喜爱宝钗'稳重和平'，要给她做生日，贾母好像有点看中了宝钗，所以宝钗开始有主意了，她不再老是跟着宝玉转，她有意识地去讨贾母等人的喜爱了。贾母要她点菜，她就点老太太爱吃的甜食；要她点戏，她就点吉利热闹的戏；元妃发灯谜让大家猜，明明很简单，她偏装着猜不着，东猜西猜，最后才猜出来，这也是为了讨对方喜欢。二十二回前，她也想讨贾宝玉喜欢，这时的特点则是左右开弓，两面讨好……讨贾宝玉喜欢，主要是显示自己的才学，让宝玉佩服她。"但这样做的结果是引起宝玉对她的反感。二十八回后，宝钗又有所变化。这一回写端午节，元春送来礼品，只有宝玉和宝钗那份礼完全一样，其中有"红麝香珠"，宝钗很高兴，特意把它笼在胳膊上。先生说，宝玉"照说应该把珠子装进箱子里不拿出来，何况当时正逢炎夏，宜于戴翡翠、玛瑙之类的光溜溜的饰物，她公然戴出这挂挺不舒服的红麝香串，毫不害羞，反而自得，这无异于当众炫耀自己的胜利，夺得了锦标"。她意识到这意味着家长默认了她与宝玉的婚姻关系。这回回目很有意思，故意说她是"羞笼红麝串"，这是一种讽刺，明确提示读者注意！先生在这些地方分析得多一些，既揭示了宝钗的得意之状，也分析了这个人物的心理，并提示我们注意宝钗行动有所改变,她由向宝玉、家长两面讨好,从此转向家长一面。果然,此后很少见到她夹在宝、黛之间了。先生说宝玉仍倾情于黛玉,而这次送礼引起黛玉的不快。宝钗认识到婚姻已经内定,便抓住这一点,敢于进"忠言"了。"她已没有顾虑,开始批评宝玉,一边倒向封建家长的怀抱中,再发展就是不仅做到让家长满意,更设法使全家上下都喜欢她这个未来的宝二奶奶了。"

先生根据作品中的精细的描绘,注意到人物说出来做出来的,也注意到作品中人物不在场的或没说出来的,而这些地方应该允许读者自己去想象、去体会。先把贾、林、薛三人婚恋关系的进展,划分出几个层次和阶段。这一点我似乎在以前很少听到有人这样分析过。先生对薛氏母女的所作所为看得很到家,看到灵魂的深处,认为她们比较恶劣。特别是五十七回,先生说薛氏母女到潇湘馆去探望黛玉。那时黛玉已身心交瘁,薛姨妈故意说了这段话:"我的儿,你们女孩儿家那里知道?自古道:'千里姻缘一线牵。'管姻缘的有一位月下老人,预先注定,暗里只用一根红丝把这两个人的脚绊住,凭你两家那怕隔着海呢,若有姻缘的,终究有机会作成了夫妇。这一件事都是出人意料之外,凭父母本人都愿意了,或是年年在一处,以为是定了的亲事,若是月下老人不用红线拴的,再不能到一处。比如你姐妹两个的婚姻,此刻也不知在眼前,也不知在山南海北呢!"宝钗听了马上说:"惟有妈,说动话就拉上我们!""一面说,一面伏在母亲怀里,笑说:'咱们走罢。'黛玉笑道:'你瞧瞧,这么大了,离了姨妈,他就是个最老道的;见了姨妈,他就撒娇儿。'薛姨妈将手摩弄着宝钗……"吴先生说,宝钗这样的表现,在其他场合很少见到。她们特意选择了这样的时间、地点,面对着黛玉这样的人,实际上是从精神上打击黛玉。果然,"黛玉听说,流泪叹道:'他偏在这里这样,分明是气我没娘的人,故意来形容我!'"先生讲到此处,很愤慨地斥责宝钗母女的恶劣。先生还举了那燕窝的事。宝钗怂恿黛玉要上等燕窝来补身子，实际上是把黛玉置于尴尬境地，作为寄人篱下的孤女，还要这要那，这不是自找人讨厌吗！先生还举了五十七回两次写到"当票子"的细节。"忽见湘云走来，手里拿着一张当票，口内笑道：'这是什么账篇子？'黛玉瞧了，不认得。地下婆子都笑道：'这可是一件好东西！这个乖不是白教的。'宝钗忙一把接了看时，正是岫烟才说的当票子，忙折了起来。"薛姨妈忙说这是当票子，湘云根本听不懂什么叫"当票子"，众婆子则笑湘云呆。薛姨妈叹道："怨不得他，真真是侯门千金，而且又小，那里知道这个。"众婆子又补了一句"林姑娘方才也不认得"。从艺术上来看，黛玉与湘云虽为才女，但不认识当票，由此反衬出宝钗深通生意、理财之道，不是个单纯的封建阶级中的大家闺秀。先生认为，细节虽小，往往可以说明、揭示出思想、性格方面的大问题。

先生读书的精细程度令我们吃惊！例如他很注意六十回中所写的茉莉粉、蔷薇硝、玫瑰露等细节所引起的冲突，他也注意书中一些不起眼的小人物。如第七十三回，赵姨娘屋中有一个叫小鹊的小丫头。她在夜深时分到怡红院敲门找宝玉，神秘地传了个信儿，说赵姨娘在贾政面前说了宝玉的事，让宝玉"仔细明儿老爷问你话"，匆匆又走了。吴先生说，像曹雪芹这样具有大手笔的大作家，一部书写了那么多人物，对每个人物都有精心设计，安排他们什么时候出场，扮演什么样角色，即使一个小小的过场人物也绝不轻易潦草处理。小鹊即是一个喳喳报信的小鹊，是马上即将来到大观园风暴的先兆，以后她再也没出现过，她这个人物的使命完成了。

四

吴先生引导我们注视着一个个细节，看来很小，但大都与全书的思想、艺术上的大问题关联着。告诉我们真正是好的艺术作品，没有闲笔，是经得起这样推敲、琢磨的，读书应该从这些精细的地方着眼，边读边思。听先生讲课，深深体会到他能做到"察人之未察，言人之未曾言，道人之未敢道"。察人之未察好说，即人们经常觉察不到的地方，先生看到了，上述很多例子即属于此；言人之未曾言，如先生说，薛家在北京有许多房子，为什么不住自家房子？俗话说"探亲不如访友，访友不如住店"，自己家有漂亮房子，为什么非在贾家赖着不走呢？"作者先把他们安排在梨香院，呆了一个时候，又把他们迁到东北角上另一个小院子去，让出梨香院给从苏州买来的十二个唱戏的女孩子住。作者写薛家住在贾家的前后情形，连搬了一次家也不漏掉，实际上是暗示薛家不肯走，"薛家迫切需要贾家的政治势力。什么叫道人之未敢道呢？那就是讲《红楼梦》这样的小说，一定要联系到当时的政治、思想及经济背景来讲。讲不好就有影射现实之嫌。吴先生则一直在讲贾家这样的豪门之家已有了"君子之泽，五世而斩"的征兆。例如凤姐通过鸳鸯把老太太的金银器皿偷出来典卖，偿付债务的细节；要吃人参，找出来的都是年久失效的坏参等。类似这些细节很多，都说明贾家已到了衰败的时候。先生特别讲到：在《红楼梦》中，男性不如女性，贾府几代男性找不出一个人能支撑这个家庭的，真正掌权的是女性。实权在王熙凤手中，思想领导是贾母。先生又引用古训："牡鸡之晨，惟家之索。"（《书·牧誓》）又说，现在农村中还流行这样的习俗，对于上房打鸣的母鸡，认为不吉利，要捉住杀掉。在特殊的时期依然做如是说。因此可以说，吴先生做到了"道人之未敢道"。

五

先生不仅教会我们如何着眼去读像《红楼梦》这样的名著，似乎也教导我们应该把自己放置于普通读者的位置上再读。要能和作者交流、沟通，理解作者写作的良苦用心。即是用感情去读书，用思想去读书，也是用人的性格、意志去读。不然，很难真正读懂。只有在读书时摆正了自己的位置，才不会板起面孔，装成什么学者的样子，也不会随风倒。我接受先生的影响，我学着读《红楼梦》，读《聊斋》《三国》，而且学习着很好地去观察社会、观察人生、观察人与人之间的复杂关系。从那里获得活的认识，反过来再去加深对文学作品的理解。吴先生讲课给我留下的印象最深，观点鲜明、具体，令我信服。原因即在于它们不是空洞、抽象的存在，因而引起了我的兴趣。我在整个中国文学史中倾向了古典小说。我的研究和毕业后的教学，也大都侧重于这个方面。我在《红楼梦》的研究上，作过一些自己的开掘。我的路数像是近似先生的。但我每讲一遍《红楼梦》，总要重读一遍。每当我要准备发掘一个写作的题目，也总要重新翻阅《红楼梦》。即使如此，仍不能说我对《红楼梦》已很熟。然而，总算克服了我那"良莠不辨"和"囫囵吞枣"的读书毛病。

在改革开放之后，吴先生的心情非常舒畅，大有欣逢盛世之感。他常把这种心情传达给朋友和学生们。先生对于发表作品，向来十分慎重。但在此时期，他把自己三四十年代写的小说、散文重新整理出版；他第一次把自己讲古典小说的论文结集成《古典小说评论卷·说稗集》出版。先生还想根据自己对《红楼梦》的意见写成一部吴批"红楼"。然而，先生毕竟年事已高，体弱多病，未能完成这一事业，于1994年1月仙逝。这是先生的遗憾，更是学术界及我们广大学子的遗憾！

谨以此文，作为对恩师的怀念。

明清小说篇

决非偶然

——略论清初三大小说家的出现

17世纪下半叶至18世纪上半叶近70年间，有三颗光彩夺目的巨大艺术启明星腾地而起［指蒲松龄（1640—1715年）、吴敬梓（1701—1754年）、曹雪芹（1719？—1763？）］，划破漆黑的夜空，高悬在东方的天际。它们照亮了中国小说史坛，也照亮了整个中国和世界的文坛，在古老而封建的旧中国，一起把个人虚构的小说创作推向新的高峰，把文言短篇小说、白话长篇小说推向高峰，把古代浪漫主义小说、现实主义小说，把传奇性小说、人情小说和讽刺小说推向了高峰。

这一现象多么惹人注目！

回顾中外文学史，不乏这样的事例。我国7世纪末8世纪初的诗坛，几乎同时出现过王之涣、王昌龄、崔颢、王维、孟浩然、李颀、高适、岑参和李白与杜甫，这样第一流、第二流的大诗人；13世纪下半叶在剧坛上又有关汉卿、王实甫、马致远、白朴这些大剧作家同时并起。国外，如19世纪的俄国，从二三十年代到那个世纪末，也是七八十个年头，竟然有普希金、莱蒙托夫、果戈理、谢德林、涅克拉索夫、冈察洛夫、屠格涅夫、奥斯特罗夫斯基、契诃夫、陀思妥耶夫斯基、列夫·托尔斯泰等十数位，在诗歌、戏剧、小说上具有世界影响的作家。

何以在一段时间会这样集中地出现一批作家，为什么在一定时间会有几个人一起把一种文学样式推向高峰？是偶然的，还是必然的呢？看来，这个有趣的问题，是值得探究的。

一

无可否认，文学作为一种社会意识形态，一种上层建筑，要从社会存在，从经济基础中去找一找它的产生、发展、变化的原因。但是，它们间的关系和联系，却不是那么直接的。马克思在《〈政治经济学批判〉导言》中曾讲过："关于艺术，大家知道，它的一定的繁荣时期绝不是同社会的一般发展成比例的，因而也绝不是同仿佛是社会组织的骨骼的物质基础的一般发展成比例的。"可见，不能用"什么样的经济基础决定着什么样的上层建筑"这样简单的公式去套文学创作。从上面所列举的清初的小说、盛唐的诗歌、元代的戏曲，以及十九世纪俄罗斯文学创作的这几个例子，就不能很简单地说经济繁荣等于文艺创作的繁荣。它们之间的联系是有的，构成这种联系的因素却很复杂。抛开一定社会经济条件和政治因素孤立研究文学的发展，不可能找到本质的特征，简单化了同样也不成。

倒是有一个现象值得注意：往往一个时期的人才辈出、群星汇聚，却和时代、社会的大转折较密切地关联着。

苏联早期的马克思主义文艺理论家卢那察尔斯基在《论文学》中，虽然没有对19世纪俄国为什么会出现这样一批杰出的作家、诗人、剧作家，作出带有规律性的综合研究，却在对每一个作家研究分析时，强调过时代对他们的作用。说到普希金，他讲：

普希金所隶属并因而使他获得数十项最难得的特权的那一阶级，同时又是个四分五裂的阶级，它自身包含着某种悲剧，这悲剧——在社会上降落到近乎消亡的过程——把全部重量恰恰压在普希金所隶属的阶层身上，而贵族中的这个阶层，顺便说一句，由于其全部生活条件，又恰恰最容易接受文化。(《论文学》，第112页)

谈到托尔斯泰，他说：

托尔斯泰的伟大、他在世界范围内获得的意义、托尔斯泰遗产里包含的巨大艺术力量和内在力量，都被列宁描述为一场文化的和历史性的变动在一个从生物学观点看是天才的、禀赋优异的人身上的反映。（《论文学》，第 258 页）

这种观点贯彻在他对所有作家的研究中。谈到高尔基时，他开宗明义的第一段话便是：

伟大的文学现象和重要的作家个人多半是，也许纯粹是社会大变动或社会大灾难的结果。文学杰作就标志着这些变动和灾难。（《论文学》，第 317 页）

分析英国小说家托马斯·哈代时，他讲：

悲戚而刚毅的艺术家，是资产阶级世界末日的人物之一。（《论文学》，第 468 页）

在分析狄更斯时，他又说：

伟大作家往往出现在本国生活发生转折的紧要关头。（《论文学》，第 450 页）

好了，无须多举，他的这一观点已十分明确。它不仅值得重视，而且相当可信，因为，这是分析了俄罗斯作家作品后所得的结论，是研究了世界文学历史现象后，所得的结论。说明优秀文学家的产生有其深刻社会基础：悲剧的时代，才会产生反映时代悲剧的伟大作家。

我们不要去套用这种现成的公式，不能用一个模式来使中国古代作家就范，但可以相信它的最后论断是正确的、合乎客观实际的，也是带有一定规律性的，因为它符合唯物主义反映论的原则。因此，对于分析蒲松龄、吴敬梓、曹雪芹三位划时代小说家的出现，有借鉴作用。

人们知道，这三个作家生活在清代初年，这是一个什么样的社会、时代？应该说是一个充满着复杂激烈矛盾斗争的社会，是一个悲剧的时代。在这三个作家出生的前后，中国大地发生了两件惊天动地的大事：一是李自成为首的农民起义军经过披荆斩棘的努力，夺取了全国政权，然而又很快得而复失；一是在关外较落后的女真族进入关内，与旧的汉族封建贵族势力联合起来，镇压了起义军，夺得了全国政权，建立了新的王朝。这就是说，是大规模的阶级斗争和民族间的斗争胶着成一体的一个大动乱的局面出现了。出现这个局面和这个局面暂时得到平定，靠的是屠刀，是以千百万人的血作为代价的。

明代已经发展起来的资本主义的萌芽，一时也遭到扼杀。仅江南而言，原先轻工业、手工业已较发达，"机声轧轧，子夜不休"的苏州，现在则成了"六门闭，留于城中者死无算，道路践死者枕藉"。内外贸易的重要集散地广州，则"城内居民，几无噍类"，城外，"累骸成阜……望如积雪"。江、浙、闽、粤沿海诸省近海五十里内实行"迁海""禁海"的政策，大大影响以海运为主要途径的内外贸易的开展。一时，形成闭关锁国的可悲局面，使已经发展起来的资本主义生产方式受到摧残和抑制，并阻碍了封建生产方式向资本主义生产方式的进一步转化。

在统治阶级内部，先是统治者向南明王朝和三藩手中夺权，于是，激烈的权力之争开始。继扫荡南明王朝残余势力之后，又是平定三藩之乱，其结果，三藩剪除，殃及鱼池，百姓又一次遭受战乱之祸。

到了康熙的后期，以及整个的雍正朝，最高统治集团——王室中的夺权斗争已达到你死我活的程度。另外，整个贵族地主阶级在政治上有特权，经济上有特殊占有，因此穷奢极欲，挥霍无度。康熙多次南巡，耗费财资之多，令人触目惊心。

应该说，清初开国的几个帝王，还是比较明智和有胆识的。康熙在统一全国后，力图休养生息、减轻剥削，以及沿袭明制、实行汉化、与汉族地主阶级上层合作以减少不安定因素。同时，对沙俄的侵犯给以坚决回击，使中俄东北边境渐渐得到平定……在内政、外交方面实行宽猛相济、张弛相协的政策，使破坏了的生产力在康熙执政的后半期，明显地得到恢复。雍正则在整饬纲纪，知人畏法上，下了很大力量。因此，到了乾隆，重新繁荣的景象格外明显。但是这时，毕竟是封建社会的后期，封建制度已经烂熟，它的不可克服的矛盾也已成了痼疾，即使再有作为的君主，也无法从根本上改变已深入骨髓的弊病。官场的黑暗，贵族阶级对财富的鲸吞，贪官污吏的多如牛毛，统治者阶级权力之争的激烈，加上"文字狱"的严酷，等等，令一些才智过人，对现实生活十分敏感的作家，感到危机四伏。由纷乱血洗的残暴行径所带来的使人惊魂未定的余悸，还没有消失，新的"回光返照"式的可怕预感，已成了不可摆脱的浓重的心理阴影。作为现实生活真实而艺术反映的小说，正是这旧的大灾难、大变动过后，新的变动即要到来的产物。如果说诗歌、散文、短篇小说，能迅速地把这一变化反映出来的话，长篇小说则要稍稍拉开一些时间的距离，恐怕是文学创作反映生活的规律所决定的。那么蒲松龄这样的作家要早于吴敬梓、曹雪芹等几十年出现，恐怕也有其必然性。

他们的出现，不要把它看成个别的、特殊的个人在起作用的现象，而是要把社会历史的变化充分估计进去。在《歌德谈话录》中，有过几段十分精彩的阐述：

事实上我们全都是些集体性人物，不管我们愿意把自己摆在什么地位。严格地说，可以看成我们自己所特有的东西是微乎其微的，正像我们个人是微乎其微的一样……

一般说来，我们身上有什么真正的好东西呢？无非是一种要把外界资源吸收进来，为自己高尚目的服务的能力和志愿！……我只不过有一种能力和志愿，去看去听，去区分和选择，用自己的心智灌注生命于所见所闻，然后以适当的技巧把它再现出来，如此而已。

这些话说得是公正而实事求是的。也说明对像蒲、吴、曹这样的作家的出现，不把他们看得过于神秘，把他们看成集体性人物，是集体对一定时代和社会的反映，是完全有根据的。

二

封建社会的知识分子，也是不大好驾驭的骥骜。到了好的驭手那里，也许能日奔千里；反之，则是并不驯良的坐骑。这一点，清初统治者集团已经意识到了，因此，对于大批大批包括汉族地主阶级知识分子在内的"士"，他们就采取恩威并施的办法，诱以利禄、胁以刑治，逼迫其俯首帖耳地听从拨弄。但是，他们的这两项都搞得有些过头，失去了一些有真才实学的有识之士，也戕杀了一批英才。

崇尚儒教，提倡八股取士，网罗天下文人整理图书典籍，编纂类书、丛书……这一套是有诱惑力的。这种名缰利锁的羁绊，程朱理学的毒害，杀人焚书的恐吓，又硬又冷的板凳的消磨，不仅使一些人头脑昏昏然，而且才智和意志也消耗殆尽。特别是，朝廷严禁会盟结社，违者治罪，已驱赶了不少士人投奔山林去做隐士。还有一些知识分子能违心求荣、屈节谀上，换来的是无法摆脱的内心痛苦（连爬上高位、相当显赫的钱谦益、吴伟业等人，也包括在内）。因此，使相当一部分知识分子清醒起来，他们那股清高拔俗之气，能使他们保持些什么、看穿些什么。有很不少的一些人钳口不语，他们深知一旦张嘴，等着他们的将是什么！清初顺治、康熙年间，文字狱迭起，无辜而受害、受株连者，竟以千百计。较早的"明史案"在知识层震动极大。因大书永历王朝而对清廷有所忤违。此案，经过一番曲折，最后，被告发，凡作序参校者，均被处以死刑。江南名士列名其中者，无一幸免。其余受累者达七十余人（又说二百二十余人）。另一起是戴名世的"南山集"案。只因著书时用了晚明年号，被告发，康熙下旨令九卿会鞫，议处戴名世凌迟，族人弃市者众，未及冠笄的，流放极边。为"南山集"作序的，均遭罹难。其中，牵涉朝廷命官，则分别降谪……这些，都是蒲松龄活着的几十年间遇上过的。至于吴敬梓、曹雪芹应所见更多。康熙时沈天甫、吕中、夏麟奇所伪撰"忠义录"诗集案，邹流骑的"鹿樵纪闻"案，雍正时的八起文字案，乾隆时的十数起文字案。这在当时，起到了杀一儆百的作用，但防民之口如防盗贼竟达到这等地步，使一些士子们不寒而栗，并深深挫伤和触痛他们的心灵。诱以利禄、官位的怀柔收买政策，除了培养一批狗苟蝇营之徒，还培养了一批唯唯诺诺的书虫。腹内空空可以骗得高位，空洞无聊不堪入目的八股文已成一尊。这使一些"沉下僚"的英俊之才，感觉到了。因此，从蒲松龄到曹雪芹恰恰可以看出这样一条觉醒的轨迹。由热衷于功名、孜孜以求，因被弃而生怨，而头脑开始清醒的蒲松龄；经过"性耽挥霍"的破落子弟，虽是秀才，但屡试未中，自此遭到族人、亲友的白眼，饱尝炎凉世态，三十余岁被荐"博学鸿词"科，托病拒绝，宁以典衣卖文为生，对功名开始淡泊的吴敬梓；到生就鄙薄功名，视利禄为寇仇的曹雪芹，是三种不同经历、遭遇，三种不同思想感情。联结起来，却是一条有识之士的觉醒的典型途径。

古人说：君子要立德、立言。"兼济"无门，"独善"也不甘心，言从何出，言出于忿！因为，这三个大作家都经历了很大变化，有深刻的生活体验，也共同具有愤世嫉俗的感情。深沉的悲哀，极端的苦闷，难以诉说的内心矛盾，不平于世事的愤懑之气，就要化作一股冲决一切的力量，这力量就是文学（小说）创作的要求、创作的动力。愤怒出诗人，愤怒出作家，此话是不假的。对那谈鬼说狐看起来是言不及义的《聊斋志异》，请看一看作者的"自志"说得明白："集腋为裘，妄续幽冥之录；浮白载笔，仅成孤愤之书，寄托如此，亦足悲矣！"同时，在作者的诗中也说过："人生大半不如意，放言岂必皆游戏？"关于吴敬梓，有一篇被疑为是他本人化名为闲斋老人所作的序中这样说："其书以功名富贵为一篇之骨，有心艳功名富贵而媚人下人者，有倚仗功名富贵而骄人傲人者，有假托无意功名富贵自以为高，被人看破耻笑者，终乃以辞却功名富贵，品地最上一层，为中流砥柱。篇中所载之人不可枚举，而其人之性情心术，一一活现纸上。读之者无论是何人品，无不可取心自镜。"程晋芳的《文木先生传》（《勉行堂文集》卷六）介绍过他是："生平见才士，汲引如不及。独嫉时文士如仇；其尤工者则尤嫉之。余恒以为过，然莫之能禁；缘此，所遇益穷。"吴敬梓也自况是："灌夫骂座之气，庄叟物外之思"（《移家赋》）。这里难道没有愤吗？至于"牛鬼遗文悲李贺，鹿车荷锸葬刘伶"（敦诚《挽曹雪芹》见《四松堂集》抄本）和学着"步兵白眼向人斜"（敦诚《赠曹雪芹》，见《鹪鹩庵杂记》抄本）的曹雪芹，更因家世经过政治变故而彻底败落，较透彻地悟出了许多人生哲理，以真真假假作骂时世的文章，嬉笑怒骂痛快淋漓地揭露了世情。

总之，因黑暗才有不满，不满而生愤，有愤慨方始动情、动心，情动、心动才会提笔。逆境出英才，一点也不假。一个"愤"字，在旧社会成了多少中外古典艺术大师创作的原动力！从这三位作家来看，同样都不媚势趋俗，也不随波逐流，更没有消极沉沦，他们因"愤"而起，各人选取自己的岗位和角度，用隐蔽的方式向着这罪恶的社会，发起猛烈的进攻。不信请对照一下《儒林外史》第一回的"定场诗"

和《红楼梦》的《好了歌注》，那番情绪，何其相似！前者说：

> 人生南北多歧路，将相神仙，也要凡人做。百代兴亡朝复暮，江风吹断前朝树。功名富贵无凭据，费尽心情，总把流光误。浊酒三杯沉醉去，水流花谢知何处。

后者人们极为熟悉：

> 陋室空堂，当年笏满床；衰草枯杨，曾为歌舞场。蛛丝儿结满雕梁，绿纱今又糊在蓬窗上。说什么脂正浓、粉正香，如何两鬓又成霜？昨日黄土陇头送白骨，今宵红灯帐底卧鸳鸯。金满箱，银满箱，展眼乞丐人皆谤。正叹他人命不长，那知自己归来丧！训有方，保不定日后作强梁。择膏粱，谁承望流落在烟花巷！因嫌纱帽小，致使锁枷扛；昨怜破袄寒，今嫌紫蟒长：乱烘烘你方唱罢我登场，反认他乡是故乡。甚荒唐，到头来都是为他人作嫁衣裳。（庚辰本《石头记》）

这不是在虚无主义和历史循环论的外衣掩盖下，对罪恶社会，悲剧时代真实生动的概括吗？锋芒所向对准那个注定要灭亡的封建统治阶级，极其不满地揭示出那丑恶的权势利欲的剧烈争夺，清醒地指出"费尽心情，总把流光误"和"甚荒唐，到头来都是为他人作嫁衣裳"。这里，不仅是对名利孜孜以求的彻底否定，也是真实地坦露他们对"乱烘烘你方唱罢我登场"的厌恶。它标志着小说家对复杂现实生活认识的提高。这也是残酷的现实对几位小说作家给予强烈刺激的必然结果。这样，才有创作的灵感和原动力。离开了时代，社会的不幸以及由此而带来的个人遭际梦幻般的厄运，恐怕是出不了这样一些艺术人才的，何况创作的素材，始终是在复杂丰富的生活之中。

三

时代和社会所提供的矛盾，可以成为艺术的素材；作者对生活的强烈感受，可以产生灵感和主观原动力，但这还不足说明为什么能培育一代的艺术宗匠。一辈文学英才的出现，其主客观的条件是多方面的。

处于蒲、吴、曹的时代，已是封建社会的晚期，时代在进步，认识在提高，人与人之间关系的更加深刻化，应会使更多的人对生活的认识能力有所提高。这里暂时摒弃自明中叶开始到清初这一段时间，在哲学思想发展上的特色不谈，单就许多思想家对生活的理解和认识来看，是和以前有所不同的。

明代中后期曾出现过王艮和以他为代表的泰州学派。这些人接近劳动者，因此，提出了较为新鲜的"以百姓日用之道为本"的思想，把哲学上所说的"道"和老百姓日常劳动、生活直接挂起钩来，认为圣人之道也无特别之处。"圣人经世，亦是家常事"，这是多么实在而又大胆的见地！作为王学左派、李贽这样一些思想家，更发挥了"百姓日用即道"的观点，认为"穿衣吃饭，即人伦物理，除却穿衣吃饭，无论物矣"（《答邓石阳》）。因此，李贽起劲反对僧侣主义、禁欲主义的世界观、人生观，提倡人欲、人性，认为在有势利之心这一点上，圣人与凡人并无差别，用不着高视圣人："尧舜与途人一，圣人与凡人一。"同时，还大胆否定圣人之言为"万世之至论"。清初的顾、黄、王等人，"以为天下不得安宁，是有君主在也"，同时，还揭露税负的沉重，乃是百姓痛苦的根源。虽遇凶年，竟上供不减，则农民与统治者必成寇仇。黄宗羲公开提出："天子之所是未必是，天子之所非未必非，天子亦遂不敢自为是非……"（《明夷待访录·学校》）王夫之则以为"饮食男女之欲，人人之大共"（《诗广传·陈风》）。应使"人欲各得"，是行"天理之大同""天理之大公"（《读四书大全说》卷四）。

还主张："平天下者，均天下而已。"(《诗广传》卷四）而稍后一些的颜元、李塨、戴震等人也有类似的精辟的思想。颜元提倡"经世致用"之学，戴震特别强调，理在事中，应深入事中去"分理"，而人的感官是认识事物的起点："天地、人物、事为，不闻无可言之理者也。"若要去欲存理，乃"残杀之具""使天下国家受其祸"。因此，尖锐提出有欲与有情、有知一样，都是"感而接于物"的。

凡此种种，均说明人对世界、社会和人的本身的认识能力已提高到了这等地步。自然，这些都是杰出的哲学家、思想家，但是从来的大艺术家、大文学家又何尝不是大思想家！只不过他们思考的方式和表述的方式不同罢了。同时，也充分说明时代、社会已发展到了人们会这样提出问题和回答问题的历史阶段，那么出现蒲、吴、曹这样的文学家用小说创作来回答，阐述这样的思想，就不是不可理解的了。

是不是可以说从明代中后期的人性、人情、人欲的正当要求，被充分发掘并大大肯定，已被严重扼杀的人欲、人情和被扭曲了的人性，又重新得到复苏，这才会有《聊斋志异》《儒林外史》《红楼梦》的出现。

已经蓬勃发展起来的资本主义民主主义的思想萌芽，不是靠屠刀和禁令所能抑制得住的，即使表面上已有厚厚的冰层，把它封冻着，冰下的潜流，也将湍湍不息奔腾向前（卢那卡尔斯基又说过：萧索时代常常由艺术上的大飞跃反映出来，而且这些时代的艺术都具有十分明确的特点。萧索时代的艺术飞跃本身——或者说是政治上不能自由发展的国家的知识界所达到的文学大高峰——的出现，是因为生气蓬勃、擅长思考的社会集团的能量虽然被严酷的旧政权禁锢着，却正好在受压制较少的艺术领域内找到了出路）。

存人欲、人性、人情，已是时代的呼声，作为人学的文学，怎能无动于衷！《聊》《儒》《红》三部作品，确实反映了时代精神，也和哲学思想阵地一样对观察人、研究人、分析人、了解人、表现人等方面进行了深化。

（一）在蒲、吴、曹的笔下，成功而出色地塑造出一批"存人欲"、执直生活、执直所爱，为此，甘愿牺牲一切，在所不辞的情痴、情狂的人物。作者们把他们写得要求多么正当，行为多么堂正，性格多么可爱，以此来充分肯定他们的所作所为。《聊斋》的《石清虚》中的邢云飞，《鸽异》中的邹平张公子，《宦娘》中的宦娘，《阿宝》中的孙子楚，《香玉》中的黄生，《黄英》中的马子才……确实是一些有真性情的新人物，他们执直所爱，一往情深，百折不回。作者蒲松龄给予充分肯定，而认为："性痴则志凝，故书痴者文必工，艺痴者技必良；世之落拓而无成者，皆自谓不痴者也……以是知慧黠而过，乃是真痴。"对"痴"作了多高的评价！《儒林外史》中也有几位狂狷的人物，如无家无业安身寺院而会写字的季遐年，祖代以卖菜为业、自己卖火纸筒的棋手王太，家道破落、沦为开茶馆却又能写能画的盖宽，替人帮衬，余时弹琴、写字、作诗、吟赋的裁缝荆元，他们都是有性格和有才艺的人物。这些人物大都是在社会的底层，这不是与"圣人与凡人一"的思想十分合辙吗？至于《红楼梦》更是如此，不仅创造了一个说话、做事大异常人，不听"箴规"、不守"本分"，整日价"寻愁觅恨""似傻如狂""生性乖张"的头等主角——贾宝玉，作者也以痴情、痴意自许："都云作者痴，谁解其中味？"就是这位贾宝玉，竟要在他的王国——大观园，实行一下没有口号、没有理论主张的"自由""博爱"和"平等"。像这样的人物，过去小说乃至过去的文学中出现过吗？恐怕没有。当然，魏晋时期的一些诗人，曾放浪形骸，喝酒、服药、吟诗、作文还带着骂人。他们饮起酒来不着衣、不戴帽，一次酒醉，两个月不醒，行为也够怪够"狂""痴"的，但一望便知是名士，只为避祸，故意做作，对于生活的淡泊和玩世不恭，和执着于生活的真情、真性的小说中的"痴"人是完全不同的。后者，是人性和人欲从封建主义禁欲主义桎梏中初步得到解放的一种表现。这种形象的合理性，只有在社会、时代的特征中得到印证，也只有在人们的要求的变化中得到说明。

（二）由于人和人与人之间关系的复杂化，人们对人和人关系认识的深刻化，在《聊斋志异》《儒林外史》《红楼梦》等作品中的人物，也都是有鲜明、丰富、复杂性格的活生生的人物。他们再不是概念的图解或无个性的"类型"人。虽然，这些作品中都有理想化的人物，但是，却很难只用一个"好人"或"坏人"的词，可以把他们概括起来。《儒林外史》中除王冕而外，作者不同程度有所肯定的人物如迟衡山、庄绍光、虞育德、武正宇、鲍文卿，甚至被研究者认为取自作者自己影子而创作出来的杜少卿，难道只有"贤"的一面而无瑕疵？决计不是。至于像范进、周进、严监生、牛浦郎、匡超人、马二先生等又难道仅有被鞭挞的一面？《红楼梦》更是如此，作者为要突破千人一面，而要让千人千面，不管是宝玉、黛玉、宝钗、凤姐、湘云、探春、迎春、惜春、妙玉、袭人、晴雯、鸳鸯，还是贾母、贾政、王夫人、贾赦、邢夫人、贾琏、贾雨村……尽管他们（她们）思想性格都有一个主导方面，却不是单一的，而是一个多种成分的复合体，因此，用简单的一词来肯定、否定，都很难解决问题。

这不仅反映了小说艺术在塑造人物典型的精细、深入，也反映了艺术与生活的更加贴近，因为生活本身就是这样复杂；同时，也反映人们不论用形象思维还用逻辑思维来反映人和人与人关系水平的极大提高。

（三）与第一点相联系，在《聊斋志异》《儒林外史》《红楼梦》作品中，都有一批完全是新的思想、新的性格的人物，出现在小说中。《聊斋志异》里，《婴宁》中的婴宁，《小翠》中的小翠，《小谢》中的秋容、小谢，等等，那种纯真无瑕、天真烂漫，敢于大胆冲击封建礼法，突破男女大防，瑰琦俶傥，敢说、敢笑、敢骂、敢做，这正是资本主义萌芽思想在对封建的经济、政治、道德、伦理、美学的关系和它们观念的猛烈冲击。《儒林外史》中虽然有被作者依据生活加以改造的理想人物王冕，他仍是"高隐五十载""悬金在都市"，而且"幽居三山下，江水灌尘缨。窗前野菊秀，户外江花明。挥手谢人世，缑岑空箫声"这样的隐士，但吴敬梓毕竟敢于去写：游清凉山姚园时携着娘子的手。出了园门，一手拿着金杯，大笑着，在清凉山冈子走了一里多路，惹得"背后三四个妇女，嘻嘻笑笑跟着。两边看的人目眩神摇，不敢仰视"的杜少卿夫妇。"以湖光山色都是我们的了"，"闲着无事，又斟酌一樽酒，把杜少卿做的《诗说》，叫娘子坐在旁边，念与他听。念到有趣处，吃一大杯，彼此大笑。"（《儒林外史》第三十五回）自在自得的庄征君。《红楼梦》中那鄙夷仕宦之途，痛斥热衷于功名富贵的家伙为"国贼""禄蠹""禄贼"，把王爷都骂成"什么臭男人"的宝玉、黛玉，我们不去说他们。连"心比天高，身为下贱"的丫鬟晴雯，当着主子，就敢反唇相讥。至于那些带着奴隶的鞭痕、噙着悲痛的泪水来到大观园的龄官、芳官们，也早已敏锐地感觉到她们已进了新的"牢坑"，盼着有朝一日能像鸟儿飞离牢笼一样，获得自由，而且，只要有人敢于作践她们，就一起行动起来进行拼杀。这种平等、民主的朦胧要求，无疑是作者从生活中发现并细心捕捉的结果。

（四）随着资本主义萌芽思想因素的日渐增长，新的人与人间的关系，也在逐步形成。突破封建主义的思想禁锢和冲决封建礼教的束缚的精神力量，也更强。在爱情婚姻问题上，向门第观念和父母之命、媒妁之言的封建婚姻制的冲击，十分猛烈。自然，这从来是反封建的一个文学题材，在历来的戏曲、小说中，占了很大的比重。然而，到了蒲松龄手中，不仅写了数量极多的爱情故事，而且在以前的思想上有许多突破。他讴歌一些名门闺秀敢于冲破门第，下嫁寒士；也讴歌豪门子弟敢于娶出身微贱的少女，这些都不必说，值得为之书一笔的是，他总以男女双方鄙薄功名利禄，极其珍视情爱作为结合的基础。特别是那些可爱的少女们，有的公开与父母之命和封建主义的严重的贞节、贞操观念相抗衡，把"情""性""欲"作为极合理、极正当的要求，热情地加以肯定，封建主义的理与礼，被置之不顾。甚至描写她们大胆主动追求心爱的男子，以求得婚姻的自主权。男女双方的相恋，建立在重品德、重才学、重情趣一致的基础上。有一些少女，甘愿承受社会家庭对她们的巨大压力和痛苦折磨，表现了一股至死不变、坚贞无二的感情。更有些作品，写出女主人翁的智慧、能力、才干、胆识，远远超出她所钟情的男主人翁……凡此种种，都可以看出《聊斋志异》中的爱情故事，较以前同类题材的文学作品，有很大的突破，其中闪烁着初步民主主义的思想光辉。至于《红楼梦》那更是以前所有作品不可比拟的了。宝、黛、钗三人的爱情婚姻故事，完全建筑在反陈腐、反礼教思想的基础之上。宝、黛间的彼此倾慕和两心相照，如此充满社会、政治内容。这起悲剧，又这样有深刻的思想意义，这是所有以爱情为题材的作品，远远追赶不上的。尤其是其中对人性美、人情美的开掘，也已到了一种新的境界。它们是那样平常、那样动人、那样合理、那样优美，又是那样富有深刻的社会内容，这正是反理存欲思想在艺术上的胜利。

请回想一下《聊斋志异》中的《娇娜》和《宦娘》，在孔雪笠和娇娜、温如春与宦娘之间，有着超乎寻常、不同于一般的男女间的感情——姑且称为友谊。娇娜不避嫌疑为孔生治病，宦娘为温生与良工间的美满结合，呕心沥血而不存私念和妒意。这种美好的感情，竟在封建社会严酷的男女大防的樊篱束缚下，滋生出来，不能不使人为之惊叹。《红楼梦》中，当宝玉知道"任凭弱水三千"，他只能"取一瓢饮"后，对那些少女们，尤其是丫鬟们，不存杂念，而是纯真的十分热忱地体贴、关怀她们，不以主人自居；那些少女（其中又不少是丫鬟）也不把他看成压在自己头上的统治者，他们之间有一种超于性爱的东西。因此，司棋被逐、晴雯被害，都在宝玉心中引起强烈的反响，认为那些少女是金玉不足以喻其贵，冰雪不足以喻其洁，星日不足以喻其精，花月不足以喻其色，于是，招尤攘垢全来了，不幸夭折（参见《红楼梦》中的《芙蓉女儿诔》）。而且，把地位低贱的婢女，竟比为被贬长沙的贾谊，窃神土救灾的鲧，如此值得人崇敬，这是多么了不起的感情！这里有悲痛欲绝的哀思，愤懑不平的郁闷之气，圣洁、纯真的遐想，真诚无私的祝愿，但却用来奉献给一个出身低微的不幸的丫鬟，这岂不是人类极可宝贵的人性、人情在文学上的复归？

（五）资本主义萌芽的出现，金钱的权势及其社会中的作用，格外明显。在明代"三言"与"二拍"中，就已经得到较充分的反映。《聊斋志异》中写了"但有孔方在，何问吴越桑梓"（《公孙夏》）的活生生的现实生活，像《王十》《蝎客》《尸变》《贾儿》《任秀》《布客》《牛成章》中所出现的商贩，写了商人的生活像《白秋练》《王成》《房文淑》等，还写了《外国人》《夜叉国》《罗刹海市》这样反映中外通航贸易后，所产生的奇思妙想的故事。《罗刹海市》中，借马生之父对他儿子说："数卷书，饥不可煮，寒不可衣，吾儿可仍继父贾。"这里，并没有讽刺，而是平平实实地反映一部分人对于经商的要求。当然，《儒林外史》中对盐商万雪斋（第二十二回、第二十三回）和宋某、当铺掌柜方老六（第四十七回）、高利贷者毛二胡子（第五十二回）这号人是讽刺和抨击的，但却也真实地反映了他们的部分生活。如果《儒林外史》中的商人，还是更多带有封建阶级的官与商、地主兼商人的特征，那么《红楼梦》中描写了大量从国外进口的洋货、洋物，如六十三回宝玉给芳官起个名字叫"温都里纳"，说："海西福朗思牙，闻有金星玻璃宝石，他本国番语以金星玻璃名为'温都里纳'……"宝玉的译音是说得很准确的，海西福朗思牙是近地中海的意大利之名，温都里纳，意文为 Avventurino，简化为 Venturion 或 Venturine 即温都里纳，意思即"偶然遇到之物"。（参见《文汇》增刊 1980 年第 1 期杨宪益文）此外还在五十二回写了八岁随父在西海沿上买洋货，见过"真真国"美人的薛宝琴，形容其"也披着黄头发，打着联垂，满头带着都是玛瑙、珊瑚、猫儿眼、祖母绿，身上穿着金丝织的锁子甲，洋锦袄袖，带着倭刀，也是镶金嵌宝的"。这正反映了明清中外交通的发达，海外贸易的新进展，因此，比以前更具体、更真实地描写异地、异物、异国风土、人情。那"岛云蒸大海，岚气接丛林"的海外岛国，在中国小说中出现，也只有当生活给它提供了素材，才有可能（故以后即有乾隆时《镜花缘》的出现）。

总之，从这三部作品中可以看出一种有异于封建地主阶级正统的生活、思想、情绪，正在书中弥漫开来，它透过纸面，进入人们的艺术感官，使读者能嗅出、听到和看见一种新的带有时代特征的东西。因此，离开了那么一个特定的历史环境，结构起《聊斋志异》《儒林外史》《红楼梦》大厦的一砖一石，就无从着落。

四

是不是可以说任何一种艺术样式，总有它的生、老、病、死发展变化过程？回答是肯定的。这也是被大千世界万物难以逃脱的规律所决定的。正因为如此，中国古代文学史上，曾称颂唐诗、宋词、元曲、明清小说，以一个时代一种文学形式作为它们的代表。这绝非误会，也不是穿凿，确实反映了艺术发展的规律。如果说明清以前，诗歌、散文有过最闪光的黄金时代，后来难以为继，至于超过更是不大可能，那么戏曲、小说在这时的兴起和繁盛，就不是不可理解的了。

当然，话不能说得过于绝对，明清两代无论诗和文，创作的数量是极大的，量中求质，也不乏好的作品，甚至在某些具体领域如随笔、小品文、游记散文、拟乐府体诗，也颇有新的东西出现。但从诗文的总的趋势看，已是强弩之末，硬要说它还可以与唐宋时代相匹敌，而可以并驾齐驱，不是偏爱也定是偏见。但不可忽视它们在文坛上仍占"正宗"的地位，不少人倾心于它，因此，自明初至清初三百余年间，诗文坛上理论争论之激烈，是前所未见的。这正是想为诗文寻找出路，从客观上讲，也说明它已到了应该充分总结，需要很好总结的时候。这种争论变成力量的较量，而且旷日持久，时有反复。伴随着的，则是不少人用创作实践来身体力行他们的各自主张。明初至明中叶被雍容典丽的"台阁体"和前后七子剿窃模拟复古派所占据，正说明诗文源泉的日趋枯竭。当然，反对歌舞升平的作品，反对临帖似的假古董的见解出现，是值得肯定，然而，震撼人心、沁人肺腑和勾人魂魄的作品，则很少见到了。

讲述这些，与我们分析蒲、吴、曹的出现，有什么必然联系？它不仅说明小说（包括戏曲）取代诗文，乃是历史的必然要求，也说明李贽等人提出政治的、社会伦理的反正统主张的同时，还有深刻独特的艺术主张，它和公安三袁等在审美理论上的发展，是很值得重视的。他们反拟古和提出反假求真。心中情真、情切，不吐不快，才能属笔为文，勉强为之，势必乞灵于古人，求救于模拟；提出"世道既变，文亦因之"，创作要抒性灵，写真情，否则，无以成真文、情文、美文。尤应提出的是李贽和公安派对俗文学，其中包括小说的推崇，很值得重视。李贽承认那些小说（如《水浒传》），是"发愤之所作也"，无疑和司马迁的"发愤著书"的创作精神相同。袁宏道认为读《水浒传》感到"文字益奇变"。"六经非至文，马迁失组练"。（钟伯敬增定本《袁中郎全集》卷二十七"听朱先生说水浒传"）这是多高的推崇！因此，他们阐述文学要发展、样式要变化，不能再效颦汉魏、学步盛唐，只要"任性而发，尚能通于人之喜怒哀乐，嗜好情欲，是可喜也。"（《序小修诗》）因此，这些有影响的人物虽然本身没有去创作小说，却对个人虚构小说的出现，起了催化作用，为它们开锣喝道造了舆论。

作为小说，自身的发展，到蒲、吴、曹时代，也应该有这样一些人物出现了。

明代《三国演义》《水浒传》《西游记》，这样宏伟巨著，均脱颖于说话，不能不说是小说发展史上的奇特现象。然而，中国古典小说又怎能永远成为演义历史，铺陈说话人的底本，而不直接从现实生活中取材去进行虚构呢？怎么能永远不去接触作者熟悉的生活，不去写变化无穷的真识、真情、真景，真境！可是"盖诚极洞达，凡所形容，或条畅，或曲折，或刻露而尽相，或幽伏而含讥，或一时并写两面，使之相形，变幻之情，随在显见，同时说部，无以上之"［鲁迅《中国小说史略·明之人情小说（上）》］的个人创作《金瓶梅》，终于出现了，这是一种尝试，一种探索，也是一次开拓、转折。尽管它是粗糙的，内容上存在的问题极多，但对它出现的作用不能低估。不要说没有它，不会有伟大的"人情小说"《红楼梦》，恐怕蒲、吴、曹三位的并起，也不可能，更难以把个人虚构创作的小说推向高峰。

是的，看起来蒲松龄的《聊斋志异》与《金瓶梅》似乎无关，它师承六朝志怪，唐宋传奇以及宋元以来的随笔、笔记之脉，加以发展。可是，不能忘了小说作为小道、旁支，从来不曾像诗文那样显赫过，也为一般文人不屑为，那么明代的一些小说在社会上产生了巨大影响，是否也为《聊斋》的创作壮了胆、打了气、鼓了劲？回答是肯定的。

作为自觉的创作，蒲松龄之爱《搜神记》《幽明录》，大量阅读唐宋传奇文，以为可以效仿，这自不必说它。在他《感愤》诗中说："新闻总入《夷坚志》，斗酒难消磊块愁！"何尝不是把这种创作，视为表情达意的最好形式，而不把它看成"野狐外道"。当然，唐传奇如果说是这种形式创作的一个高峰，《聊斋》则是传奇与志怪结合的又一新高峰，"山外青山楼外楼"，《聊斋》绝不低于唐传奇。但毕竟两峰阻隔和相距数百年之久，如果没有明代瞿佑《剪灯新话》等的铺垫，山峦虽已拔地而起，如连个山脉都找不到，也就突兀了。关于这点，鲁迅先生也曾论述过："文题意境，并抚唐人，而文笔殊冗弱不相副，然以粉饰闺情，拈掇艳语，故特为时流所喜，仿效者纷起，至于禁止，其风始衰。迨嘉靖间，唐人小说乃复出，书估往往刺取《太平广记》中文，杂以他书，刻为丛集，真伪错杂，而颇盛行。文人虽素与小说无缘者，亦每为异人侠客童奴以至虎狗虫蚁作传，置之集中。盖传奇风韵，明末实弥漫天下，至易代不改也。"(《中国小说史略》第二十二篇)由这可以看出在两峰之间，虽只是些小丘、山陵，但仿唐人小说之"脉"，一直没绝，这样才会有《聊斋》的异峰突出。

不管文人学士、达官贵人们如何鄙薄小说，它却显示巨大的生命力。这是刚刚兴起的文学样式，显示了自己的勃勃生机。每当一种新事物出现，常要遭到人们的排斥、非难和责骂，但不因这种不公的待遇，会使它自缢而死，相反，在压抑中，更显示出它那顽强的生命力。中国古典小说也如此，它是不同凡俗的"叛逆者"，从事这种创作的人，本身就有胆识、勇气和慧眼。

和小说的命运相类，它的姊妹艺术戏曲也经过一段被鄙夷的坎坷道路，终于以革新、创造了的新文学样式赢得读者，比小说先一步占领了文坛。但它对小说创作的启迪、引导和从思想到艺术的影响，是不可忽视的，因为同样属于叙事性作品，它的优美的曲文、细致的心理刻画、强烈的感情色彩、完整而又动人的故事情节，也灌溉着小说作家的心田。见了元代王实甫的《西厢记》的大胆爱恋和明代汤显祖的戏曲作品中那种为情而生、为情而死，又为情死而复生的故事和其中的那股冲破礼教的精神力量，会使我们想起《聊斋志异》《红楼梦》。《红楼梦》中的林黛玉听了《牡丹亭》的曲词，心动神摇、如痴如醉，落下辛酸的泪来，她那颗微弱、真挚颤动着的心，被戏曲中的人物命运遭遇激动得强烈跳动起来。汤显祖对那些作家们是有诱惑力和感染力的，他用动人的艺术形象来参加反灭人欲的斗争。他曾在"题词"中说："情不知所起，一往而深，生者可以死，死可以生。生而不可与死，死而不可复生者，皆非情之至也。梦中之情，何必非真。天下岂少梦中之人耶？……嗟夫！人世之事，非人世所可尽。自非通人，恒以理相格耳。第云理之所必无，安知情之所必有耶。"（《汤显祖集·诗文集卷三十三》）这种称颂至情，认为幻中有真的见解，提倡意、趣、神、色四者，并以意为先的"文心"，和他那种"遂令后世之听者泪，读者颦，无情者心动，有情者肠裂。"（《焚香记总评》）是追踵李贽并以《牡丹亭》继《焚书》，来向封建道统宣战的。汤显祖和他作品的出现，同样不是偶然。说明时代已经到了要写这类作品和非写这类作品并要进一步深化它的思想内容不可的时候了。

有汤显祖在前，百年后，小说坛上出现三个杰出的小说作家，也就完全可以理解了。

略早于蒲松龄几十年的著名剧作家李渔，已从创作理论系统上作出总结，说明戏曲的进步，到了一个新阶段。这也许可给小说创作提供借鉴。若嫌这种说法有些牵强，那么至少说明作家们对创作的认识，已达到较为完善的地步。

其实，无须拐弯，时代不但有车载斗量的小说创作，也有真知灼见的理论阐述。它们探讨了小说的功能、价值、地位，它与生活的关系。通俗小说家、"三言"的编纂者冯梦龙，说得很明白：

> 天不自醉人醉之，则天不自醒人醒之。以醒天之权与人，而以醒人之权与言。（《醒世恒言·序》）

小说的社会教化作用，不言自明。它的"导愚适俗"的作用，是通过它的特殊艺术手段完成的，使人：

> 可喜可愕，可悲可涕，可歌可舞；再欲捉刀，再欲下拜，再欲决腹，再欲捐金；怯者勇，淫者贞，薄者敦，顽钝者汗下。虽小诵《孝经》《论语》，其感人未必如是之捷且深也。（《古今小说·序》）

对小说的巨大艺术力量，作了充分的估计。在他们笔下，真赝、奇幻的概念已经提了出来。如说"事真而理不赝，即事赝而理亦真。"（《警世通言·叙》）"然而失真之病，起于好奇。知奇之为奇，而不知无奇之所以为奇。……至演义一家，幻易而真难，固不可相衡而论矣。……幻中有真，乃为传神阿堵……"（《二刻拍案惊奇·序》）"故夫天下之真奇，在未有不出于庸常者也。"（《今古奇观·序》）这些话，有不少是无足取的，但毕竟已在探究虚构与真实，生活的真实与艺术的真实、艺术本身所包含的生活逻辑，它与真、美的统一的关系，乃至艺术创作方法的择取等问题。如果没有这些见解，不去接触这些深刻的创作问题，《聊斋志异》《儒林外史》《红楼梦》的出现，不大可能。甚至《红楼梦》的真真假假的变幻以及"红楼梦"的"梦"字的被选用，并赋予它这样深邃的意义，也几乎没有可能。

当然对于创作家来说，作品是一回事，艺术理论主张又是另一回事。因此，我们很难从蒲、吴、曹那里去找小说理论的发展。但是，至少可以说他们的作品，是时代小说理论的更深入的体现。这三个人中，曹雪芹是特别的一个。他提出要将"真事隐去"，用假语村言写出，似乎包孕几重意思：一即不要把小说看成实录，它是艺术的虚构；二即明白告诉读者，所写的乃是荒唐而无依据的，不可实究。这样说的用意，为的是逃避文字之祸；三即明白申明自己有隐情，无可奈何才这样下笔。凡此种种，归结一点：作品是虚构之作。从而，十分明确地把真实与虚构的关系提出来。同时，他还借空空道人与石头的对话，说出一套为什么要进行虚构的理由："历来野史，皆蹈一辙，莫如我这不借此套者，反倒新奇别致，不过只取其事体情理罢了，又何必拘拘于朝代年纪哉！"他严厉批评不良的创作风气和社会影响，阐明自己所选择的创作道路：

　　……市井俗人喜看理治之书者甚少，爱看适情闲文者特多。历来野史，或讪谤君相，或贬人妻女，奸淫凶恶，不可胜数。更有一种风月笔墨，其淫秽污臭，屠毒笔墨，坏人子弟，又不可胜数。至若佳人才子等书，则又千部共出一套，且其中终不能不涉于淫滥，以致满纸潘安子建，西子文君，不过作者要写出自己的那两首情诗艳赋来，故假拟出男女二名姓，又必傍出一小人其间拨乱，亦如剧中之小丑然。且鬟婢开口即者也之乎，非文即理，故逐一看去，悉皆自相矛盾，大不近情理之说，竟不如我半世亲睹亲闻的这几个女子，虽不敢说强似前代所有书中之人，但事迹原委，亦可以消愁破闷；也有几首歪诗熟词，可以喷饭供酒。至若离合悲欢，兴衰际遇，则又追踪蹑迹，不敢稍加穿凿，徒为供人之目，而反失其真传者。（戚蓼生序本《石头记》第一回）

这段别致、有趣的话，表达了他反对离开情理的杜撰编造，主张要按照现实的本质面貌和生活逻辑，真实地加以反映。这是十分可贵的现实主义创作理论。同时，他在四十二回宝钗论画时阐述了怎样选择生活反映生活又怎样作精巧、合理艺术构思和艺术处理上的见解。

由此，不难看出，曹雪芹创作《红楼梦》的成功，并非偶然，有明确而深刻的艺术主张作为指导。也就是说，清初三位小说艺术巨匠的出现，是在文学创作和理论探讨上，已经为他们准备了条件。

五

时代社会、历史环境、阶级特质对于同时代的同一个阶级的人所给予的，应该说是差不多的，但何以其他的人却没有充分接受这样的条件，创作不出同样水平的作品来呢？这里，应该把创作者个人的条件放到非常重要的位置来加以说明。其中个人的天性、禀赋、性情、嗜好、修养……都是造就突出人才的重要的条件。以蒲、吴、曹三位小说艺术大师而言，他们所以以顶呱呱的水平来完成这没有依傍的虚构性的创作，对现实生活作如此鞭辟入里的剖析，并各自以深厚的艺术功力，精雕细刻地完成了对数百个人物形象的塑造，而且选用了不同创作方法、艺术手段，其艺术风格是美妙、独特而不可代替的，技巧又是十分纯熟圆到的，凡此种种，离不开他们自己所拥有的精神财富——天性、禀赋、修养。

以蒲、吴、曹三人而言，他们都十分聪慧，而且对生活有极其敏锐的感受能力。

蒲松龄功名上失意而郁郁不得志，但天性十分颖慧，据说经、史、子、集过目则了然于心。他对诗、词、曲、赋、文、俚曲各种文学形式，都驾驭得极好，一生又极勤奋，眼既不停，笔也不停。就以《聊斋志异》而言，涉及掌故如到四部及其他杂著中去钩稽，列一个清单，将成为一本书。仅以史类而言，涉及《史记》的本纪、世家、列传、书等下不四十余篇。其他如前后《汉书》《晋书》《唐书》《三国志》《宋史》《北史》《南史》《五代史》《元史》《新五代史》《新唐书》等，足有数百篇之多。至于历代作家、诗人，其数量更为可观，从屈原、宋玉、司马相如、贾谊、司马迁，到张衡、蔡邕、赵壹、班婕好等汉代作家，从曹植、阮瑀、陆机、左思、潘岳、陶潜、鲍照、沈约、江淹、庾信等魏晋南北朝诗人，乃至唐代，从李、杜、白、韩、柳这样大家，到韩偓、陆龟蒙、杜荀鹤、聂夷中……还有宋代许多诗人词家，无不被他所注意。那些志怪、志人、传奇、侠义小说，被他引用的，不可胜数。正是有这样深厚、广博的知识基础和文学、历史的修养，才能得心应手，取精华而弃糟粕，并能脱颖而出，创作出一等的小说。

至于吴敬梓，也是歌吟啸呼、挥斥词翰、才名四溢的一位才子。他是"文澜学海，落笔千言徒洒洒"（《减字木兰花》)，"少有元甲之诵，长余四海之志"（《移家赋》)"遂乃笙簧六艺，渔猎百家"（《赋·序》）的饱学之士。

至于曹雪芹，不仅是"击石作歌声琅琅"，"门外山川供绘画，堂前花鸟入吟讴"（张宜泉《题芹溪居士》）的诗人、画家，而且通晓建筑、园林艺术，传说对编织、织补、印染、雕刻、脱胎、金石、风筝等手工艺术，无不精通。因此，实在是一位多才多艺的大艺术家。《红楼梦》本身也的确是一部艺术的大百科全书。至于曹雪芹的勤奋，自然也是惊人的，直至生命终结，也没有放下过他的笔，所谓"字字看来皆是血，十年辛苦不寻常"，"披阅十载，增删五次"，足以说明他劳作是何等辛勤。

天赋、勤奋和多方面的修养，是他们成功的条件之一，广泛接触社会，也是他们获得创作源泉的途径。古人云：读万卷书，行万里路。虽然，这三位作者，都没有条件自觉地去做到后一条，蒲松龄足迹只踏至外省苏北一带，但他接触社会各个阶层的人物很多，特别是始终保持着与下层人民的密切联系；吴敬梓离开家乡全椒，而到过安庆、芜湖、苏州、杭州，长期客居南京，晚年又生活在扬州。他在漫游、旅居中，接触的人很多，与社会地位低下的乐工、戏子、歌女有过交往，许多学有专长的名家如经学家、考古学家、数学家，天文仪器研究者和不少文学、艺术家也和他有过交往。曹雪芹的少年时代很可能在南京度过（据说与苏州也有一段因缘），后来，迁居北京城内，再后又迁出京城，在西郊度过晚期生活。这中间曾应两江总督尹继善之邀，回南京去过，因此才有"燕市哭歌悲遇合，秦淮风月忆繁华。新愁旧恨知多少，一醉酕醄白眼斜"（敦敏《赠芹圃》）的生活追忆。他往返大江南北，进出京都内外，自然接触了许多人，尤其是和他相似地位的宗室子弟更是他的密友，他自己以及他熟悉的人的生活，自然成了他创作《红楼梦》的重要的艺术素材。

我们无法否认个人的天赋条件对艺术创作的决定作用。时代和社会的客观因素，毕竟要通过作家的主观条件，才能发生作用，要不，何以在同一社会历史时期，同一个阶级，同一个阶层，甚至在同一个家庭中，人们有这么大的差异！有的是突出的艺术奇才，有的则是平庸之辈；有的是充满艺术细胞的生气勃勃的创作家，有的则是对艺术作麻木僵硬反应的"盲人"和"聋子"！如果离开了个人的独具的禀赋，有些问题是说不清的。因此，即使是时代社会的客观必然要求，社会经济、政治、思想的现实存在的必然元素，也只能通过某个个人的偶然因素才能体现出来。必然寓于偶然中，必然是以偶然的形式出现的。如果把什么都简单地归结为必然，将导致形而上学。

到这里，使我们想起普列汉诺夫也论述过这样一类问题，而且有一段精辟的阐述。他在谈到法国文学史家、批评家古·朗松所著的"法国文学史"时，曾谈到朗松设问：法国的悲剧为什么是高奈伊，或者为什么是拉辛，而不是别的一些悲剧作家呢？普氏认为：

第一，对于文学史重要的是阐明法国的悲剧怎样和为什么出现了，怎样和为什么消失了，但是为什么正是高奈伊，而不是一个别的什么人写了"希德"——这个问题对于文学史的科学说明不是重要的问题。假如事实上"希德"不是高奈伊写的，而是"一个别的什么人"，那末可能又要反过来问：为什么是"一个别的什么人"，而不是高奈伊呢？

类似这样的问题可以蔓延到无穷，而它们不会得到任何的注意。所以请不要对我们说，如果我们不能够列举出引起某一个文学家的出现的所有的条件，那末我们就不能够科学的说明他的文学活动了。这是很可怜的诡辩沦。什么是我们能够要求文学史的科学的说明的？指出决定这个历史的那些社会的条件。可是当人们问我们为什么正是高奈伊写了"希德"的时候，就要求我们不仅仅确定高奈伊和别的跟他同时的文学家们生活的社会环境的性质，而且也要求列举所有的，决定高奈伊和所有的跟他同时的文学家的个人发展的那些私人生活的情况。

我们说——所有的，因为只有这样列举每一个个别的作家发展的条件，才能够表明为什么只有高奈伊是高奈伊，而任何一个别的人不是他也不可能是他。科学无论什么时候都不能够列举出所有的这些条件。(《论西欧文学》，第110－111页)

普列汉诺夫在前半部分的论述是对的，而且是十分精彩的，但后半部的论述是绝对化了。他认为我们也像机械学一样，"可以准确地确定一种炮的炮弹的弹道，但是它不能够说出为什么炮弹的某一个破片正是飞到这里，而不是飞到别的地方。"这种话，似是而非，看待这样一种现象，还在于他敢不敢承认个人的"偶然性"，敢不敢承认"自由的因素"也是可以被认识的，而且这种认识又是极有意义的事。

总之，这三颗艺术启明星的出现，在当时是具备许多主客观条件的。脱离了这些条件，就不可能。它们像化学的多种元素化合成的是一个新的有机物，而不是拼凑成一个东西。尽管每一种元素成分含量不同，在化合成以后的有机物中所占的比重大小也不一样，但是都是不可少的。否则新质的出现，几乎是没有可能的。

"一生遭尽揶揄笑，伸手还生五色烟"（上）

——蒲松龄的生平与著作

《聊斋志异》作者蒲松龄的一生，是平淡而寻常的，既没有可歌可泣的业绩，也没有动人心弦的传奇式的情节，却有着一个封建社会落魄知识分子常见的共性及其个性。从他的身上，能够看出"文章憎命达"的旧知识分子的典型遭际。

一

蒲松龄（1641—1715年），字留仙，一字剑臣，别号柳泉居士，山东淄川（即今淄博市）城东七里的满井庄人。

淄川，虽不是个十分出名的县，但山峦起伏，叠峰承烟，又有淄、般、孝妇等水，汩汩流过，风景是宜人的。满井庄东头有高起的丘阜，陂陀不平，土阜上有一座龙王庙，那里的一口地下泉井涓涓不竭，虽遇大旱，也汩汩而出，于是祷雨者都来挹取。泉水清洌甘芳，自深丈许的水潭涌出，"汇者渊之，流者溪之，夏潦秋霖，客水相续，则涣涣然河矣。"庙外为泉，泉外为河，河外为山，山族而居，作儿孙罗列，圆似米聚，方如印覆。据说泉旁本有古柳，围以丈计，雨水浸濡，日久蚀空，被人伐作柴薪。后来，蒲姓众人植以柳、柏多株，及长，郁郁葱葱，与溪水相映，景色相当秀美。蒲松龄生于兹，钟爱于兹，也就以柳泉作为自己的别号了（参见蒲松龄《新建龙王庙碑记》《募建龙王庙序》）。

蒲松龄的祖先为元代般阳路（辖山东蒲台、淄川、掖、福山等县）

的总管蒲鲁浑、蒲居仁。相传元室将倾之际，蒲氏曾将遗孤更姓易名寄养于外家杨氏处，明代洪武年间，又复蒲姓。后来，子孙日蕃，所居满井庄就易名为蒲家庄。万历间，全邑诸生，食饩者（领取官府钱粮的秀才）八人，蒲氏宗人居其六，因此，也可算是个望族。但后来同姓中贫富两极分化，斗争日益尖锐，终致衰微下来（见蒲松龄《族谱序》）。由蒲松龄上推五服，其间没出过什么"显赫"人物。高祖蒲世广，虽称"少聪慧才冠当时"，不过是个廪生。曾祖蒲继芳，才是个庠生。祖父蒲生讷，似乎默默无闻。父亲蒲槃，据蒲松龄的记述，早年"操童子业，苦不售"，"家贫甚，遂去而学贾。积二十余年，称素封"。晚年家居"因闭户读……不理生产。既而嫡生男三，庶生一。每十余龄，辄自教读。而为寡食众，家以日落"（见蒲松龄《述刘氏行实》）。蒲松龄说他父亲"生平主忠厚，即乡中元帧，横逆时加，惟闭门而已"（转引自路大荒编《蒲松龄集》下册第 1803 页《蒲氏世系表》）。事实上，蒲槃的立场是有问题的。明末农民起义波及山东，蒲家庄地处通往县城的孔道，蒲槃曾与弟"壁画守村，条理井井，且曰：'人孰不畏死！非重赏孰敢与贼战者；不能战，焉能守？'乃出钱百贯，会众村南枣树下，悬贯满树，曰：'杀一贼者予若干'，由是，壮者争出战，淄邑城守倚以为援。"（《淄川县志》在十三，续隐逸）后来，清顺治丁亥蒲槃又参加镇压山东谢迁起义军。

蒲松龄的母亲董氏，据说是"素坦白"，对诸子诸妇"抚爱如一，无瑕可蹈"（蒲松龄语）。蒲松龄就出生在这样一个较为复杂的家庭环境中。他是蒲槃嫡配董氏所出的次子。

二

崇祯十六年（1640 年），山东大旱，据说"树皮皆尽，发痖肉以食"，蒲松龄就诞生在这年的四月十六日。

　　我国古代一些出名的人物，常常自己或由别人给他们编织一些天人感应、生就不凡的故事，蒲松龄也在《聊斋自志》中说："松悬弧时，先大人梦一病瘠瞿昙，偏袒入室，药膏如钱，圆粘乳际。窈而松生，果符墨志。且也，少羸多病，长命不犹。门庭之凄寂，则冷淡如僧，笔墨之耕耘，则萧条似钵。每搔头自念：勿亦面壁人果是吾前身耶？"他的说梦故事，尽管离奇，却也给自己描绘出一副天生的悲惨、凄苦相。可见，他对自己的一生遭遇，是有这样一个形象化的总估价的。

　　蒲松龄童年，跟着父亲学习。据说因天性颖慧，经史子集过目了然，深得父亲的钟爱（见蒲箬《柳泉公行述》、王洪谋《柳泉居士行略》），顺治八年（1651年）十六岁时，父亲亡故。十八岁，和刘氏结婚。刘夫人小他三岁。她父亲是"文战有声"的，因此也算出身于书香门第。她的性情温谨，朴讷寡言。入门后，夫妻感情笃厚，婆媳间关系极好。婆母逢人便夸这个儿媳，自然，就引起了另一些儿媳的忌妒，认为婆母怀有偏私之心，从此"呶呶者竟长舌无已时"（蒲松龄《述刘氏行实》），这样，一起相居不久，只得分家独过。

　　蒲松龄十九岁那年，以县、府、道试第一，补博士弟子员，"受知于学使施闰章，文名籍甚"（见《山东省志》《淄川县志·文学传》等）。施闰章，字愚山，是当时相当著名的人物，他比蒲松龄大二十二三岁，顺治六年（1649年）中了进士，投刑部主事，以员外郎试高等，擢山东学政（《清史稿·列传·二七二·文苑》）。他十分器重蒲松龄，因此，蒲松龄对他非常感激，曾在《聊斋志异·胭脂》中说"愚山先生吾师也。方见知时，余犹童子。窃见其奖进士子，拳拳如恐不尽；小有冤抑，必委曲呵护之，曾不肯作威学校，以媚权要。真宜圣之护法，不止一代宗匠，衡文无屈士已也。而爱才如命，非后世学使虚应故事者所及。"评价极高，敬慕之情甚深。他是否自觉地以施闰章为学习的楷模，不得而知，但施对他精神的影响，肯定是有的。两年后，施闰章卸山东学道任返归安徽宣城的故里，蒲松龄对他是终生怀念的。

这里，应该提到的是就在"十九岁弁冕童科"的第二年，他和同邑的李希梅、张历友等友人，结成了很深的文字之交。他们一起建立了一个郢中诗社，常常相晤，在油若瀹茗清谈之余，"以风雅道义相劘切"（张元《柳泉蒲先生墓表》）。同时，也就开始了作者与这些挚友数十年的极深交谊。自然，彼此间思想、性格、学识、修养也会产生一定的影响。例如张历友（名笃庆，号厚斋，别号昆仑山人）也是个极有才气的人，"博极群书，年十四作《梦游西湖赋》"，"弱冠已有古乐府二百首，著作等身，浩如烟海，莫可涯涘"。曾被王士禛称为"史汉阔翻笔底，真冠古之才"。但他也终于淡泊功名。晚年，退居昆仑山下（淄川的一山名），"闭门却扫，啸歌自适"（均见《淄川县志·卷五·贡生》）。历友的兄弟旋视，也以敦名节、尚狷介称著，同样和蒲松龄是好朋友。这使晚年的蒲松龄回想起来，心中仍然久久不得平静："忆昔狂歌共夕晨，相期娇首跃龙津。谁知一事无成就，共作白头会上人！"（《张历友、李希梅为乡饮宾介，仆以老生，参与末座，归作口号》）

康熙三年（1664年）蒲松龄二十五岁。他读书于李希梅家，和他做伴的还有他的外甥赵晋石。这一段生活，对于丰富他的知识、提高他的修养，是有重要意义的。他和亲友们朝共明窗，夜分灯火，在一起用心苦读了几年。蒲松龄"日订一籍，日诵一文焉书之，阅一经焉书之，作一艺、做一帖焉书之。每晨起而为之标日焉，庶使一日无则愧、则惊、则汗尘涔涔下也"（蒲松龄《醒轩日课序》）。可见，他的广博的学识，是从勤奋的学习、刻苦的钻研中逐渐积累起来的。

三

康熙九年至十年（1670—1671年），在蒲松龄的一生经历中，是比较特殊、比较有些新特色的一年。他的同邑孙蕙任江苏宝应县知县后，聘蒲松龄到他那里去做幕宾。于是，蒲松龄便于秋天辞家远游。他察看了那一带的风土人情，欣赏了自北至南变化了的景色风光，也品尝了寄人篱下、仰人鼻息的生活。到那里后，他代孙蕙作酬酢文字，草拟书启、呈文和告示，干的全是无聊乏味的事务。同时，又随孙蕙到各地"视察"，看到了淮扬一带的严重灾情和百姓的啼饥号寒生活，也体察了达官贵人们不顾人民死活，仍然过他们的红灯绿酒的糜烂生活，所谓"琅玕酒色郁金香，锦曲瑶笙绕画梁。五斗淋浪公子醉，雏姬扶上镂金床"（《戏酬孙树百之一》）。

康熙十年元宵节后，他随孙蕙到了扬州，"分赋梅花漾轻桨，片帆风雪到扬州"（《元宵后与树百赴扬州》），他曾涉浩渺的长江，登三面临水、凸入江中的镇江北固山，泛舟鄱阳湖，畅游扬州城。那"梦醒帆樯一百里，月明江树密如排"（《扬州夜下》）的夜景，那"大江无底金焦出，培楼直与江声传"（《与树百论南州山水》）的壮阔场面，还有那"夕阳光翻玛瑙瓮，片帆影射琉璃堆"（《泛邵伯湖》）的奇异景色，等等，都给作者以新鲜生动的形象感。于是他创作了《南游诗》一卷。（路大荒先生得王仲衡收集《南游诗草》共七十八首，为道光纪元后之抄本）

这年三月，孙蕙调署高邮，蒲松龄随往。然而，他已厌倦了幕宾生活，思家甚切，时时流露愿返归故乡的感情：

春花色易老，游子心易酸。
良时不再至，伤心惊逝湍！
…………
乃知万里别，古人所以叹。——《秦邮官署》

湖海气豪常迁世，黄昏梦醒自知非
年年纵迹如苹梗，回首相看心事违。——《漫兴》

独上长堤望翠微，十年心事计全非

听敲窗雨怜新梦，逢故乡人疑乍归。——《堤上作》

春花易老，游子心易酸。良时不再至，伤心惊逝湍！

终于，在这年的秋天，他结束了短短的宦途，返归故里了。

这其间，透露一个值得注意的消息，那就是作者早已开始了《聊斋志异》的创作。而且书中无疑寓存着他的愤懑的感情和深沉的思绪。他在《感愤》诗中这样写道："漫向风尘试壮游，天涯浪迹一孤舟。新闻总入'夷坚志'，斗酒难消磊块愁。尚有孙阳怜瘦骨，欲从元石葬荒邱。北邙芳草年年绿，碧血青磷恨不休。"

四

返家后的第二年（康熙十一年），蒲松龄已经三十三岁。他开始了另一种生活——到同邑名人西铺毕际有家设馆。西铺村在县境的正西乡，据蒲箬《柳泉公行述》上说，蒲松龄回家一次"往返百余里"，可见足有五六十里之遥。

毕际有（字载积）长作者十八岁，是明尚书毕自严之子，曾任稷山知县、江南通州知州，著有《存吾诗草》《泉史》等书，并参与编修县志的工作。毕家在明清两代历任显宦，因此，家居十分豪华，还拥有石隐园、绰然堂、㵦樊堂等名园。《淄川县志·卷二下·园林》中说，石隐园"园正在第后，大不十亩。多树柏。取石于甘泉山，杂置树间。入门天然柏为屏，杂花为篱，中有亭曰'远心'，方而四敞，风从树中来，六月忘暑。迤北为'春堂'，左右修竹林立……"由此可见是座设计布置得很精致、很讲究的私家园林。蒲松龄就曾咏歌过那里的蔓松桥、万笏山、石舫、连枝桧、牡丹径、大夫松、霞绮轩等景物（见《和毕盛锯石隐固杂咏》）。他还描写过："年年设榻听新蝉，风景今年胜去年。雨过松香生客梦，萍开水碧见云天。老藤绕屋龙蛇出，怪石当门虎豹眠。我以蛙鸣间鱼跃，俨然鼓吹小山边。"（见《石隐园》）

毕际有家收藏图书十分丰富，这给蒲松龄提供了十分方便的条件，可以广泛涉猎，以提高他的学识水平和创作能力。

蒲松龄就在这样的环境中，度过了他后来的三十年。除了以有限的时间出游、应试和抱病归家外，几乎全在毕家度过。他的孩子们也"以次析炊，岁各谋一馆，以自糊其口，父子祖孙分散各方，惟过节归来，始为团圆之日"（见《柳泉公行述》）。蒲松龄虽与毕际有、毕盛锯二人有频繁的交往，有较深的情谊，但蒲松龄毕竟是客居，与毕家始终是主宾的关系，处境和心情总归两样。蒲松龄自己又是个人贫志不穷的孤介之士，虽然有庸俗的一面，但也总不肯折腰事权贵的："放怀诗歌，足迹不践公门，因而高情逸致，厌见长官"（见《柳泉公行述》）。如张石年任淄川知县时，仰慕蒲的文名，征召，他不出，张竟亲履斋庭请，蒲"不得已迫而后见"（同上）。喻成龙为山东布政使，曾见蒲的诗作，大为赞赏倾慕，"伤周邑侯尽礼敦请"，但蒲松龄竟高卧不起，经毕际有父子劝驾，乃肯一往。可见他虽居于毕家，在与士大夫阶层的富贵朋友们交往时，依旧保持自己的气节，不肯趋炎附势，甚至对他们的所作所为有不入眼处，也敢于直言相谏。他的《上孙给谏书》，就是最好的明证。他的儿子说他："天性优直，素嫌不避怨，不阿贵显。即平素交情如饴，而苟其情乖骨肉，势逼里党，辄面折而庭争之，甚至累幅直陈，不复恤受者之难堪。而我父意气洒如，以为此吾所无愧良朋也者。"正因为如此，他可以会友绰然堂，读书效樊堂，移斋石隐园，但仍然会带着他那无可名状的"梦里红尘随路远，镜中白发与愁长"（《五月十二日，抱病归斋》）的失意惆怅的情绪，度过他年复一年的平淡生涯。

在毕家教书七八年后，大约是蒲松龄四十岁那年，《聊斋志异》的创作，已初具规模。他写了自序，并送朋辈传观。这一年他的同邑好友高珩（字葱佩，号念东，同己卯科举人），也为他写了序。传说在此期间，文坛盟主之一的王士禛（字贻上，号阮亭，又号渔洋山人，山东新城人。顺治进士，官至刑部尚书）看中了他这部书，未等全部脱稿，就"按篇索阅，每阅一篇寄还，按名再索……或传其愿以千金易《志异》一书，不许……"（王培荀《乡园忆旧录》）这些话且不可信，但王士禛对《聊斋志异》颇为赞赏，则是事实。他曾为这部书写过若干条眉批，并在蒲松龄五十岁那年写诗推崇《聊斋志异》说："姑妄言之姑听之，豆棚瓜下雨如丝，料应厌作人间语，爱听秋坟鬼唱时"（青本"时"作"诗"）。蒲松龄也次韵酬答见赠："志异书成共笑之，布袍萧索鬓如丝。十年颇得黄州意，冷雨寒灯夜话时。"由此不仅看出两人关系之好，还可以看出在这时《聊斋志异》已经基本脱稿。

这里，还应谈到一桩文坛趣事：作为诗坛盟主的王士禛，他的那部《池北偶谈》，也在这时完成，其中竟写了一批与《聊斋志异》内容、题材相同的故事。不知这是谁抄的谁，也不知是否来自同一个源头，但无形中，却产生了一次艺术比赛。一个出自大名家的手笔，一个则为落第举子所作，究竟谁强过谁？以两人同写过的《小猎犬》《邵土梅》《妾击贼》《阳武侯》《蒋太史》《林四娘》《五羖大夫》《张贡士》等作品比较中，可以看得清楚。例如《小猎犬》，写的是一群小武士带着鹰、犬搏击蚊蝇，捕噬臭虫的故事。《池北偶谈》着眼于奇，写得粗略，也乏深意，蒲松龄则在艺术上作了细致加工和合理铺陈。开头加进了"山右卫中堂，为诸生时，厌冗扰……苦室中蟊虫、蚊蚤甚多，竟夜不成寝"，中间又满带感情地描述蚊蝇的被尽杀，虱虫的全被搜噬，结尾则加上"然自是壁虫无噍类矣"的感叹。前前后后联系起来，不难看出其中的寓意，给人以讽刺社会上害人虫的感受。因此那时代的一些人也发现："此当是先生为蚊蝇所扰怒，将按剑时作也"（何垠注本），果真是真蚊蝇，怎须按剑？还不是要刺向社会的蟊虫！因此，有人赞叹说："此篇奇在化大为小，以小见妙。"（冯镇峦译本）这样一种体会和感受，从王士禛的那篇作品中是得不到的。又如《聊斋志异》中的《林四娘》，是一篇思想内容较复杂的作品。林四娘和衡王都实有其人。据传林四娘为福建莆田人，明崇祯时，父为江宁库官。她生长在金陵，衡（一作"恒"）王以千金聘入后宫，后"遭难而死"。林四娘这种死心塌地为封建统治者效劳的行为，但受到不少人的赞扬。王士禛的《池北偶谈》、林云铭的《林四娘记》和《聊斋志异》都作了专门刻画。如果把几篇作一比较，显然又是蒲松龄写得集中、精练，哀艳缠绵富有形象的质感。这说明无论是思想，内容好的或是差的，到蒲松龄手里都作了较尽情的发挥。足见作者技巧之纯熟，艺术表现力之高。正因为如此，一个素材到了蒲松龄手里，能处理成较精彩的艺术题材，能把思想内容体现得相当充分。科第起家的大名鼎鼎的王士禛，在这方面是敌不过他的。

五

步入中年后的蒲松龄，看起来更是悲多欢少了。他羸弱多病，又老年冉冉将至，"贫困荒益累，愁与病相循"（《四十》）。母亲的谢世，妹妹的遭凌，交往甚密的师友袁藩（宣四）、高珩、王如水、唐梦赉、朱缃、刘孔集……，甚至作为晚辈的高梓岩、赵晋石，也都先后谢世，使蒲松龄更感到"人生在世上，聚散如灯光，灯明满座温，灯灭一世凉。贤者忽凋谢，此道暗不彰！"（《哭赵晋石》）加上接踵而至的灾祸，如康熙二十一年淄川久旱，入夏又暴雨如注，水深数尺，漂没四庐，淹死人畜。次年立春又有地震。二十三年，秋雨为祸，二十五年，雨雹并至，等等，无休止的天灾人祸，一起压到农民头上。虽然，蒲松

龄不是一个农民，但作为一个正直而有同情心的作家，特别自己的家
一直在农村而生活又比较贫苦，因此，必然会在一定程度上与农民休
戚相关。这样的知识分子，当然不能不为严重灾祸而感到深深的忧虑，
并产生惨怆的情绪。但是，给他沉重打击的恐怕还是这样两件事：科
举上的彻底失败，老伴的去世。

蒲松龄四十八岁那年秋天，他应乡试，但闱中越幅（答卷不合八
股的规定格式）被黜，使他悲愤万分，竟至"觉千瓢冷汗沾衣，一缕
魂飞出舍，痛痒全无"了。而且深叹："嗒然垂首归去，何以见江东
父老乎？"（均见《大圣乐·闱中越幅被黜，蒙毕八兄关情慰藉，感
而有作》）情绪十分颓唐。但他仍抱着一丝希望，挣扎着于五十一岁
那年又去济南应乡试。然而，主司虽已拟元（打算取他为第一名），
但二场因故又终试，主司深为惋惜。他的老伴劝慰他："君勿须复尔。
倘命应通显，今已台阁矣，何必以肉鼓吹为快哉！"（《述刘氏行实》）
看来，这席话使他相信了，觉得自己不能和命运抗争，似乎也真是"此
天之亡我，非战之罪也"（《史记·项羽本纪》）。从此以后，再不去做
这样无谓的尝试，而且心情也可以稍为平静些，然而，终究有些心灰
意闲了。他的这一段生活，正如张历友在《郢寄赠蒲松龄》的诗中所
描述的："老来更觉文章贱，贫病方知雅道非。同学故人萧屑甚，一
时遗老姓名稀。"

"落拓名场五十秋，不成一事雪盈头"（《蒙朋赐贺》）。蒲松龄已
是"健忘已足征老困，病骨可以卜阴晴"（《老叹，简毕韦仲》）那样
一位耳聋、眼花、齿脱落的古稀老人了，偏偏又遭到另一次重大打击，
那就是五十六年相伴随的妻子去世了。这位老夫人与他的关系不同一
般，蒲家几十年来靠蒲松龄教馆的微薄束脩之所以逐渐能过上平平稳
稳的小康日子，主要还得力于刘夫人的"安贫守旧，纪理井井"的料
理、安排。所谓"衣浣濯，但不至冻，食饘粥，但不至馁"。蒲松龄
曾怀着痛切的感情详细描述刘氏自过门后，就没有过上十分舒坦的

生活。成家即分家，待遇就不公。别的弟兄分得的是像点样子的"夏屋"，而且"爨舍间房皆具"，唯独他家，仅得农场老屋三间，旷无四壁，小树丛丛，满地蓬蒿。为生计所迫，蒲松龄不得不远出设馆，家里只剩下刘夫人，她只得砍些荆榛请人作一短墙，以防不测。屋内用从大伯那里借得的"大如掌"的白木板，"聊分内外"。"出逢人者，则避扉后，俟人之乃出。""一庭中触雨潇潇，遇风喁喁，遭雷霆震震谡谡。狼夜入则坶鸡惊鸣，圈豕骇窜。"晚间因害怕，她又不得不"减餐留饼饵，媚邻媪，卧以上床，浼作侣"。后来，孩子长大，"为婚嫁所迫促，努力起屋宇，一子授一室，而一亩之院，遂无隙地，向之蓬蘲，悉化而茅茨矣。然食指繁，每会食非一榻可容，因与沙釜一，俾各炊。"这样清贫的家庭，靠刘夫人勤俭操持，竟至"瓮中颇有余蓄"，使蒲松龄无更多后顾之忧，而在年七十返家时可以不必再为生活奔波了。她自己则"少时纺绩劳勤，垂老苦臂痛，犹绩不辍，衣屡浣，或小有补缀。非燕宾则庖无肉。松龄远出，得甘旨不以自尝，缄藏待之，每致腐败。兄弟皆赤贫，假贷为常，并不冀其偿也"（均见《述刘氏行实》）。因此，作者失去的不是一个一般的老年伴侣，而是一位克勤克俭的管家人、主事人，也是一位先人后己对丈夫、孩子体贴入微的贤妻良母。显然蒲松龄除了对她有很深的感情外，回想她的一生，总还有很深的愧疚。这在他六十九岁时所写的《语内》诗中，看得很清楚：

少岁嫁衣无纨绔，暮年挑菜供盘飧。
未能富贵身先老，惭愧不曾报汝恩。

　　所谓"五十六年琴瑟好，不图此夕顿离分"，是很有蕴含的。这样的沉重打击，对于年迈之人是经受不起的。"迩来倍觉无生趣，死者方为快活人。"（《悼内》）他意识到自己追随而去的时间，不会太远了。

终于在欢少悲多、凄楚悲凉的心境下，又过了两个寒暑，于康熙五十四年农历正月二十二日依窗危坐而卒。年七十又六。

六

蒲松龄的著作，数量很大。除写于各个时期的《聊斋志异》和其他诗、词、曲、赋、文、铭、诔、书、启、引、序、疏等文艺文和应用文以外，他的大部分杂著，都写在中晚年。康熙十二年，《婚嫁全书》成；二十三年，《帝京景物选略》《省身语录》成；三十五年，《怀刑录》成；三十六年，《小学节要》成；四十三年，《日用俗字》成；四十四年，《农桑经》成；四十五年，《药祟书》成（今不传）。

要问他在那种遭遇和心情下，怎么还能集中精力去编著如此众多的著作，这个问题似应分析着看。如上所述，他晚年心境是比较悲凉的，打击和失望不断交替袭来。但这只是从总的方面而言，并不是说他时时、事事全都如此。在此期间，他也有欢愉和欣慰的一面。起码，子孙们一个个成人，他看着很高兴。而且，康熙四十四年笏、筠两儿入泮，他曾说过"两儿乃复破天荒，并邀天幸被掇拾"（《四月十八日，喜笏、筠入泮》）。康熙五十年，长孙立德以第一补博士弟子员，他又很兴奋，认为"天命虽难违，人事贵自励。无似乃祖空白头，一经终老良足羞！"似乎蒲家这一支后继有人了。另外，他自己也于"康熙四十九年贡于乡"。这样说，从壬戌岁的食饩（开始的钱粮补贴），到庚寅岁的岁贡，有二十七年的光景（见王洪谋《柳泉居士行略》），而蒲箬《柳泉公行述》则为："……岁己丑，我父食饩。二十七年，例应予考，庚寅岁贡。"这些仕宦经济之事虽然比较庸俗，但对他来说一直很关注。另外，在六十三岁那年三月病初愈后，他竟然还赴济南游历一番。在济南遇上朱缃等人，心里较为痛快。六个月后，才由那里回来。六十六岁三月和六十七岁夏，又赴济南，他的情绪也都较好，自然还是可以坚持写作的。

　　蒲松龄除了在功名上的追求颇为殷切外，对生活要求并不很高。例如：七十一岁时，已返家，虽然"卓午东阡课农归，摘笠汗解尘烦息"，但"心境闲暇梦亦适"。有一个仅可容膝的"积土编茅面旧壁"的斗室，在他也就心满意足了。像这样一个只要有可能还要执着于生活的作者，可以在一般的条件下，平静下来，用工余去从事大量的编著工作，不是不可理解的事，更何况他心里还常常装着周围的贫苦农民，总想为他们作一些有益的事情，直至他逝世也没有放弃这个夙愿。

　　总之，他的一生正如有人所概括的那样是"一生遭尽揶揄笑，伸手还生五色烟"。（乾隆辛未九秋练塘渔人题诗）

"一生遭尽揶揄笑，伸手还生五色烟"（下）

——蒲松龄的生平与著作

七

我们无法确切知道蒲松龄从他周围的环境中吸取了多少养分。但自小生活在那样一个农村环境中，风土人情对他的思想感情，不能没有影响。淄川城，它独特的历史和自然环境，无疑会给这样一位浪漫主义的小说家以一定的滋养。那里不只有十分迷人的风景，名胜古迹和寺观园林亭阁的数量也十分可观。县东有鬼谷洞，相传是古代高士鬼谷子隐居之处。黉山有汉大儒、经学家郑康成教授门人弟子的书院。另外，县东北有乐毅墓，县西有苏秦和庞涓的墓，都会给人以幽远的想象。既然有这些古冢，也就一定会有关于他们的传说。如庞涓墓，相传"孙膑减灶破魏兵，涓自杀。韩赵以涓常暴于彼，与齐兵分其尸。齐得其首，葬此。今墓西之村，仍名将军头"。（《淄川县志》卷二下）蒲松龄对这些看来是熟悉的。如他写的《代韩公嘉修郑公书院疏》中这样说过："淄有黉山，昔汉司农郑公康成，读书于此。年年春草，还生书带之香，岁岁明禋，时醑橦梓梓之庙……"至于寺观庙殿，他更是有浓厚的兴趣，有特殊的感情。为募修三官阁、炳灵庙、三皇庙、龙王庙、地藏王殿、药王殿、白衣殿、文昌阁、后土庙、关帝庙等，他写了许多序、疏，出了很大的力。

此外，淄川逸闻轶事、传说迷信的故事，流传的范围很广泛，如城东黉山，传说有仙人藏谷之洞，数年一出，晒种种于地，回头即黄。又洞中仙人养金蚕，后有舍金蚕者，因此，把那里称为"黄山蚕谷"。又，城东南有苍龙峡，内有苍龙，遇旱祷雨则应验。嘉靖二年冬，峡水冰冻，结成形如日、月、山、川、人物、器用、草木的形状，远近居民都往观之，此所谓"峡冰印月"。此外，尚有"山鸣验雨""山市奇观""古冢异闻""出泉兆兵""获龟名城""雷击逆居"（见明嘉靖《淄川县志》卷六），等等，几乎每一个异闻古迹都有一个出典。而传说故事也很离奇，如《玉照新志》中说，熙宁中有太庙斋郎姜适，在还乡途中遇一绝色女子，定要嫁他，姜以家中有妻拒之，女曰愿为妾御无悔。后随之去。逾年，有道人见此女子，说她是剑仙，因与丈夫反目，易形外避，今其丈夫将寻来杀她。于是，道人代作法，与其夫斗，杀之，云云。尽管大量逸闻传说的故事贯穿着因果报应和迷信灵验的邪说，但其流传起来的力量不可低估。在清《县志》中这样记载：

> ……沟北里许，有石室容二人耳。昔有男子避雨其中，一妇继至，偎坐彻夜。男子不为动，终亦不言。质明，雨止，妇去，敛衽谢之曰："汝真老实哥哥也。"后人高其义，于室旁凿一龛，又琢一小石像置其中，祀之。至今，行者经此，必指而目之曰："此老实哥哥庙也。"（按：此段引文在卷八重续轶事类和卷二下续寺观类等两处都有记载，但文字稍有出入）

当然，我们之所以不厌其详地摘引了一些与蒲松龄和《聊斋志异》没有什么直接关系的材料，并不是想把它们拿来和《聊斋》对号，而是要说明在蒲松龄生活的周围，千百年来人们用幻想在创造各种各样的故事，不管它们有无意义，是否健康，人们总用它们来表示自己的信仰、意愿。这些故事，不胫而走，传播很广。甚至，在一定的地区生根发芽。对蒲松龄这样一个以神怪鬼狐为题材的小说家来说，可能经过自己的消化，从中取一些有益的养分，它们也将启迪作者的思想。如果我们把它们和《聊斋志异》来作一番比较，便可发现某些地方，颇有相似之处。例如，蒲松龄在《聊斋志异·山市》中曾指出，"奂山山市，邑八景之一也。"不用说，他对这八景是了然的。而淄川志中，有记载说山在"县西十五里，南北亘城之西，南接禹王山，北去为明山，旧有烟火台，今废。有山市，邑人多见之者，城郭、楼台、宫室、树木、人物之状，类海市云。"（清《淄川县志·卷一·山川》）蒲松龄的这篇作品，是写得十分生动、逼真的。它使人如见如闻，历历在目中。但对照《淄川县志·卷八·轶事》所志："康熙二十六年续修邑志于孝水西村之借鸽楼，六月初五日馆中诸客晚餐后，行野，见村西北"之山市，有很多情景是相似的。只不过不如蒲松龄写得更艺术、更美妙、更传神罢了。传说和《聊斋》艺术创作的联系以及它们的同异，可以从这里窥出一点门道来。

八

关于蒲松龄文艺创作的品种、数量，历来说法不一。在他逝世后十一年（即雍正三年），同邑后学张元为他写墓表时，曾指出有文集四卷、诗集六卷、《聊斋志异》八卷。他的后辈又告诉人们他还创作过戏曲:《考词九转货郎儿》《钟妹庆寿》《闹馆》三出；通俗俚曲:《墙头记》《姑妇曲》《慈悲曲》《翻魇殃》《寒森曲》《琴瑟乐》《蓬莱宴》《俊夜叉》《穷汉词》《丑俊巴》《快曲》各一册，《攘妒咒》《富贵神仙曲后变磨难曲》《增补幸云曲》各二册，共计通俗俚曲十四种。这恐怕是较早较完全的关于作者文艺著作的介绍。路大荒先生所编集的《蒲松龄集》是下了很大功夫、收集相当丰富的一部完备的集子。他收录了文章四百五十八篇，古今体诗九百二十九首，词一百〇二阕，杂著二种，戏三出，通俗俚曲十三种。尽管国内还有蒲松龄的一些作品没有完全被收录，但《蒲松龄集》能收集得这样广泛，已很不容易。另外，邓之诚先生在《骨董琐记·卷七·蒲留仙》中曾指出："鲍以文云，留仙尚有醒世姻缘小说，实有所指。书成为其家所讦。至褫其衿……"关于长篇小说《醒世姻缘传》是否是他所创作，至今仍有争议。以上这些，仅是他著作的一部分。蒲松龄"著作甚富，阅其家藏遗稿，子孙秘不示人，后藏书之屋坏于阴雨，先生于泽十损八九，后又遭兵燹，并所存者亦复荡为灰烬……"（见王敬铸序《蒲柳泉先生遗集》）所以，我们再一次肯定，他的许多作品无从知晓，更无法流传，这不能不说是件憾事。

蒲松龄的《聊斋志异》，最早自然应该是自己的稿本（关于这本子的情况，下面再述），而后以抄本的形式开始流传。抄本的数量很不少，通常见到的，则为乾隆十六年（1752年）铸雪斋十二卷本。铸雪斋是历城张希杰的斋名。这个本子有"康熙己未春日穀旦，紫霞道人高珩题"序，"康熙壬戌仲秋既望，豹岩樵史唐梦赉拜题"序，渔洋老人、张笃庆、橡树居士等五人所题的诗词和作者的自志。据记载是从济南朱氏的一个据原稿抄录的本子中转抄过来的。济南朱氏（有说朱氏即朱缃，字子青，是蒲松龄好友）本已亡佚，而铸雪斋本还存在，因此"铸"本必然是一个较有价值的本子。因为，它几乎是从原稿转录来的，势必接近原稿。另外，有一个已佚的殿春亭主人的抄本，也是值得注意的。它的完成是在雍正癸卯，也即作者去世后的七八年间，时间是较早的。而且，据书跋中介绍，殿春亭主人家里旧藏有《聊斋》的一个抄本，被人借走后，已丢失。后来，他又从蒲松龄的一个同乡张仲明那里借来一个抄本，出资请人抄写了十个月，才完成。这个抄本，较他原先丢失的内容要多得多，"累累巨册，视向所失去数当倍"。由此可见，在"铸"本前，抄本是很多的。这里不过只见一斑。有人认为殿春亭主人本乃是"铸"本的祖本（见上海古籍出版社出版《聊斋志异汇校汇注汇评本》中，章培恒新序）。此外，可见的抄本，还有四川大学图书馆珍藏的乾隆黄炎熙选抄本。

乾隆三十一年（1766 年）有莱阳赵起杲写"弁言"的青柯亭本，是一部比较出名的早期刻本。据赵起杲介绍，他刻印的这个本子，是以从郑荔芗那里得到的抄本（赵说"实原稿也"）为底本，与周季和手录而曾为王闰轩所撄去的一残本作一番校订，还借得吴颖思的又一抄本来勘定。可见这青柯亭本是集了几个抄本之所长的。据说，赵起杲没有把这部书刻完，就逝于严州府知府的任上。后来，由鲍以文把刻书工作完成。鲍以文是清代中叶出名的藏书家、刻书家，他独力刊行了有相当规模的《知不足斋丛书》。青柯亭本，还经过余蓉裳、郁佩先、赵起杲之弟赵皋亭的校雠更正，特别是赵起杲与余蓉裳还共同删削了几十篇。因此，这个刻本不可能是最完全的本子。但是，青柯亭本并非只有一种，而是有几种本子。它们篇目多寡不同，但文辞字句一样。从此以后，各种评注本、铅印本，都根据此本翻印，它的地位和影响很不小。

此后，有王金范本出于乾隆三十二年（1767 年）（王的十八卷原刻本残册已被发现），冯镇峦的评本出于嘉庆二十三年（1818 年）道光时的本子出得较多，而大都是评注本，其中有道光三年（1823 年）的经纶堂刻、何守奇评本；道光四年（1824 年）黎阳段珒的《聊斋志异遗稿》本；道光五年（1825 年）的吕湛恩评注本；道光十九年（1839 年）的花木长荣之馆刻、何垠注本；道光二十二年（1842 年）但明伦的自刻、自评本……笔者所能见到的本子很少，据有研究的同志介绍，注本以吕湛恩、何垠两家较出名。评本除王士禛的评语已见稿本外，则以冯镇峦、何守奇、但明伦较有影响。

中华人民共和国成立以后，党对古典文学遗产的出版整理工作十分重视，关于《聊斋志异》，就出过删节本；1956 年又由作家出版社出过张友鹤选注的《聊斋志异选》；1962 年中华书局上海编辑所出版了张友鹤的《聊斋志异汇校汇注汇评本》（1978 年 1 月又由上海古籍出版社加章培恒的《新序》,重新再版),共收四百九十一篇,这是目前为止,可称为较完备的一个本子。同时,还有中山大学中文系的《评注聊斋志异选》出版。1974年影印了十二卷《铸雪斋抄本聊斋志异》,存目四百八十八篇,其中有目无文的十四篇和部分残缺的篇章,均以铅字补排(如《放蝶》《男生子》《黄将军》《医术》《藏虱》《夜明》《夏雪》《周克昌》《某乙》《钱卜巫》《姚安》《采薇翁》等)为《聊斋志异》的爱好者和研究者提供了很大的方便。

特别应该提出来的是半部《聊斋志异》手稿本的发现和影印出版,更是一件大事情。关于原稿,在作者的儿子蒲箬的《柳泉公行述》中记为八卷;张元所撰的蒲氏墓表中也注明为八卷。到了乾隆五年(1740年)其孙蒲立德的跋中则题为“志异十六卷,先大父柳泉先生著也。”已分为十六卷了。原稿的研究者杨仁恺推测,这不外是借抄频繁,借抄人多,原稿易于破损,故须重装,同时,也为了供多数人同时分抄,所以分成多卷。手稿由蒲氏七世孙价人于咸丰、同治年间携眷移居沈阳时,随身带出(见刘滋桂《聊斋志异选编序言》)。光绪初年,蒲价人将原稿改为两函八卷,恢复原来卷数。后来价人子英灏曾供职于清盛京将军依克唐阿幕中,把原稿上函四卷借给依,后又以下函四卷换回上函。依借得下函原稿后,因事赴京,遭八国联军庚子之役。依病死,原稿遗失,只有上半部归蒲氏后人保存。后蒲氏九世孙文珊迁居辽宁西丰县,藏家中。1948年西丰解放,原稿丢失。县委负责同志下乡检查土改,无意中从一位贫农家故纸堆中发现,交人民政府有关部门保管珍藏。现存原稿除三篇序文外,尚有二百三十七篇,为原稿之半。特别是其中二十八篇为通行本所无。这部书是否是原稿,原有争议,但根据康熙五十二年蒲松龄七十四岁时朱湘麟给他画像时蒲松龄的“尔貌则寝,尔躯则修。行年七十有四,此两万五千余日,所成何事,而忽已白头?奕世对尔子孙,亦孔之羞……”和“癸巳九月,筠(笔者按:即蒲之第四子)嘱江南朱湘麟为余肖像,作世俗装，实非本意，恐为百世后所怪笑也。松龄又志"等题字字迹对照，断定此乃蒲松龄的《聊斋志异》手稿无疑。

当然，无论是稿本、抄本还是排印本，都应一分为二地看，均各有所长又各有所短。如稿本，错别字不少，其他本子问题自然更多。某些抄家、刻家为了"避讳"，甚至认为有些文字对当时有"违碍"，就要删改。但比较中，上面所略加介绍过的几个本子是较好的。

九

蒲松龄的《聊斋志异》中的作品有没有时间先后可循呢？这个问题，一直为许多读者所关注。但是，很可惜，到现在还没有整理出一本编年的注本与读者见面。因为，这项工作实在不容易。在《聊斋志异》中，标出时间的作品只有寥寥数篇，即：

《地震》康熙七年　　1668 年

《祝翁》康熙二十一年　　1682 年

《狐梦》康熙二十一年腊月十九日　　1682 年

《水灾》康熙二十一年　　1682 年

《上仙》康熙癸亥（二十二年）　　1683 年

《绛妃》康熙癸亥（二十二年）　　1683 年

《鸲鸟》康熙乙亥（三十四年）　　1695 年

《夏雪》康熙丁亥（四十六年）　　1707 年

《化男》康熙丁亥（四十六年）　　1707 年

从这样几篇中，倒是可以看出蒲松龄直到六十八岁（1707 年）还在创作或补充增添《聊斋志异》的作品，而想依据它们排出个近五百篇的《聊斋志异》创作次序，看来很困难。

章培恒同志在三会本"新序"中，肯定了稿本是按各篇写作时间的先后排列的。他认为以铸雪斋本为依据的十二卷分卷本，则打乱了稿本的原来次序。换句话说，也是打乱了原作按各篇写作时间先后排列的次序。他除了列举上述有时间标出的几篇作品，凡先写的则排列在前，后写的排列在后外，还从其中如《焦螟》《五羖大夫》等作品所提及的人物的官职名称、在任时间、卒年，或根据所标出时代的前后考证出某些篇仅见于某些册，不见于另一册，等等。因此，大体确定作者写作先后。这当然有一些道理。然而，为了说明得更透彻、更明确、更有力，还需要进一步补充材料以充实其证明。例如，记述某些事情的发生，当然只能在事情发生之后，但是否必须是发生后的当即，还是在以后的一段时间呢？这一般就不容易断定。再如，有些官称，当然是在授了官职之后才有，但是否一直以此作为习惯的称呼？甚至当他改变了官职也仍以旧职来称呼，也不是绝对不可能的（历史上不乏这样的例子）。凡此种种，都说明情况很复杂，为了说得更确切更可信，似乎还要进一步发掘更多的充实材料。

在赵起杲的青柯亭本中倒是承认"原本凡十六卷，初但选其尤雅者厘为十二卷"，可见经过他挑选整理，经过删舍，在排法上是比较乱了的。其中有没有一点规律？从三会本十二卷来看，也还可研究。例如，除一些普通的题材贯穿在全部作品而外，某些题材相近的篇目，有时往往集中在一起。卷一的《偷桃》《种梨》《崂山道士》排在一起；《蛇人》《斫蟒》在一起；《野狗》《鬼哭》放在一起。又如第二卷则把《海大鱼》《张老相公》与《水莽草》放在一起；《狐联》与《潍水狐》在一起。第三卷《戏术》《丐僧》在一起。第四卷的《柳秀才》与《水灾》，《小猎犬》与《捉鬼射狐》，《蛙曲》与《鼠戏》，《泥书生》与《土地夫人》在一起，如此等等，看来，在一卷中是有某些题材相近和相似之处的。这里有个什么道理？仍需要我们下功夫研究。

总之，我们对《聊斋志异》的写作情况和编排方式，迄今还不甚了了，有许多工作还要继续去做。

另外，《聊斋志异》虽然是文言，作为优秀的短篇小说，它的影响决不只局限在国内。13 世纪意大利人马可·波罗、法国人德鲁布路回到欧洲后，就开始介绍中国文化。中国作品最早与欧洲读者见面，则在 18 世纪。第一部，可能是《今古奇观》先被译成法文，后来陆续就有《好逑传》《玉娇梨》《三国演义》《水浒传》《红楼梦》《平山冷燕》《镜花缘》被译为外文。1873—1874 年有个叫阿伦（Allen）的人把蒲松龄的《聊斋志异》译成了英文，自此《聊斋志异》也就在国外传播了。国外研究蒲松龄和《聊斋志异》的人日渐多起来，如日本的庆应义塾大学及京都大学收藏的蒲松龄著作及有关材料，就十分丰富。《庆应义塾大学所藏聊斋关系资料目录》（日文）中共计聊斋遗著 420 种，有关材料 107 种，有不少已超出了路大荒同志收集的资料（参见《文史哲》1964 年第 2 期徐恭时《蒲松龄著作新探》）。因此，为要把蒲松龄研究得好一些，是还有国内外的学术文化交流工作要做的。

　　结束全文，应申明的是：这里只掇拾一些琐碎的材料，拼凑成不像样子的"文章"。资料既不丰富，观点也不新鲜。特别应该提到的是依据路大荒先生所编集的《蒲松龄集》和其中的《蒲柳泉先生年谱》的材料是不少的。路先生辑录工作做得很审慎，校勘较精到，系年排列也很有依据。我写拙文，绝不存什么"补充""发挥"的妄想，何况自己在这方面所知是甚少的。但因为这是为写《蒲松龄与〈聊斋志异〉》一书所需要的一章，没有它，似乎全面介绍蒲氏和他的小说创作就不成样子，正因为如此，只好勉强为之，定有谬误和疏漏之处，请同志们指正。

"用传奇法，而以志怪"

——中国文言短篇小说的发展和《聊斋志异》的继承创新

文言短篇小说，是中国古典小说中一个特殊的艺术品种。它和古典长篇小说、白话短篇小说的区别有种种，但主要的一点是反映生活的手段——语言，不相同。

文言是以先秦时期的口语为基础的上古汉语书面语言，被统治阶级及其文人垄断后，便逐渐离开了人民群众生动活泼的口语，变成一种比较凝固、专事书写和趋于僵化的语言形式。文言小说用文言来写作，局限性较大。在塑造形象、刻画性格、叙述情节、描写环境上，都不那么自由和自然。当社会生活日益发展和复杂化后，用这种语言形式来反映现实，有很大困难。因此，唐以后文言小说逐渐衰落下来，这是很自然的。然而，五六百年后的清初，竟出现了一部《聊斋志异》（以下简称《聊斋》）成为古代文言小说发展的新高峰。其中必有不少可供我们借鉴的东西。因此，从文言小说的发展过程上来了解《聊斋》，是有一定意义的。

一

在《聊斋》之前，文言短篇小说早已经历了一个漫长的发展过程，它大致可以分为孕育、萌芽、发展、衰落四个时期。

（一）自远古至秦汉前这一段，是神话、传说和寓言大量流传和被记录下来的时期。这些文艺样式，本身虽然各具特色，但多为叙事类作品，一般有较完整的故事和较生动的人物形象，作者又大都是从旁叙述，而使"一个造型明确的世界自己发展着"（别林斯基语）。此外，神话传说在把现实的东西（如自然力）作形象化的加工过程中，突出地运用了想象、夸张、虚构；寓言，又巧妙地把思想隐喻在形象之中，这些艺术特点，对我国文学（尤其是小说）产生了积极影响。它们虽不是小说，但却为小说提供了一个雏形，对小说产生了催化作用。从这个意义上说，我们可以把神话、传说、寓言比较发达的历史时代看成我国小说的孕育时期。

然而，神话、传说、寓言的作者和搜集者们，从不把它们看成艺术创作，在古代典籍中，它们大都不单独成章，只是书中一个不显眼的片段。即使辑录神话传说比较集中的《山海经》与《穆天子传》，前者是以风俗地理志的形式出现的，后者则为写周穆王驾八骏西征的史书。编者原来确信书中所写的都是事实，并不把他们看作子虚乌有的东西。这种观点，对后来文言小说的创作影响颇大。六朝时开始出现的小说，内容追求怪诞和夸张，一方面又渲染为"信"和"史"，这都是受了上述的影响所致。

（二）汉魏六朝，可以说是我国小说的萌芽时期。当时的小说，来自社会的下层。《汉书·艺立志》说："小说家者流，盖出于稗官，街谈巷语，道听途说者之所造也。"其功用，原是备统治者考察民情和风俗的。正是这种"托人者似子而浅薄，记事者近史而悠缪"（见鲁迅《中国小说史略》）的东西，才有可能摆脱板起脸孔讲事情、讲"道理"的套子，获得更多一点的想象、幻想和虚构的自由。

汉末魏晋，从事这种写作的人多了起来，那是因为社会极度动乱，政治腐朽黑暗，在统治者的严酷镇压迫害下，人们生活极不安定，对自己的命运无法掌握。于是封建迷信空前泛滥，天堂地狱、神仙世界这些虚无缥缈的东西，大量充斥到现实生活里来。人们愿意把神魔鬼怪作为描写对象，也是因为相信他们确实存在。同时，可以借这种神祇灵异的活动变化，表现出自己的升迁遭际的命运。于是像《搜神记》《幽明录》《列异传》《拾遗记》等作品常常以鬼神妖怪为主角，异境、奇物、琐闻、逸事层出不穷，构成相当离奇的情节，艺术手法极其夸张。但它们语言限于交代，故事类似梗概，人物也缺乏细致的性格刻画。即令是摘取官僚、贵族、文人、学士逸闻琐事，隽语警句的片断加以铺陈的"志人"小说，如《世说新语》一类，也只是文学中的速写和素描，还刻画不出充分典型的人物形象。

六朝小说的作者，也不以为自己在创作"小说"，他们对生活的加工是不自觉的，往往着眼于事情之"奇"，因此，情节多半是人物命运急剧变化的轨迹，还不是性格发展的历史。不可否认，这一特点对于后世中国小说的影响，却是相当深远的。

（三）文言短篇小说到了唐代，有了明显的发展。对于它的内容和形式的种种变化，鲁迅先生有一段精辟的概括："虽尚不离于搜奇记逸，然叙述宛转，文辞华艳，与六朝之粗陈梗概者较，演进之迹甚明，而尤显者乃在是时则始有意为小说。"（见鲁迅《中国小说史略》）

最初，在隋末唐初，这种被称为"传奇"的小说，还带着从六朝小说脱胎出来的明显痕迹。题材仍是灵异、精妖、神仙，但篇幅长了，刻画细了，结构布局严谨了，辞藻讲究了。

开元、天宝以后，阶级矛盾与民族矛盾日益尖锐，这就迫使小说从光怪陆离的虚幻世界回到人世间来，大大加强了现实性。同时，一些有声望的文人在干渴名公的"行卷"中，改诗文为小说，既可以醒耳目，也可当作敲门砖。传奇不但大批产生，而且以文质并茂著称于世。这是文言短篇小说大发展时期。像《霍小玉传》《李娃传》《南柯太守传》《莺莺传》等传奇作品，故事更曲折动人，人物有血有肉，甚至有的已构成典型。笔触细腻，构思精巧，即便写的还是精灵神妖，也比六朝志怪更贴近现实。有些作品还在一定程度上揭露了社会黑暗与不平，表达了对自由幸福的憧憬。

但，由于小说作者多是达官贵人和公卿子弟，他们过的是声色犬马、游宴狎妓的腐朽生活，即使是出身寒门的文人学士，也未能完全摆脱这一套。因此，小说反映的生活天地是狭窄的。这就严重影响了这种小说的进一步发展。

到了唐末，传奇已无多少创造性可言，思想性和艺术性逊于以前。虽然多出了一些小说的专集，但已透露出衰微的征兆。

（四）自宋至明，文言短篇小说日渐衰落。尽管宋人做了汇集文言小说的有益工作，编集成《太平广记》和《夷坚志》这样的类书，但宋代文人自己写志怪，则内容贫乏缺少文采，写传奇则似有寄托又远离现实。因为没有创造，只得从拟古上找出路。到了明代，更是直接模拟唐人小说，再也没有新意了。这就失去了应有的价值。何以如此？原因很多。社会生活的发展变化使文言小说的形式远不能适应现实的要求；唐宋开始，民间已有讲史、话本出现，这种长、短篇白话体小说，更宜于表现生活，因此它们足以取代文言小说的位置。文言小说长期掌握在封建文人士大夫手中，从创作到阅读都与广大人民群众隔绝，从而变成无源之水、无本之木，必然要枯干萎缩；同时，传奇本身也大大失去了想象、虚构和概括能力，只是朝着专志野史稗乘、乡土风物、琐事遗闻的笔记发展，如此等等，都是文言短篇小说衰落的原因。

事物的发展总是曲折进行的，其间，不可能没有起伏。文言小说虽然由于上述种种原因而逐渐衰亡。但一旦有人总结了应有的教训，在这些方面有所改变，还可能出现暂时的回升。《聊斋》便是如此。

蒲松龄能化腐朽为神奇，把文言小说的旧形式，发挥到既巧且美的地步，是有其主客观原因的。蒲松龄是个生活在社会底层的知识分子，他具体感受到了处于封建社会末期的各种社会矛盾。特别是明末清初王朝更替时所造成的社会动乱，更给予他以深刻的思想影响。蒲松龄在仕宦之途上，一直困顿失意，经历坎坷，遭尽揶揄，内心有一股压抑不住的愤怒之情。然而，在文网严密、文字狱层出不穷的时代，他不便于选取现实化的题材与形式来直接表现，于是便把自己的激愤寄于曲笔，借花鬼狐妖来宣泄胸中的块垒。所以他在《自志》中说："集腋为裘，妄续幽冥之录；浮白载笔，仅成孤愤之书，寄托如此，亦足悲矣！"

"假非诵读万卷破，安有述作千人惊？"人们用这句诗来形容蒲松龄，是有道理的。他生活阅历丰富，历史知识渊博，文字上造诣很深，并熟悉戏曲、小说、俚曲等各种文艺样式。而他对于六朝以来的"志怪""传奇"小说尤为爱好，自称"松落落秋萤之火，魑魅争光；逐逐野马之尘，魍魉见笑。才非干宝，雅爱搜神；情类黄州，喜人谈鬼。闻则命笔，遂以成编"。他迫于客观形势，不得不利用文言小说样式，而在主观上又精通这种文学样式，故能在批判继承基础上推陈出新，富于创造，镕裁妥帖。因此说他笔墨渊古而毫巅神妙，是有充分的主客观条件的。

二

题材问题，是艺术作品的内容问题。各个时代的艺术作品，大多是以各时代现实生活来取材。但是，在文学的历史发展中，作者往往可以从古代作品的题材得到启示，作为借鉴，蒲松龄写《聊斋》，正是这样做的。

首先，蒲松龄从古代神话直到明代传奇、笔记的作品题材中，得到这样一个启示：除了真实的现实生活可供描写外，还可以把神、灵、妖、狐的生活作为描绘的对象；也可把记录、异闻的形式与新颖的艺术创造有机地结合起来。他承继了志怪、传奇、杂录、丛谈所开辟的一切题材领域，在此基础上，大胆地进行创新。因此，《聊斋》涉猎题材之广泛，是历代文言短篇小说所罕见的。

其次，蒲松龄善于吸收六朝志怪和唐宋传奇之长，借着神仙妖狐的悲欢离合故事，宛转细致地刻画出人间的种种美和丑的形象，把真挚强烈的爱憎感情、鲜明的政治态度、独特的社会见解、奇异的生活幻想一股脑儿地融入超现实的题材中，常常是"出于幻域，顿入人间"（鲁迅），变化多端，丰富多彩。《聊斋》既有六朝志怪的奇幻诡谲，又有唐宋传奇的细实缠绵。由于他把这二者巧妙地融合起来，便在题材内容上超过了六朝小说和唐宋传奇，开辟了一个题材的新天地。

这里，需要花费一些笔墨阐述一下它和六朝小说、唐宋传奇在题材上的直接借鉴关系。中国古代文学作品在题材上互相借鉴的现象屡见不鲜。如唐人小说《离魂记》《柳氏传》《柳毅传》《霍小玉传》《南柯太守传》《李娃传》《长恨歌传》《莺莺传》等，被元、明、清三代戏曲家陆续改编为《倩女离魂》《练囊记》《柳毅传书》《张生煮海》《紫箫记》《紫钗记》《南柯记》《曲江池》《梧桐雨》《长生殿》《西厢记》等著名的戏曲作品。至于小说之改编为小说，更是不胜枚举。明代长篇章回小说，题材不少来自宋元话本、讲史、俗讲。短篇白话小说"三言""二拍"，更是大量地从宋元话本基础上来进行加工的。唐宋传奇和六朝志怪之间，也有这样的关系。在《聊斋》近五百篇故事中，要找与六朝小说、唐宋传奇题材相似的篇章，并不困难。《枕中记》《南柯太守传》之与《续黄粱》《顾生》，《三梦记》之与《狐梦》《凤阳士人》，《述异记》中快犬黄耳的故事之与《聊斋》的两个《义犬》，《幽明录》中探洛下洞的故事与《查牙山洞》，卖胡粉女子的故事之与《阿绣》等，都有很近似的地方。甚至整个《妒记》中的许多故事，令人联想《江城》《马介甫》《邵女》等数量众多的惧内故事。如此等等，这些现象怎么解释？如果说它是从那些作品中得到借鉴，这合乎情理。假如说是无创造性地从那些小说中搬用、抄袭，当然不确，因为它们虽然在题材上相似，思想内容却并不相同。恩格斯曾说过："情节大致相同的同样的题材，在海涅的笔下会变成对德国人的极辛辣的讽刺；而在倍克那里仅仅成了对于把自己和无力地沉溺于幻想的青年人看做同一个人的诗人本身的讽刺"，"前者以自己的大胆激起了市民的愤怒，后者则因自己和市民意气相投而使市民感到慰藉。"（见《马克思恩格斯全集》第四卷，第 236 页）同样题材，出自不同人的手笔，常常会变成另一个样子。

像蒲松龄这样一位富于创造性的作家，决不回避从那些小说中吸取有益的东西。他自己曾明确指出《柳毅传》《柳氏传》《霍小玉传》《无双传》和他的作品的关系。例如，《武孝廉》的结尾部分就有："至闻其负狐妇一事，则与李十郎何以少异？"这是要唤起读者去联想《霍小玉传》的思想内容。又如《窦氏》中，当作者描写了南三复这个恶霸地主的残暴行径，对受欺凌被侮辱的妇女窦氏表示深切同情时，愤怒而严正地指出："抑何其忍！而所以报之者，亦比李十郎惨矣！"《霍小玉传》中李益这个披着儒服干着伤天害理勾当的无耻"名士"，被这样借引进来，是为了加强作品揭露和批判的力量。同样，在《叶生》中，他又意味深长地述说："魂从知己，竟忘死耶？闻者疑之，余深信焉。同心倩女，至离枕上之魂……"这里说的是《离魂记》的故事，抒发的却是作者从现实生活中得来的无限感慨！因此，蒲松龄选取了与古代作品相似的题材，表达出自己的独特思想。在这当中，我们看出了作者的创造性。

蒲松龄之所以能从古代文言小说中借鉴其题材，那是因为不管那些小说所写的情节如何怪诞不经，但实质上都是依据现实世界各种事物的矛盾统一关系想象出来的。这种错综复杂的矛盾统一关系，在生活中是会不断重复出现的，因此，这就形成了可以借鉴古代作品题材的可能性。《搜神记》《幽明录》中仙人的故事，和《聊斋》中的《仙人岛》《翩翩》《安期岛》《粉蝶》等近似；《荀氏灵鬼志》《搜神记·吴王小女》，唐宋传奇中《李章式传》《庐江冯媪》的鬼魂故事，和《聊斋》中的《伍秋月》《梅女》《聂小倩》《小谢》《公孙九娘》

等取材接近，都是其例证。

当然，我们必须指出，《聊斋》的题材绝不是篇篇都好，有一半或略多于一半的作品题材是无大意义的。那是因为，他在写神、鬼、仙、狐、妖中，经常渲染他们的可怖，或表现出"宿命"与因果报应思想，还有不少篇章宣扬封建伦理道德。自然，这是由作者的阶级和思想局限所决定的，但同时也由于，他在借鉴取用古代作品题材时，没有更好地去批判改造的缘故。

总之，从启示、"结合"、借鉴和消极影响等几个角度，都可以看到《聊斋》与六朝志怪、唐宋传奇等文言小说在题材上的紧密联系。

三

文艺作品的主题与作品的题材密不可分。主题自然是在题材的确定和提炼过程中逐渐形成的，同时，又总寓于一定的题材之中。我们在上面分析了《聊斋》作品的题材问题后，有必要对它的主题思想方面再作一些分析，列宁关于"每种民族文化中，都有两种民族文化"的学说，用来指导我们分析古典文言小说，也十分恰当。我国小说从神话、传说开始，就有思想性、战斗性很强的主题。有许多神话传说，表现了人类在自然力等巨大威胁面前，不畏艰险敢于抗争的精神。当然，后来人们不再着力去写人与自然的斗争，但它们的赞美理想、歌颂斗争、藐视困难和战胜险阻的顽强意志和坚强信念，作为文学作品中可贵的民主主义思想传统而被继承下来。六朝小说中像《搜神记·河神巨灵》"高掌远跖，以流河曲"的事迹，《李寄斩蛇》的故事，都还保留与自然作顽强斗争的痕迹。可是，大量的作品把主要力量已集中到社会矛盾斗争上来。揭露封建统治阶级凶恶残暴的行径，讽刺封建社会的腐朽与黑暗，表达人民对时世的憎恨，歌颂人民的反抗斗争及他们追求幸福生活的愿望，成了普遍的进步主题。《搜神记》中的

《干将莫邪》《韩凭夫妇》,《幽明录》中的《刘属阮肇》,《搜神后记》的《白水素女》等,都属于这一类作品。唐人传奇的反强暴、争自由的主题,虽不及六朝小说表现得那么鲜明,但它们在揭露黑暗的力量上,在同情贫苦人民的深情上,都不减于六朝小说。霍小玉作为一个被侮辱、被损害女性的悲惨一生,是对封建制度的血泪控诉;洞庭龙女反抗夫权压迫,追求美满生话,敢于与命运相抗衡的行为,以及任氏这位可爱的"狐妖"不甘忍受豪门子弟的欺凌、勇于斗争的精神;还有,像步飞烟那样能高喊"生得相亲,死亦何恨",像情娘那样能以魂魄相随来表示自己对爱情的忠贞,都是令人钦佩和感动的。以上种种,体现了贯穿在文言短篇小说中的健康的思想和进步的主题。《聊斋》受它们的影响,兼有六朝小说的明朗、大胆、热烈的风格与唐人传奇的深刻、含蓄、隽永的特色,把争自由、反强暴的主题向着更高的境地发展了一步。例如:《商三官》《红玉》《潍水狐》《王者》《晚霞》《冤狱》《考弊司》《崔猛》《张鸿渐》《石清虚》等篇章,都痛快淋漓地揭露了封建官府的残暴和吏治的黑暗。《潞令》一篇,暴露了一个小小的县令"贪暴不仁,催科尤酷",竟在莅任百日之内,诛杀五十八人之多;《梦狼》中,封建官吏被写成一群露出巉巉牙齿的虎狼,作者慨叹"天下官虎而吏狼者,比比也";《席方平》中席方平替父申冤,连遭城隍、郡司、冥王的残酷迫害,竟至冤不得伸。所有这些作品,实际上都是清代社会黑暗、残暴统治的真实写照。还有《成仙》《窦氏》《促织》等篇,直截了当地控诉统治阶级令人发指的罪行,甚至把矛头指向了封建阶级的最高统治者。这在文言短篇小说的历史上,是极为少见的。仅此一点,足以证明《聊斋》作品的主题思想高度。此外,还有一些篇揭露了金钱的罪恶,抨击了封建官僚地主的荒淫无耻和贪婪成性,针砭了封建科举制度的弊病,在揭示与批判的同时,讴歌了人民的高贵品质,倡导了人们为追求美好的生活而进行的斗争,等等。《聊斋》中这些有进步主题的作品,既带有封建社会开始解体、资本主义萌芽已经出现的时代特色，又体现出与以前小说千丝万缕的思想联系。

众所周知，儒、释、道三种传统思想，在中国古代的影响很深。魏晋南北朝时期这些思想的泛滥，对志怪、志人小说的创作影响极大。《博物志》的作者张华，好谶纬、方术；《搜神记》的作者干宝，爱阴阳术数之学；《拾遗记》的编撰者王嘉，一心想修仙得道；《冥祥记》的编集者王琰，则笃信佛法，如此等等，说明由这些作者写出来的作品，绝不可能摆脱封建迷信。宋人编辑的《太平广记》，在五百卷八十八类中就有谈定数、报应、卜筮、道术、征应、谶应、巫厌、悟前生等二三十类乌七八糟的东西。蒲松龄的思想本来就相当复杂，而他又喜爱六朝志怪小说。因此，在他的《聊斋》一书中，也有不少主题是在弘扬佛法、道术，宣传命定、报应，进行劝善惩恶的说教。这些糟粕我们无须加以隐讳，但应当指出，它们是瑕不掩瑜，从《聊斋》全书来看，主导方面是好的，这才是比较公允的结论。

四

《聊斋》之所以能成为文言短篇小说发展史上的新的高峰，又与作者善于运用浪漫主义的创作方法有很大的关系。

中国文言短篇小说一向有浪漫主义的传统。神话中突出运用了夸张、虚构、幻想来表达人们改造现实、追求理想的勇气和信心，具有浓厚的浪漫主义色彩。六朝时代的小说，继续保留了浪漫主义的传统。然而，由于艺术概括的粗疏和不精到，形象塑造的简单和不充分，特别是由于作者们志在记"实"，而不在创作，没有脱离那种不自觉的加工状态，加上世界观的局限，它们在运用浪漫主义的创作方法上，还是受到了很多限制。大家知道，创作方法是作家、艺术家反映生活、表现生活、进行创造性的艺术概括的方法，是构成艺术形象的原则。

现实主义的创作方法，要求忠实地反映生活的真实，浪漫主义的创作方法，则要求进行充分而又合理的想象。这里，对作家、艺术家认识生活、反映生活的自觉性，对艺术方法运用的熟练程度，要求是较高的。唐宋传奇比六朝小说有所不同的是，它在这两方面都有一定的进步。特别是唐中期那些最优秀的"传奇"作品，虽保留了不少理想和幻想成分，但其描写的生活图景和形象塑造的基本形态，更接近现实生活的本来面貌。因此，我们可以说它们主要运用的是现实主义的创作方法。唐人小说在创作方法上的这些有益探索和成功经验是值得借鉴的。

《聊斋》的创作方法特点是把六朝小说的浪漫主义成分和唐人小说的现实主义创作方法融合和提高起来，从而，构成独具特色的浪漫主义创作方法。鲁迅先生说得很精辟："描写委曲，叙次井然，用传奇法，而以志怪，变幻之状，如在目前。"这是抓住了《聊斋》创作方法的真谛的。事实上，蒲松龄不仅从六朝以来的文言短篇小说中，而且从其他的文艺形式中来借鉴浪漫主义创作手法。他在"自志"中说："披萝带荔，三闾氏感而为骚；牛鬼蛇神，长爪郎吟而成癖。自鸣天籁，不择好音，有由然矣。"这段话表明，他十分欣赏浪漫主义诗人屈原与李贺，把他们当作师法的对象。蒲松龄也学着他们的样子，把自己的"感""愤"，寄寓在动人的形象之中。他满怀激情对形象作了精心的刻画，只要他以为是值得赞美的人物，总把好的思想、品德和性格尽情加以渲染，使正面人物形象美上加美；凡是他认为可憎、可厌的东西，总以极其鄙视的态度，对他们进行入木三分的揭露和嘲讽，使反面人物形象丑上加丑。写矛盾、困难、挫折、失败，则要透露乐观的希望和战胜的力量；暴露黑暗，鞭挞丑恶，总想调动读者和他一起来厌恶、憎恨。在他最出色的一批创作中，浪漫主义的艺术美在整个作品中闪耀，通篇都透露绚丽夺目的光彩。同时，他学得了唐人传奇的细腻、精到的艺术雕镂，赋予笔下的人物以鲜明的个性和突出的共性。他们既是幻想的又是现实的，是虚构的又是真实的浪漫主义的典型。神、鬼、妖、仙固然多是幻想中的形象，但它们都能在生活中找到原型，因此，他多写狐、狼、猫、狗、虎、獐、马、鼠等兽类，多写白鲤、蚌、蝇、蛇、蟋蟀、蜂、鸲鹆、鹊、鸽、鹦鹉等鱼虫鸟禽，多写牡丹、菊花、耐冬等花卉草木，而不去写犀牛、鸵鸟、鳄鱼、象等另一些动物形象，因为前者是他的生活中有的，后者则是他所未曾听见过、未曾见到过的。又如他写狐的机智、狡诈，写狼的凶残、诡谲，写狗的机敏而富有人情，写虎的勇猛、粗犷，都有原来对象的一些本质特征作依据。他所展示的矛盾冲突，尽管常常采取人们所难以见到的形式，确确实实又是现实社会种种尖锐、激烈斗争的曲折反映。在出人意外的情境中，包孕着近乎情理的内容。他故意把情节摆弄得跌宕多姿，而在玄妙奇幻的形式里，蕴藏着相当可信的成分。对故事的或悲或喜的结局，都作了十分大胆而奇特的处理。可是，又总能引起人们对生活中普通人命运的联想。他勾画的生活场景，仿佛在优美缥缈的云端，又在可亲可近的平常的人间。总之，他把题材、人物、情节、场面、细节描写等全融会在浪漫主义的一体之中。像《崂山道士》《娇娜》《青凤》《婴宁》《聂小倩》《阿宝》《红玉》《宦娘》《阿绣》《凤仙》《阿纤》《司文郎》《伍秋月》等数以百计的杰作，都是这方面的代表。像《义鼠》《吴令》《蛙曲》《鼠戏》《禽侠》《夏雨》等短小隽永的小小说，同样具备这些鲜明的特色。但是，要想以某一作品的一个方面为例，来加以说明，往往就会出现以偏概全的缺陷，很难给人造成浑然一体的强烈感受。这里，姑且以《余德》这个短小而普通的作品作为例子，来考察一下他对浪漫主义创作方法的熟练运用，以达到由一斑而窥全豹的目的。

《余德》写的是一个名叫尹图南的，无意中结识了自己的房客翩翩少年余德。尹为其陈设布置的新颖、华美，宴席的丰盛，宴间余兴的奇异别致所震惊、所倾倒，借机到处替他宣扬，使余德感到腻烦，终于辞别他而迁徙。人去楼空，留下一个小鱼缸被尹得去。一日，不

慎被仆人砸坏，缸碎而水不泻，摸摸它，一个虚软的缸还在。尹深怕
人知，使藏诸密室。后来被人发现了，登门来求一睹的，络绎不绝。
一夜，缸解为水，鱼也渺然，只有旧缸的残石还留在。这样一个既奇
异又平常的故事，思想性并不很强。但作者在余德与尹图南两个人物
的对比衬照中，含蓄地表现了余的高雅和尹的庸俗，淡淡地勾勒出尹
图南的利己主义的市侩嘴脸，有分寸地表示了对他的厌恶和批判。作
品的积极思想恐怕即在于此。然而，整个故事写得若真若假，余德这
样的人物似有似无，情节场景虚实相间恍若仙境。如席间击鼓催花一
节，这样描述：

鼓声既动，则瓶中花颤颤欲折；俄而蝶翅渐张；既而鼓歇，渊然
一声，蒂须顿落，即为一蝶，飞落尹衣。余笑起，飞一巨觥；酒方引
满，蝶亦扬去。顷之，鼓又作，两蝶飞集余冠。余笑云："作法作毙矣。"
亦引二蝶。二鼓既终，花乱堕，翩翩而下，惹袖沾衿。

真是创造了一个令人难以形容的美妙图景。又如它写余德离去
后，尹入其家的所见所得：

空庭洒扫无纤尘；烛泪堆掷青阶下；窗间零帛断线，指印宛然。
惟舍后遗一小白石缸，可受石许。尹携归，贮水养朱鱼。经年，水清
如初贮。后为佣保移石，误碎之。蓄并不倾泻。视之，缸宛在，扪
之虚软。手入其中，则水随手泄；出其手，则复合。冬月亦不冰。一
夜，忽结为晶，鱼游如故。尹畏人知，常置密室，非子婿不以示也。
久之渐播，索玩者纷错于门。腊夜，忽解为水，阴湿满地，鱼亦渺然。
其旧缸残石犹存……

构思之精巧，想象之丰富，描写之细腻，刻画之动人，使人感佩

不已。浪漫主义的艺术魅力，表现出来了，他的独具的意境和风格也透露出来了。

《余德》是个小小的并不惹眼的作品，这样的作品尚且如此，其他精心杰作，也就不言而喻了。

五

无论哪一种小说，人物、冲突、情节三者总是紧紧相连着和有机结合着的。然而，中国古典短篇小说（包括文言和白话都在内）特别重视情节。在古代文学史上，"传奇"之名"至明凡四变矣"，先后用来称唐之小说、宋之诸宫调、元之杂剧和明的戏曲，说明人们对这个字眼的喜爱。用清代李渔的说法："古人于剧本为'传奇'者，因其事甚奇特，未经人见而传之，是以得名。可见非奇不传。新，即奇之别名也。若此等情节，业已见之戏场，则千人共见，万人共见，绝无奇矣，焉用传之！是以填词之家，务解'传奇'二字。"李渔说的是戏曲，移之小说，道理亦然。

中国文言短篇小说重视故事性，这是一个重要特色。如果和欧美古典短篇小说相比较，可以发现，他们是以写人为主，人中有事；我们是侧重记事，事中见人，两者着眼点和着力点都不尽相同。例如，欧美一些短篇小说名手，尽管他们在揭示冲突、刻画人物方面各有特色，如莫泊桑角度新颖，杰克·伦敦取材别致，契诃夫善于在平淡中见功夫，欧·亨利长于结尾处现神奇，但同样都把人物思想性格的描绘放到重要位置上。中国文言短篇小说自六朝开始，就以情节曲折见长。尽管那时篇幅小，字数少，不可能有更多的迂回曲折的波澜，但"志怪""志人"都立脚于"奇"是无可否认的。唐宋传奇笔墨既多，铺展也细，情节自然更曲折动人。可是，由于深入细致的心理描写增多，故事的现实性增强，除关系人物生死存亡的尖锐冲突可引起巨大波澜外，其他的条件就不多了。而这种冲突毕竟在一个人物身上不能屡屡出现。《聊斋》是浪漫主义的作品，它有一个方便，即尽可以大胆而奇特地架构情节。因而，在绝大部分称得起"小说"的作品中，情节波澜既大且多。作者刻意盘旋，悬念此起彼伏，紧紧握住读者的心弦，使人欲罢不能。像《青梅》《促织》《念秧》《伍秋月》《彭海秋》《巩仙》《梅女》《青娥》《张诚》《莲香》《娇娜》《陆判》等作品，情节的起伏变化，如山峦叠翠，令人如入山阴道上，应接不暇。例如《促织》这篇一共一千五百字左右的著名小说，写出了皇帝为了好斗蟋蟀而令官吏差役敲诈勒索，使得成名一家倾家荡产的悲剧故事。围绕蟋蟀的得失和主人翁悲惨的遭遇，呈现出异常曲折的情节变化。真是悲止喜来，喜尽悲生，否化为泰，泰又化否，一波未平，一波又起，如波涛奔腾，激荡不已。这样的写法，绝不是作者单纯的舞文弄墨，故意炫耀自己的艺术技巧，而是扣紧了人民在黑暗残暴的封建政治制度下家破人亡无路可走的思想主线来进行的。因此，不仅有意义，也耐人寻味。《张鸿渐》这篇作品，它写的是一个怯懦而有正义感的书生张鸿渐，参与了与同学一起上书揭发贪官酷吏罪行的事件，遭到报复，要被捉拿归案。不得已，迫逃在外，历经艰难，被狐仙搭救，两人结为相好。但张鸿渐因"念妻孥不去心"求狐的帮助想返家共叙离别之情，被里中恶少某甲尾随，扬言"执奸"，要缚送官府。张被迫无奈，只好出刀剁了甲头，并去官府自首。由郡解往都城途中，备受极禁之苦，又被狐仙所救。送至太原，隐姓匿名，居住十年。得知追捕事已逐渐平息，又偷偷返家。住家数日，一夜，捶门急，以为又有人来抓捕，赶紧越垣而逃，当家里人得知捶门者是为张子中孝廉，再欲追挽，张早已逃之夭夭。在逃难途中，张入一新孝廉府，自荐为其家少子设帐，后与张子邂逅相遇，悲喜交集，同偕而归。作者以张鸿渐十数年间坎坷的命运为纵线，写出了逃捕、遇救、返家、杀人、投案、再逃、重返、又逃……情节时而化险为夷，如履平地，时而旱天起雷，山雨欲来。往往微澜似平而大波即起，把读者的关注吸引到主人翁的命运变化里。整个故事又借张鸿渐、舜华（即狐仙）、方氏三人性格冲突展示出来，有充分的现实生活的根据，又有奇妙的幻想，这就可能比单纯写现实生活冲突的作品，多一番曲折，多一些奇趣。特别是情节的紧张，来自张鸿渐忠厚、怯懦的性格，表现他始终惊魂未定，心有余悸，身惶惶乎如惊弓之鸟，心惕惕然似避鹰之兔。这种重重的内心矛盾和十分尴尬的处境，完全是封建社会残暴的吏治对人民迫害的结果。因此，有着深刻的社会根源和可信的思想性格依据。蒲松龄擅长开掘一些奇事，利用一些偶然因素和误会，使人预料不着，又经得起推敲。这是《张鸿渐》情节的特色，也是《聊斋》中大多数富有传奇性作品的共同艺术特点。

六

把六朝志怪、唐宋传奇及《聊斋》统称为文言短篇小说，已赋予了这种样式以质的规定性。因此，关于体裁，就没有多少话可讲了。但在文言小说的长期形成过程中，神话传说、寓言故事和史传文学（如《史记》）之类，最初从各方面都给它以影响。文言小说的体裁在六朝初具雏形，到唐传奇方始定型。这个演变过程是几种叙事体作品不断地融和、组合而又重新分离的过程。唐宋传奇以后既有传奇，也有笔记、笑话，它们在体裁形式上，都有相对的独立性。

《聊斋》作为一部短篇小说的总集，其体裁不是千篇一律的，但采用的基本样式，则为历史传记和传奇的结合（在传奇中，大都称自己为"传"或"记"，也是要把自己打扮成历史传记体）。它的构成，已有一个程式：开端往往用来介绍主人翁的姓氏、籍贯、主要经历，随即在承接部分迅速接触作品所要描写的主要内容和中心事件，而后，在展现部分层层推进，形成一个又一个高潮，最后在为情节作收尾时，还往往加有作者的评论。这样的体裁，在我国已有悠久的历史。《史记》中的"本纪""世家""列传"，在结尾处多有"太史公曰"的评说；唐传奇如《离魂记》《柳毅传》《南柯太守传》《谢小娥传》《李娃传》《莺莺传》等故事的最后，也常有作者的议论。《聊斋》四百余篇，有"异史氏曰"来表示意见的，有一百九十五篇左右（这些作品，多数是作者自己的创作）。"异史氏"分明是异于太史公司马迁《史记》之意。同时，作者把自己的作品称作《聊斋志异》，很可能从唐传奇《任氏传》作者评论中"众君子闻任氏之事，共深叹骇，因请既济传之，以志异云"得到启发。可见这种形式，是学习得来的。

要程式而不要程式化，正是一个有出息的艺术家创造性的表现。蒲松龄对这种似传记非传记的形式，进行了改造，不断使之变化，形成自己一种有特色的基本的样式。此外，他创制了《仙人岛》《安期岛》《彭海秋》这样类似神话的作品，写出了《车夫》那样记叙简洁的寓言式的小品；《画马》等篇清新活泼、浅显有趣、富于幻想，颇像"童话"；《蛙曲》《鼠戏》《螳螂捕蛇》《刘亮采》《狐入瓶》《小官人》《斫蟒》《捉狐》等篇，专志一人一事，又类"志人""志怪"；至于《地震》《龙》《瓜异》等则远离小说近似杂录。《砚石》《武夷》又像游记随笔；而《赤字》简直和卜辞、卦爻辞相像了。自然，这些区别，不完全由体裁决定，主要是内容和形式的诸多因素在起作用，但是，其结果，则打破了体裁的刻板化，形成了五光十色的样式。

为了使作品的结构丰富多变，作者煞费苦心作了一番经营。《寄生》与《王桂菴》互相穿插，写出父子两人相同和不同的命运，仿佛姊妹作、正续篇；《狐梦》中，插进《青凤》的故事，成了情节发展的主要因素，等等。都突破了一种格式局限，而和其他作品格式联系起来。在《折狱》《郭安》《于中丞》《云萝公主》《真生》《段氏》中，一篇要记述两个或两个以上的故事；《五通》《青蛙神》中，用一题作两篇文章。有些作品，用赋体、四六骈体来加强语言表现力（如《席方平》《胭脂》《马介甫》等），成了散韵交错的新颖形式；又有一些作品，以半述半论充分表达作者对生活的见解（如《王十》《黑兽》《王子安》等），成了叙议互见的特殊样式。

把《聊斋》摆到整个文言小说中，它的体裁粗略看来"似曾相识"，仔细端详则"别开生面"，这正是它对古典文学遗产既有继承又有发展的缘故。

七

文学是语言的艺术。文学语言的好坏，可以对作品产生决定性的影响。《聊斋》的语言运用，达到相当高的水平。毫不夸张地说，它可以算作是文言短篇小说之冠。特别是用文言来从事创作，局限性既大表现力又差，因此，要想有所突破而使人耳目一新，是非常艰巨的任务。而作家蒲松龄做得卓有成效。

六朝小说文笔是干净的，但简洁有余，丰富不足，往往缺少语言的美。加之，文言文比较古奥，语与语、词与词间跳跃进程大，记叙可以清楚，形象性则可能不强。你看这样一段故事：

金吾司马义妾碧玉，善弦歌。义以太元中病笃，谓碧玉曰："吾死，汝不当别嫁，嫁当杀汝。"曰："谨奉命。"葬后，其邻家欲取之，碧玉当去，见义乘马入门，引弓射之，正中其喉，喉便痛亚，姿态失常，忽奄便绝。十余日乃苏，不能语，四肢如被挝损，周岁始能言，犹不分明。碧玉色甚不美，本以声见取，既被患，遂不得嫁。（《甄异传》）

这篇作品，暂且抛开它的思想性不谈，仅就语言特色而言，它能把事情记叙得明白清楚，有对话，有动作，有人物和情节，已经像一篇小说。但总觉得缺少一些什么，缺的是细致的刻画。人物、冲突、故事中许多可被铺衍的东西，全部未能展开。何以如此？原因很多，但文学语言这个积极因素没能充分调动起来是个重要原因。因而，赞扬它，可以说它简洁；批评它，也可以说它贫瘠。怎么算准确？主要应该是后者。刘勰说得好："字删而意阙，则短乏而非；辞敷而言重，则芜秽而非赡。""谓繁与略，随分所好。"（《文心雕龙·镕裁》）作为小说，只呈梗概，显然是太"短乏"了。唐宋传奇则力矫其弊，开始出现文采斐然的局面（见《中国古典戏曲论若集成》卷七），但又有点像在写华丽的散文，有时远离小说作品的需要去作不适当的铺陈。有时失诸艳丽，甚至变得幽涩繁缛，依旧没有解决语言艺术怎样更好地为内容服务的问题。到了宋元明，创作成了模仿，语言上也就更不会有什么创新。

蒲松龄在语言的运用上，克服了以往小说的一些缺陷，汲取它们简练、活泼、流畅的优点，朝着准确、生动、形象、更有表现力的方向大大跨进一步。因此，无论叙述事件、描写环境、刻画人物、抒发感情，处处都显出语言的美。这里且以《口技》为例，来具体地感受一下：

晚洁斗室，闭置其中。众绕门窗，倾耳寂听！但窃窃语，莫敢咳。内外动息俱冥。至夜许，忽闻帘声。女在内曰："九姑来耶？"一女子答云："来矣。"又曰："蜡梅从九姑来耶？"似一婢女答云："来矣。"三人絮语间杂，刺刺不休。俄闻帘钩复动，女曰："六姑至矣。"乱言曰："春梅亦抱小郎子来耶？"一女曰："拗哥子！呜呜不睡，定要从娘子来。身如百钧重，负累煞人！"旋闻女子殷勤声，九姑问讯声，六姑寒暄声，二婢慰劳声，小儿喜笑声，一齐嘈杂。即闻女子笑曰："小郎君亦大好耍，远迢迢抱猫儿来。"既而声渐疏，帘又响，满室俱哗，曰："四姑来何迟也？"有一小女子细声答曰："路有千里且溢，与阿姑走尔许时始至，阿姑行且缓。"遂各各道温凉声，并移坐声，唤添坐声，参差并作，喧繁满室，食顷始定。即闻女子问病。九姑以为宜得参，六姑以为宜得芪，四姑以为宜得术。参酌移时，即闻九姑唤笔砚。无何，折纸戢戢然，拔笔掷帽丁丁然，磨墨隆隆然，既而投笔触几，震震作响，便闻撮药包裹苏苏然。顷之，女子推帘，呼病者授药并方。反身入室，即闻三姑作别，三婢作别，小儿哑哑，猫儿唔唔，又一时并起。九姑之声清以越，六姑之声缓以苍，四姑之声娇以婉，以及三婢之声，各有态响，听之了了可辨。

你看，他把口技艺术的精妙，写得多么逼真而传神！完全把人带进规定情境中，使人强烈感到它的艺术氛围，听到口技艺术的出色表演，听到了折纸、拔笔掷帽、磨墨、小儿啼、猫儿叫等各种声响，以及九姑、六姑、四姑等人的个性化的语言。这不仅是口技表演者语言艺术的高超，更是蒲松龄的笔端生花。

蒲松龄打开了一个传统文学的语言宝库，向诗、词、歌、赋、曲、小说等文艺形式学习了许多东西。同时，也发掘了最丰富的群众语言宝藏，从生活中来提炼最美、最动人的文学语言。这是历代文言短篇小说家所望尘莫及的。例如《梅女》中有个老妪怒斥典史："贪鄙贼！坏我家钱树子！三十贯索要偿也！""汝本前江一无赖贼，买得条乌角带，鼻骨倒坚矣！汝居官有何黑白？袖有三百钱，便而翁也"，这样的话，已逐渐远离古奥难懂的文言，而向清新活泼的口语靠拢了。它的生动、通俗、易读易懂，含蓄、洗练、蕴藉、耐人咀嚼，可达到"言近而旨远，辞浅而义深，虽发语已殚，而含意未尽。"（刘知几《史通》）

蒲松龄大胆地从民间语言中吸取乳汁，来丰富自己，这就不能仅仅看作是艺术上的突破，而应看作一次可贵的革新，由此，也可以了解他是一个真正优秀的文学家。

结束全文，越发感到把《聊斋》放在整个文言短篇小说发展史上来考察和比较的必要。有比较，才有鉴别，虽然我们分析得既粗略又肤浅，但通过比较，《聊斋》的不同凡响之处，已能明晰地感觉到。当然，《聊斋》作品的内容及形式方面，作者蒲松龄的思想及创作方法方面，也还有着封建的糟粕，那是我们要在别处去细谈的。而且，文言小说的体裁，虽然在蒲松龄手里达到了一个高峰，这种文学样式毕竟是封建社会的产物，今天我们是不会再去模仿它了。但是，多年以来，"四人帮"一伙肆意否定中外古今一切优秀的文艺遗产，完全违背了毛主席关于批判地继承优秀遗产的指示。今天我们应当重新评价蒲松龄及《聊斋志异》，还它以历史真面目。这不仅有利于公允地判定它的成就和文学史上的地位，也有利于学习它在艺术创作上的一切长处，有利于从它的"批判继承"的途径和方法上，得到借鉴，而这些恰恰是我们所需要的。

《聊斋志异》刻画人物性格的几点特色

文学要写人，通过写人，展现社会生活的面貌，表现作者的思想。蒲松龄的《聊斋志异》（以下简称《聊斋》）也不例外。

他在二百余篇成功的作品中，每篇总会有一个或两个以上的人物，活跃在我们的眼前。他们生动鲜明的性格面貌，留给我们极其难忘的印象，同时也赢得我们啧啧的赞许。现在让我们来粗略地谈一谈《聊斋》塑造人物的艺术特色。

一

《聊斋》作为文言短篇小说，以极其简练的语言，十分丰富的含蕴，迅速而准确地把描写的对象展示出来。

《聊斋》中的大多数，是写封建社会地主阶级中的中下层及其知识分子在人生道路上的升迁、变异和离合悲欢的故事的。何以这样的一些故事能不断地花样翻新，具有相当的艺术魅力呢？除了故事本身极吸引人而外，人物有性格，是重要的原因。它写人物，不重外貌的描绘，而重内心世界、精神面貌的刻画。许多作品一开始就撇开肤浅而一般化的容貌的描写，单刀直入，进到性格特征的雕绘上。这类例子，俯拾皆是，不再一一列举。就以《侠女》来说，几乎没有对这位奇特女子的外貌怎么着笔，只说她"年约十八九，秀曼都雅，世罕其匹"，这是相当概念化的描述，唤不起什么形象的质感。然而，人们对于她从行为动作中所体现出来的性格，永远不会忘记。她的令人难以想象的报恩和复仇的行动，把她的坚毅刚强、胸有城府、爱憎极其强烈的鲜明性格，清晰地展现出来。《小翠》中的小翠，人们对她的印象是怎样得来的呢？绝不是靠作品开头所作的"视其女，嫣然展笑，真仙品也"这样的介绍建立起来的。而是靠"第善谑，剌布作园，蹴蹴为笑。着小皮靴，跳去数十步，给公子奔拾之"。甚至把球踢到了公公的脸上，当婆婆责罚她时，她"惟俯首微笑，以手刓床，既退，憨跳如故，以脂粉涂公子作花面如鬼"。再骂她时，她不惧也不言。只有当婆婆打公子时，她才"色变，屈膝乞宥"。把公子拉回房中，"代扑衣上尘，拭眼泪，摩挲杖痕，饵以枣栗，公子乃收涕以忻。女阖庭户，复装公子作霸王，作沙漠人，已乃艳服，束细腰，扮虞美人，婆娑作帐下舞；或鬟插雉尾，拨琵琶，丁丁缕缕然。喧笑一室，日以为常"。后来，又细致地描写她"冠带，饰家宰状"，骑着马竟跑到王给谏处招摇一番，甚至还替公子打扮成帝王的模样，衮衣旒冕，出来见客。凡此种种，通过那种极其大胆的行为动作，把这个敢于拿封建的纲纪、礼法开玩笑的天真烂漫、开朗活泼的少女的性格，表现出来。

《聊斋》就是这样抛弃了表面的、浮泛的、没有多少意义的外表特征描写，一开始就把自己的注意力集中到对人物的性格行为的细致的勾勒上。因此，人物是很耐看的。

二

蒲松龄根据自己短篇小说的特点，很注意把力量下在最能显现人物性格特征的节骨眼上。

《王桂庵》中写了个榜人女芸娘的形象。这位"风姿韵绝"的少女，给人的第一个深刻的印象是庄重自尊、胸有成竹。这种印象怎么来的？不是靠作者的介绍，而是靠形象地写了她低头绣履，听了王桂庵感情的挑动，欲"似解其为己者，略举首一斜瞬之，俯首绣如故"，这样不经心，这样泰然自若的表情。王桂庵投给她一枚金锭，她"拾弃之，若不知为金也者"。王桂庵又投给她一只金钏，她"操业不顾"。等到她父亲回来，"女从容以双钩覆蔽之"。这一系列的生动的细节描写，把她的品格、风貌、气质、精神状态，活灵活现地表现出来。后来，当王桂庵循着历历在目的梦境找到她家时，她先是惊起，"以扉自幛"，并加以"叱问"。继后，又"隔扉审其家世"，最后，才表示自己的感情。这精细的动作行为，连同前面所描写的一切，把她对家有成群妻妾的宦裔中人的高度警惕，对以金钱为诱饵的行为的鄙薄表露无遗。因此，当王桂庵婚后十分得意时，和她开玩笑说"实告卿：我家中固有妻在，吴尚书女也"，她便顿时变色，"默移时，遽起奔出"，纵身入江。这种刚烈而不容凌辱、自尊而不容作践的美好性格，在这里得到一次升华。这一切，在小说中所占的篇幅是并不多的，但却使思想性格这样鲜明，又如此入情入理地呈现在我们面前。因此，我们不能不佩服作者艺术见地之高，艺术技巧之精。由这个作品使人联想起另一篇作品《黄英》里的男主人翁马子才的人贫志不穷，出淤泥而不染的狷介性格，鲜明地表现在他的爱菊成瘾的行为中。这种"癖"，不仅是志不可夺情不能移的执着感情，而且有耻为金钱所易的高尚情愫。作者通过他"闻有佳种，必购之，千里不惮"，特别是当遇到艺菊有法的陶生，陶见他为口腹所累，劝他"卖菊亦足谋生"，马则认为"以东篱为市井，有辱黄花矣"。于是，这种思想便成了他的贯穿行动。如他娶了陶之姐黄英，但不肯弃陋居而移华第，耻以妻富，"家中触类皆陶家物。马立遣人一一资还之，戒勿复取"。即使后来富埒世家，却始终以三十年清德终于被破坏而深感遗憾。而且认为依裙带发迹，是"真无一毫丈夫气矣"。于是在"人皆祝富"的风气下，他却要去"祝穷"。这一系列精彩的性格行为的描写，把他的近菊、爱菊、信菊、学菊，以苦为乐，洁身自好的铮铮男子气概的心灵之扉，向读者打开了。使我们确信作者有艺术见地和高超的技艺。他能举重若轻，不露声色地把人物各不相同的思想性格，形象地描绘出来。

三

为了使人物性格鲜明，作者把笔墨集中起来，向人物内心世界作深入的开掘，因此，他笔下的人物是既有个性又是充分典型的。不仅上面列举的几篇作品如此，他所创作的那些优秀的代表作，莫不如此。就以《石清虚》而言，也是写一个爱物成癖的人物，但对他性格描绘的着力点与《黄英》中的人物不同。如果马子才有以贫自况的美好性格，邢云飞则有爱石若狂，有"士为知己者死"的品格、精神。这两者，同中有异。在同和异中，使人发现他们各自的个性和典型意义。邢云飞因为喜欢这块径尺长的四面玲珑、峰峦叠秀，"每值天欲雨，则孔孔生云，遥望如塞新絮"的难得的奇石，真是历经艰难险阻把它保存下来。甚至倾家荡产、危临绝境，也义无反顾，不惜"以死殉石"。他爱得这样真诚、执着，甚至不需要什么报偿（石无感情也无以报偿）。但他始终感到自己与石心心相通，因此，在对他的美好品格的渲染中，已经把具有典型性的内容概括进去。又如，惨遭恶霸南三复的欺凌、侮辱而抱儿僵死的窦氏（《窦氏》），其性格也是充分典型化的。她生要诉冤、死要复仇的倔强性格，在一开始就体现出来。例如，在她和南三复"渐稔"以后，仍然拒绝南的调情，说："奴虽贫，要嫁，何贵倨凌人也！"为她的凛然不可辱的性格定下基调。后来，她虽被南所哄骗，失足铸恨，但对南还存有幻想，愿意承担肉体与精神的痛苦折磨，矢忠"爱情"。一旦希望变成泡影，她毅然决然抱子去南家"倚户悲啼"，坐僵而逝。因此，这个人物的性格，似乎有一个贯穿行动线把它联系起来。她的行为是独特的，但性格却概括了被凌辱、被迫害者要求生存、要求反抗的本质，显然具有深刻的典型意义。

至于《促织》中的成名，《席方平》中的席方平，《张鸿渐》中的张鸿渐等，一批作品中的一大群形象，都具有一定的典型意义，而且就思想性格而言，也都是生动、真实的"这一个"。

四

《聊斋》中人物性格之所以写得这样突出、鲜明，其重要原因是作者极善于在尖锐的冲突中表现性格，善于在紧张、激烈的斗争中写人物的思想行动。例如，张鸿渐这个正直而怯懦的人物，由一个急避矛盾犹恐不及的书生，到后来竟然成了怒生杀机、拔刀砍向胁逼者的杀人犯，这个性格的变化，是由形势的步步紧逼，使他无路可走而促成的。如果没有这几年因株连追捕、逃亡在外的颠沛流离的生活经历，没有走投无路的威逼，张鸿渐是不会举起这把杀人的刀的。正是这样尖锐激烈的冲突，才激荡主人翁的心灵，完成他思想性格的转变。又如《锦瑟》中王生之所以敢于"忿投羹碗，败妇额"，最后还挂枝自尽，也和张鸿渐一样，是被逼上去的。试想，妻家的兄弟这样鄙视他，妻子又以对待佣奴的态度来对待他，用难言的凌辱、鄙视来糟蹋他，甚至当他想应童子科来改变自己这种尴尬的处境，又偏偏"被黜"，在忍无可忍又走投无路的情势下，才萌生杀人与自杀的恶念。甚至即使死而被救，也任凭怎样苦役的折磨，都感到比受那种奚落、侮辱、歧视、虐待要强得多。一旦有人真诚平等地对待他，他便挺身而出，起来解救人家的危难，甚至极力愿把自己手臂伸向虎口，任虎嚼龁而不觉其苦。从他性格的表露中，可以看出环境的冲突起了多大的作用！《红玉》中写了个被恶势力迫害得家破人亡的冯生。这个人物从他开始遇上红玉，并与她相爱，到遭到父亲斥骂而"泣言知悔"中可以看出，他虽做了出来，但战战兢兢，如临深渊，如履薄冰，而且认为"父在，不得自专"，努力顺从封建礼教是他的主导一面，因此，他性格是温顺而怯弱的。在他的身上爱情与父教的矛盾日益尖锐，迫不得已，不得不在某些方面表现出他对父教的暗暗的抗拒，这种抗拒性在恶劣的环境中还得到发展和扩大。遇到与"父教"不存在矛盾时，他就要以激烈的形式出现。例如他自己的父亲遭到豪绅家的毒打，呕血而死，妻子被逼自尽，他讼于官，"卒不得直"，在这样万般无奈"冤塞胸吭，无路可伸"的情况下，这个人物才做出生死攸关的最后选择。作品写得相当真实可信，完全合乎性格发展的必然逻辑。因为它把人物性格发展的必由的途径已清晰地勾画出来。

现实主义的文学作品定要这样来写，不成问题。但像《聊斋》这样的浪漫主义作品，故事情节和人物性格都做了很大的夸张，还会不会这样去描绘呢？人们要打个问号。因为处理不当，会使人物性格从情节冲突中游离出来，使人物性格虽然很强烈但不可信，很鲜明而无根由。《聊斋》没有这样的弊病。它把两者统一得很好，结合得很妙。

五

《聊斋》虽说是短篇小说集，但人物性格很丰富，而且有层次波澜。一般来说，作者并不是一开始就把什么东西都一览无余地和盘托出，而是随着情节的层层迭进，才逐渐展示出来。举个例子，如《葛巾》中写常大用的感情变化，很细腻、很丰富，很有层次。最先他无意中见到少女葛巾，只以为是"贵家宅眷"。按照封建的礼数，他不能不急急忙忙转身避开。但在"暮而往"时，碰巧"又见之"，这时，因为他可能有了思想准备，于是"从容避去"，不再那么慌张了。在这同时，他还要"微窥之"。这三个字写得十分真实，因为第一次他在惊慌中什么也来不及细看，这次，既然"从容"了，就有需要也有可能"微窥之"。所以，这之后，自然会在"眩迷之中，忽转一想：此必仙人，世上岂有此女子乎！"，而且要"急返身而搜之"，等到有人叱责他"狂生何为"，并要"禁送令尹"时，他原先那些想好好看一看的准备，就完全不够用了，因而，又开始慌张起来，吓得手足无措。等到他听到那位少女微笑地说"去之"之后，忐忑不安的心情，才稍微平静一些。但是，爱和忧的矛盾马上随之而来，"意女郎归告父兄，必有后辱之来"。一方面，后悔自己行动过于孟浪，又一方面，则为自己庆幸，因为那位女郎毕竟没有怒意，惊定之余，又暗暗为自己能一睹艳容感到自慰。这种复杂的思想，把他的内心搅得再也平静不下来。时间稍久，"喜无问罪之师，心渐宁帖"。于是"回忆声容，转惧为想。如是三日，憔悴欲死……"这段描写，所用的篇幅很少，却把细腻的感情变化都描绘出来了。正因为人物经过了感情的迭进，脱去了忧虑、悔恨，剩下的只是深深的思念和无限的爱慕，因此，当女方的老妪"持瓯而进"，告诉他说，这是葛巾娘子赐给他的"鸩汤"，要他速饮时，他虽闻之为之一骇，但这时的惊骇，和以前已大不相同，心里的矛盾斗争，不再那样严重和激烈，认为"既为娘子手调，与其相思而病，不如仰药而死"。想罢，便痛痛快快地"引而尽之"。在前前后后短至三百字的故事进展中，明晰地把一个书生对一位少女从相见到爱慕、钟情的全部复杂的心理变化过程，细致入微、层次分明地写了出来。这里几乎全依靠人物自己的行动，而不仰仗作者的叙述。因此，让人感到真实可感，合情合理。又如《于江》，是一篇相当短小的小作品。它集中刻画了一个机智勇敢的少年，密杀三狼为父报仇的故事。这个年仅十六岁的少年，因父为狼所食，"得父遗履，悲恨欲死。夜俟母寝，潜持铁槌去，眠父所，冀报父仇"。寥寥数语，把孩子对父亲的深挚情感和为报父仇的精细打算，勾画得一清二楚。一个"俟"字，一个"潜"字，表现出他的遇事不慌、富有心机、考虑周详的思想性格特征。但仅有这些，还不足以展现他的思想性格的全部内容。因此，要在激烈的搏斗中对他的性格进行尖锐的考验。当"一狼来，逡巡嗅之。江不动。无何，摇尾扫其额，又渐俯首舔其股。江迄不动"。两个"不动"，把他的大胆、镇静、沉着的性格，推进一步，把他"非直勇也，智亦异焉"的特色写了出来。在他击毙两狼后，为了最后除掉那咬死他父亲的白鼻狼，又三四夜去原地等狼来。当狼"啮其足，曳之以行。行数步，棘刺肉，石伤肤。江若死者"。他能忍受巨大的皮肉痛苦，等待戕狼的时机，这种毅力和意志是相当惊人的。直到选好了最关键的时刻，即"狼乃置之地上，意将齕腹"，才"骤起锤之"，置狼于死地。作品中于江从准备出击到最后消灭恶狼，是一个愈来愈激烈的矛盾斗争过程。在这里，他的性格、意志、力量，有着一个充分显露的过程。作品虽短，能如此生动、感人，恐怕与它能把这个勇敢、机智的少年的性格行为，一层层地清晰展现出来有关。

即使是短篇小说，人物性格也不宜于开始就是顶点，一出场便一览无遗。《聊斋》中几乎很少有这样的小说。它总似峰峦如聚，波涛如怒，层层迭进，节节升高，形成人物性格的波澜。这种波澜是思想的波澜，性格的波澜，也是故事冲突的波澜。《丑狐》中写一个家贫而爱财的书生穆生，遇上了丑狐，他厌其丑，而爱其财，与她相好。后来"女赂遗渐少"，他的厌悔之心与日俱增，最后，遭到丑狐的报复。在这个颇有幽默意味的故事中，穆生的贪婪、怯懦、自私、残忍和忘恩负义的性格行为，并不是一开始就展示得十分明显，而是随着情节的波澜，像剥笋似的被一层层地剥了出来。因此，矛盾冲突的深化和性格的深化，二者紧紧胶合在一起。

当然，像这样的故事，是《聊斋》中数以百计的奇幻故事中比较普通的一个，这些并没有过大的冲突波澜的作品尚且如此，其余的，则不待言了。

《聊斋》中有巨大波澜的作品，是很多的。蒲松龄很喜爱去写大起大落，有大转折的矛盾冲突。那些名篇不必去说，就连不大著名的作品也是如此。例如，《霍女》中成功地塑造了女主角霍氏的形象。这人先和一个家富而吝啬之极，又极好色的朱大兴相欢。她则要求食必燕窝、参汤，衣必锦绣。后来朱供给不及，她便啜泣不食，启扉而逃。因此，通过形象描写给人的第一个印象，似乎是一个专来索债的无情无义的荡妇。在她逃到何姓世胄之家后，行为一如既往，所以，这种印象还会进一步加深。如果情节顺着这样线索继续发展，既无新奇之处，人物性格也只能平淡而无意义。突然，写她逃到了一个贫困无偶的黄生家中，便一反常态，早起晚睡，"躬操家苦，劬劳过旧室"，几乎完全变了个模样。而且不以为苦、不以为贫，与黄生情投意合。这样，使人物的性格登时复杂起来。这是情节冲突的一个新的波澜，也是性格的新波澜。但一波未平一波又起，她提议要黄生将自己卖给巨商之子，使黄能"妾室、田庐皆备"。黄生虽然执意不许，但她的志坚难夺，迫使黄生不得不这样去做，终以千金之昂，易与巨商之子。经过这样大起大伏的波澜，这位主要人物的性格就使你感到绝不一般，新奇中多少有些令人费解。可是当她讲出"于吝者则破之，于邪者则诳之"的话后，人物的品格一下子发出另一种色彩，尽管她的行为、手段，令人难以设想，但她舍己为人的义气，盖过了旧有的无情无义的印象，反而给这种印象以新的解释，还会在更美好的境界上得到统一。真是奇事、异境中见到了异人、奇情。人物在巨大的转折变化中才真正显露她那善良、仗义的庐山面目。再如《王成》，写一位心善性懒的故家子，几经困顿挫折，逐渐踏出自己的一条生活的道路来。他在破败不堪时，曾遇上拾钗、易金、得金、市葛、贱鬻、亏赀、亡金、贩鹑、鹑尽、斗鹑……一系列令人揪心的事。作者就充分利用这些攸关人物命运的时机，对主人翁进行考验，把他的虽迂讷但品格忠厚、诚实、善良，显现出来。假中见真，真中有假，假假真真，跌宕有致，这是《聊斋》构思冲突的特点，也是创造出吸引人喜爱的人物形象的特色。

六

写人物思想性格没有对比、衬照不行，绿叶扶红花的通俗而浅近的道理，可以成为艺术创作上的一个颇能见效的结构构思。

蒲松龄在创作《聊斋》时，深谙此道。他在运用这种手段时，做得十分熟练、圆道。《陆判》为了要写出朱尔旦"性豪放，然素钝"，便充分运用了对比与衬照。一次在文社众人痛饮的场合,朋友们逼他，要他把绿面赤须、貌尤狰恶的判官背来。他欣然而往，果然背了回来。于是，那些文友，惊惧万状，瑟缩不安，还请他背还，他却置几上，奉觞酹之三，并以酒灌地，满不在乎地祝祷，在文友们的怯懦、惊恐的衬比下，他的大胆、性钝的性格，显得格外突出。在《大人》这篇奇特怪诞的作品中，为要塑造一个力荷两虎、轻制巨妖的侠女子，作者并不让她先出场，而是把绝壑巉岩、虎豹鸮鸱出没无常的险恶环境渲染够，把"以手攫马而食，六七匹顷刻即尽"的巨人的可怖行为渲染够，把另一个更为有力的妖人渲染够后，这才把这位女子引出场。她一出现，就"于石室中出铜锤，重三四百斤，出门遂逝"。在一饭未熟的短暂光景中，她能杀败二妖，而且"追之数十里，断某一指而还"。其指竟大于胫骨。经过这样的衬比渲染，她的惊人的胆大艺高便显露得再明显不过，而且让人有一个生动的形象感。

当然，上面所列举的对比、衬照的例子、是肤浅的。因为这种写法并不难，以小衬大，以弱衬强，以怯衬勇……不过是比较一般化的衬比手法。《聊斋》中还有些更高明的衬比，要远比以上的例子深入细致得多。如《张鸿渐》中作者写了可爱、热忱的狐精舜华，与深沉地爱着自己丈夫的方氏，在思想性格上的差异，就十分精彩。这里，有充分的衬照和对比。但是，这种衬比因为写得含蓄、巧妙和具有多方面的意义，所以就不是那样直露。作品写张鸿渐两次回家，情况是这样，第一次：

……果见家门。逾垝垣入，见室中灯火犹荧。近以两指弹扉。内问为谁，张具道历来。内秉烛启关，真方氏也。两相惊喜，握手入帷。见儿卧床上，慨然曰："我去时儿才及膝，今身长如许矣。"夫妇依倚，恍如梦寐。张历述所遭。问及讼狱，始知诸生有瘐死者，有远徙者，益服妻之远见。方纵体入怀，曰："君有佳偶，想不复念孤衾中有零涕人矣。"……

第二次，作者这样写：

逾垣叩户，宛若前状。方氏惊起，不信夫归，诘证确实，始挑灯呜咽而出。既相见，涕不可抑。张犹疑舜华之幻弄也，又见床卧一儿，一如昨夕，因笑曰："竹夫人又携入耶？"方氏不解，变色曰："妾望君如岁，枕上啼痕固在也。甫能相见，全无悲恋之情，何以为心矣！"张察其情真，始执臂唏嘘，具言其详。

这两段返家，写得再动人不过。作者用意似乎写的倒并不完全是舜华与方氏的性格，但眼前的情景，一为幻化，一为实境，眼前两个方氏，一假一真，很自然要形成一个衬比。细心的读者，不难顺着作者构思的形象看出一狐一人的不同，看出作者创作艺术手法的高超。

第一次，迎接张鸿渐归来的是这样一个方氏：夫妻俩共同经受迫害、折磨的痛苦，她没有；离别后的思念之情，她没有；相见时恍若梦境的将信将疑的感觉，她没有；夫去家索，度日如年的煎熬之情，深怕又遭歹人凌辱的高度警戒之心，她没有；封建社会夫妇间说不出来的礼节约束，她没有。因此，这个方氏只能是个假方氏。特别是在她不甚经意的、随便的动作中，多少还透露一点狐媚之气，那就应该是假方氏真狐仙无疑了。细细琢磨真方氏则与此相反，她的动作行为完全是属于人的，属于一个对久别的丈夫有着深挚之爱的妻子的，属于一个中国封建社会历经苦难的妇女的。你看她一直在细致地盘问、察看、判断、动情、变色中，表现她的思想性格。确实，作为一个细心而有头脑，通晓利害而洞察细微，感情丰富而又内向，有卓识远见而不善外露的妇女的思想性格，就在这种比衬中被艺术地展示出来。这样的对比、衬照是多么丰富、生动、贴切、合理，多么有意义、有深度，多么的艺术，使人玩味无穷。

除了以人物衬人物、以性格衬性格外，蒲松龄还大量地写了环境、景物来衬照人物形象、人物性格。这方面的例子更是俯拾即是（过去拙文中在对《婴宁》《王桂庵》《黄英》等作品的分析时，已涉及这个问题），这里只挑选《连琐》作为例子吧。在这篇哀婉动人的作品中，作者写了个"十七暴疾殂谢"，二十余年来埋于"九泉荒野，孤寂如鹜"的少女鬼魂。作者喜爱她，同情她，为要把她写得更加动人，花费了不少心血。为使这个怯弱而纯真、多情而善感的少女形象更富有质感，作者似乎调动了一切因素来衬照她，其中也包括环境背景在内。因此，一开始，作者先从环境写起，那古墓，夜间白杨声萧萧如涛涌，给人一种凄凉、萧瑟的感觉。接着，又写一股细弱、委婉的诗吟声："玄夜凄风却倒吹，流萤惹草复沾帏"，其声哀楚动人。而且，反复诵吟，终不见绝。接着又见墙外渺无人迹，只见荆棘丛中有一条紫带。所有这一切，仿佛创造了一个有无限幽怨的鬼魂出没活动的时间、空间。"一更向尽，有女子珊珊自草中出，手扶小树，低首哀吟。"听人声，"忽入荒草而没"。真令人毛骨悚然。但这样的环境和这样一些客观形象，难道仅仅为了衬托出一个与人不同的可怕鬼影吗？显然不是。细细琢磨一下这一切情景，都在说明此地生活着的是一个有无限情思的"瘦怯凝寒"的少女鬼魂。她自己有性格，环境也在说明她的性格，陪衬她的性格。我们赞赏作者写得好，他把这个现实世界中根本不存在的鬼魂，连同她生活的空间，在这里渲染得这样若虚若实，似有似无，时隐时现。让你感到一种恐怖的逼真，同时也使你感到这里确实有吸引人注意的形象的性格和思想。这就是艺术特有的美。当然，这种手法对于成熟的艺术家来说，经常会巧妙地使用。蒲松龄应该属于其中上臻之列。

七

作为浪漫主义的作品,《聊斋》在创造性格上常常运用夸张手法。这种夸张,为的是把感情凝聚起来,形象集中起来,让想象飞升起来,因此,当然不单单是在集中提炼过程中的适度夸张,而是一种十分奇异的变幻。你看世上根本没有的妖魔精灵,可以和人构成深刻的矛盾,人的性格行为也可以被夸张到怪诞的程度。《聊斋》的浪漫主义的夸张,就是这样的夸张。而且,这种夸张几乎无处不在。这里无法详细地去论述它,只想就它对人物的本质力量的美的夸张,谈一点看法。

我们喜爱《席方平》《向杲》等作品中对人的刚毅、倔强性格的美的夸张,也喜爱《鸽异》《石清虚》乃至《书痴》中对执着人生、执着所爱的一切美的夸张。我们爱《阿宝》《阿绣》这样对人的美好灵魂,美好感情,其中包括爱情的夸张,也喜欢《梦狼》《崂山道士》中用美学的批判态度对丑恶的事物的夸张……它们虽然离开真实的现实生活已经很远,但却总是顺着人和事物的某些本质,向着同一个方向作合乎艺术情理的夸张。因此,可以打动你、感染你。像《香玉》这样的作品是美妙的。尽管人和花精相爱是多么怪诞荒唐,但却让读者相信,那白牡丹的花神香玉和耐冬树精绛雪,是人而不是妖。黄生爱她们,爱得合乎情理。因为,这些被夸张、渲染出来的爱情和友谊是这样的真挚、美好。特别是当黄生知道她们并不是现实生活中的人时,不仅深挚的爱情不减,而且要千方百计地来护卫她们的"原体",使她们不致被伤害。最后,黄生愿意在他日"寄魂于此,当生卿之左右",化为"赤芽怒生,一放五叶"的无花牡丹,在那里得到永生。这是爱情和友谊的永生,是"情之至者,鬼神可通"的夸张。虽说离奇,却十分优美。像《翩翩》这样的作品,也充满了美的夸张。被匪人诱去而作狎邪游的浪荡公子罗子浮,堕落到了宿娼嫖妓无所不至,以致散尽千金,染了一身溃臭的毒疮,而被社会无情地抛弃。生活的教训还不够吗？按理说，罗子浮应该从中悟出点人生的道理来。但是，他在遇上仙女翩翩拯救了他，给他以温暖和爱情之后，却故态复萌，常爱作非分之想。每当他邪念一生，"方悒然神夺，顿觉袍袴无温，自顾所服，悉成秋叶，几骇绝"。转而邪念去，复归平静，又渐变如故。可是，一遇机会，"突突怔忡间"，则衣又化为叶。作者这样的夸张是新奇的，但是却寓存了一定的幽默和讽刺，让你感到对这种轻薄子弟的得陇望蜀的浮浪性格，就是要它没有任何遮饰赤裸裸地暴露出来。夸张的意义和作用就在于兹。因此，是隽永而有魅惑力的。使你感到，虽同样离生活的真实较远，但仍然有真情实感，因为，作者已经把比较正确的美学态度放在形象之中，所以被夸张的形象便会在最大的范围内，使你感到本质的真实。

说到这里，使我记起一些很有意味的小作品，它们也自首至尾充满着艺术的夸张。如《禽侠》，它写了一个鹳受蛇的欺凌，求救于大鸟，大鸟与蛇搏斗，杀蛇而去的故事。这是人世间拯弱惩凶的正义行动在这里曲折的艺术反映。夸张的手段成功地帮助完成这样一个艺术任务。《鸿》中，写一个戈人得雌鸿，雄鸿哀鸣翱翔，并衔金"赎妇"的故事。在这里，作者显然要把悲莫悲于生别离的人的感情，在禽鸟身上体现出来，说明这是人和许多动物所咸备的。相比之下，人之无情、无品，岂不是连禽兽都不如吗！这种夸张在这里也是"真实"的，因为，赞成与反对的态度十分鲜明。所以，一旦它与理想和审美作用结合在一起时，就会给人以更多的东西。另外，像《二班》《苗生》之类的作品，也是写得很出色的。它把人的性格和虎的特性糅合在一起作为夸张了的形象。班爪、班牙兄弟的"容躯威猛"，但待客殷勤、礼貌周全，性格粗莽，质朴诚实，有情有义，知恩必报。这样的人固然可爱，这样的虎也很可亲。难怪但明伦要评论说"人皆憎虎、畏虎、避虎而不敢见虎，不愿有虎，不自知其有愧此虎。盖虎而人，则力求为人，故皮毛虎，而心肠人。人而虎，则力学为虎，故皮毛人而心肠虎。

虎不皆具有人心之虎，然人咸以其虎也而远之、避之，其受害犹少；人或为具有虎心之人，则人尚以其人也，而近之、亲之，其受害可胜言哉！"他的这段体会未必全对，然而，把它作为作者在虎身上所作的人的本质特征的夸张来理解，未必没有一点艺术上的道理。读了《二班》，再看《苗生》。那粗犷任性、热情豪爽、不作假，不容人的伟丈夫苗生的形象，一定程度上，也可以说是人与虎的性格特征的胶合。而"夸张"便是在这里的"胶合剂"，这种"胶合剂"在《聊斋》中不可缺少。离了它，《聊斋》的浪漫主义特色就不复存在了。

八

结束全文前，还要把创造有性格的人物形象的另一种艺术手段——渲染，说一说。渲染在作用上可用来烘托、照应、铺垫、对比和创造出一种十分必要的气氛。当然，这不能一概而论，更不能把它看得一成不变。不管怎么说，这种艺术手段的意义和作用不容忽视。蒲松龄的小说之所以这样优美，借助于渲染来描绘形象的地方是不少的。如《阿纤》是描写老鼠精与人相恋的故事。这里，阿纤一家三人，虽然都是鼠精，却都相当善良、真诚，遭遇十分不幸。作者寄同情于他们。因此，并不愿意直接去描述他们是鼠的精灵，只从这家的邻居的嘴里得知他们住过的地方一向无人，只有在"第后墙倾"时，"则石压巨鼠如猫，尾在外犹摇"。但是，为了要让读者从作品中能有趣地感到这一点，要在他们的环境、行为、动作上作一些渲染。于是以阿纤家的堂无几榻，吃饭时，只有足床、短足几。饮食虽"品味杂陈，似所宿具"，为了殷勤招待来客，则"拔来报往，蹀躞甚劳"，家里无甚财产，尚有储粟廿余石等，侧面加以渲染。阿纤本人也是"窈窕秀弱，风致嫣然"。入门后，则"昼夜绩织无停晷"……都可以看出作者是把鼠的动作特征作人化了的渲染。

《绩女》中的绩女，是一个"偶堕情障"的狐仙。作者要把她写成既是人又是仙。于是调动他的彩绘的笔，对她进行渲染。他一方面从正面渲染她穿着不凡，遍身异香，还从七旬老躯的所见、所闻、所思、所感和从费生被其"意眩神驰"中来加以映托。这样，一个活生生的"以色示人"的狐仙形象，便在我们面前站立起来了。

当然，像《聊斋》这样龙腾蛟舞、波谲云诡的浪漫主义小说，可以尽心尽意地去渲染。因此，渲染在这部作品中不是可有可无，几乎通篇皆是，像《仙人岛》《罗刹海市》《晚霞》之类的作品，简直不能须臾离开。看那《晚霞》，从写五月五日吴越间赛龙舟开始，就进入尽情渲染赛舟之奇、赛舟卖艺者之苦。其中男主角，操此业的少年蒋阿端，入水被溺，进入龙宫。于是又写龙宫的瑰丽、壮观的舞乐，写阿端与舞伴晚霞的相识、相恋，写他们相爱的欢乐，被森严的礼法所制的痛苦。写他们相继逃出龙宫，在人间又遭迫害。这里写人物命运变化的任何一步，都是有着由强烈的艺术渲染所创造出来的绚丽的色彩。

总之，美的渲染得更美，丑的渲染得更丑。对人物作艺术渲染的种种手法，在《聊斋》中几乎都已经具备了。

《聊斋》在塑造形象、描绘性格上，有许许多多的艺术特色可供我们总结。但因方面很多，也就很难概括得完全。特别是真正体会它的长处，一定要深入许多作品中去作细致的挖掘，这一点因笔者水平不高，篇幅也不允许，只能留给《聊斋》的爱好者们自己去完成，真正的真知灼见，也必定在那里。

浅谈《聊斋志异》的艺术心理节奏美

《聊斋志异》(以下简称《聊斋》)是一部奇丽的文言短篇小说集,它的出众,体现在难以尽说的艺术表现的诸多方面。其中也包括它有鲜明而感人的艺术心理节奏美。它的艺术创造美既新颖而又合乎美的韵律,那节律的和谐、富于变化是它美的一种体现。

一

《聊斋》是短篇小说的汇集。因此,小说篇与篇间存在着变化的美。这种变化着的美,也体现在节奏处理的不重复性上。

这种节奏美既体现在它所构成的情节展叙的起伏里,也体现在作品对人物思想性格的蕴含的描写中。正是由于这些,它的美的节奏足以唤起读者审美心理上良好的节奏感。

节奏,原见诸音乐,说的是音乐在演奏中或作或止,或节或奏。世间万物运动的过程中,常有或作或止,既有连续性、又有间歇性特点。这种变化着的节律性,也反映在文艺作品之中,《聊斋》便是如此。在它所展示的情节推进中,有着节律性的流程美,又有人物思想、性格乃至于心理状态的变化流程美。这种变化,常常表现为或起或伏,或高或低,或抑或扬,或强或弱,或快或慢,甚至时有时无,形成一种起伏性的艺术特色。我们在这里不去阐述情节上的变化,而要着力探讨的是人物心灵的变化。情节是人物性格发展的历史,而思想性格又是人物的情感、情绪、意志等诸多心理特征的基础。

在心理学中,讲情绪、情感与感情,总指出它们间有一定的差别,在艺术中会以不同的形式加以表现。我们现在就由《聊斋》中所描绘的人物心理的状态作一些揣摩和描述。然而，在小说中，对人物的心理上、情感上变化的描写较为明晰，而对于节奏的变化却没有明确的示意。人们只能通过对人物心理、感情的揣摩，去体察人物的心理流程中的节奏感，通过人物情感的变化，看到他们的行进轨迹，认识其心灵的流程。

二

在观察人物形象心理变化过程中，首先应提及的是人物对客观事物的认知过程，即人对客观对象的艺术反映上的感知、思维、想象、记忆、思考等心理流程上的变化方式。人物在认知上有着感情的多样变化，会形成一条心理节奏的曲线。例如《张鸿渐》中写了张鸿渐在认知过程中的两次感情上的节奏流程，一次是张鸿渐与狐仙舜华相识、相恋的过程所表现的心理流向，另一次是由遁逃，经历了与舜华相恋后与妻方氏相聚，他们的心理变化过程。这两次认知过程都写得近情近理，写得可感、可思，具有很强的艺术美的感情力量，使我们感受其节奏上的特色。

人物心理节奏的行进是很细微的运动轨迹，需要借助于较具体的描述，才能将它的表现开掘出来。例如在《张鸿渐》的故事中，主人翁的感知上的两次节奏性变化。

主人翁张鸿渐无意中参与了当时反官府的政治斗争，事发，他离家逃捕。张是一个忠厚老实、懦弱怕事的知识分子。他急急慌慌地离家出逃，行至凤翔县，天色已暮，而无落脚之处，心中之惶惶不安，可以想见。作品这样提示道，"日既暮，踟蹰旷野，无所归宿"。正在此时，作者用六个字来写他的感觉："欻睹小村，趋之"。"欻睹"两字写出他的意想不到的突然感觉，自然会喜出望外。他匆匆前往，趋之，而杂乱不宁的心绪形成的节奏，暂时得到镇定、平复。而"老妪方出阖扉，见生，问所欲为，张以实告"。借宿遭拒，平复的情绪又起新的微波。妪曰："饮食床榻，此都细事，但家无男子，不便留客。"张曰："仆亦不敢过望，但容寄宿门内，得避虎狼足矣。"张说的是实情。"妪乃令人，闭门，授以草荐。瞤目：'我怜客无归，私容止宿，未明宜早去，恐吾家小娘子闻知，将便怪罪。'"张心头微起的波澜又一次得到平复。"妪去，张倚壁假寐。"劳倦之后，何以却要假寐？定是心绪不宁。一是逃捕烦乱的思绪，加之老妪拒他入门时也曾两次提到"家无男子"，"恐小娘子闻知"，意即留他住宿极不方便。这一切均可以引起他的好奇心理，而这种心理又无以表现，只体现在"假寐"上。这种无更大行动的心理节奏，仍仅仅是心理上的微澜。正说着时，"忽有笼灯晃耀，见妪导一女郎出。张急避暗处，微窥之，二十许丽人也"。这么几句描写，写出了人物对新鲜事物的认知过程，在暗处自然是先见耀眼的笼灯之光，在光亮处易见持灯而来的两个人物，当用心一窥，才见其中有一位二十许丽人。这种观察的逻辑，既细腻又合乎观察的过程，同时，又写得极其简洁。开始映入眼帘的就这么几步，也未及细细察看。张生的心理状态也就勾绘得一清二楚。而笔头一转，不去再写张生，却去写女郎之见草荐，才诘妪，妪以实告之。"女怒曰：'一门细弱，何得容纳匪人！'即问：'其人焉往？'……女审谛帮族，色稍霁，曰：'幸是风雅士，不妨相留。然老奴竟不关白，此等草草，岂所以待君子！'"一切语言、表情的描写，很能映出人物的内心感情上的变化。如绷紧的弦，得到松弛，心理节奏就是如此行进着。继之，女又命妪引客入舍罗酒浆、设锦裯于榻，张生甚德之，在情绪上如此放松之余，才敢私询其姓氏。妪劳毕去。"张视几上有《南华经》注，因取就枕上，伏榻翻阅。"在百无聊赖中，更融入一点洒脱的超然。当此时，"忽舜华推扉入，张释卷，搜觅冠履"。作者在这里写出了颇有性格化的动作，一"忽"入，慌乱之状可见。使趋于舒缓的感情节奏，又出现了一个小小的突兀的节奏变化，需要接应。女"因近榻坐，腆然曰：'妾以君风流才士，欲以门户相托，遂犯瓜李之嫌，得不相遐弃否？'"说得诚笃。张是无任何准备地应对着，"但云：'不相诳，小生家中，固有妻耳。'女笑曰：'此亦见君诚笃，顾亦不妨。既不嫌憎，明日当烦媒妁。'"这几句简短的对话，表现出两个人物的鲜明个性。一个是一步紧似一步的大胆追求，一个是恐惶的步步退却。而有趣的是张生心中充满着矛盾，他经受不起大胆的诱惑，待女言已，欲去。张则"探身挽之，女亦遂留。未曙即起，以金赠张"。至此，生与女的相识、相恋的过程，大体完成。而节奏的行进，时起时伏，时而舒缓，时而急起，映托着人物的心理变化，十分耐看。女嘱张"向暮，宜晚来？恐旁人所窥"。张如其言，早出晚归，半年以为常。一日"归颇早，至其处，村舍全无，不胜惊怪。方徘徊间，闻媪云：'来何早也？'一转盼间，则院落如故，身固已在室中矣，益异之。舜华自内出，笑曰：'君疑妾耶？实对君言：妾，狐仙也，与君固有夙缘。如必见怪，请即别。'张恋其美，亦安之。"如此这般的情节变化，揭示了两个人物的心理嬗变，并由此引起节奏的跃动。一张一弛，时起时伏，写得有声有色，确实是很高明的艺术描写，也是很成熟的心理节奏的展示，由此勾勒出一个动人的节奏的行进曲线。既然张恋女美，亦安之，心理行进曲线，无以为继，而一夜，生调女曰："卿即仙人，当千里一息耳。小生离家三年，念妻孥不去心，能携我一归乎？"女回答得很干脆，又颇带感情，她"似不悦，曰'琴瑟之情，妾自分于君为笃，君守此念彼，是相对绸缪者，皆妄也！'"虽是谴责的话，也仍动之以情，晓之以理。张谢曰："卿何出此言？谚云'一日夫妻，百日恩义。'后日归念卿时，亦犹今日之念彼也。设得新忘故，卿何取焉？"女乃笑曰，"妾有偏心：于妾，愿君之不忘；于人，愿君之忘之也。然欲暂归，此复何难，君家咫尺耳。"这段真诚的对话，活托出两个人物的不同性格，一攻一守，一个逼近，一个退却，画出了两个人物在感情碰撞上所引起的艺术节奏变化。

上面所引述的张鸿渐与舜华相知的整个过程是蓦然相见，未期的相识、奇异的相诱、坦诚的相离。这个离奇的情节变化曲线里，贯穿着对两个人物思想性格的真实可信的描写。同时，伴之以可感的艺术节奏的跃动。作者把以上三个方面写得声情并茂、丝丝入扣。

《张鸿渐》中第二次写张的认知过程，即返家与妻团聚时的认知。这次认知，情感上必然是亦喜亦悲的。夫妇感情极笃的情势下，被逼迫地硬要分别数载再相聚，两人的心理感情都十分复杂，有离别之苦带来的悲，夫妻团聚的喜，仍怕官司未平的惧、忧，以及看到情景变化的惊，但这么许多感情因素全都融在相聚的片刻之中，其浓烈的程度，似可见矣！但第一回的相聚，竟是舜华所幻弄的假象，使张生受骗上当。第二回与妻方氏真的相见，除这些感情之外，张生仍具很高的戒心，深怕再一次被诳骗、戏弄。这种忧惧之情，更胜于前一回，加之里中恶少久窥方艳，盯梢张生，并胁之以"张鸿渐大案未消，即使归家，亦当缚送官府"。方氏苦苦哀求之下，甲犹狎逼，迫使张怒不可遏，"把刀直出，剁甲中颅。甲踣，犹号，又连剁之，遂死"。这二回相聚的心理描写，既新奇而又别有情趣。就心理节奏而看，二回都是在强烈、猛烈的升的节奏中进行。即使在二回之间，有一个短暂的下跌，即舜华告之以那是自己的幻弄，舜华之乔装方氏曰："'君以我何人也？'张审视，竟非方氏，乃舜华也。以手探儿，一竹夫人耳，大惭无语。女曰：'君心可知矣！分当自此绝矣，犹幸未忘恩义，差足自赎'"。第一回的百感交集的感情节奏，高举难下。作品中虽未明显写出认知感情不得平复的内心纷乱的情境，但作品中略有提示的是"过二三日，忽曰：'妾思痴情恋人，终无意味。君日怨我不相送，今适欲至都，便道可以同去。'"其意中透出这种思念与妻孥相聚的心理波澜，未得平复。并且舜华真心把张鸿渐送至故里才有第二回更为强烈的情绪波澜。

我们之所以选择张鸿渐故事来看《聊斋》描写的心理节奏，不仅因为它具有很强的奇幻性特点，而且有丰富的、变化莫测的节奏构成。那节奏总是紧紧与人物心理感情相伴着，使我们得到认识，受到感染，尤其在与妻相聚中的内心跃动，从疑惑、判定、再疑惑、再判定的数升数降的心理变化，给欣赏者以流动着的审美兴昧，和把握得住的感情内蕴，去体味那美的节律。

三

如果说人物的认知过程，偏重于人对客观事物在人物心境里映象的不同变化，那么情感和意志的表现过程，则偏重于人物主观心理素质在反映时的自我体验和对认知过程的调节、控制的变化。文学作品主要的描写对象，即在于写人。自然不单单在写人物外貌形象，而重要的在于写出人的丰富、复杂的内心世界、感情世界。如果说认知过程也是一个人的感情世界的展露过程，认知不过是引起人感情波澜的一个由头。自然，不是人们感情激荡的全部表现。而像《聊斋》这样美不胜收的文学作品，写人物的感情，表现感情变化，定然是五彩纷呈的。其中写过许多由爱恋所引导出来的感情世界，即男女的至死不渝的情爱。也写过一些人钟情于物的强烈感情，如爱石成癖的《石清虚》，爱书成癖的《书痴》，爱鸟成癖的《鸽异》，爱花成癖的《黄英》《葛巾》等，都有由爱转成痴的种种人物形象，即由爱成癖的极强烈的感情色彩。除了写爱的感情世界外，还有写它的反面的恨、怒的感情世界，即复仇之怒、反抗之怒的作品，也都是以浓烈的色彩，显现于人们面前。如《促织》《向杲》《商三官》《侠女》，都以其感情的强烈，打动读者的心。也可以说由不同的感情含蕴，引起感情的猛烈变化，形成一种强有力的节奏变化。特别要提到的是《聊斋》写了许多表现男女爱情的篇什，大都十分出色。例如《王桂庵》《婴宁》

《娇娜》《青凤》《黄英》《晚霞》《聂小倩》《红玉》等，我们不可能一一来探究其人物的心理节奏，也不可能充分地一一展示她们的浓烈的感情涵蕴，这里仅举《王桂庵》一篇为例。篇首这样写道："王樨，字桂庵，大名世家子。适南游，泊舟江岸。邻舟有榜人女，绣履其中，风姿韵绝。王窥瞻既久，女若不觉。王朗吟'洛阳女儿对门居'，故使女闻。女似解其为己者，略举首以斜瞬之，俯首绣如故。"作品开始就写得很美，环境美，人物形貌美。王桂庵相中了这么一位出身寒微的榜人女，并已开始了他的追求。然而，毕竟两人并不了解，爱的情感虽然炽热，但只是相思，单方面的追求，表现得还是微弱的爱。虽然王已"神志益驰"，女听他吟诵王维的一句诗，知道他是个读书人。当王为表达自己爱慕之情，居然以金锭一枚遥投之女所在之舟。女见为金，"拾而弃之"，女对王以掷金表示爱情，颇不以为然。王又以金钏掷之，"女操业不顾"。女从这一连串动作中始感王有真心，而并无更深的了解。从情感色彩而言，一方似表现得浓烈，另一方则需察看，即使微有所动，还需进一步考验、了解。节奏虽已高起，显出的只是在微弱的震动中的起伏变化，没有形成大起大落。因此，在这样的心理节奏下，转入相见之苦的折磨中，当他返家"心情丧惘，痴坐凝思"，他的渴求、思念、悔不即媒之，和悔失询其姓氏，内心的躁动不宁，使他行进在无行动的骚动型的心理流程中，而女则处于归家等待中。王被思念之苦折磨得"寝食皆萦念之。逾年复南，买舟江际"，沿江细访、查寻，仍渺无音耗。"居半年，资罄而归，行思坐想，不能少置。一夜，梦至江村"（"一夜"两字，节奏速转，梦则产生奇异强烈的行动），"过数门，见一家柴扉南向，门内疏竹为篱，意是亭园，径入之。有夜合一株，红丝满树。隐念诗中'门前一树马缨花'"。登堂入室，见一粉黛微呈的女郎，即朝思暮想之人。"方将狭就，女父适归，倏然惊觉，始知为梦"，节奏忽陡转。王秘之不宣，又历年余，再适镇江。"误入小村，道途景色，仿佛平生所历"，果见女。两人相见，备述相思之苦。女则审其家世，女告之务请倩冰委禽，"若望以非礼成偶，则用心左矣。"王仓促出，女遥呼，告之以自己的姓氏，而两相爱慕之情滚动在字里行间。这一段心理描写，似有大起大落，那起落在意外所得，而又为理智所阻，形成很强烈的感情波澜。女与生的相恋、相爱，始终行进在似梦非梦的奇幻境界中。作者用巧妙的艺术构想，笔酣墨畅地写了情与景，渲染两个爱恋的艰辛，表达了感情的曲折。总体来看，用了段较长的节拍，在倾诉爱恋之情的难为。虽然其间有些快速的节律化变化，这种起伏推进着心理变化的行进速度，由于有了这等节奏，才能很成功地再现情节的跌宕，和再现感情的激烈性变化，使爱恋之情在经历着爱—悔—恨—忧—喜的曲折中运动着。女之躲躲闪闪，更能映托生的追求的良苦。写爱情中的感情力量写得好的作品有许多，在渲染那股力量上，总多曲折，总多起伏变化的节奏特色。

四

文学作品除了展开人物对事物、对人的认知过程及其他缘由引起的感情过程外，往往要描写出人物心理上的意志力量。那意志力量所体现的坚定性、持久性，也是构成人的强烈感情的原因。《聊斋》中写了许多人物有较强的意志。例如写了情痴，写了爱石或写了书痴，写了爱其他物痴等。均表现出作品中人物所执着自己的所爱，爱得坚定，爱得百折不回。这种意志力的表现有它形成和发展的过程，感到人物感情的力度外，也看到人物的品质、精神、气质、风貌。心理学中这样解释意志力：人们为达到既定目的而自觉努力的程度和坚强的意志品质，总是成正比的。人的意志力表现在人自身的行动过程中，当人们的目标确定以后，根据既定的目标，自觉地调动和支配自身的行动，而且表现在克服困难上的自信力和毅力。而这种坚定的心理特征，可以形成一种使别人感觉得到，认识得了的意志力。这种行动的动机的展示过程及行动的努力坚持的过程，总表现出很强的性格的力度。遇困难而退却、遇摧折而退却的劲头，就是缺乏意志的表现。只有在百折不回中，遇难而上中看出人物意志的强弱。意志力的表现定与其目标的大小有关，也与实现目标的艰辛程度有关。意志力在展示过程中起主要作用的是人的自觉运动的自制力，这种意志力的运动大体有两种势态：一是由弱到强，一是由强转弱，在这弱弱强强中才显出意志的力度。在强弱的演进中，显现心理节奏的美的流程。

在爱情的篇什中，《王桂庵》是出色的一篇，还有《阿宝》，很突出地描写了孙子楚对阿宝的钟情，虽历经曲折而念念不忘。为了追求爱情，他以斧自断其指。女言去其痴，孙自言不痴。见阿宝，痴立故所，呼之不应，魂随女去。返家，"直上床卧，终日不起，冥如醉，唤之不醒。家人疑其失魂，招于旷野，莫能效。……生见女去，意不忍舍，觉身已从之行，遂从女归。……生卧三日，气休休若将渐灭。"后"生自念倘得身为鹦鹉，振翼可达女室。心方注想，身已翩然鹦鹉，遽飞而去，直达室所。他人饲之不食，女自饲之则食；女坐，则集其膝；卧，则依其床。"生以魂寄于鸟体，而自体则僵卧气绝。女知之，乃视曰："君能复为人，当誓死相从。"鸟云："诳我。"女乃自矢。"女束双弯，解履床下，鹦鹉骤下，衔履飞去。"

故事的奇幻神异，无与伦比，借此，对作品中人物情痴的渲染，爱之专注，无以复加。在《聊斋》中，不仅写爱情的故事，有这等志不予夺的描写，还有以除暴为内容的《向杲》中身化为虎和《促织》中身化为蟋蟀。后者为了反抗横征暴敛，走投无路，主人翁成名之子，身化蟋蟀，敢与天下所贡的最佳促织搏斗，甚至敢与鸡相搏击。一般而言，表现强烈意志的作品，其节奏总有很强的力度，急起急落在《向杲》与《促织》上，表现得十分明显。然而，与这样作品略有不同的如《崂山道士》中的王生，家世没落，别妻抛家去崂山为道，冀盼学得一技可以成仙飞升。当道师当头棒喝："恐娇惰不能作苦。"他回答也颇干脆："能之。"似乎也有较强的意志。一月之后，"不堪其苦，阴有归志"，意志力锐减，前后落差很大。前面的意志是虚的，经受不起真正的考验，而那节奏上缺乏强劲的力度。再一次，他看到道师剪纸作月，与嫦娥共乐的仙境仙韵时，他那早已泄了气的意志，仿佛又要重振旗鼓，欣慕不已，而"归念遂息"。即便是那表示他求强的意志之中，总渗入虚弱的成分。由节奏来看似为虚起而实殒。越一月，又"苦不可忍"，老道士并不传授一术，心不能待。求师略授小技，"抵家，字诩遇仙，坚壁所不能阻。妻不信，王效其作为，去墙数尺，奔而入，头触硬壁，蓦然而踣。妻扶视之，额上坟起，如巨卵焉。妻挪揄之，王惭忿，骂老道士之无良而已。"至此，意志所能表示的节奏，起起落落，强强弱弱，顿然全无。

在这个人物身上所表现的意志节奏是与人物情绪的喜、厌、贪、怒的节奏平行前进。我们在谈作品中人物心理节奏时，列举了认知、情感、意志的三方面间的节奏变化，这三个方面的感情节奏流程，是内在的节奏特征。它们往往都是由节奏发展的内在矛盾冲突，或人物的思想、性格所决定了的节奏的内蕴。人物内在的心理节奏形式，远不止这三种，而它们也多不是孤立运行的，而是与其他两种，或明或暗，或显或隐地交织着在波动。其中，情感节奏最为重要。一是因为情感运动的两相性，最易形成强烈的节奏感；二是在人们的心理和动作中，情感是一种强大的内动力。就像我们最容易感受躯体里心脏律动的节奏一样。可是，作品中最容易使人感到的是人物心理中的情感律动的节奏。因之，人物感情起伏、张弛的波澜，对人物心理节奏的形成起着决定性作用。

最后，仍须强调指出，人物心理节奏变化，是相当内在的特征。人们往往只能通过情节节奏及对人物感情世界的剖析，揣摩到、把握到。电影美工师韩尚义先生曾在一篇题为《节奏——艺术的感情》一文中这样说：

> 节奏的元素我想不外乎是距离、强弱、反复、曲折、缓急、间歇、变化、停顿、明暗、动静等。……节奏能增加人物和事件的气势，节奏能烘托矛盾和冲突。由于节奏的磅礴和轻灵，才激起人们心灵上的震动和激荡。

作者是依据那些节奏构成的元素，唤起读者审美心理上的节奏感。形成感情上的共鸣，《聊斋》就有这等水平，即具有这等艺术魅力。

字字珠玑，声声铿锵
——《聊斋》的语言美

文学是语言的艺术。语言对于文学来说，是重要的表现手段，是"第一个要素"（高尔基语），因此，关于《聊斋志异》的语言特色是应该再作探讨的，虽然在《用传奇法，而以志怪——中国文言短篇小说的发展和〈聊斋志异〉的继承创新》一文中，已把它拿出来和历代文言小说作过一些比较，总觉得还有一些话要说。

今天的读者，从《聊斋志异》中可以学到许多东西，其中很重要的一项就是学习作者的语言。尽管它运用的是文言，但是，就其发挥文学这种语言艺术的特色来说，无疑是达到了很高的境界，使人感到它确实是形象、生动、准确、贴切、鲜明的美的语言。

（一）用文言来从事小说的创作，长处也许是简练又含蕴，短处是离人民生动丰富的语汇有很大的一截距离。因此，有可能削弱它的艺术表现力。但是《聊斋》尽最大努力克服了它的短处。它给人的第一个强烈印象是凝练、含蓄。它的每篇文字是不多的，但无论志人、状物、写情，都能曲尽其妙，耐人寻味。例如《镜听》，不过三百字的一篇小小说，写得短小隽永、幽默有趣，寥寥数语便剥下家庭关系中虚伪的情感、道德礼教的维系，嘲讽了那种一切均以利、禄为衡量尺度，连"骨肉之情"也标上低廉的价码出售的可恶"世风"，写出了封建知识分子之所以为取功名富贵而神魂颠倒、似疯似魔，其根源即有了功名即有了一切，没有功名，就失去了一切。从而，深刻而又艺术地揭露了科举制的弊害。作品写了郑氏兄弟俩和妯娌俩的不同遭遇。兄弟二人，只因为一个早已知名，一个落拓无为，他们在家里的地位便迥然不同。"闱后，兄弟皆归。时暑气犹盛，两妇在厨下炊饭饷饼，其热正苦。忽有报骑登门，报大郑捷。母入厨唤大妇曰：'大男中式矣！汝可凉凉去'，次妇念恻，泣炊。俄又有报二郑捷者。次妇力掷饼杖而起，曰：'侬也凉凉去！'"短短数语，有情有景，有对白有动作的描述，实在是再经济不过。特别是最后，次妇的"力掷饼杖"的动作和"侬也凉凉去"的独白，把激愤之情活灵活现地表现出来。要言不烦，似乎再不能比这样更简练了。文学语言的运用，达到了如此程度，实在令人惊叹不已。

（二）作为文学语言，除了精练而外，很重要的是生动、具体而可感，也就是要有鲜明的形象性。这个特点，在《聊斋》中，同样也是很突出的。蒲松龄很懂得他创作的是艺术作品，要让读者通过形象进到作品中，能有如见其形、如闻其音、如入其境的艺术效果，就不可能须臾离开形象的描绘，就不能没有形象化的语言。例如，有一作品叫《雷曹》，写一个姓乐的书生，很讲信义，曾竭尽全力帮助已故同窗的妻、子，同时，对雷曹也有"一饭之德"。雷曹为报知遇之恩，邀乐上天一眠。作者的笔随着故事的展开，进到对天际的描写。人们知道，关于天体的描写，在中国古典作品中是五光十色、丰富多彩的。但是蒲松龄笔下的这一切又别开生面。他不仅要把作品中的人物引到天上，也要把读者的想象引到天上。于是就出现这样的描写：

少时，乐倦甚，伏榻假寐。既醒，觉身摇摇然，不似榻上，开目，则在云气中，周身如絮。惊而起，晕如舟上。踏之，软无地。仰视星斗，在眉目间。遂疑是梦。细视星嵌天上，如老莲实之在莲也，大者如瓮，次如缶，小如盎盂。以手撼之，大者坚不可动，小者动摇，似可摘而下者。遂摘其一，藏袖中。拨云下视，则银海苍茫，见城郭如豆。愕然自念：设一脱足，此身何可复问。俄见二龙夭矫，驾缦车来。尾一掉，如鸣牛鞭。车有器，围皆数丈，贮水满之。有数十人，以器掬水，遍洒云间。忽见乐,共怪之。乐审所与壮士在焉,语众曰:"是吾友也。"因取一器投乐,令洒……乃以驾车之绳万尺掷前,使握端缒下。乐危之。其人笑言:"不妨。"乐如其言,飋飋然瞬息及地。视之,则堕立村。绳渐收入云中,不可见矣。时久旱,十里外,雨仅盈指,独乐里沟浍皆满。归探袖中,摘星仍在。出置案上,黯黝如石;入夜,则光明焕发,映照四壁。……正视之,则条条射目。一夜,妾坐对握发,忽见星渐小如萤,流动横飞。妾方怪咤,已入口中,咯之不出,竟已下咽。

　　这段描写,且不说想象的大胆奇特,浪漫主义色彩的浓重,就以语言的形象化而言,也实在值得为它大书一笔。你看它刻画精细,比喻贴切,似乎把读者带进了繁星杂聚的缥缈的云海间。那如莲蓬之实,如瓮、如缶、如盎盂的大小不一的星斗,使你伸手可掇;那如鸣牛鞭的雷声,清晰可闻;还有那雨水如二龙驾车置器,贮水,掬之遍洒,则人间沟浍皆满。读后,也会在我们眼前浮起一个动人的形象。蒲松龄就是利用人们熟悉的事物结构起神奇的景象,用很恰当的语言把他的美妙的想象形容出来。这种不入俗套又有实感的语言,真把天上的情景写活了。读起来自然流畅,推敲起来又仿佛经过字斟句酌。确实充分发挥了精美的语言艺术的特色。

　　(三)正因为蒲松龄的语言十分形象,因此,语言的个性化就出现了。所谓个性化,在这里似乎包括两重意思:第一,通过语言描述,作者的创作个性、风格特征显示出来;第二,在描写过程中,小说中人物的个性特点,也被显示出来。

　　蒲松龄的语言个性是精练、含蓄之中带有他自己的隽永、俏皮、幽默、饶有风趣和充满感情色彩。我们不妨举《胡四娘》来作为一个实例。这篇作品中写了穷书生程孝思娶胡银台的四女,可是因为他出身贫寒,加上四娘又是庶出,因此,在妻家地位就很低微。"群公子鄙不与同食,仆婢咸揶揄焉。"一家主仆,全以异样的极势利的目光来看待这夫妇俩。这事，连四娘的婢女桂儿都看不过，深深为之不平。她就说："何知吾家郎君，便不作贵官耶？"下面作者便描写了一场唇枪舌剑的激烈搏斗，那四娘的二姐：

闻而嗤之曰："程郎如作贵官，当抉我眸子去！"桂儿怒而言曰："到尔时，恐不舍得眸子也！"二姐婢春香曰："二娘食言，我以两睛代之。"桂儿益恚，击掌为誓，曰："管教两丁盲也！"……会公初度，诸婿皆至，寿仪充庭。大妇嘲四娘曰："汝家祝仪何物？"二妇曰："两肩荷一口。"

寥寥数语，神情毕肖。在这尖刻的语言中，冷暖的世态，寡薄的人情，于字里行间清晰地透露出来。接着，蒲松龄写到程孝思发迹以后，一切均变，那号人便完全换了一副脸孔，一起拥了上来。"申贺者，捉坐者，寒暄者，喧杂满座。耳有听，听四娘；目有视，视四娘；口有道，道四娘也。"那帮人的先骄后谀的无耻丑恶嘴脸，在简短有力的排比句中得到最充分的展现。同时，作者的语言个性，也这样自然而然地表现出来。

小说中的人物语言，是要个性化的。从上面所列举的一些例子可以看出，凡是有对话、独白的地方，"是能使读者由说话看出人来的"（鲁迅语）。也就是说，什么样人会说什么样的话。那些话，符合人物的阶级地位、文化教养、心理状态和特殊处境。《阎王》中写了一个悍妇，百般虐待侍妾。小叔子上来劝说，她勃然大怒，连骂带数落，想把小叔子赶回去。她说："小郎若个好男儿；又房中娘子贤似孟姑姑，任郎君东家眠，西家宿，不敢一作声。自当是小郎大好乾纲，到不得代哥于降伏老媪！"小叔于微微一笑，说："嫂勿怒，若言其情，恐欲哭不暇矣。"他嫂子一听，气急败坏地说："便曾不盗得王母箩中线，又未与玉皇香案吏，一眨眼，中怀坦坦，何处可用哭者！"几句对话，把一个善良、文雅、有气度的李生的性格，和这位凶横、狡诈、粗野泼辣的悍妇的性格，惟妙惟肖地刻画出来了。

（四）为了使语言有个性和有风格，蒲松龄在选择词语是十分灵活和巧妙的。一般来说，他的语言相当雅致，但是在必要的情势下，却不避通俗和粗鄙。目的还是要符合人物性格和故事情节，而且更能突出"活"字、"巧"字。

在《仙人岛》中，作者写了一段芳云、绿云姐妹俩，拿那位心气颇高、相当自负的书生王勉开玩笑。作者为要使这样的人物出点洋相，所选择的语言是极有趣的，读后，令人忍俊不禁。如王慨然吟诵自己的得意新作，其中有这样两句："一身剩有须眉在，小饮能令块垒消。"芳云就低声"批注"说："上句是孙行者离火云洞，下句是猪八戒过子母河也。"当王述水鸟诗说"潴头鸣格磔……"而忘了下句时，她悄悄向妹妹嘀咕说下句是"狗腚响弸巴"。王生感到惭愧，于是拿出他的臭八股文，以炫耀他的本领，在诵到得意之处"兼述宗评语，有云：'字字痛切'"，绿云告诉父亲说："姐云'宜删"切"字'"，又说"姐云'羯鼓当是四挝'。"最后，把芳云告诉她的话，对大家说："去'切'字，言'痛'则'不通'。鼓四挝，其声云'不通又不通'也。"这段对话，对那号穷酸书生的嘲讽是极其辛辣的，看起来鄙俗粗鲁，而这种语言的选择设计构思，是经过一番严肃认真的推敲的，因此，显得相当活泼、生动和巧妙。在《鸟语》中，作者用语言来描写黄莺、皂花雀、杜宇的鸣声，群鸭的鸣叫声，给人以十分形象的感受，同时，又给人以有意义的联想。如鸭叫是"罢罢！偏向他，偏向他"。这种鸣叫声用来作为对内室妻妾相争的预言、警告，使人感到在幽默有趣的后面有"活"和"巧"的特色。

（五）蒲松龄的小说语言是下了相当功夫进行琢磨的，而且大量吸收生动活泼的口语进行艺术加工。在《娇娜》《婴宁》中无论是对话、写景和叙述的语言，都精致至极，美妙至极。如《婴宁》中王生第一次见着婴宁时，居然"注目不移，竟忘顾忌。女过去数武，顾婢曰：'个儿郎目灼灼似贼！'"《云翠仙》中写了一个荡而无行、轻薄的逼伎儿梁有才，因为经常"朋饮竞赌"，竟然想把拼命追求来的妻子云翠仙卖给别人，云便当面大骂他道：

> 豺鼠子！曩日负肩担，面沾尘如鬼。初近我熏熏作汗腥，肤垢欲倾塌，足手皴一寸厚，使人终夜恶。自我归汝家，安坐餐饭，鬼皮始脱。母在前，我岂诬耶？

这样的语言，除了用一些文言词汇进行必要的艺术加工外，几乎与口语十分接近，从而，使语言的艺术表达力大大地加强。看来作者已经注意从现实生活中，从群众的口语中，去汲取这种语言的养分，经过熔铸提炼，把它变成了自己所特有的带有浓重泥土气息的新颖的文言体的文学语言。

（六）《聊斋志异》的优美的语言，在描写语言上显得十分清楚。它的许多作品，简直可以作为优美的散文诗来读。《西湖主》中写陈生弼教来到西湖主的猎首山，只见：

> 茂林中隐有殿阁，谓是兰若。近临之，粉垣围沓，溪水横流；朱门半启，石桥通焉。攀扉一望，则台榭环云，拟于上苑，又疑是贵家园亭。逡巡而入，横藤碍路，香花扑人。过数折曲栏，又是别一院宇，垂杨数十株，高拂朱檐。山鸟一鸣，则花片齐飞；深苑微风，则榆钱自落。怡目快心，殆非人世。穿过小亭，有秋千一架，上与云齐，而罥索沉沉，杳无人迹。

这段描写有声有色，有景有情，层次清晰，色彩分明，语言的精致、优美，像是十分出色的抒情散文的片断。又如《彭海秋》中客与彭同游幻境中的西湖，作者这样描写：

> 无何，彩船一只，自空飘落，烟云绕之。众俱登。见一人持短棹：棹末密排修翎，形类羽扇；一摇羽，清风习习。舟渐上入云霄，望南游行，其驶如箭。逾刻，舟落水中。但闻弦管敖嘈，鸣声嘹聒。出舟一望，月印烟波，游船若市。榜人罢棹，任其自流。细视，真西湖也。

在这里，没有铺陈西湖的景色，但最后一句，"细视，真西湖也"，似乎可以唤起了人们对西湖优美的遐想。自然，每个读者也许对这种艺术在进行自己的再创造时，是不会一样的。这就见仁见智了。可是，它在描写中把月下泛舟时西湖的盛景，通过如此优美而有光彩的文学语言，成功地把它描述出来，可以给人以诗意，因而也就能唤起强烈的艺术的美感。

（七）蒲松龄的语言是精练、生动、形象和含蓄、幽默胶着而成的。因此，不时会出现言外之意，弦外之旨，象外之趣。用今天的话来说，即有比较丰富的潜台词。《鬼哭》中作者以同情的笔调写了"谢迁之变"后，无辜被杀者众，"尸填墀，血至充门而流"，有王学使者，"扛尸涤血而居"，居处冤者哭声不迭。"公闻，仗剑而入，大言曰：'汝不识我王学院耶？'但闻百声嗤嗤，笑之以鼻。"王学院的这样一句话，把他自视甚高、飞扬跋扈、不可一世的封建官僚形象，完全体现出来。其实，他要讲的话还可以有很多，但仅只一句也就足够了，因为，它的背后所包孕的丰富意思，完全可以留给读者去体会和玩味。到这里，不能不又联想到《镜听》中"侬也凉凉去！"那句话。这句话起先是"汝也凉凉去！"本是一句"相推为戏"时的客气话。但在作品中改换了主语，并三次重复出现。因此，它就成了一句举足轻重的对话和道白了。粗看起来，话的本身十分平常，无甚深意，但联系到作品的故事、人物和规定情景，它却是一句胜数语、颇有意味的潜台词了。这种有言外之意的语言的选择，常常有意想不到的艺术效果。不仅选得好，而且选得奇妙。《杨大洪》中写一个自命不凡的"名儒"杨大洪，在科试后，满以为稳操胜券，可是"闻报优等"时竟然无他，"时方食"，于是"咽食入鬲，遂成病块，噎阻甚苦"。梦中知道有一个道士能治他的病，于是叩请求医再三。"道士漫指曰：'我非仙，彼处仙人来矣。'赚公回顾，力拍其项曰：'俗哉！'公受拍，张吻作声，喉中呕出一物……"

"俗哉"两字真奇特得出乎意外。细一玩味，觉得实在是好，它既表达了道士的感情，也传达了作者的态度，并给读者许多可以体会的内容，确实有"弦外之旨"在里面了。《潞令》中写潞城令宋国英"贪暴不仁，催科尤酷，毙杖下者，狼藉于庭"。有人讽刺他说："为民父母，威焰固至此于？"可是他却扬扬自得地说："喏！不敢！官虽小，在任百日，诛五十八人矣。"这句接棒的对话，把批评当作赞扬，真是使人愤怒异常而又哭笑不得。像这样的语言，应该给作者一个评语："实在高明，真亏得他想得出！"

（八）说到《聊斋》的描写语言，使我们想到应为它的说白再述一笔。既是小说，不能没有对白，道理是显而易见的。但多用则滥，少用则乏，恰到好处，实属不易。《聊斋》中的许多名篇，其对话也都是十分经济，而又具有很强的表现力。拿《促织》来说，一篇长达千六七百字的作品，仅有说白四句话，其中两句还是独白。说得既得体，又有味道，实在很精彩。又如《鸽异》中写了一段养鸽的张公子选了一对白鸽赠给了他父亲的挚友某公。送走后，心有些不忍，一日，见某公时，问起这事。张说：

"前禽佳否？"答云："亦肥美。"张惊曰："烹之乎？"曰："然。"张大惊曰："此非常鸽，乃俗所言'鞑靼'者也。"某回思曰："味亦殊无异处。"

这段对白，生动、简练、质朴无华，有性格冲突，有感情交流，也有作者的美学态度。开始几句或四字，或三字，甚至只有一字，却以少胜多，而使情貌毕显。后两句，句子长了些，那是因为思想冲突的火候已达到如此程度，不说充分，难以把意思表达清楚。试想，张公子对这对不同寻常的鸽子竟作刀俎的痛惜之情，某公的饕餮成性、庸俗不堪的丑恶嘴脸，如果不靠这两句的补充，是不能充分体现出来的。即使这较长的句子，也依旧是相当精练的。这恐怕就是《聊斋》写对白的特色，确实是字斟句酌，似不经意，却很见功力，因此，称得起是字字珠玑的美的艺术语言。

（九）最后，似乎还应该提一下《聊斋志异》的语言是有诗一样韵律的，尽管这种韵律性比较内在，但读起来，常常会感到它铿锵作响、朗朗上口。行文流畅、节奏轻快，很有音乐性。如《巧娘》中写傅廉到琼州北部去找他心爱的华姓少女时，只见：

> 望北行四五里，星月已灿，芳草迷目，旷无逆旅，窘甚。见道侧一墓，思欲傍坟栖止，大惧虎狼，因攀树猱升，蹲踞其上。听松声谡谡，宵虫哀奏，中心忐忑，悔至如烧。忽闻人声在下，俯瞰之，庭院宛然；一丽人坐石上，双鬟挑画烛，分侍左右。

又《狐嫁女》中，写殷天官不畏怪异，敢入荒芜恐怖的妖宅。作者这样写道：

> 见长莎蔽径，蒿艾如麻。时值上弦，幸月色昏黄，门户可辨。摩挲数进，始抵后楼，登月台，光洁可爱，遂止焉。西望月明，惟御山一线耳。坐良久，更无少异，窃笑传言之讹。席地枕石，卧看牛女，一更向尽，恍惚欲寐，楼下有履声，籍籍而上……

在这样两段描写中，可以看出语言既生动形象，又简短有力，富于变化，在参差错落的句式、稍有排比的旋律中，形成了特有的内在音乐性。虽不是诗，却又像诗，有诗的韵味。

以上通过以管窥豹的办法简单地介绍了一下《聊斋志异》的语言特色。真是字字珠玑，声声铿锵！蒲松龄无愧为古代的一位语言大师。《聊斋志异》的语言艺术，特别是语言的美，不仅贯穿在一篇作品的始终，也寓存在全部作品之中，因此，不是只举很有限的一点点例子就可以把它介绍清楚的，想要真正体会它的风格和特色，还要到作品中去细细品味。这一点，自然只能留给有心的读者自己去完成了。

致主编

——我与《聊斋》

尊敬的主编、副主编先生们：你们好！

承贵刊约我为纪念蒲松龄诞辰 355 周年撰稿，理当应承。我自 1982 年病后，几乎很少再治"聊斋学"，因肢体的不便，目力亦差，弄起来甚感不便。因而，极少关注它的新进展。所知既少，所识亦浅，想不出好论题。然而，以我对这位杰出的古典作家的崇敬之意和我对《聊斋》的深挚之情，总要写出点东西以表达我纪念之心。姑且用如下的通信方式谈一谈"我与《聊斋》"这个题目，这是我在力所能及的情况下得以写作最合宜的文题了。

我与《聊斋》结缘要从我学会读书和把《聊斋》作为我在中国古典小说的第二个重点科研题时说起。由于我的笨拙，在古典小说研究上做不到左右开弓，同时去进行两部书的研究，我仅能完结一部，再开始一部。我总希望完结是货真价实的了结，不再拖泥带水。

我在入大学前，根本不曾听说过有《聊斋》，更不可能想象会对它发生兴趣。那时知道《红楼》《三国》及其他一些现代文学作品，因我已接触了它们。在我入大学后，才听说过《聊斋》，只是在我当了研究生读过几篇选作，因此，开始接触它已很晚了。在此以前看过许多小说，大体是良莠不辨地读，因囫囵吞枣地读，更是无甚收获地读。当我们听了吴组缃教授给我们讲"现代文选"课后，才意识到以往的读法错了，而应细嚼慢咽，边读边思。从中看到它们怎样在写生活、在写人生、在写社会，从而感到它们写法的特色，这都是很浅近的文学道理。吴先生不是抽象地给我们讲道理，而是把我们引进去感受它们、认识它们、理解它们。自此，我对文学才入了点门，读书便有收获。

　　我的喜爱倾向于现代作品、外国文学和文艺理论，较怵语言学课和古典文学课。然而，身不由己，大学毕业留校做了古典文学研究生，而且从先秦文学一直通到清代。我的导师有三位，都是名家。有的，我只是去应付，真正的兴趣则是放到了吴组缃教授的古典小说上，实在也只是放到《红楼梦》之上。吴先生为大学生开这门专题课，我认真听过两遍。我感到对《红楼梦》的了解比以前多得多。先生是掰开来揉碎了讲。讲出了那些人物怎样在说话、在行动和彼此在交往。剖析出他（她）们的表象，也看到他（她）们的骨子里，使我深深地爱上了《红楼梦》，并愿意从这里多下些功夫，即是去做一个较好的读者。

　　研究生毕业，始终在大学教书。我教过文学史、小说史、文艺理论、美学及《红楼梦》的专题。在讲小说史时，自然讲到了《聊斋》。既无研究，也就无自己的见解，只不过人云亦云而已。我所接触的是很少几篇作品。我在古典小说上着重下功夫于《红楼梦》，我在讲它时，仅仅是传达出我作为普通读者的认识和理解，没有什么高深的学问。而且我似乎对其中有些问题，例如版本、作家生卒年考之类，从来不感兴趣。因我不是个合格的红学专家。我很珍视作为读者的我。我也最珍视最流行的本子——程乙本。广大读者接触的是什么，我便讲的是什么。我也以一个普通读者的角度去思考一些论题，而且专门写过一篇《漫话〈红楼梦〉的作者和读者》的文章。我构思这篇文章是由读到阿·托尔斯泰的一篇〈谈谈读者〉的文章中得到的启发。我对它写到的几个见解很觉新鲜，也很能接受。他的文中这样说："读者就是我的想象、经验和知识所理解的一个普通的人。他是与我的作品的主题同时产生的。""读者的性格和对读者的态度，就决定着艺术家创作的形式和比重。读者就是艺术的一个组成部分。"托尔斯泰还把读者比作一个"幻影"："艺术家跟想象出来的这个幻影交往，产生出最高级的艺术……""艺术的大小是同产生这个幻影的艺术精神的容积成正比的。"在读《红楼》时只想能做好一个合格的读者。我们在读《红楼》时常听说过这样的话:"满纸荒唐言,一把辛酸泪。都云作者痴,谁解其中味!"实际上即在呼唤读者。我希望把自己和这部伟大作品的关系仅仅摆到那样一个位置上,即多少能"解其中味"的读者的位置上。我所写的有关于它的文章,大都是这样的视角。为了普及,我写过一本介绍此书的小册子(是一本错误百出的小册子,主要是受到政治运动影响所导致的错误,实在是遗憾至极)。我最腻自己板起面孔,俨然是专家的样子,因而,我所写的有关《红楼》的文章,都从看懂其中一个人物、一段情节,甚至于一些细节描写角度开掘下去。这样写来,会多一点交流感、亲切感和平等感。

当我写出过一点这方面文章后,什么"家"、什么"理事"的头衔加到了自己头上,令我惶恐,令我不安,令我浑身不舒坦,而且拉大了我与读者间的距离。我准备逃遁,而不愿在《红楼》上多下功夫。它毕竟太热了,热得叫人难受。我要另选新的重点读书对象。当时,我物色了三部书:《金瓶》《三国》《聊斋》。我考虑选择对象有两个条件,一是要是一部名著;二是不要人们搞得太热的,用现代的话说,不要已被炒得太热的。那时,这三部书大体符合这两个标准。

在我踌躇时,偶得一册《欧·亨利小说选》,它深深吸引住我。欧·亨利是美国作家,我不懂外文,不可能对这样作家、作品去下大力气。但在读这部选集时,常使我想到《聊斋》。我感到至少五个地方可以找到相似之处,一、都十分传神地写出了栩栩如生的人物形象;二、它们都有极富情节性的故事,情节的跌宕给读者以异趣,那奇异的情节变化即出人意料,又经得起人们的推敲;三、作品的篇幅较短,容量却不小;四、都以幽默、讽喻的表现手法,显现出对人类的深切关注和传达出对他们深深的热爱的感情,而对一切丑化人类的生活的事物,表现了应有的憎恨和愤怒;五、即有幽默的风格,语言十分美妙、别具一格，往往在表面语言之中寓有深深的讽刺意味。是这本作品选启示了我去选择《聊斋》。当我选定了《聊斋》时，感到它与《红楼》同样深刻、同样值得我们认真、仔细地去阅读它。然而，又有很好的变化：一为长篇，一为短篇；一是文言体，一是白话体。这种调换，才会更有新颖感。

此次开始认真去读《聊斋》，绝不再是读已有人选出的那些选篇，而是悉心地读张友鹤先生辑校的汇校汇注汇评本。近五百个故事，一遍下来，大有收益。决心再读二遍。我从形形色色的鬼狐妖魅之表象中看到了现实生活中的人。那个超现实的社会，恰恰是现实社会的艺术写真。我在读铸雪斋本《聊斋》时，用心地参照了路大荒先生的作家年谱研究资料，参照了《蒲松龄集》。我对路大荒先生所做的工作给以极高的估价，不存丝毫想补充的念头。参照着前人的研究所得，收获颇丰，大约1976年前，已酝酿去写关于它的文章。然而，当时还处于大搞阶级斗争的岁月，为了避祸消灾，我不愿过早去写读《聊斋》的文章。躲之犹恐不及，何苦要找上去！粉碎"四人帮"后，风气大变，我即开始着力写《聊斋》文章。我想从各个方位全面地去审视它。拟出了由作家生活的时代、社会、他的生平、著作、思想、艺术特色、继承关系、语言等十个方面，打算较深入地剖析它。我在《聊斋》上下了极大功夫的情况被一个出版社的熟人了解之后，要我主持去选一套适合于少年朋友阅读的《聊斋》选本，题名《白话聊斋》。我不可能把自己放置在《聊斋》上的时间，全数用在它的"翻译"上，而是设想了三项工作：出一套"选译"书，出一本"散论"集，外加直接与它配套的选注本。后两项任务，我邀老伴和同窗韩海明副教授协助。张友鹤先生的选注本虽好，但已不够应付我文章中所涉及的作品的范围，因此，我又搞了一百篇的选注本。此三项工作齐头并进。我把它们视为自己在《聊斋》上的系统工程。当1978年至1981年这一工程大体告一段落时，我只留一个尾巴，即在将来讲授

《聊斋》作品选析时，再写上一二篇分析文章。而自己所着力的研究，决定又开始新的选题。按原先的计划把重点移向《三国》。为此，一如既往，设想了两项任务，即写出一批文章；并搞出一本介绍它的小册子；并应出版社之约，承担了一本基本知识丛书中关于《三国》一题的任务。

那一段时间教学和科研的任务很重。尤其在搞《三国》的同时，正在讲授《电影美学》专题课，并把讲课开始整理成专著性书稿。我何以在搞古典小说的同时，还展开对电影美学方面的探讨？因为我始终喜爱着电影艺术。我对它作美学思考时，帮助了我搞古典小说，在艺术理论思维上可以沟通。我从那里收益颇多。也许那个时期是我心情最为舒畅的时期，很想把在大搞阶级斗争年头失去的东西，抢回来。可能用脑过度，加之居住条件太差，诱发了我的心脏病，并患了脑栓塞症，半身不遂。

住院抢救的时间，我与老伴合撰的《人鬼狐妖的艺术世界》一书出版。《白话聊斋》也先后问世。当我捧读前一部作品时，真是百感交集！而且已下了决心不再在《聊斋》上下功夫了。充其量只把两三篇作品分析课所撰的内容整理成文章发表。

《人鬼狐妖的艺术世界》一书出版之后，朋友及其他读者反响较好。我在次年把它呈给了我的导师吴组缃先生，作为我的作业请他指正。当时心中忐忑不安，因先生以治学严谨闻名，深怕这不成样子的作品惹恼了他老人家。但他接到书和我的附信后，很快给以回复。他的来信不仅对我的病十分关怀，还谈了他读了《人鬼狐妖的艺术世界》一书的许多看法。他大加赞赏道：

惠寄"人鬼狐妖"我已拜读一遍，我最高兴前面的几篇论文，着重阐论蒲作的现实主义的生活背景及其艺术构思，说得充分肯定，毫不含糊，行文亦晓畅如现，亲切有味。看来花了很大工夫，笔下却轻松自如。我不是当面说好听的，当前论《聊斋》的，大作似有鹤立鸡群之势。我若添一点，那些无人的荒原旷野，深宅大院以及狼鼠扰人、一片萧条阴沉的环境气氛，亦无不是当时现实生活的写照。

你说的不良风气，我有同感，我也身在当中，空街满头戴，无法应付。但想到我国是个长时期"抑商"的小农自足的社会，司马迁写了"货殖列传"，遭到后世儒者的攻击。今日"四化"，改革经济体制，是历史性的创举，不只是社会主义框框的突破；再从对外开放方面看，也是我国革命建设的英明决策。欧风美雨中有我们所必需的，也有对我们有害的，如"唯利是图"之类，此外还有中青年的具体处境，实际条件之类。另外，我们自己的思想观点，在今日的改革运动中，很容易成为落后的。我就常常感到自己小生产者的偏见和习惯非常严重。我举一实例：《聊斋》中《黄英》一篇，我过去只见其提倡自食其力的一面，现在才看到鼓吹专业致富之高明。纸短话长，几句话说不清楚，我只是提出我的一些想法，跟你们讨论讨论。

吴先生的话说得这么真诚恳切，实在给我们以极大教育、鼓励和鞭策。这里有先生对《聊斋》的一些真知灼见。先生业已去世，我愿把它呈献给大家，共同从这里得到启示。而在我上学时未及听过先生和我们讲过《聊斋》。为纪念蒲松龄，也为纪念组缃老师，我把这信中的见解公布于众，让我们都能受益。在此以后收到先生1988年赠给我的一本他撰的中国小说评论专集《说稗集》，其中有几段文字讲了《聊斋》。先生说："在蒲松龄的《聊斋志异》之后，涌现了数不清的同类作品。但是够格的很少，可以赶上《聊斋》的简直没有。""鲁迅说，《聊斋》用传奇法，而以志怪。""'志怪'是用简朴的文字记录民间神话传说。这是我国小说的起源，即原始状态的小说。到唐代，产生文人创作的'传奇'有了'幻设'，即虚构，讲究描写，讲究文采。这是我国古代小说一大重要的发展。蒲松龄把二者结合起来：一方面走'志怪'的路，努力搜求民间传说；一方面又走'传奇'的路，把民间传说拿来加工再创作。""民间传说是人民生活思想的结晶，它凝结了时代社会的血肉。""'传奇法'就是本着作者自己的真情和实感，来描写情节场面，生发故事人物。缺乏真情，作品就不能动人；缺乏实感，作品就没有生活血肉。二者是作品的艺术生命之所系，至关紧要。"

先生把蒲松龄的成就讲得何等透辟，又是何等言简意赅！我在《人鬼狐妖的艺术世界》一书中也曾论到蒲松龄在小说创造上的继承与创新的关系，较之老师的见解，相距实难以道里计。组缃师撰写这篇论文题为《短篇和长篇小说创作漫谈》时，是1980年3月，是用来纪念蒲松龄诞生三百一十周年的。我撰此文，一方面用来纪念蒲松龄诞后生三百五十五周年，另一方面也是用来怀念我的导师吴组缃先生逝世一周年的（先生谢世于1994年1月19日）。因此，我以为选择"我与《聊斋》"的文题，较能表达我深深的怀念之情。

专此。即颂

编安！

李厚基谨上
1995年于天津

《三国演义》的主题和它的认识作用

中华人民共和国成立以来，对《三国演义》的主题有各种各样的解释。有人说是"尊刘抑曹"的正统思想的具体化；有人说是一部形象的三国兴亡史，暴露了封建统治阶级争权夺利、尔虞我诈的阶级本质和残害人民的罪行；也有人认为，"拥刘反曹"反映了人民的愿望，作品塑造了人民喜爱的栩栩如生的英雄典型，尤其是塑造了诸葛亮这样为历代人民所喜爱的封建贤才形象，寄托了乱世人民渴望清明政治的理想，等等。但由于这些说法终究缺乏一个贯穿始终、统领全书的中心思想，多少给人一种不够圆通的感觉。其实，作品的巨大篇幅和容量，本来就包含有多方面的内容。若要再从主客观的结合上去剖析，内涵还要丰富得多。如果一定要探求一个能够驾驭全书的中心，即作品的主题，我认为应该是第一回开头劈面第一句话："话说天下大势，分久必合，合久必分。"全书的结尾又把这话重提了一遍，还在最后的一首古风诗中写道："纷纷世世无穷尽，无数茫茫不可逃。鼎足三分已成梦，后人凭吊空牢骚。"这是罗贯中的社会发展观，是他对当时社会的基本理解。他不相信封建阶级宣扬的"圣人之业，万古不变"的观点，而是认为社会"合"到一定的时候就要"分"，"分"到一定的时候又要"合"，好像历史是简单的循环，甚至是一种天数、天意。这显然是错误的唯心主义的历史观。但是不可否认，由于历代统治者的贪婪残暴、奢侈淫逸，不但加剧了与人民的矛盾，也加强了他们内部的矛盾。往往时间不长，一个旧的王朝就要完结，被另一个新的王朝所取代。那么，汉亡于魏，而魏文帝曹丕传给他儿子明帝曹叡，叡又传给养子曹芳，曹芳被司马师所废，接着曹操孙子曹髦起来称帝最后，到元帝曹奂时，亡在司马氏手中。而刘蜀，只有刘备和他的儿子后主刘禅两代就完结了。孙吴政权从大帝孙权开始，经孙亮、孙休到末帝孙皓手中，也就向晋叩首称臣了。只要比较一下，很容易看出，他们往往一代不如一代。古代有"五世而斩"的说法，不是完全没有道理的。因此，尽管小说有历史循环论的不正确看法，但认为这些人的统治不会长久，有的十分短暂就完结了，这也反映了一个客观事实。当然，它是由统治阶级的本质决定的，而《三国演义》却形象地把它写了出来。

罗贯中在形象地描写从三国到两晋这段"分久必合"的历史的时候，勾勒了群雄角逐的千姿百态，描绘了色彩斑斓的历史画卷，塑造了生动感人的人物形象。因而，在许多方面还对我们今天的读者有着认识作用和教育作用。

（一）首先，可以使我们具体了解那一时期的历史。

虽然，由于时代的、阶级的限制，作者不可能用历史唯物主义的观点来观察历史，但小说多少反映了当时动乱的、民不聊生的社会历史面貌。小说一开头就指出三国时期致乱的根源在于汉桓帝、灵帝们的作恶。桓帝打击一些正派人，给他们加了莫须有的罪名，却重用宦官小人。灵帝时，又是看重外戚和宦官，那些人依仗权势，作恶多端，还相互争权夺利，以致民怨沸腾。加上暴雨、冰雹、地震、海啸等天灾造成无数平民房屋倒塌，家破人亡。而张让、赵忠等号称"十常侍"的为祸，则更甚于天灾。他们互相勾结，狼狈为奸，弄得"朝政日非，以致天下人心思乱，盗贼蜂起"。"天下人民，欲食十常侍之肉"。正是在这种时势下，黄巾起义爆发了。尽管作者称张角、张宝、张梁为"贼"，那是严重的阶级偏见下对他们的歪曲，但却不能不说出他们的行动是深得民心的。他通过张角之口说"今民心已顺，若不乘势取天下，诚为可惜"。而且，号召百姓说，汉代的气运将要结束，大有作为的时代已经出现，大家都应该"顺天从正，以乐太平"。果然，四方百姓，闻风响应很快就集聚起四五十万人的起义军，声势浩大，使官军望风披靡，失魂落魄。

然而，后来起义却被残酷地镇压下去。接踵而来的是为了争权夺利的军阀混战。尤其是董卓、李傕、郭汜等人，简直无恶不作，罪行滔天。小说中这样写道：

（董卓）尝引军出城，行到阳城地方，时当二月，村民社赛，男女皆集。卓命军士围住，尽皆杀之，掠妇女财物，装载车上，悬头千余颗于车下，连轸还都，扬言杀贼大胜而回，于城门下焚烧人头，以妇女财物分散众军。（第四回）

董卓的残害百姓，已经到了无所不用其极的地步，甚至连来投降他的军民，他也要"或断其手足，或凿其眼睛，或割其舌，或以大锅煮之。哀号之声震天"（第八回）。第十回写道，董卓被杀后，他的尸首剩下零碎皮骨，只好用香木雕成个形体来安葬。但临葬时，"天降大雷雨，平地水深数尺，霹雳震开其棺，尸首提出棺外"。再葬时，又是如此，"三次改葬，皆不能葬。零皮碎骨，悉为雷火消灭。天之怒卓，可谓甚矣"！这是小说对董卓这类人的态度，也就是它的明确的政治倾向性。李傕、郭汜也比董卓好不了多少。当初他们和董卓一起：

尽驱洛阳之民数百万口，前赴长安。每百姓一队，间军队一队，互相拖押。死于沟壑者，不可胜数。又纵军士淫人妻女，夺人粮食。啼哭之声，震动天地。如有行得迟者，背后三千军催督，军手执白刃，于路杀人。（第六回）

真是驱赶百姓如驱赶牲畜，甚至比牲畜还不如。可见百姓生活处境的悲惨。而李、郭"劫掠百姓,老弱者杀之,强壮者充军,临敌则驱民兵在前",名曰"敢死军"(十三回),拿百姓完全当作手中一种摆弄的工具,有用的留,无用的杀,即使那些有用的,也只是去充"炮灰",替他们卖命。

小说中的曹操,也是这样对待百姓的,如第十回,写曹操但凡得了一个地方,便将城中百姓"尽行屠戮"。他的军队一到,杀人如麻,还发掘坟墓。这样的描写很多,举不胜举。

因此,那段时间,人民生活在生命不保、家室难存的极其可怕的环境中。加上连年天灾,如第十二回说"是年蝗虫忽起,食尽禾稻。关东一境,每谷一斛,直钱五十贯,人民相食",第十三回写"是岁大荒,百姓皆食枣菜,饿殍遍野",第十四回,写建安元年,"是岁又大荒。洛阳居民,仅有数百家,无可为食,尽出城去剥树皮及掘草根食之",等等。以及连年征战,抓丁的抓丁,被驱赶的被驱赶,百姓背井离乡,使土地荒芜,生产遭到极其严重的破坏。因此,他们盼望有个比较开明、仁慈的统治者,能给他们以稍为安定的生活。正是这样,他们欢迎刘备军队的到来,甚至焚香膜拜。所以说,《三国演义》也在一定程度上反映出这个社会的群众愿望。

(二)这部小说还帮助我们认识封建统治者自私残酷的本质。

他们为扩充地盘、攫取更多的钱财,整年累月你争我夺,活像大狗与小狗、饱狗与饿狗之间的争斗。寸利必争,寸土必夺。这就是那一场场永无休止的军阀混战的根源。例如董卓到了长安后,董氏宗族,不问老幼,都封了侯,受了爵;董本人则在"离长安城二百五十里,别筑郿坞,役民夫二十五万人筑之;其城郭高下厚薄一如长安,内盖宫室仓库,屯积二十年粮食。选民间少年美女八百人实其中。金玉、彩帛、珍珠堆积不知其数"(第八回)。而与董卓誓不两立的吕布,也是残暴不仁的凶手。至于袁术、孙策、袁绍、刘表、刘璋、张鲁等,乃至于曹操、孙权、刘备,尽管他们在残害百姓的程度上有所不同,但在图谋私利的本质上却无二致。

（三）这部小说有个明显的倾向，即拥刘反曹。

这个问题，十分复杂，既有封建的正统观念，也有肯定和赞扬某些人的道德品质等因素混杂在一起，很难简单地说清。即使是宣扬正统思想，认为汉代是刘家的天下，因此继承他们登上皇帝宝座的也该姓刘，这种观点也需要分析着看。如果说是在外族统治之下，强调这种"正统"，它或多或少与反异族统治的思想联系在一起，以此作为口号，团结一些人，起来抗争，就未必没有一点进步意义。

更何况，作家又不是简单地从宣扬正统观念出发创作作品的。请看，小说既写刘备是中山靖王之后，说明他是"神龙"，是正统，可是又写他出身寒微，"家贫，贩屦织席为业"，这就很不相当。他的对手也没有把他当成皇叔看待，经常骂他是"织席贩屦小儿"；至于献帝称他为"皇叔"，不过是出于一种特殊的政治需要而已。再说，罗贯中如果想宣扬天下应是刘氏的天下，小说中姓刘的还大有人在，刘表、刘漳、刘焉、刘晔，哪一个与汉室的关系都比刘备密切，出身门第也都比刘备显赫，但作品实际上对他们是持否定的态度的。那么，又何以单单钟情于刘备呢？我们说，小说赞成、肯定刘备这一方，肯定他和他手下的贤臣、良将，是因为他们身上体现了一些高尚的道德情操，如忠、孝、仁、悌、节、义等，而不是因为别的。虽然，这些东西都是属于封建道德的范畴，如果不问情由，一味强调，那落后性就比较明显，但是，像桃园结义所形成的忠、义，提出的是：虽是君臣，可情同手足，这个关系却是美好的。诸葛亮的"鞠躬尽瘁，死而后已"的献身精神，也是十分感人的。此外，像关羽、张飞、赵云等人英勇顽强的战斗精神，也可以给人以鼓舞。人民从来是赞美主持正义、具有高尚道德情操的人，痛恨那些凶残、狡诈、阴险、嫉贤妒能、背信弃义、品质恶劣的人。小说把这两种人作了充分的描绘，并且，往往是对照着来写，使得相形之下，美的更美，丑的更丑，从而寄寓作者强烈的政治理想和道德伦理标准。

（四）《三国演义》写了尖锐、复杂的政治斗争，以及由政治斗争激化而演变成的战争。

从某种意义上讲，这是一部形象化的百年战争史。作者利用了历史提供的资料和民间的创造，融进了自己的生活经验和必要的战争知识，成功地富有创造性地写了许多次战役。其中有不少是合乎事物发展的客观规律的，例如，怎样变被动为主动、变劣势为优势，怎样以少胜多、以弱胜强，怎样利用地形、地物、兵力、物力，使它们发挥到最大的程度，又怎样利用敌人内部的矛盾来各个击破，等等，都可以给读者以启发。处理战争如此，处理生活和政治上的矛盾，也可以如此。因此，明清两代的农民起义军领袖，曾经在自己的案头上放着这部小说，时常翻阅，把它作为指导自己作战的兵书。我们今天虽然和旧时代不同，但是也可以从中得到借鉴。

再有，三国在内政外交上的一些措施，特别是蜀国诸葛亮所制定的联吴抗曹，即联合可以联合的力量，打击主要敌人的战略思想，是十分高明的。而内政上的唯才、唯贤是用，还有那"抚百姓，示仪轨，约官职，从权制，开诚心，布公道，尽忠益时者虽仇必赏，犯法怠慢者虽亲必罚，服罪输情者虽重必释，游辞巧饰者虽轻必戮；善无微而不赏，恶无纤而不贬；庶事精炼，物理其本，循名责实，虚伪不齿"等原则和措施，通过形象的描绘，也可以给人以启发、教育。

总而言之，尽管《三国演义》的创作和我们相距已有几百年，它所反映的汉末历史社会，那更是邈远，然而，它对于我们不仅仅有艺术的借鉴作用，也有思想上的认识意义。我们可以把它看成形象化的历史，以了解汉末三国的社会生活，甚至认识整个封建社会的历史本质。它所宣扬的道德规范，虽然不能全盘接受，但毕竟也还可以批判地吸收。至于在治国、治军上的某些当时曾行之有效的措施，对我们也许还有可资借鉴的地方。这就是我们对这部优秀古典小说应有的看法和应持的态度。

理想中的君臣关系

——《三国演义》的人物形象之一

　　《三国演义》的作者，有鉴于现实中封建王朝内部的黑暗、可怖，于是，便在自己的艺术作品里创造出一个理想的王朝中的君臣关系。那里的君是明君，臣是贤臣，将是良将，彼此信赖、尊重，肝胆相照，决不猜忌、倾轧、萁豆相煎。这就是由刘备、诸葛亮、关羽、张飞等人建立起来的蜀国朝廷的君臣关系。关于诸葛孔明对蜀、对刘备的赤胆忠心，至死无二，我们已经在分析他的形象时说过了。现在要着重来谈一谈刘备、关羽、张飞的形象和他们所体现的理想化的关系。

　　刘、关、张的关系，虽说是君臣，却情同父子，亲如手足。先以刘备的形象来分析。在《三国演义》中，他是和诸葛亮、关羽、张飞相互衬照、相互补充来写的，也是和曹操对比着来写的。小说通过刘备自己的口说："操以急，吾以宽；操以暴，吾以仁；操以谲，吾以忠；每与操相反，事乃可成。"（第六十回）由此定下刘备性格的基调。刘备也是讨黄巾起家的军阀，当张角军队进攻幽州时，太守刘焉贴榜招募，把他和关羽、张飞一起招来。书中介绍他"不甚好读书，性宽和、寡言语，喜怒不形于色，素有大志，专好结交天下豪杰；生得身长七尺五寸，两耳垂肩，双手过膝，目能自顾其耳，面如冠玉，唇若涂脂"，等等。按古代人迷信的相术来看，是生就的帝王长相。

　　在讨伐黄巾中，他虽有功，但似乎命运并不佳。他用尽力气在疆场上拼杀，还是被赶得东投西奔，只不过担任些县尉、县令、使君之类的小吏，空有抱负，也难以实现。但是，一开始他就以仁慈的面孔出现。在作安喜县尉时"秋毫无犯，民皆感化"，他宁愿辞官不干，也不肯搜刮民财，贿赂上司。他讲究"仁"的这个特点，在书中是作为重点来描写的。如携民渡江时，十数万百姓扶老携幼，拖男带女相随，两岸哭声不绝。他听了很难过，认为这是自己使他们遭难，想要投江自尽。后来，有人占卜说将有大祸临头，只有丢弃百姓自己逃跑才能幸免，但他不忍，结果被敌方截了营，致使百姓老小离散，于是他失声痛哭，认为十万生灵，都因恋他而遭殃（第四十一回）。不仅对待百姓，对待他人也一样。单福（即徐庶）告诫刘备，为了避祸禳灾，必须把他的坐骑——的卢马让给和自己有冤仇的人，等那人遭灾之后再乘。刘备听了变脸说，叫他去做利己损人的事，他是绝对不干的（第三十五回）。就是这个对他进行试探的徐庶，在他手里得到重用。而当徐母被曹操挟持，假借她的名义要把徐庶骗走时，刘备说，母子是天性之亲，徐庶应该回到母亲身边。这时，有人劝刘备留住这个难得的人才，一旦曹操杀掉徐母，徐庶就将死心塌地为刘备效力，与曹操为敌到底。这个计策也遭到刘备的斥责。他认为"使人杀其母，而吾用其子，不仁也；留之不使去，以绝其子母之道，不义也。吾宁死，不为不仁不义之事"（第三十六回）。当进兵西川后，又有人建议他杀掉刘璋，自立为王，他也不肯，说刘璋诚心待他，要是这样做，"上天不容，下民亦怨"（第六十回）。第十九回还写了这么一个故事：逃难途中，他到一猎户家投宿，户主刘安听说来的是万民景仰的刘备，因无野味款待，竟忍心杀妻取肉给刘备吃，并谎说那是"狼肉"。第二天，刘备发现一妇人被杀于厨下，臂上肉都已割去，一问才知真情。这个故事自然是十分残忍而荒唐的，但作者这样写，是为了说明他在人们心目中的地位有多高！书中还多处提到他极受百姓爱戴，所到之处，秋毫无犯，百姓扶老携幼，站列路旁瞻仰，而且还焚香礼拜。凡此种种，实际上与曹操的残暴不仁是对照着来写的。

刘备重义，也很突出。《三国演义》第三十九回写刘备依附荆州刘表时，刘表以自己"年老多病，不能理事"，意欲于死后将荆州交刘备治理。面对强敌曹操，孔明也表赞同，但刘备却认为，刘表待他恩礼交重，如果这样做，那是乘人之危，做负义之事，作者借孔明的口说他是"真仁慈之主也"！（第三十九回、第四十回）甚至赵云舍命救出了他的儿子阿斗，他见了，却把孩子掷到地上，说是为了这小孩，几乎损伤了他的一员大将。这事使赵云感激涕零，说自己虽肝脑涂地，也难报答（第四十二回）。这情节，虽有虚伪做作的味道，但说明作者是怎样努力突出他的义。对于结义兄弟关羽、张飞，更是义重如山。他听说关羽丧了性命，便大呼一声，昏厥过去，认为关羽已死，他不能独享富贵，并一日哭三五次，三日水浆不进。于是，他决心抛弃江山与东吴拼个死活，谁劝说也不听，定要发兵伐吴。加上这期间张飞也死了，痛上加痛，更是义无反顾。当然，这次伐吴，由于感情冲动，准备不足，铸成大错，不仅失败，而且自己也病死于白帝城。但是对这样重义而轻利、轻名位的做法，作者是赞许的，因此，写得十分悲壮，渲染得格外充分。

另外，小说中还极力描绘了刘备谦恭的美德。他为求得一个贤能之士，不避天寒地冻，不惜三顾草庐，明知孔明避而不见，有意耍弄他，甚至暗地罚他站立了一个时辰，他仍然不着急、不灰心，才终于见到诸葛亮，并得到对方的支持。又如伐树望友对待徐庶，三让徐州对待陶谦，都被作为佳话。这就是作者心目中的"明君"所具有的宽仁厚德、重义轻利、谦恭礼让的性格和品德。

有明君，自然有贤臣、良将。且不说诸葛亮。关羽、张飞与刘备的关系，可以说是远胜于手足，他们对蜀国的态度也是忠贞不贰的。

关羽，在全书中的地位非常突出，甚至作者有时都不呼其名、不称其字，而管他叫作"公"，这在小说中是绝无仅有的一个。如果说，刘备身上具备的品格主要是仁、义和谦恭，那么关羽则像是忠义的化身。小说中关于关羽忠义的描写是很多的。其中与曹操的一段相处，显得格外集中。第二十五回，先写他中了圈套，处于困境。曹操派张辽去劝降,可关羽决意不肯。他大义凛然地说:"吾仗忠义而死,安得为天下笑!"当张辽说他一负盟誓,二负刘备依托之重,三不思匡扶汉室,而以匹夫之勇相拼杀,是三大罪时,他动了心。然而针对这三条,他提出三约,三者缺一不成。结果,曹操答应了他的要求,才使他暂时留下来。但他"身在曹营心在汉"。曹操为了笼络他,收买他,让皇帝封他官爵;并三日一小宴,五日一大宴,想使他乐不思返;还赠他战袍,送他赤兔马和许多金银,用功名利禄诱惑他。可是,他丝毫不为所动,新战袍外仍罩上旧袍,送他美女,他不为所惑,把她们送进内门去服侍二位嫂嫂。一旦得知刘备下落,便把曹操屡次所赠金银,一一封存库里,又将受封的汉寿亭侯印悬挂堂上,决心离开曹操,去找他哥哥。他的想法集中到一点,就是留别曹操信上的两句话:"新恩虽厚,旧义难忘。"这之前曹操也知道关羽不易收买,当初安排他和刘备的两个妻子同处一室,为的是诱逼关羽乱伦,好使他断绝与刘备的关系,但是关羽却秉烛伫立户外,自夜达旦,十分光明磊落,因此,他走后连曹操也不能不赞颂他"真义士也"!

作为一个辅助刘备建立社稷的良将,关羽的另一个特点是英武非凡。"温酒斩华雄"这段有名的简洁而生动的描写,把关公的神武写活了(第五回)。后来,他斩颜良,诛文丑,过五关,斩六将,擂鼓三通斩蔡阳,更是所向披靡(第二十八回)。还有,孙权急切要取回荆州,在陆口驻兵,叫关羽赴会。计谋是:如关羽肯来,好话规劝;若不肯,就把他杀了。关羽也深知这个阴谋,但毫不畏惧,独驾小舟,只带随从十余人,单刀赴会。最后,在紧急关头,夺过周仓大刀,拖住鲁肃的手,扯到江边,到了船首,才与鲁肃作别,乘舟而去。这样一段情节,又把关羽的威武不屈的气概、风貌,活灵活现地呈现出来。甚至,最后他败走麦城,寡不敌众而被擒后,孙权由于爱惜这样的英才,还想"以礼相待,劝使归降"。只是左右的人提醒说,连曹操那样热忱相待,也没把关羽留住,今天好不容易把他捉住,"若不即除,恐贻后患"。孙权考虑半天，才把关羽斩了。这例子也从侧面烘托出关羽的忠贞和重义。

可以看出，作者对关羽是倾注了满腔尊敬之情的。书中不仅把他写成一个良将，一个栋梁之材，而且把他写成不可企及的神人。为了渲染关羽的神威，作者竭尽夸张之能事。甚至在他死后，首级被东吴用木匣装盛呈给曹操时，不仅"面如平日"，而且"口开目动，须发皆张"，把曹操吓得惊倒过去，良久方醒说："关将军真天神也！"书中写他死后于玉泉山显圣护民，乡人感他恩德，就在山顶上建庙，四时致祭。这无非要使他那"忠义"的节操，永垂不朽。

和关羽齐名的另一员虎将是张飞。他对刘备、关羽的情谊之深，是不在话下的；对蜀国的创建，他立下了汗马功劳。但和关羽不同，他性子急，脾气暴，心直口快，遇事缺乏精细的考虑，而爱憎却极其分明。粗鲁中有淳朴、天真，莽撞中带着可爱的豪爽。小说第二回怒鞭邮督的一段描写，把他那正直、勇猛、疾恶如仇、不惧权贵的性格，淋漓尽致地写了出来。第四十二回写张飞大闹长坂桥，他"倒竖虎须，圆睁环眼，手绰蛇矛，立马桥上"，一声大喝，"我乃燕人张翼德也！谁敢与我决一死战？"吓得曹营将兵两腿发抖，曹操身旁的一员战将夏侯杰甚至惊得肝胆碎裂，倒撞于马下。曹军阵营由此大乱，人如潮涌，马似山崩，自相践踏，损失惨重。这就是张飞的勇武。

张飞讲信义不在关羽之下。关羽从曹营回来之初，他对其行迹表示怀疑，二话不说，便挥矛向关羽搠去。关羽惊问何故，他回答得干脆："你既无义，有何面目来与我相见！"可见，他把义看得比什么都可贵。但当他知道这是自己冤屈了关羽，"方才大哭"，并"参拜云长"，承认自己的错误。又如，他起先瞧不起诸葛亮，认为那只不过是个腐儒，"三顾茅庐"时看见诸葛亮白昼高卧，他等得极不耐烦，甚至想"去屋后放一把火，看他起不起"。后来，刘备得了诸葛亮，认为是"犹鱼得水"！对这种见解，他很不以为然。因此，当诸葛亮派他们去迎敌，自己却坐守县城时，他就不满地说："我们都去厮杀，你却在家里坐地，好自在！"到后来在诸葛亮指挥下打了大胜仗，他才心悦诚服，称赞诸葛亮"真英杰也"。而且，一见诸葛亮到来，便"下马拜伏于车前"。知错即改，真是坦率、纯真之至！

他与刘备、关羽的关系已深厚到了无以复加的地步，以致听说关羽遇害，他旦夕号泣，痛不欲生，决意不顾一切，发兵报仇。谁要说个不字，他便拿谁出气，鞭笞训斥，毫不留情。最后在喝酒浇愁、酩酊大醉中，被人刺杀。

他一生中参加难以数计的征战，往往是以勇取胜。战吕布、斗马超、拼许褚打法完全是性格化的，不决出个输赢，决不罢休。迎战马超时，白日战罢，晚上点起火把，还得鏖战。

当然，猛张飞也不是只有粗鲁的一面，例如第二十二回，写他与刘岱对垒，叫阵数日，对方不出，他心生一计，传令夜里二更去劫寨，白天却假装喝醉，并找借口打了军士，故意让那军士逃奔刘岱去告密，使刘岱上当受骗，终被张飞击败。第六十三回写他与严颜作战，竟连生两计而取胜。说明他粗中有细、勇中有谋。除此而外，他也有忌妒之心，不过这种忌妒仍带有他直爽的性格。因此，也是有趣而可爱的。

总的来说，他是一员猛将，也是一个义士，是小说颂扬的人物之一。蜀国的建立，少不了他。《三国演义》的创作也少不了这样的形象，否则就会减色不少。

应该指出，作者所极力美化和肯定的刘、关、张的性格和他们之间的关系，有些是不足取的。例如，把义看得高于一切。为报东吴杀死关羽之仇，而使刘备、张飞听任感情的支配，丧失了理智，以致他们自己因此丧生，蜀国的国力从此每况愈下。虽有诸葛亮的竭力挽救，也于事无补。为小义而丧大义，是得不偿失的。好在作者虽然对这一点缺乏认识，但客观上却写了出来。

话得说回来，作者毕竟是忠实于历史、忠实于生活的，因而，在创作过程中,不能不看到并写出他们身上所具有的缺点和弱点。例如,刘备虽然秉性谦恭,却颇有些自傲自得。刘备初起时,东奔西走,无立锥之地,不得已投奔荆州刘表,言行举止格外小心。但是,有次和刘表谈起在许昌同曹操"煮酒论英雄"的事,他乘着酒兴,竟也忘乎所以地说:"备若有基本,天下碌碌之辈,诚不足虑也。"(第三十四回)口气有多大!以致刘表"闻言默然"。其实,这倒是他在长期克制下内心真情的吐露。另一个例子是,东吴要索回荆州,他向孔明求教对策。孔明教他来日东吴使者提起荆州事时,可以放声大哭,哭到悲切处,孔明自会出来解劝。刘备果然照办了。但是,触到内心痛处,变假为真,他竟捶胸顿足,放声大哭起来。这是一场戏,但演得有趣:一说明刘备也会作假,二说明刘备内心有隐痛,既怕外人唾骂,又不愿真的把荆州归还东吴(第五十六回)。还有,他称帝事也很说明问题。当大小臣僚上表劝进时,他勃然大怒,执意不肯。尽管孔明苦苦相劝,仍不同意。但他后来在看望孔明的"病"时却吐露了真情,"吾非推阻,恐天下人议论耳"。由此可见他的虚伪。再如,这位出名的"明主"竟然以貌取人。当他多方招揽贤才时,看见别人推荐来的庞统长得丑陋,就心中不快,竟然轻率地打发了他。总之,刘备身上的这些毛病,是一个封建统治者所不可避免的,即使作者尽量把他理想化,也不可能掩盖住时代、社会、阶级打在他身上的烙印。因此,有人感到刘备并不完全可爱,也不是没有道理的。

再说关羽。他毕竟生活在封建社会,不但政治目光短浅,过于注重个人恩怨,而且由于他的勇武异常,带来了十分自满。因为他与刘备的关系不同寻常,又使他那刚愎自用的个性大有发展。华容道放走曹操,就很不应该;刘备、孔明封马超为平西将军,他从心里不服,竟不顾大局,要与马超决一雌雄。同时,他喜欢别人的吹捧。正因为如此,他决断轻率,意气用事,滋长了一种轻敌思想。第七十三回到七十六回中,东吴派诸葛亮哥哥诸葛瑾来向他求亲,希望关羽把女儿嫁给孙权的儿子，以便密切吴蜀两国的关系，但却被他痛骂回去，说虎女岂能嫁给犬子，从而得罪了东吴，使两家矛盾加深。他又把一身武艺、老当益壮的黄忠视为老朽，不愿和他为伍。后来，在与庞德决战时，被毒箭射中，为报一箭之仇，竟放水淹了对方七军，还危及樊城周围无数百姓。自己也在急于求功的情况下，败走麦城，最后被擒而死。因此，第七十八回写孔明劝慰刘备时，有两句话说得好，"关公平日刚而自矜，故今日有此祸。"这实在也有作者的看法和态度在了。

猛张飞在某些方面也很有点像关羽，他的轻信、莽撞往往和他的居功自傲联系着。

我们说这些"明主"也好，"贤臣""良将"也好，都是属于那个阶级社会的，他们的思想、感情和性格有两面性，是自然而然的。也只有这样写才使人感到可信。尽管作者努力在美化他们，想把他们塑造成理想化的人物，但是，作者自己的理想却严格受到时代社会和阶级的制约，他所创造的理想人物，不能不打上自己的烙印，因此这种"理想"也只能达到这样的高度。这是我们不必苛求于前人的。

论《三国志通俗演义》中的主角

——《三国演义》创作方法辨析之一

一部文学作品，它那作为反映生活，创造形象，体现作品思想、艺术特色的创作方法，必然要在主要人物形象的塑造上，集中体现出来。因此，对《三国志通俗演义》创作方法的辨析，也应该从剖析这部作品的主要人物入手。

一

《三国演义》有没有主要人物、中心人物？回答是肯定的。这个中心人物、主要人物是谁？是诸葛亮，他是全书的真正主角。

（一）也许有同志会认为《三国演义》描写的是从汉末至晋初的上百年的历史，事件复杂，人物众多，要从中寻找一个主要角色和中心人物，恐怕困难。事实并非如此。须知艺术描写不是记流水账，《三国演义》也不例外。它虽写了百年历史，但描写得最集中，最有形象感，最富于文学特征的，则是从"定三分隆中决策"诸葛亮出山至"陨大星汉相归天"这三十年，它在一百二十回中占六十六回即一半以上的篇幅。这三十年是三国鼎立局面形成和发展的最重要的阶段，是刘备、孙权、曹操三方直接交锋的最紧张、最激烈的一个历史阶段。而在这三十年的描写中，小说把笔墨更多地放在诸葛亮身上。诸葛亮不仅在这场斗争中起着决定性的作用，他的所作所为，牵动着全局，而且在艺术描写中也居于中心的位置。

如果把诸葛亮在作品中被描写的篇幅大致作一统计，应从先于三十七回的前二回的水镜先生为卧龙出场所造舆论开始，至诸葛亮归天后影响所及的一百一十九回结束，前后几乎足足占了八十四回，实在是全小说中占描写篇幅最多的人物形象之一（与此不相上下的为曹操，稍为逊色的为刘备）。可以说，诸葛亮自二十七岁出山，至五十四岁归天，这二十余年龙腾虎跃般的政治活动生涯，正是作者所着力描写的。作者这样截取，完全是艺术的需要。在政治舞台上熠熠闪光的诸葛亮，在艺术舞台上更放射出奇光异彩，这是作者的匠心的体现。因而，是不是可以说既写魏、蜀、吴，又不完全以曹操、刘备、孙权为真正主角，乃是对"历史"和对封建传统观念的一大突破。这种突破本身，就有浓重的理想主义色彩和浪漫主义成分。

（二）从艺术描写本身来看，《三国演义》这部书，没有哪一个人物像诸葛亮这样受到重视，仅比一比各式各类人物的出场，就可以看出。书中十分精彩地写过刘备、关羽、张飞、赵云、曹操、孙权、周瑜、鲁肃、司马懿、姜维等，这许多人物的登场，哪一个有诸葛孔明出场这样体面，这样堂皇！他像戏剧舞台上的真正主角一样，在还没出场前，就已把美工、灯光音乐的巨大艺术表现手段都调动起来，在为他制造声势。试看，他登场前的未见其人、先闻其名的艺术渲染；那强烈的戏剧性悬念，那过场人物为他"开锣喝道"的布置，构成了一种异乎寻常的艺术期待，用以给人们留下极深的印象，也用来说明这是作品中真正的主角的出场。

又如，作品写了许许多多人物的亡故，却又没有哪一个有孔明那样写得充分，没有哪一个有如此浓烈的悲剧气氛，也没有哪一个有这般震慑人心的力量。他的生命的完结，好似整个作品经过高潮进入了尾声，失去了吸引人注意的艺术力量。就这点而言，也足以证明作品在围绕他而写。

再如，书中塑造了数以百计的人物形象，其中也有不少是重要人物形象。他们中的每一个都有独立存在的意义，这既是历史的客观存在，也是艺术创作的需要。他们中的每一个，又与其他许许多多人物，发生纵的和横的广泛而深刻的联系。仅就这两点而言，哪一个也比不上诸葛亮。作品为了对他作精细的思想性格刻画，自初出茅庐始，几乎把主要篇幅都分给了他，让情节的发展，围绕着他和与他的矛盾冲突来展开。新野、博望之战，舌战群儒，草船借箭，一气、二气、三气周瑜，失街亭，空城计，斩马谡，七擒孟获，六出祁山，九伐中原，五丈原等，都成了作品中最精彩的篇章。如果离开了这些，《三国演义》也许就会索然无味，根本搭不起一个长篇小说的架子。书中也没有哪一个人物，有这么多人物像众星追月一样，在一定意义上为他来作陪衬。司马徽、徐庶、崔州平、石广元、孟公威、黄承彦，这些人物不必说，虞翻、步骘、薛综、陆绩、严畯、程德枢、张温、骆统等更不待言，就连刘备、关羽、张飞、夏侯惇、曹操、鲁肃、周瑜、张昭、庞统、孙权、张任、司马懿、马谡、姜维……各方面的代表人物，也都在一定程度上做了或做过他的陪宾。《三国演义》把一个人物放到如此重要的位置上来描写，恐怕在书中是绝无仅有的。

最后，还应指出像赤壁之战等许多场合，登场表演的，虽没有诸葛亮，可是，在暗处居高临下统观全局的，则是他。整个的战争这出威武雄壮、引人入胜的话剧的"艺术导演"，应该是诸葛亮。到这里，也使人想起，赤壁之战后的一系列情节，如卧龙吊丧、割须弃袍、斗马超、取西蜀、夺阿斗、退老瞒、哭庞统、释严颜、领益州，取瓦口隘、夺天荡山、进汉中、拔襄阳、续大统、托遗孤……不管这些有声有色的故事，由谁来直接演出，作为运筹帷幄之中、决胜千里之外的指挥者，也还是诸葛亮。

（三）固然，历史上的诸葛亮是一个了不起的良相，三国局面的出现，西蜀堪与魏、吴相匹敌，他起了巨大的作用。但史书中关于孔明事迹的记述并不详备，陈寿《三国志》中的《诸葛亮传》，虽然介绍了这位风云人物的身世和功业，但笔墨极其经济，写得极其简略，有的情节仅用一句话作了交代。而且，又大量援引和摘引了孔明自己的作品，如《草庐对》《前出师表》《街亭自贬疏》《自表后主》(张澍本原题作《临终遗表》)的文字，能清晰描写孔明的语言、行动的地方是很少的。至于像文学那样去刻画思想、性格特征的，更属罕见。裴松之注中引《汉晋春秋》《魏略》《襄阳记》《蜀记》以及孙盛、郭冲等人所志的数事，大都是补填荆州、攻成都后的一些细节。依据史料，诸葛亮在历史上的功绩，虽抹杀不了，然而，他不过是个有才能、有智慧、有谋略的西蜀良相。由于不少材料中许多值得大书一笔的地方，只是一掠而过，因此，并没有给人以纷战中的中心人物的印象。传说故事、民间口头文学，以及戏曲舞台上，这位人物的某些行动，变成了吸引人注目的情节，从而，使他的思想、性格逐渐鲜明起来。真正把他放在三国时期政治、军事、外交斗争的焦点中，放大起来，突出加以描写的，是《三国演义》。这种用虚构、渲染、夸张来做如此充分加工的本身，就很能说明作者对这个人物的重视。

（四）在诸葛亮这位人物身上，倾注了作者强烈的感情，体现了作者明确的主观创作意图。他是想把历史上、传说中的伊尹、周公、比干、管仲、乐毅、萧何、张良等人的才智、品德和贡献糅合起来，加以想象、幻想，使之成为更完美、更理想化的叱咤风云的英雄人物。因此，作者以美学理想丰富和改造了历史，不仅赋予诸葛亮以比历史更大的客观作用，还给了他以一切理想化英雄人物思想性格的美德。他的大无畏的气概，赴汤蹈火在所不辞的胆识，鞠躬尽瘁、死而后已的忘我精神，周密审慎的思考能力，坚定无比的政治信念，百折不回的毅力，不可更易的高度原则性，机智应变的策略上的灵活性，等等，都集中在这样一个人物身上，使这位重要的历史人物，不折不扣地成了社稷的栋梁、激流的砥柱和历史车轮中的轴心。

就《三国演义》众多人物形象中，最能体现作者美学理想、最充分表现作者美学见解的角度看，诸葛亮也是个真正的中心人物。

综观上述，是不是可以说，诸葛亮在《三国志通俗演义》中的地位，虽不像《说岳全传》中的岳飞那样，是个绝对的主角，但是，他是主角中的一个，而且是其中的第一个，这当不会成为问题。

二

假如经过上面粗略的分析，诸葛亮是《三国演义》的真正主角的观点能够成立，那么，下面就有必要来谈一谈这位主要人物是用什么样的艺术方法创造出来的了。

在谈这个问题之前，先得明确指出：《三国演义》中的诸葛亮，不同于《西游记》中的孙悟空、《封神演义》中的姜子牙，他不是一个完全神化了的超现实的艺术形象。诸葛亮的形象是比较贴近生活、贴近历史真实的。从某种意义上讲，《三国演义》的作者还在努力摒弃形象创造上极其肤浅绝对虚妄的东西。例如，《三国志平话》曾在刘备三谒诸葛亮后，这样描述道："诸葛本是一神仙，自小学业，时至中年，无书不览，达天地之机，神鬼难度之志，呼风唤雨，撒豆成兵，挥剑成河。"这些，就并没有完全被作者罗贯中所吸取。但我们却不以为非神化了的、不是绝对超现实的，就不能是浪漫主义的典型形象。应该说，诸葛亮形象的塑造过程中，作者是用想象、幻想多于事实（这种"事实"，是指历史的"已然"，不是指历史的"必然"），是澎湃的热情高于冷静的理智，是主观强于客观，是由奇思妙想所生发出的斑斓色彩，盖过了淡雅、质朴、淳厚的接近生活原来形态的自然色泽。这样的形象的创造，往往使人想起 19 世纪的西欧的作家大仲马、雨果和梅里美笔下的浪漫主义的形象。自然，这种比拟，不尽妥当，因为社会、历史的土壤是完全不同的。但是，就其有鲜明的民族和个性的独创性，在真实地表现性格特色之后所呈现出来的极其丰富、极其宽广、极其浓郁的感情成分，有可以强烈被感受的作者的幻想的主观因素，而且把这种因素化为人物对未来的迷茫的但又是极其炽热的憧憬。有带有传奇色彩的人物的英雄主义行为，这种行为又与崇高的思想和精神相沟通。有紧张、激烈的冲突，这种冲突支配着人物的行为、动作……这些构成浪漫主义小说形象的主要特色，诸葛亮和那些西欧浪漫主义小说中的人物，是同样具备的。特别是这样的形象，符合于别林斯基曾经讲过的浪漫主义形象的特征。有"情感和心灵的基地，从这个基地上产生一切对美好的崇高的模糊憧憬，它们力图从幻想创造出来的理想中得到满足"（见俄文本《别林斯基全集》第三卷，第二一七页）。通过小说中孔明的形象，可以使读者异常强烈地感受到在这样的人物身上的感情成分和幻想因素。例如《三国演义》中，作者对他笔下人物的赞颂，甚至膜拜，没有哪一个能到达诸葛亮的程度。他多少次离开了具体的描写，通过其中人物之口来传达他的敬仰之情。他颂扬孔明有"经天纬地，出鬼入神之计"，"真万古之人不及也"（第三十八回），是令人折服的"真英杰"（第三十九回），是"只因诸葛扁舟去，致使曹兵一旦休"（第四十二回），稳操胜券，决定大局的英雄。他又说孔明是见识胜于周瑜"十倍"的智士能人（第四十五回），而且胸有"神计"，是"智、仁、勇三者足备，虽子牙、张良不能及也"（第八十八回）的"神人"（第九十五回、九十九回），如此等等，不一而足。在书中像这些怀着巨大的热情。公开站出来赞颂孔明的话，竟不下数十次，这在《三国演义》中是少见的。

这些构成浪漫主义形象的主要特色，诸葛亮是被当作那个时代、那个社会最理想的道德、法和宗教的精神力量的体现者。作者把他写成道德上的"完人"，刚直不阿、公正无私的持法者和超现实的人化了的神力。

首先，我们看一看作者怎样把孔明写成一个道德的"完人"。

第一，他的身上贯穿着一个"忠"字。在作者心目中，孔明乃是忠的化身。三顾茅庐后，他感激刘备"猥自枉屈"，追思这种"殊遇"，决心竭尽全力矢忠于刘备和刘氏政权。他自己说"臣鞠躬尽瘁，死而后已，至于成败利钝，非臣之明所能逆睹也。"因此，始终是知其不可而为之，尽心竭力辅佐刘氏政权。他的忠君思想表现得最明确的是在刘备托孤的这段故事里（第八十五回）。刘备弥留之际，把孔明召来，流着泪嘱托他说："君才胜曹丕十倍，必安国而成大事。若嗣子可辅，则辅之；如其不才，君可自为成都之主。"不管刘备这席话出于真心还是故意试探，孔明听后，反应是十分强烈的。他"听毕，汗流遍体，手足失措，泣拜于地曰：'臣安敢不竭肱股之力也？愿效忠贞之节，继之以死。'言讫，以头叩地，两目流血"。后来诸葛亮的一系列的行动，证实了他的誓言是充分兑现的。甚至，这样明智的人物，也曾出现愚忠的行动。如出祁山、取长安时，一旦闻诏，宁失良机也要班师回朝。他明知这种召回是刘禅听信奸臣谗谮，对自己的不信任，怀疑他已有了异志，但为了矢忠，只得返回成都，以致丧失了进军中原的最好机会。他的头脑中，"忠"字所占的位置很大。当蜀伐魏不利，灾异数起，他深感愧对先帝的责托，在祭昭烈之庙时，竟涕泣拜告，说自己负罪非轻，要"再出祁山，誓竭力尽心，剿灭汉贼，恢复中原，鞠躬尽瘁，惟死而已"。（第一百二回）直到病入膏肓，食少事烦，不久人世，还孜孜以求，日夜操劳，亲理细事，总觉得对待先帝遗志他人"不似我尽心"。而这一点，作者恰恰是把它作为最美、最高尚的品德来加以歌颂。

诸葛亮对蜀汉政权是忠，对军民百姓则是仁慈，作品中竭力渲染他有仁慈之心。这在（第八十七回至第九十一回）七擒孟获的过程中，十分明显。他异常体恤来降的将士，尽去其缚，对他们说："汝等皆是好百姓，不幸被孟获所拘，今受惊唬。吾想汝等父母妻子兄弟，必倚门而望，若听知阵败，定然剖肚牵肠，眼中流血也。吾今尽放汝等回去，以安各人父母兄弟妻子之心。"在这里，孔明并不是在兜售虚伪而廉价的"仁慈"，他确确实实怀着这等心肠。如当他和兀突骨所率领的藤甲军交战时，曾把这三万蛮兵引入他的埋伏圈中，垒断谷口，"就地飞出铁炮，满谷中火光乱舞"，藤甲军被烧得互相拥抱，死于盘蛇谷中。孔明见此情景，垂泪而叹，以为"吾虽有功，必损寿矣"！而后，在进军泸水时，闻夜夜水边有"鬼哭神嚎，自黄昏直至天晓，哀声不绝"，以为"此乃吾之积恶也"。因此，不妄杀一人以祀，而宰牛马，作"馒头"，并亲临水岸设祭。当他听完祭文"放声大哭，痛切不已，情动三军，无不下泪。蛮貊之人，尽皆大恸"（第九十回）。因此，当他用仁慈来感化被征服的兵民时，"蛮夷皆感孔明之恩德，乃与孔明立生祠，四时享祭，呼之'为慈父'"。慈父两字是那里百姓对他的极其崇敬之称，也是作家对他的最高的嘉奖和赞许。

至于书中涉及他对自己亲人，包括兄弟、妻、子的关系，总的来说，也是相当友悌的。

如为了渲染他对妻子的忠诚，特别把他的妻子黄氏说成其貌极丑，其行极贤，而孔明对她则始终不存二心。凡此种种，均是用来烘托这个主要人物的道德品质的。

可见，凡属于忠、仁、友悌之类的封建道德范畴的内容，他一一身体力行，而且无例外地把它们推到很高的"境界"，作者确实是按照自己的理想，要把他塑造成道德上的"完人"。

其次，作者还想把他塑造成秉公无私的严明执法者。

这一点，在史书上有充分的依据。陈寿的《三国志·诸葛亮传》就评说："诸葛亮之为相国也，抚百姓，示仪轨，约官职，从权制，开诚心，布公道；尽忠益时者虽仇必赏，犯法怠慢者虽亲必罚，服罪输情者虽重必释，游辞巧饰者虽轻必戮，善无微而不赏，恶无纤而不贬……终于邦域之内，咸畏而爱之，刑政虽峻而无怨者，以其用心平而劝戒明也。"小说的作者攫取了部分对小说创作有用的材料，把它用来作为创造一个理想化人物所具有的核心的思想内容。

"征南寇丞相大兴师　抗天兵蛮王初受执"（第八十七回），一开端，就说诸葛丞相在成都，事无大小皆是亲自"从公决断。两川之民，忻乐太平，夜不闭户，路不拾遗"。因此，造成了"米满仓廒，财盈府库"的太平景象。这显然是对孔明执法严明的充分美化。孔明挥泪斩马谡的故事（第九十六回），一方面表现了他对马谡败军丧师、失地陷城的过失，决不宽容，"若不明正其罪，军律难逃"。同时，又对义同父子、兄弟的马谡，落下难过的眼泪。当首级献于阶下，孔明大恸不已。事情过后，他对自己的罪责也不宽恕，感到罪责不得不罚，要求自贬三等，不这样，不足以明正军律，也无以服众。他懂得"昔孙武能制胜于天下者，用法明也，今四海纷争，干戈交接，若复废法，何以讨贼耶"？第六十五回描写他定拟治国条例，刑法颇重，法正曾劝诫他，应"宽刑省法，以慰民望"。孔明反驳和解释说："法度陵替，德政不举，威刑不肃，君臣之道，渐以陵替。凡人宠之以位，位极则残；顺之以恩，恩竭则慢，以致丧国，实由于此。吾今威之以法，法行则知恩；限之以爵，爵加则知其荣。荣恩并著，上下同心，为治之道，于斯明矣。凡治政者，要识时务也。"他的这些话，确实是作为历史人物的诸葛亮曾经说过的，但放在小说的大量的艺术描写之中，却能让孔明作为一个理想化了的公正执法者的形象凸显出来，鲜明起来。

　　尽管上面所提用的故事，大都有史书和孔明自己的著作作为依据，但作为艺术，把这些化为人物的语言、行动，并和他的思想性格的刻画紧密结合起来，则是《三国演义》赋予这个人物的。而且，它们之间，又得到了极为和谐的统一，从而，也就把孔明塑造成了一个自觉的、秉公无私的法的化身，这正是作者的愿望。即在黑暗的、无公理、无天理的社会，多么希望能有这样代表人民的意愿去惩治不公、荡涤污浊的人物出现！这不正是一种浪漫主义的幻想！

　　最后，应该指出，《三国演义》中的孔明形象，是带有些仙气的。

小说中的孔明是把历史、传说中有姿貌、有英儒异才、持羽扇、戴纶巾、颇有雍容悠闲的在野名士风度的周瑜的一套服饰夺了过来，放到了孔明身上，使他变成头戴纶巾、身披鹤氅、飘飘然作仙装的形象。这套装束，不仅三顾茅庐时是这样，做丞相时是这样，在归天后装扮起来吓退司马懿时也是这样。而且，在他身旁左右还侍立着两个童子，一个持剑，一个持麈尾，这就使那么一位叱咤风云的人物，变成了半神、半仙、半人的神秘主义色彩很浓的形象。作者不仅喜欢这样去描写他的外表，也还有分寸地朝着内心与外表统一的方向去渲染他。如他预卜吉凶，料事如神，设坛祭风，借天之威，观天象、知生死、解梦警、明易理、谙祈禳之法，魇将星之术……似乎人力所及之处，他都能做得到。作品中，拼命美化他的神力，以致使孔明往往能在危急关头逢凶化吉，遇难呈祥，变成了无坚不摧、无攻不克的"神人"。尽管作者并没有借这个人物来宣扬什么教义，更不是有意地把他写成个浅薄无聊的牛鼻子道人，因为在这些行动的背后，深厚的思想情感的基础，早被作者充分开掘出来，因此与平话是不相同的。但是，不管怎么说，他那超凡入仙的本领，足以使人相信，他在一定程度上又是非现实的、幻想化的，这种神秘色彩较浓的形象，正是按照地地道道的浪漫主义的想象创造出来的。

通过以上简单的阐述，不能不认为在诸葛亮这个人物形象构成中，虽然没有失却历史和生活依据，但正像化学上使几个元素化合在一起，引起一种新的反应一样，不少历史材料经过幻想、虚构的艺术"化合"，已凝聚成了一个浪漫主义的艺术形象。它不同于历史人物，也不同于用现实主义方法创造出来的人物，而是成了道德、法和神力三位一体的精神力量的体现，是更具有人道主义成分，更有传奇色彩的艺术形象，也是作者用爱、热情、希望、理想来"净化"原型而创造出来的一个浪漫主义化了的典型。这个人物虽没有肉体却有精神上的飞升，仅就这点而言，也是充分浪漫主义的。

三

当然，无论是历史还是小说中的诸葛亮，首要的和最基本的并不是一个三位一体的精神力量的体现者，而是逐鹿于政治、军事、外交疆场上的一位胜者和智者。小说在这方面的努力是尽人皆知的。它把他创造成了一个旷古罕见的智慧的化身。因此，在广大人民心目中诸葛亮的名字似乎已经和超等的智慧画上了等号。不言而喻，这是小说的功绩。就这点而言，他远远不是原来的历史人物诸葛亮所能比拟的了。

（一）在三国纷乱复杂的政治斗争舞台上，诸葛亮是一位绝对的强者。他的超人的卓识远见，一出现，就赢得人们的极大注意。以"隆中对"而言，当时，刘备处境不甚美妙，既无巩固的地盘，又无强大的军队，而且，屡打败仗。在各路军阀势力中，也没有显示出远胜一筹的优异条件。诸葛亮不仅透彻分析未来的政治斗争形势，还帮助刘备去开创对自己有利的条件。其后的形势发展，与诸葛亮的预见，几乎完全相符。又如，他劝刘备勿持妇人之仁，乘刘景升病笃之际，直取荆州，北拒曹兵，并谏刘备迅速弃新野，奔樊城，以争得立足之地。即使明知同行军民会很可观，甚至会拖累部队，使行进越趄，但还是差人四门张榜，晓谕居民：无问老幼男女，愿从者，可跟随去。充分显示了大政治家以民为本的深邃、开阔的政治视野。至于他那千方百计坚持联吴抗曹的战略主张，更是决定了刘蜀在一个时期能存在下去并发展起来的关键。入川后，又谋内政修明，富国强兵，整顿纲纪，亲贤远佞，行陈和睦，优劣得所，因此，出现了一个安定和怡乐的局面。接着，他又外御五路来犯之军，南征蛮夷相扰之兵。南方既定，后患已除，再行北伐。凡此种种，《三国演义》远比史书写得细腻、深入和带有理想成分，它能把作为大政治家的诸葛亮的这些思想更浪漫主义化地传达出来。

　　孔明还要担承另一项重要政治任务，即要恰当调处领导层的内部矛盾，解决文臣武将间的关系。特别是那些与刘备同生共死的结义兄弟关羽、张飞，更是恃权傲世。因此，这是一项非常艰巨的工作，弄得不好，火并起来，则要坏了大事。例如，第六十五回关羽听闻马超来降，欲入蜀与马比试，并扬言"势不两立"。孔明则写信阻关入川。一方面，要肯定马超"兼资文武，雄烈过人，一世之杰士"，另一方面又要给关羽戴高帽，使他的自傲的虚荣心权且得到满足。孔明只得说"当与益德并驱当先，犹未及髯公绝伦逸群也"。而且，要申明利害，劝阻其不可轻举妄动："今公受任守据荆州，不为不重，倘一入川，若荆州有失，罪莫大焉。"真是对症下药、恩威并施，使关羽"看毕，自绰其髯，笑曰：'孔明知我心也。'将书遍示宾客，遂无入蜀之意"。后来，关羽被吴杀害，刘备激于愤，竟不顾一切后果，兴师问罪，经孔明苦谏无效，终于和张飞又先后丧命。从此，蜀国元气大伤，一蹶不振，种下了彻底失败的苦果。作为政治家的诸葛亮，根本不同意刘备的轻举妄动，甚至为敢于直谏的秦苗开脱罪责，以为秦应是金石之言。他再次提出矛头应对准曹魏，"魏贼若除，则吴自宾服"！但也是谏阻无效。由此可见，作品告诉我们，孔明对当时蜀国的败亡，并不能承担政治上的责任。相反，倒是在比较中，更显出了他的高瞻远瞩。

　　当然，以上的情节似乎是作为历史人物的诸葛亮也同样具有的，那么浪漫主义的形象又从何谈起呢？我们说作为政治家的诸葛亮，是有一定的史实根据的，同时，如若用现实主义艺术方法来加以塑造，也可以利用上述的一些情节。但《三国演义》在形象塑造上，所运用的渲染、衬照、夸张、烘托的方法，其程度已远超过现实主义作品所能允许的限度，量变引起了质变，它已然进到了浪漫主义艺术方法的范畴了（现实主义的历史小说也要想象、虚构，但结果是更符合历史的真实，哪怕是细节，也是极真实的。浪漫主义的历史小说，要想象、虚构，但结果是更符合理想的"历史"哪怕是细节也是极带有理想的色彩）。以三顾茅庐、隆中对为例，史书有记载，但却过直过简，并无任何气氛的渲染。作为有远见卓识的政治家孔明的形象，自然是描述得极其平实的。顺着这个基调，加以合理想象和虚构，可成为现实主义的艺术描写。如今，小说却不以此为满足，它大量制造悬念、布置疑团，这且不说，在整个环境的渲染上，也多浓重飘逸之气，那若隐若现的自然背景，那家门的"淡泊以明志，宁静以致远"的对联，那通过旁人之口所咏歌的"凤翱翔于千仞兮，非梧不栖"的高标独树和那"聊寄傲于琴书兮，以待天时"的超世傲群，以及孔明自作而由别人传达出来的《梁甫吟》诗句中所创造出来的如玉龙相斗，鳞甲纷纭，万里飘雪，梅花独瘦所展示的幽静邈远的诗的意境，那孔明出场前的面壁而睡，未见形先闻声的"大梦谁先觉，平生我自知，草堂春睡足，窗外日迟迟"的诗吟，以及他那一翻身的第一句话："有俗客来否？"这一系列的细节，都是服从于浪漫主义来描写人物这一个整体的。它们从一点一滴、一丝一缕上给这个有胆有识的政治家涂抹了一层极不同凡响的缥缈的色泽，似乎使人物离开真实的人间世界向着理想的王飞腾起来。因此，我觉得毛评的《三国志演义》在第三十七回前有一段话讲得极妙，它说"此卷极写孔明，而篇中却无孔明，盖善写妙人者，不于有处写，正于无处写。写其人如闲云野鹤之不可定，而其人始远；写其人如威凤祥麟之不易睹，而其人始尊"。那"闲云野鹤"之幽远，那"威凤祥麟"的崇尊，正是巧妙而形象地对浪漫主义艺术手法所产生效果的形容。接着他用"幽秀""古淡""高超""旷远""清韵""俊妙"来描述周围一切对孔明的衬照、映托，都可以说明，它是适宜于浪漫主义手法的艺术创造。

信手拈来的这个例子，不足以说明更大的问题，只用它来作为一例，说明小说中的大政治家孔明的形象，就是这样一开始便和浪漫主义结下了不解之缘。他浑身上下有一股说不出的气，这就是幻想之

"气"、理想之"气",有了它,使人感到他和现实主义作品中的人物,有着明显的区别。

（二）作为一个小说中的人物孔明,那就与史书所描述的,被陈寿视作"将略非长,无应敌之才"（《晋书·陈寿传》）的孔明,有极大的不同,他则是被作者运用浪漫主义的方法塑造起来的一个有非凡才能的军事家。他通晓战争规律,谙熟军事斗争艺术。在他指挥下,几乎是战无不胜、攻无不克。博望烧屯,风助火威,杀得曹兵大败;鹊尾坡伏兵,以新野空城纳敌,火烧水淹,又一次出奇制胜,为刘备一方创立奇功。作为军事家的孔明,不仅能指挥军队打胜仗,而且,当人家指责他辅刘后仍造成弃新野、走樊城、败当阳、奔夏口节节败退的窘势。他回答得好:譬如人染沉疴,先用糜粥以饮之,和药以服之,待其腑脏调和,形体渐安,然后才能用肉食以补之,猛药以治之,则病根尽拔去,人得全生。这实在是精通军事斗争辩证法的精辟见解。

著名的赤壁之战中,他面对尖锐、激烈而又错综复杂的军事斗争形势,灵活、巧妙地运用了各种战略、战术。有时,甚至达到出神入化的程度,终致蜀方不损一兵一卒,借助孙权的兵力,大破曹兵,使曹操丢盔卸甲,狼狈逃窜于华容道上。这是孔明创出的令人叹为观止的以少胜多、以弱胜强的军事斗争的范例。

刘备为关羽事复仇心切,匆促出兵,竟连营七百余里,围兵包原隰险阻。孔明得知,马上发现这是兵家之大忌。除了迅速派人去说服刘备改屯诸营,还声色不动地伏下十万雄兵,又布下名"八阵图"的石阵,以致使东吴大将陆逊不得不赞叹:"诸葛孔明,真卧龙也,吾不及之!"

在魏、吴五路大军压向川地的危急关头,他闭居相府,垂钓冥思,求得破兵之计。果然,用举伏兵、设疑兵、慢军心、布守兵来对付魏之四路,又与外交攻势相配合破去东吴的第五路进军。真是兵来将挡,水来土掩,机动、灵活地解决各种不同的矛盾。在与孟获交战中,他亲临征战，并施恩威，不断用反间、攻心、激将、断粮、夜渡、卖阵等计，并大摆地雷阵，使败将孟获，真心服膺。在与羌兵作战中，又用陷堑击破铁车兵，并创木牛流马，解决给养的运输。小说中，描写孔明所布阵法之多，不及细载。其中，空城计的构思和创造竟可以成为战争艺术史上的佳话。

总之，书中写了孔明南征北战数十年，历经无数次战役，始终不曾做过错误的判断，吃过败仗。因此，可以说他是个百战百胜的军事指挥官。不仅如此，他还能未卜先知，充分判定军事事态发展的必然结果，透彻了解将要出现的全过程，因此，成了一个神化了的军事家。这样一个人物的塑造，自然是从历史上许多高明的军事家中吸取了有用的素材，同时也有作者大胆、奇妙和合理的想象在里面。

例如草船借箭的故事，是小说塑造这位奇智异能军事家诸葛亮最成功的片段之一。故事的开始，就把斗争的空气搞得十分紧张，周瑜心怀鬼胎一定要借这个机会除掉孔明。诸葛亮似乎并不在意，而且自愿上钩。监制十万支箭之事，限期由十日主动推至三日，这便正中周瑜下怀，令他立下军令状。即使如此，孔明仍泰然自若，从容不迫，使得人们为他捏了一大把汗。随即，周瑜又令军中匠人等故意迟延，不与齐备，只等逼得他误了日期，好治他死罪。但诸葛亮却根本不曾理会这些，也不去烦动这些匠人，甚至迟迟到最后一天方有动静，只借了二十只船去取箭，其行动的诡秘奇特，真使人们摸不着头脑；同时，又使人为他的命运揪心。悬念一层进一层地推进，已达顶点。而就在最后这一夜，借着大雾，孔明拉着鲁肃坐船向北岸进发，靠近曹营时，还擂鼓呐喊，引得曹兵乱箭齐发，而孔明与鲁肃则安详、平静也酌酒取乐。就这样，不须造箭而去借箭，使问题彻底得到解决。这行动，不能不使读者和书中的周瑜一起感到惊呆和为之叹服，作者把军事家孔明的英雄主义行为写得多么有传奇色彩！这种强化人物性格、行为，使得矛盾冲突和情节发展有绝对意想不到的后果，不是浪漫主义的写法又是什么？为了使读者深刻感到这个人物身上有幻想的奇妙颜色，作者还借孔明自己之口说他完全知道这是周瑜有意加害于他，但他认为："凡为将者，不通天文，不识地理，不知军情，不晓阴阳，不看阵图，不明兵势，乃庸才也。亮三日前，算定今日大雾，因此敢巧取而办之。"这样的大智大勇的军事家，岂是一般人所能匹敌的！难怪周瑜要佩服得五体投地，连声说："孔明神机妙算，吾不及也！""先生神算，使人敬服。"孔明作为才智过人的军事家的形象，正是在这样既在情理之中又在情理之外的情节中，被放大起来。而这样的故事，不见史传。在《三国志平话》中，虽有草草的描述，但借箭的主角是周瑜，与孔明毫不相干。小说把周瑜的故事移到孔明身上，而且作了那样充分而神奇的渲染，不还是在有意美化孔明、突出孔明？这正是用浪漫主义艺术方法来塑造人物的生动的一例。

"空城计"的故事，更是一次伟大的艺术创造。通过它足以看出作者是怎样来美化这样一个神奇的军事家的。在史书《三国志·蜀志·诸葛亮传》和《资治通鉴卷七十一·魏纪三·明帝太和二年（二二八）》中，都有街亭失陷和马谡被杀的简略记叙，但关于"空城计"的故事则没有。这是作者的大胆创造。不管怎么说，街亭陷落的史实，可以说明即使是孔明这样百战百胜的军事家，也会有严重的败绩。但如实写来，却会极大地损害作者心目中最崇尚、最智慧的人物形象，会使这个绝对"胜者"的四射光芒，登时锐减。因此，作者以极大的艺术胆识，创造了"空城计"的情节。他熟练而巧妙地运用艺术上的辩证关系："凡欲左行者，必先用意于右，势欲右行者，必先用意于左，或上者势欲下垂，或下者势欲上耸，俱不可从本位迳情一往，苟无根柢，安可生发。"（顾凝远：《画引》）这种用欲扬先抑来弥补和改造失街亭的过错的手法，实在是高明至极、精巧至极的艺术构思。你看，由于街亭失守，司马懿十五万大军压境所造成的万分危急的情势，却成了孔明施展军事奇才的最好的机遇。在这种不能战、不能守也不能退的特殊情况下，诸葛亮却凭着二千五百名士卒和二十个贴身老兵，吓退近百倍于己的骄兵，实在是一起"天垮下来擎得起"的壮举。诸葛亮不需动用一刀一枪，只是焚香抚琴，而使司马懿目瞪口呆，不知所措，终于作了错误的判断，失去了一举消灭孔明部队的最好机会。因此，街亭之役司马懿虽胜犹败。孔明则与之相反，街亭之败，赢来了后来的大胜，写败是为写奇胜服务，这就从根本上改造了失街亭的败绩，而使这样一位理想化的人物，飞向更高的境界。浪漫主义之花就在人物性格的神异刻画和情节的奇妙周详安排上，绚丽地开放出来。

（三）在外交斗争的历史舞台上，诸葛亮又创奇功。他不仅是联吴抗曹重要外交政策的制定者，而且是这个政策最高明、最坚决的执行者。他多次不避艰险，深入虎穴，亲自去开展外交攻势。凭着他那辩才，压倒东吴的谋士，使江南荟萃的群儒，目瞪口呆。而且，智激孙权、周瑜，终于调动那里的主战派的力量，起来与曹魏决一雌雄。常常在危急之际，他以那丰富渊博的知识、机敏多变的策略，化险为夷。不仅使雄姿英发、智力超群的周瑜甘拜下风，还使他在仰天作"既生瑜，何生亮"的遗恨终生的长叹后，郁愤而死。

由此，不难看出诸葛亮确实是集道德、法、神力的理想于一身的"完人"，也是集政治、军事、外交斗争的伟业于一体的旷古未见的天才。这样的人物，固然在历史上不曾出现过，就在他以前的文学作品中，也绝对没有。他是集中了所有的贤相、良将、股肱之臣的一切思想、品德的美而创造出来的无与伦比的理想化的人物形象。

到这里，不由我们不想起关于诸葛亮之死的艺术描写。小说中，秋风五丈原孔明归天的情节，是浪漫主义的艺术创造（当然，其中吸收了一些戏曲和包括"平话"在内的民间口头创作上的有益东西）。他那披发仗剑、踏罡步斗、压镇将星的行动描写，那尽心竭力以公为念的内心世界的艺术坦露，那外忧内顾之情生生不息的强烈渲染，那"吐血不止，醒而复昏""不醒人事"的垂危之时感人的勾画，以及由于他的死会给蜀国造成不可估量损失的交代，甚至后世人对他的死所作的血痕斑斑的哀叹，都构成了浓烈无比的悲剧性的氛围。能构成"历史的必然要求和这个要求的实际不可能实现之间的悲剧性的冲突"（恩格斯：《致斐·拉萨尔》），其结果，则是主人翁的身躯被毁灭，而思想、精神、人格，都在美和崇高中得到永生和升华。这种永生和升华，连同作者渗透在字里行间的无比浓郁的哀痛感情，既给人以想象和联想，也给人以强烈的感染。它之所以有这样巨大的艺术力量，应该说主要是浪漫主义之功。

在结束全文之前，我们必须郑重指出，作者以全部的热情、才智，并调动了一切艺术虚构的有效手段，在创造这样一个人物。他的每一笔描绘，都在给人物增添光彩。因此，这是一个成功的典型。尤其是作为一个"智慧"的化身，是非常成功的。这种成功，正是浪漫主义化的成功。鲁迅先生评这部作品时，曾有"状诸葛之多智而近妖"（《中国小说史略》）这句话，含有贬斥之意，多少有些不大公允。但说他机敏、多谋、巧变、神机莫测，确实离现实生活中真实的人较远，乃是事实。这正是用浪漫主义的方法作夸张的结果。

但也应指出，作者想把这个人物创造成一个绝对理想化的人物形象，反倒使他的思想、性格、行为、动作，不能不存在一定的缺陷。因为，作者的理想主义是严格地属于封建主义范畴的。例如，说他是道德的"完人"，这道德，无疑，只能属于封建主义的范畴，因此，越"完美"，封建性就越强，这是显而易见的，这在闻诏班师这个情节中，表现得十分清楚。又如第五十七回，孔明至柴桑吊祭周瑜，祭毕伏地大哭，泪如涌泉，哀恸不已。但被庞统识破后，孔明则放声大笑。作者想夸张孔明的机智，不料却把他向虚伪、做作上推进一步。凡此种种，《三国演义》中不少，这恰恰又从反面进一步说诸葛亮是作者运用浪漫主义创作塑造出来的一个主要角色。

　　最后，我们说诸葛亮是一个浪漫主义的典型人物，在这个形象中，幻想、想象的成分，也是远远大于历史生活的真实的，而与一般用现实主义创作方法塑造出来的典型形象有较大的区别。因此，把他和他这类形象看成是浪漫主义化了的，是应该的、必须的。

曹操，一个丑转化为美的不朽的艺术典型

《三国演义》中曹操这个不朽的反面形象的创造，是很有一些问题可以研究的，笔者只想就丑转化为美这个课题来走走笔，谈几点肤浅的看法。

不丑中的丑

1959 年和"文化大革命"后期，两度讨论过曹操形象的创造，都是指责《三国演义》中曹操绝不是历史上的曹操；小说对历史人物做了严重的歪曲和丑化。这就涉及对历史和历史人物的研究，对此，笔者所知甚少，不敢涉足。然而，把历史人物作为小说形象的原型、模特儿，把历史生活作为创造形象化生活图景的依据，就与文艺发生了十分密切的关系，多少还有些话可说。应该承认小说中的曹操与史书（主要是陈寿《三国志·武帝纪》）中的曹操有很大不同。历史是科学的记述，不是艺术的描写，要的是真实，不允许充分虚构，因此出现差别是很自然的。何况史书记述常常较为客观、理智，创作则融入更多主观色彩和强烈感情。关于曹操，史书和小说中形象的差别，主要源于此。

众所周知，在三国纷乱的局面中，曹操能崛起于群雄之中，自有他过人之处。他南征北战数十年，叱咤风云于战场，于帷幄，可说是个胸怀大志的政治家、军事家，客观上也为历史作出了自己的贡献。陈寿的《三国志·魏志·武帝纪》，对他作出了充分的肯定和正面的

描述。虽然，偶有提到他"少机警，有权势，而任侠放荡，不治行业"，不过寥寥数笔。对他的狡诈凶残，则尽量隐而不显。如写他杀伐过众，仅用"讨斩之""讨破之""斩""伏法"等字眼带过。从这些字眼上看，也似乎真理和正义在曹操一边；相反，确实把罪咎归诸对方，说他们"反""叛""为害"，为曹操开脱。更有甚者，陈纪中振笔直书的则是曹的功德、大量援引他所下的政令、军令，以表现其体恤百姓、爱抚士卒、优待降者、哭祀仇家，处处施仁义、布恩德。

陈纪就是以此为绳墨，来把握这个历史人物的总体。因而，最后的"评曰"中谓："太祖运筹演谋，鞭挞宇内，揽申、商之法术，该韩、白之奇策，官方授材，各因其器，矫情任算，不念旧恶，终能总御皇机，克成洪业者，惟其明略最优也；抑可谓非常之人，超世之杰矣。"

那么，入晋为官的陈寿对曹操的记述和评价是否是最公正、最准确、最客观的呢？这大可研究。据了解，他所见史料有限，视野亦受限制，加之自己的客观处境，使他未能尽言，这在《三国志》中，也表现得十分明显。就以写曹操而言，晚于陈寿一百多年的《后汉书》的作者范晔，曾在《后汉书·卷六十八·郭、符、许列传第五十八》中说过这样的话："曹操微时，常卑辞厚礼，求为己目。劭鄙其人而不肯对，操乃伺隙胁劭，劭不得已，曰：'君清平之奸贼，乱世之英雄。'操大悦而去。"这不只是范晔对曹操的总的看法，也是《三国演义》为这个人物所界定的思想、性格、行为的"总基调"。范与陈相较，看法上的出入较大。裴松之的注，态度却和范基本相同。裴距陈有百余年，按理说时间久隔，要收集第一手资料，可能困难（但好处是可以更客观些）。奇怪的是东晋以后，发掘的三国资料却较西晋时多了起来，大可供裴松之广收博采，能取陈寿之所不载，"以补其阙"。对有乖离之事，可"皆抄纳以备异闻"；也能矫正"纰缪显然，言不附理"之处。裴注中引用魏晋人著作多达二百十种，决不全是无稽之谈。

再说陈寿笔下的《武帝纪》，不及一万五千字，却记述了一个四十余年逐鹿中原、称霸一时的人物，似也太简了。很难描述自他丰富生动的戎马生涯于百一。裴松之的注虽也失诸简略，可较陈纪则详细得多。这个受诏为注的史家，网罗繁富，搜辑的百年间传闻逸事，间或有正经的史料，史家求"信"，对裴松之也适用。像叶适这样指责他："注之所载，皆寿书之弃余。"（《文献通考》）或有人讥他"繁芜"，都是没有道理的。从裴注看，曹操作为一个有雄才大略的地主阶级政治家，"三十余年，手不舍书，昼则讲武，夜则思经，登高必赋，对景必诗，深明音乐"，多才多艺的人物形象，基本树立起来。无可否认，同时他的性格行为中令人嫌弃的一面，也呈现出来。他奸谲诡诈、暴戾凶狠，恰恰和他那"知人善察，难眩以伪，识拔奇才，不拘微贱"，"用法峻急，有犯必戮，或对之流涕，然终无所赦。"（嘉靖本《三国志演义》）构成一个形象的两个方面。

作为煊赫一时的历史人物，本来就有他复杂的性格。《曹瞒传》所载的离间其父叔的举动，可说明其刁；廪谷不足、借头压众的行径，实在过残。《魏书》《世语》和孙盛《杂记》中载杀吕伯奢及其一家事，更是极端自私利己的彻底暴露。凡此种种，怎么能认为是"莫须有"呢？！对于一个信奉"宁我负人，毋人负我"的唯我主义哲学的人来说，难道真是佛头着粪的"丑化"吗？当然不是！它有些历史的真实性。况且有这么多历史材料从四面八方证明着他，岂能说统统是伪造的！仅从《三国志》裴注之外，被称道"采汉晋以来的佳事、佳话"有相当可信成分的《世说新语》来看，作者南宋临川王刘义庆完全掇拾旧闻，"俱为人间言动"（鲁迅语）。

在《世说新语》中，就记录了曹操的故事十数则，有祢衡遭谪，铜雀储妓，孔融被收，乔玄言曹乃"乱世之英雄，治世之奸贼"（以上见《言语第二》），曹问裴潜"备才如何？"（《识鉴第七》），杨修恃才四则（《捷悟第十一》），魏武自惭杀匈奴使（《容止第十四》），魏文取其父王宫人自侍（《贤媛第十九》），曹劫新妇，望梅止渴，阴谋杀人二则，与袁绍斗谋（以上见《假谲第二十七》），等等。这些，揭露和贬斥曹操居多，而且不少为小说创作所取。难道我们可以视而不见，一概目之为"丑化"吗？

总之，从陈寿的《武帝记》和裴松之为它作注以及史外的资料看，不能认为只有褒扬、肯定曹操的那一面才是真实，反之则是丑化。不能信其无而不信其有；信其略而不信其详；信其一二而不信其三四。不仅与情理不合，也与认真研究历史的真实性无补，如果认为陈寿的"纪"外种种不利于曹操的故事，都是对他的丑化，无论如何也说不过去。这样看，不过是要使这个历史人物纯化、理想化，是用现代人的希望来改造历史罢了。如果说陈寿的正史不是绝对的权威，那么其他的史料也不是一无足取的废料，历史与史书常常不能完全画一等号。人们可以信其中的一部分而不可信其全部，恐怕对于陈寿的纪和对裴松之的注，都该是同样公平的。

分析起来，所谓"丑化"也者，无非是：或无中生有的捏造，或以偏概全的极度夸大，而最终歪曲了事情的本质。《三国演义》中不少丑化曹操的地方，多多少少都有陈纪之外的史料作依据，虽有夸张、虚构，也很难说是本质的歪曲，说它"丑化"，未免过甚其辞。

诚然，还如以前说过的那样，历史上的曹操，在统一全国、结束长期纷乱的战争局面，抵御外族入侵、抑制豪强兼并、发展农业生产等方面，从客观上看有不可磨灭的历史功绩，这方面，他是英雄，是美的形象。但他又毕竟是个剥削阶级的代表人物，那个阶级的一些恶德和丑恶的本质，他也有。他的思想、性格，道德、行为，不少是令人可憎的，是丑的，这正是一个历史人物的复杂性，两方面统一在这一个形象上，也并不奇怪，更不是不可理解的事情。因此，如果说曹操的形象是不丑中有丑的一面，不能说是对他的歪曲，更何况历史人物形象和艺术形象毕竟不是一回事，两者着眼点和落笔处本来就是不相同的。

丑中的不丑

文学是人学，这话已经说滥了，但这里还要重复它一遍，是要说明艺术要着眼于人的心灵描写。在艺术家、文学家那里，也许抽象、空洞的人物评价，是没有多少意义、也不会有更多价值的。他们需要的是血和肉，即构成思想、性格的活生生的材料。因此，历史资料给艺术创作者们提供的东西，是要经过他们的选择的。恰恰在这些方面，曹操的许多较生动的素材，却是"丑"的，这种"丑"，也可以唤起创作者强烈的创作欲望，因为人们要揭露它，鞭挞它，为了要揭露、鞭挞生活中和它十分相似、相近的"丑"的东西。这不仅鞭笞了曹操本人，还是对这种具有相当普遍意义的统治阶级的本质思想、行为的批判、否定。在曹操艺术形象逐渐形成的过程中，人们有强烈的爱憎，这种情绪，增加了人物形象的鲜明性。尽管这个形象的灵魂是不美的，但作为一个艺术形象的创造，却是完善的，甚至是逐步在走向典型化的。因此，艺术上的成功便是一种美，这就是艺术美。我们理解，这便是丑而不丑的含义。人物的丑的思想行为、丑的灵魂，和创造出来的形象的成功的美，毕竟不是同一个范畴的东西。

说了这些，就易于探讨曹操的历史形象到艺术形象的变化过程了。

既然历史上的曹操有复杂的形象特征，后人对于他，取其一个方面，不取其另一方面，也并不奇怪。当然，公允地对历史人物作出评价肯定要看他在历史上的作用，但有些人注意他政治、军事上的作为，也应该允许有人更多地着眼于他的道德品质，有人……兴许不同人心目中便有不同的曹操形象，这既是曹操本人一生的所作所为给人们提供的丰富复杂的内容所致，也是由不同人所处的时代、社会环境，本人的思想情感决定的。唐太宗赞扬曹操："匡正之功，异于往代"；杜甫在写赠曹霸将军诗时，着实称道曹霸为"魏武之子孙"，赞叹"英雄割据虽已矣，文采风流今尚存"（《丹青引·赠曹将军霸》）。这是褒扬的。

南宋爱国诗人陆游在《山南行》《喜谭德称归》《过野人家有感》《游诸葛武侯书台》《书愤》等诗作中，以敬慕之情颂扬诸葛亮的同时，竟在他的诗中写下了这样的句子："邦命中兴汉，天心大讨曹。"三国的故事在他的心目中已融进了宋金矛盾的现实内容。曹操的形象成了侵略者、卖国贼、奸佞之徒的代表了。

唐宋两代的一些代表性人物在再创造"历史"。他们各自以自己的政治态度、伦理观念、美学理想自觉不自觉地在改造历史人物，像曹操这样，或被取其美，或被取其丑，这是无可奈何的事。因为借历史亡灵的躯壳，来寄托自己的灵魂，本来就并不罕见。

在民间艺术创作中，曹操的形象早就活跃起来了。隋代大业年间，"炀帝别敕学士杜宝，修水饰图经十五卷，新成。以三月上巳日，会群臣于曲水，以观水饰。"（《太平广记·卷第二百二十六·伎巧类·水饰图经》）当时，有许多神话、传说、历史故事被编成傀儡戏供人观赏，其中就有"曹瞒浴谯，水击水蛟"。唐代，三国故事成了"说话"艺人创作的题材。李商隐在《骄儿诗》中云："或谑张飞胡，或笑邓艾吃"，虽然其中没有提到曹操，可以推测演说"三国"是很难离开曹操的。苏东坡的《志林》中，不仅有说曹操的故事，而且有以强烈的憎恶感情来贬斥曹操的记载。当时这种有明显倾向性的说书艺术，大大打动了听众，甚至连小儿也产生共鸣："王彭尝云：'涂巷中小儿薄劣，其家所厌苦，辄与泉（钱），令聚坐听说古话。至说三国事，闻刘玄德败，频蹙眉，有出涕者；闻曹操败，即喜唱快。'以是知君子、小人之泽，百世不斩。"曹操的艺术形象恐怕这时已经是个白脸了。

追写北宋都城汴梁生活和风土人情的孟元老《东京梦华录》，在卷五《京瓦伎艺》一节里，列举当时说书技艺之盛，仅说历史已有专门家霍四究"说三分"、尹常卖说"五代史"。这些底本虽不可查考，却与苏东坡所载以及以后出现的《三国志平话》合辙。落于文字的"讲史"《三国志平话》，正像郑振铎先生所指出的："这部小说对于曹操已是没有好感，只是着力写他几次狼狈的失败"（《中国文学研究》）。确实，在《平话》中，作者借刘备之口吟出这样的歌："四海皇皇兮，贼若蚁。曹操无端兮，有意为君"，"朝内不正，则贼若蛟虬……斩除曹贼，与君一体。"把曹操比作"弑平帝夺天下"的王莽，认为"善恶到头终有报，恶来还有恶图之"，爱憎非常鲜明。

《三国志平话》虽说是说书人底本，无论是情节描写的粗疏还是文字的鄙陋，可以看出它也只是当时说书时的一个粗纲，许多理应展开和生发的东西，均没能写进去。即使这样，大体相当于《三国演义》中曹操的故事，在《平话》中也已勾出了轮廓。可以想见，当时在说书人的口中，定会丰富许多，否则怎么能产生如此强大的艺术感染力！

元代戏曲舞台上，演员以自身的扮演来再现历史上的曹操。据傅惜华先生的《元代杂剧全目》得知，三国戏近四十出。其中王仲文《破曹瞒诸葛祭风》，花李郎《相府院曹公勘吉平》，无名氏《诸葛亮博望烧屯》、《关云长千里独行》、《两军师隔江斗智》（元明间作品，下同）、《关云长力劈四寇》、《曹操夜走陈仓路》、《阳平关五马破曹》、《老陶谦三让徐州》，等等，不难看出，与曹操的故事关系密切，或者干脆让曹操成了戏中的重要角色。历史和传说中的曹操，经过戏曲艺术的再创造，已把其中不少部分变成完整的戏曲情节，艺术作品中的曹操形象也就确定下来。这之中，发挥创造不少。想要一一考稽它的根据，追求它的细节的历史真实性，恐怕不可能，也没有必要。正像"替曹操翻案"的郭沫若先生在20世纪四十年代创作著名的历史剧《棠棣之花》《屈原》《虎符》时所采取的基本方法一样，是有许多合乎艺术之情、近乎艺术之理的虚构在里面。那时郭先生说得多好：

写历史剧并不是写历史，这种初步的原则，是用不着阐述的。剧作家的任务是在把握历史的精神而不必为历史的事实所束缚。剧作家有他创作上的自由，他可以推翻历史的成果，对于既成事实加以新的解释，新的阐发，而具体把真实的古代精神翻译到现代。

历史剧作家不必一定是考古学家，古代的事物愈古是愈难于考证的。绝时的写实，不仅是不可能，而且也不合理，假使以绝对的写实为理想，则艺术部门中的绘画雕塑早就该毁灭，因为已经有照相术发明了。(《我怎样写〈棠棣之花〉》)

这种艺术创作，如果说历史生活的材料是经线，那么现实生活中极其丰富的内容则是纬线，创作者的想象幻想无疑是手中的梭，靠着它才能织出绚丽的彩锦。

历史人物曹操思想性格上的丑，在艺术所创造的具有个性化的形象中，也许更丑了，但这种丑从美学意义来讲，应该说是美的。丑与美的关系，从生活（包括历史生活）到艺术，可以是一种转化，创作者把丑集中起来充分典型化，融入自己强烈的爱憎、鲜明的倾向，予以揭露嘲讽和鞭挞，丑就可能转化成艺术上的美。三国故事中的人物，从历史原型经数百年各种途径的艺术加工，已逐渐成了较为凝固的艺术美的形象，曹操也由此而初步完成由生活中的丑到艺术上的美的转化，因而成了家喻户晓的反面形象。

艺术上美得如此精致

法国大雕塑家罗丹在《艺术论》中曾经说过：

在自然中一般人所谓"丑"，在艺术中能变成非常的美。
当莎士比亚描写亚果或理查三世时，当拉辛描写奈罗和纳尔西斯时，被这样清晰透彻的头脑所表现出来的精神上的丑却变成极好的美的题材。

是的，中外文学史上不乏这类例子。莎士比亚笔下的埃古、夏洛克、麦克白；歌德笔下的靡非斯托；雨果笔下的克洛德·孚罗洛神父；莫里哀笔下的唐璜、阿巴公、答尔丢夫；果戈理笔下的市长……那么多的反面形象，丑的典型，应该说都是写得很出色、很成功的。唯其如此，在艺术上应该说是非常的美。这种美，并不是说明他们的思想灵魂不丑，恰恰相反，而是说丑得这样真实，这样生动，这样可信，因而在艺术上是这样成功，这样美。然而，《三国演义》中的曹操和他们中任何一个形象相比都是绝不逊色的，甚至还要远胜他们一筹。那是因为，作者把它挖掘得更深，刻画得更细腻生动，概括得更准确，表现得更栩栩如生，富有质感，因而也美得更精致。

当然，这不仅仅是罗贯中或毛纶、毛宗岗父子几个人的功劳，千百年来，曹操的形象已经通过艺术手段在人们心中树立起来，多少人为它进行加工、创造、补充，而使它日臻完善。这里面又有多少人的审美观、道德观、伦理观在起作用，他们在历史和现实生活中，受尽了这类人的迫害折磨，得到的是血和泪，因此，异常痛恨这种虚伪狡诈、阴险凶残到达极点的人物，决心要把它创造成一个最有教育意义的反面教员。《三国演义》的作者恰恰承担起这样的任务，他创造了这个无与伦比的反面形象，那些令人憎恶的道德、行为被艺术地概括进去，他再不仅仅属于自己，而是千万个和他同一类型人物的代表。

一部《三国演义》写了数百个人物，要说用笔最多，写得最精心，艺术感染力最强烈的，恐怕只能是他和诸葛亮。一正一反相映成辉，形成特有的美。

曹操一登场，作者大体依照裴注中《曹瞒传》的文辞，介绍了他的身世经历。接着马上引出许劭的两句话："子治世之能臣，乱世之奸雄也。"毛宗岗评此有四字："二语定评。"此话说得颇好，确实，作者在书的开头就为这个人物定了个调，也就是说，要把他创造成既是能臣又是奸雄。他的奸，该是能臣之奸，绝非鼠目寸光、势利小人之奸；他的能，却又是奸雄之能，而不是大有作为的君子仁人的能。能到了奸的程度，奸达到能的水平，才能真正统一起来。有着这样的统一，才是活灵活现的曹操。小说没有把这个人物简单化、漫画化，尽管他的本质如此明显，性格特征却异常丰富，作品很真实地写了他思想性格的诸多方面，也写出他性格产生的历史生活依据。既写出他性格的典型性，也写出他独特的个性，因此，是个丰腴而有血有肉的生动形象。

作品充分铺展他的才智谋略，使人相信在汉末大动乱的局面中，他能独占鳌头，实有过人甚至是超人的地方。他机敏聪颖，绝不是那些昏庸无能、孱弱的军阀们所能比拟的。作为一个领袖，他的才干、气度、胸襟、魄力，远远胜于董卓、袁绍、袁术、刘表、公孙瓒之辈。他很懂得成就一番事业，当有百姓的推戴，也得有文臣武将为其卖命。在这些方面，凡该做而能做的，他都去做。如他求贤若渴，爱将如子，贤达之士接踵而至。因此，形成文有谋臣、武有猛将的兴旺发达局面。青梅煮酒论英雄一节，他与刘备纵论天下群雄，表面看来，吐言甚狂，细心推敲，不乏真知灼见。正是如此，才敢有"包藏宇宙之机，吞吐天地之志"（卷之五，第二十一回）。才在缜密客观的分析后，得出有远见卓识的结论："方今天下（毛评本作'今天下英雄'）惟使君与曹耳！"因此，连毛宗岗也不得不佩服："此老奸识英雄之眼，又非他人可及。"（第六十一回）

《三国演义》中的曹操，也同样容人讲话，从谏如流，显示出他特有的博大的胸怀。他还知过必改，善作自我反省，这又是他谦逊的一面。但仅有以上这些，还不能成为真正的曹操，他更主要地是个不朽的反面典型。他极端自私而诡诈，野心勃勃而残暴不仁，骄横跋扈而嫉才妒能。这些，历史上的曹操，都是有的，但不这么明显。小说在充分掘取历史材料的基础上，虚构、夸张了，充分"艺术化""小说化"了。

小说集中多少篇幅来描写他的残暴不仁的行径。杀吕伯奢一事，被写得这样有情节性，不仅事件的来龙去脉清晰，而且曹操的罪恶动机和他的唯我主义的灵魂也被艺术地表现出来（卷之一，第四回）；为报父仇，他奔杀徐州，"大军所到之处，鸡犬不留，山无树木，路绝人行。"（卷之二）"杀戮人民，发掘坟墓"（第十回）；对有恩于他的陈宫，他毫不客气地杀了（第十九回）；他逼死吉平，又诛董承等数家，于是"良贱死者七百余人"；他还带剑入宫，勒死怀有身孕的董妃（卷之五，第二十四回）；袁绍手下将领沮授至死不降，被他杀了（卷之七，第三十回）；徐庶之母骂他是汉贼，也被他所杀（卷之八，第三十六回）；讥刺、戏侮他的孔融，一家老小葬身在他的屠刀下（卷之八，第四十回）；带剑入宫，杀戮伏后及其一家人，手段更残，数百人之众，顿时均成死鬼（卷之十四，第六十六回）。若他杀杨修是厌他恃才放旷，那么杀华佗，实是以贼心度人。与他为仇的，杀；亲他的，也杀；有害于他的，杀；无辜的，也杀。一部《三国演义》写曹操杀人不下数十次，死于他手中的多达数千人之众。多数是顺昌逆亡，手段无比残忍。凶恶、残暴被作为个重要的性格特征从历史资料中梳理出来，加之以有声有色的渲染，铺陈出多少令人触目惊心的故事情节！

阴险狡诈的行为，也被全书作为曹操思想性格的重要特征来描写。和史书记载一样，开始就写了一段他有权术，假装中风，诬告其叔父的故事。而后，写他谋杀董卓，却被董看破，于是倒转刀把，跪下假作献刀的故事（卷之一，第四回）。这样，一个机警而诡谲的曹操形象，已在读者面前立了起来。以后，又描写他与袁术作战，因日费粮食浩大，取于民仍不敷，他向仓官王垕建议以小斛分散，因此搞得军中无人不怨，不可收拾。最后，他借王垕之头"以压众心"，并告诉王说："汝妻小吾自养之，汝自无忧虑也。"真是设下罪恶的圈套，嫁祸于人，还假作慈悲，令人读后感到心寒齿冷（卷之四，第十七回）。最初，张辽不降，并破口大骂，他被激怒，要拔剑结果张的生命，但被刘备劝阻，关云长也跪下替张求情。这时，曹操立刻"掷剑笑曰：'我亦知文远忠义，故戏之耳。'"并亲释其缚，"解衣衣之，迎之上坐"。感情如闪电似的变化，足以使读者瞠目结舌，不能不充分认识他的诡计多端。正如毛评中说："恐他人做了人情，但说自家是戏。奸雄权势，真不可及。"（卷之四，第二十四）这样一个形象，活像《红楼梦》中兴儿给凤姐所总括的"嘴甜心苦，两面三刀；上头笑着，脚底下使绊子；明是一盆火、暗是一把刀"，真是阴谋家的典型。

是的，小说中曹操是个"巧伪人"，好话说尽，坏事做绝。隐藏起真性实情，给人以假象，以达到不可告人的目的。他要杀陈宫，临杀前，故意问："公如是，奈公之老母妻子何？"然陈宫决意坦然引颈就戮，他却"起身泣而送之"，并吩咐从者："即送公台老母妻子回许都养老，怠慢者斩。"故意要让陈宫听见，真是猫哭耗子的慈悲（卷之四，第十九回）。再如对待袁绍，杀其子、夺其妇、取其地，实在是斩尽杀绝，不留余地，可是又假惺惺地去袁墓设祭，"再拜而哭甚哀"，真可谓"奸雄之奸，非复常人意量所及"（毛批）。这样一个虚伪透顶的人物，他的所作所为，难以细述，但生而为伪，至死仍诈，是肯定的，要不，何以要设七十二个疑冢！毫无疑问，这是中国文学史上少见的虚伪透顶、狡猾至极的人物形象，能和他相媲美的，也只有《红楼梦》中的王熙凤了。

自然，曹操作伪始终服从于鲸吞天下的野心。隐蔽有利，他伪装；无须隐蔽，也会赤膊上阵。到那时，他的志得意满，跋扈骄横就不用任何伪饰，可以直截了当地表现出来。如许田打围时，敢于与天子"并马而行，只争一马头"。还讨了天子宝雕弓、金铋箭以射鹿，中的后，纵马抢先代天子受群臣祝贺（第二十回）。当时，被骄满之情冲昏了头脑，早已忘乎所以。赤壁之战已准备就绪，他大宴群臣于江上，环视四周，自我陶醉，满饮三爵，横槊赋诗，实实把他得意非凡的神气，全表现了出来。铜雀台前，观赏武官比试，踌躇满志，不可一世，跃龙祠前，欲砍下数百年的大梨树，并扬言："吾平生游历，普天之下，四十余年，上至天子，下及庶人，无不惧孤。"（卷之十六，第七十八回）似乎偌大的天下，能容他一口吞了下去。小说对这些都作了淋漓尽致地描绘，把一个野心家的心思，生动地传达出来。

也和一切阴谋家、野心家一样，贪欲无尽，骄横至极，必然会有歇斯底里的疯狂性，如《三国志》裴注《魏书》《曹瞒传》《山阳公载记》等，多次记述了他不当哭时大哭，《三国演义》则据此加以虚构、渲染、创造，写出他变化无常的情绪。开始写袁绍、何进议事，见解甚鄙，一旁的曹操见此，则"拊掌大笑"，认为这等事本来易如反掌，还值得多议！口气之大，令人惊诧（卷之一，第二回）。董卓欺主弄权，社稷旦夕难保，群臣议及，一筹莫展，只有怆然涕下。又是曹操"拊掌大笑"，认为"满朝公卿，夜哭到明，明哭到夜，还能哭死董卓否？"（卷之一，第四回）意见甚是，态度极狂，野心极大，这就是有些神经质的曹操。以后，小说还多次写他出人不意地大笑。如被吕布杀得狼狈溃逃，"手臂须发，尽被烧伤"，惊魂始定，可又仰面大笑（卷之三，第十二回）。赤壁鏖战，屡次失利，但每每在吃了败仗后，放声大笑。华容道上如惊弓之鸟，险境未脱，处处令他肝胆皆裂，却仰而大笑三次，笑周瑜无谋，孔明不智。实在是奇特的性格、不同凡人的感情！然而恰恰在华容脱险后他反倒"仰天大哭"。因此，毛批说："宜哭反笑，宜笑反哭，奸雄哭笑，与众不同。"从他异常失态的喜怒哀乐中，看到一个活生生的野心家的丑恶嘴脸。他这样自以为是而小觑天下众人，以至于带着他那绝对的自恃、自狂进入坟墓。

《三国演义》向我们展示了一个多么生动的反面人物的典型！他

的思想、意志、性格、灵魂，概括着历朝历代这一号人的多少共同的东西！原本为他所有的一些美德懿行，却被那些劣行败德，恶思邪想冲淡了、淹没了。尽管这个人物呈现在我们面前的性格是相当复杂的，占主导地位的却是他的假、恶、丑。那些，经创作者强烈的审美感情、严肃的伦理观念作了艺术的和道德的评定，已成了一个美的反面形象。诸多历史事件，被筛选、提炼、概括，加以想象、虚构，更精致，也更艺术了。创作者不惜笔墨，用属于曹操自己的语言、行动，再现一个不可替代的活曹操、一个艺术上不朽的曹操。他远不是那些也用艺术手段再现出来的反面人物如赵高（《东周列国志》）、王莽（《东汉演义》）、潘仁美（《杨家将》）、秦桧（《说岳全传》）之流可以同日而语的。

如果说作者用理想来创造他心目中以为极美的形象，诸如刘备、孔明、关羽等人，那么同样，作者也以理想来创造一个极丑的形象——曹操，书中处处把曹操放在与正面人物的对比中来描写，以孔明之智，衬曹操之蠢；以刘备之仁，衬曹操之暴；以关羽之义，衬曹操之伪。美则益美，丑则更丑。正如小说中刘备自己说过的："今与吾水火相敌者，曹操也。操以急，吾以宽；操以暴，吾以仁；操以谲，吾以忠：每与操相反，事乃可成耳。今以小利而失信义于天下，吾为此不忍也。"既然正面的形象是充分理想化了的，是用浪漫主义手法创造出来的，那么与之相衬照的反面形象，服务于正面理想，也是用浪漫主义手法创造出来的。正与反原本是胶着着、斗争着的，一个完整的艺术不可能造成两者的游离。确实，从曹操形象的创造中，能看到一种奔腾着的不可抑制的生活、政治、道德的理想，从他的反面在起作用。

如果说那些正面形象是崇高和悲伤的理想化，那么像曹操那样却是滑稽和可笑的理想化。曹操的形象处处有戏谑性的笑的喜剧，因为他是丑的真实，却又是极度的夸张了的滑稽的美。

总之，曹操的形象是作者对历史和民间艺术创作精心撷采的结果，是用想象来作精致加工和创造的结果，是充分发挥巨大艺术创造才能而对他作认真虚构的结果。因此，这个形象的刻画成功，透露着艺术创作的精美。

曹操的形象是不朽的，他在《三国演义》中无论是地位还是作用，决不逊于任何正面形象，因为他有极深、极广的概括力量，以至在数百年后，依旧栩栩如生地活在人们心中，这是永不衰退的艺术美的力量！

附记：凡引嘉靖本《三国志通俗演义》，均标卷之几；凡引毛宗岗评本《三国演义》，均标第几回。

各具特色的群雄谱

——《三国演义》的人物形象之二

《三国演义》以一百二十回的篇幅，写了几百个人物。其中不乏有血有肉的形象。

在毛宗岗的"读三国志法"中说，遍观三国之前，三国之后，有运筹帷幄的，有行军用兵的，有料人料事的，有武功将略、迈等越伦的，有冲锋陷阵、骁锐莫当的，有两才相当、两贤相遇的，有道学、文藻、颖捷、早慧、应对、舌辩的，有不辱君命、飞书驰檄、治烦理剧、扬誉蜚声的，还有忤奸、触邪、斥恶、骂贼、殉国、捐生、矢贞、不屈、轻财笃友、事主不二、不畏强御、视死如归、独存介性的，等等，不一而足。"读法"例举了各式各类的人物，相当烦琐。这里，毛宗岗只看到他们的表现和所作所为，没有对他们的思想性格作什么概括。而且，即使以行动和作用来对他们加以分类，也是不准确、不科学的。但是，无可否认，这部书也和其他几部著名的长篇小说一样，刻画出了许多令人难忘的艺术形象。甚至连那些各霸一方的封建军阀如董卓、吕布、袁绍、袁术、刘表、刘璋等，都有属于他个人而不易被混淆的个性特色。因此，塑造一大批有性格的形象，该是《三国演义》了不起的艺术成就之一。这里，我们除了上面介绍的几个主要人物之外，还再举出一些人物作为例子，逐一加以介绍：

孙权的形象是这部小说中塑造得比较成功的一个。纵然作者花在他身上的笔墨，远不如曹操、刘备多，但作为一方的霸主，构成三国鼎立的不可缺少的一个，作者还是花了力气来写的。

小说中的孙权，和陈寿在《三国志·吴书·吴主传》所写的孙权不同。史书中用大量的篇幅记叙了他的战绩，也收集了他的诏文、令书等，因此，就史的角度来说，材料并不比刘备少。这说明，他也大有可写之处。再者，陈寿对他的评语有褒有贬，先说他"屈身忍辱，任才尚计，有勾践之奇英，人之杰矣"。又说他，"性多嫌忌，果于杀戮，暨臻末年，弥以滋甚。至于谗说殄行，胤嗣废毙，岂所谓贻厥孙谋以燕翼子者哉？其后叶陵迟，遂致覆国，未必不由此也。"前后两说比较，贬的成分又重得多。如果前面是着重肯定他的行为，那么，后面则是把思想、性格、行为都一起否定了。而小说的作者却不是这样。

小说第七回在介绍孙坚家族时，曾提到孙权，因有兄长孙策在前，对他着墨不多。第三十八回才较详细介绍孙策死后，他占据江东，承父兄基业，广纳贤士，使江东兴盛起来的情况。接着写他的周围有两股力量正在展开激烈的斗争，一股是以张昭为代表的惧曹降曹派，另一股则是以周瑜为代表的抗曹派。孙权就是在内部这两种势力的角逐，外部与魏、蜀的矛盾斗争中过日子。

处在夹缝中的人物，就有夹缝式的性格，即观望、犹豫、焦虑，遇事往往举棋不定。这集中反映在赤壁之战中。开始，他同意鲁肃到江夏吊丧，以探听刘备的军情。鲁肃回来，他已收到曹操的檄文：将率百万雄兵、上将千员，要和孙权"会猎于江夏，共伐刘备"，希望他"幸勿观望"云云。这种软中有硬、意存威胁的话，使他开始犹豫。曹方兵强，刘方力弱，但若与曹交好，则有被虎狼吞噬的危险；而与刘备结盟，却可能保存他的地盘，这点孙权完全了解。因此，当张昭劝说他降曹为万安之策，众谋士也同声附和时，他仍要琢磨再三，以至于"沉吟不语"。这说明在政治上他并不糊涂，而是比较清醒的。当鲁肃和他说了一番与众人完全不同的话，他才找到了知音，表示赞同。接下去是研究如何对付曹操的问题。孔明舌战群儒时，江东主和、主战两派的面目暴露得一清二楚，孔明看到孙权，见他碧眼紫须，堂堂仪表，知道不可说服他，而要设法激他，于是，在大讲曹方雄厚的实力之后，解释刘备之所以不降，是因为他是个"英才盖世，众士仰慕"的大丈夫，是有气节的，怎能屈居人下。这话是存心说给孙权听的。果然，孙权听出话中有刺，不禁勃然变色。他怒的是孔明贬他，但这却又促使他考虑破曹良策。后来，当他听了孔明献策，就决心抗曹；到张昭等再三劝阻，认为这是"负薪救火"，他又低头不语，表现出迟疑的状态，那是因为那些话毕竟有很大的挑唆性和蛊惑性。待周瑜来到之后，严厉驳斥了投降派的谏言，并详细陈述了对曹军不利的四个方面，孙权这才坚定了抗曹的决心，于是决然而起，慷慨陈词，又拔剑砍下奏案的一角，表示谁要再说降，则与桌案同命运，并且立即布置全面迎敌之策。这一段反复描写了孙权内心的矛盾斗争，是十分真实的。

通过这一段生动的描写，可以看出作为政治家孙权的性格特征。首先，他不肯丧权辱国，屈膝投降；其次，他能平心静气地倾听下面的不同意见，决不轻举妄动，等等。这是他所以能和曹操、刘备形成鼎足之势的基本条件。

由于他能权衡得失，东吴与蜀国的联合，还是有成效的（当然"美人计"是完全的失策）。只是在看到刘备的势力日益增大，荆襄之地被夺，使他感到有很大威胁、压力时，才又与刘备翻了脸，发兵攻取荆州。即使这样，他也准备两面迎敌，即同时既与刘蜀反目，又要迎击曹操来攻。他养精蓄锐，屯兵秣马，并安排得井然有序。面对这样强劲的对手，曹操也不得不以十分狂妄的口吻赞叹说："生子当如孙仲谋。若刘景升儿子，豚犬耳！"（第六十一回）接下来写占据东南一隅的东吴和控制了整个中原地区的曹军相拒月余，战了数场，竟使曹军难以取胜。小说并没有把孙权当作无能之辈来写，相反的，如站在东吴方面来估量，他不失为赫赫的英雄。当然，他的两面出击，特别是与刘蜀为敌的决策是错误的。这不仅是错误地估计了自己的力量，也在客观上帮助了曹操，使曹能借刀杀人，坐享其成。这实在不是孙权的初衷，但到了后来，已不是他个人的愿望所能左右的了。

周瑜也是个塑造得十分成功的人物。他一登场给人的印象是"资质风流，仪容秀丽"，因与孙策同年，并结为兄弟。他以出众的才智使孙策认为，得到他后，大事可成。孙策临终时，曾关照周瑜竭力辅佐孙权（第二十九回）；孙权母亲弥留时也曾告诫孙权，要以师傅之礼对待周瑜，不可怠慢。周瑜再度出场，就是一位主战派，而且由此得到孙权的信任，拜他为大都督（第三十八回）。赤壁之战前夕，孙权犹豫不决，便把他召回到自己身边。实际上，周瑜这时早已下定决心，要与曹操决一雌雄，但见着鲁肃时，却故意以退为进，作一番试探。接着，他精到地向孙权作了形势的分析，使孙权坚定了抗曹信心。这段描写相当精练地把周瑜的思想性格勾勒了出来。这时，他要求孔明助他一臂之力，共同破曹，也是真心实意的。但当他看到孔明智谋超群，料事过人，不禁大吃一惊，才开始产生忌妒之心，而萌生杀机。这一点，既说明周瑜的乖觉，又说明他心地的褊狭。此后，在与曹操的交战中，暗地则一直与孔明斗法。越斗越感到孔明的才智远胜于他，使他惶惶不可终日，于是他要用断粮、逼箭等手段，借曹操之手或借军令把孔明除掉，无奈对方棋高一着，他才未能得逞。

然而，他的智谋也是超越凡人的。他不仅指挥东吴的水、步、马车的全部军事力量，进行战争，游刃有余；在斗智上也略胜曹操一筹。要不，群英会蒋干盗书时，他能把戏做得这样真：即使蒋干上当，又瞒过了曹操的眼睛。用"火攻"的战术来对付曹操，他与孔明不谋而合；行苦肉计诈降，他也做得可以以假乱真。当然，在赤壁一战中，他是虽胜犹败。因为尽管曹操损兵折将，败在他手下，但在料敌、运筹等方面，事实证明，他却远远不敌孔明。出于过于恃才自负，加上心地褊狭，容不得孔明处处事事超过他，于是，才有后来发兵取南郡，美人计智赚刘备，和虚名收川，实取荆州的"假途灭虢"之举。这一切无非想摧垮刘备，拔除孔明这颗眼中钉。岂料他的计谋均被孔明识破，对方将计就计，使得他自食其恶果。经过一气、二气、三气，到头来只好长叹一声："既生瑜，何生亮！"辅佐东吴的大业未成，先自丧了性命。

但是，从赤壁之战前后的种种表现看，周瑜仍不失为一个了不起的人物。特别应该肯定的是，他对东吴的耿耿忠心和他那"大丈夫既食君禄，当死于战场"（第五十一回）的豪迈气概。当他身患重病，仍然忍着剧痛，披甲上马，领兵杀敌的情景，是很感人的。只是在大的战略上，他显得并不高明，甚至不懂得吴蜀联盟对于安吴抗曹的重要意义，加上出于个人的私心，时时破坏这种关系，终于招致不可挽回的损失。因此，可以说，这又是一个有严重错误的英雄。

应该指出，《三国演义》所塑造的周瑜形象，和史书所写是有所不同的。《三国志》中记录了这个驰骋疆场的将军的才干风姿，但却没有写出他性格上的严重弱点。然而，恰恰由于小说作者比较充分地写了他多方面的思想、性格，使人物形象远较史书来得鲜明生动。

东吴方面还应一提的是鲁肃。这个人物在形成三国鼎立局面中是不可缺少的。如第四十二回写曹操大军压境，他奉孙权之命去江夏为刘表吊丧借机探听刘备虚实，以便联盟破曹。这是他第一次和孔明相识。但在和孔明同返柴桑郡时，他就十分真诚友善地叮嘱孔明，切不可实言曹操兵多将广，以免动摇孙权抗曹的决心，足见此人心地善良。接着，在对孙权进言时，他坚决反对投降派的主张，显现出难得的政治远见。在此期间，他斡旋于孙权、周瑜、孔明之间，起着很好的调解、缓冲作用。他为维护吴蜀联盟作了不少工作。如劝导周瑜，不能加害孔明。"操贼未破，先杀贤士，是自去其助也"。"今用人之际，望以国家为重"（第四十四回）。对于周瑜要杀害刘备，他也极力反对。因此，表面上他给人以"老好人"的感觉，实际上他不仅秉性纯厚，而且有政治家的胸怀。他劝孙权把荆州借给刘备一事，不知就里者以为糊涂得可以，但此举却赢得了吴蜀联盟的巩固，有利于共同抗击劲敌曹操。

曹操是深知这一着棋的厉害的。第五十六回写曹操刚要举笔为铜雀台赋诗时，忽听到东吴表奏刘备已为荆州牧，而且"汉上九郡大半已属备矣"时，竟致心慌意乱，连手中的笔也掉落地上，可以概见。这段情节，《三国志》中也大体是这么写的。后来，孙权逼着他去讨回荆州，他认为文书上明白写着，要等刘备得了西川才能归还，不能不讲信义。但被孙权叱责了一顿，才不得不硬着头皮去做。后来，当刘备得了西川，又不肯归还荆州时，他提出了一个要关羽单刀赴会，以便加以要挟的计谋，并当面谴责刘备"贪而背义"。可见他是忠于东吴的，只不过思想性格和别的东吴将帅有所不同罢了。在小说中，虽然作者对他用笔不多，但一个独具性格的人物还是生动活脱地创造出来了。

在蜀汉方面，除了孔明、刘备、关羽和张飞之外，另一个英雄人物赵子龙，也是作品所着力美化的。当阳长坂坡的所为，足以表现他的智勇双全，我们已在前面说过。此外，小说作者还在不同场合多方刻画他的性格特征。他一出场就和勇猛异常的文丑激战五六十个回合，"胜负未分"（第七回）。那时，赵子龙还是个"生得身长八尺，浓眉大眼，阔面重颐，威风凛凛"的少年将军。第二十八回，从周仓的口中知道，叫周仓吃苦头的，原来是单枪匹马、只消二个回合便把裴元绍刺死的"极其雄壮"的赵子龙。他的亮相就显得那样身手不凡，给人以深刻的印象。

在群雄逐鹿的环境中，赵子龙先投公孙瓒，后依袁绍，但都不如己意。不得不在外飘零了好一阵之后，才投奔了刘备。至此，他认为这是遂了平生之愿，决心要肝脑涂地尽忠于刘备。实践证明，他不仅受到刘备的绝对信任，而且得到孔明的赏识。重要关头，孔明总是安排赵子龙去。例如，赤壁之战后从东吴迎回孔明的是他；取桂阳郡的是他（第五十二回）。桂阳太守赵范一听他来，就被他的声威吓住，说"不可迎敌，只可投降"。不知深浅的陈应硬要碰一碰，不出四五回合，就被赵云生擒了。进了桂阳城一段，作者把赵云的思想性格写得尤其动人。简单说来是这样的：太守赵范一心想讨好赵云，经过一番花言巧语之后，两人便认了同乡，结拜了兄弟。宴席间，乘赵云喝得微醉时，赵范竟让他的寡嫂出来举杯劝酒，用意是想把这个女人嫁给赵云，搞什么亲上加亲。赵云不禁勃然大怒，认为这是乱人伦的事，如何使得！赵范也恼羞成怒，有意相害。结果，赵云一拳打倒赵范，夺门而去。事后，刘备连声称赞赵云是个"真丈夫"。

第六十一回截江夺阿斗的故事，刻画出他的忠厚性格的又一个侧面。且看他从孙夫人怀中夺过阿斗后的心理状态："欲要傍岸，又无帮手；欲要行凶，又恐碍于道理，进退不得。"因为对方毕竟是刘备的夫人，深知不能做得过分。赵云当时进退维谷的内心活动是真实的。第六十五回，他谏刘备不应把成都的名田宅分赐诸官，说百姓受尽兵火之苦，该把这些东西还与他们，使之得以"安居复业"。这样，民心才能安定。那一番话，不仅显出他的赤胆忠心，而且看出他很高的政治见地。刘备要出兵为关羽报仇，是他第一个出来劝谏。认为这样舍魏伐吴是上了当，破坏蜀吴联盟，而使亲痛仇快。他说："汉贼之仇，公也，兄弟之仇，私也。愿以天下为重。"话虽短，但很有力。

至于写赵子龙勇武行为的地方，小说中那就更多了。如生擒吴懿，救出张飞（第六十四回）；城上酒宴尚未安席，城外已斩敌将两员，奋力冲杀，解救黄忠于围困之中（第七十一回）。特别是解救黄忠一战，作者还作了充分的渲染，描写他"挺枪骤马，杀入重围，左冲右突，如入无人之境"，再加上"那枪浑身上下，若舞梨花，遍体纷纷，如飘瑞雪"，简直壮美极了。因此，引得在一旁观战的曹操也惊呆了，而且急令："所到之处，不许轻敌"。下面的将卒，见"常山赵云"四字，都吓得四处逃窜。勇猛剽悍的孟获，见了赵子龙，也要大惊而逃（第八十七回）。要知道，这时的赵云，已是年届古稀的老将了。失街亭、空城计后，孔明埋下的一支伏兵，使敌方闻之丧胆，领兵的依旧是这位赵子龙。经过激烈的战斗，竟不损折一人一骑，"辎重等器，亦无遗失"，立了奇功。孔明在啧啧称赞之后，赏予他不少绢匹，但他坚辞不受，不能不使孔明为之感动，钦敬。因此，最后他牺牲时，孔明闻讯，"跌足而哭"，说："国家损一栋梁，去吾一臂也。"这是实在的！

"奇哉赵子龙，凛凛一心忠"。作者以极大的热情所塑造的赵子龙的英雄形象是浪漫主义化的，同时，也是十分生动感人的。

除他而外，像有"能开二石力之弓，百发百中"的黄忠（第五十三回），他计夺天荡山，力斩夏侯渊，虽已在古稀之年，但英勇不饶强手。还有，那西凉州的马超，杀得曹操丢盔弃甲。他不仅气宇不凡，且武艺出众，第六十五回写他与张飞交手，竟从黎明战到天黑，点起火把继续鏖战。但他的思想性格却不如赵云鲜明，也许是作者对他写得还不够充分的缘故。

曹魏方面诸将也有不少是写得好的。如原属吕布部下的张辽是个人才。第十八回，关羽就知他有忠义之气，而且告诉张飞说："此人武艺不在你我之下。"因此，想以"正言感之"。后来，他投了曹操，替曹操做了不少的事。如要说降关羽，关不听，他又说服曹操"施厚恩以结其心"（第二十五回），结果，使得关羽始终对曹怀有感激之情。在华容道能放过曹操，张辽是有一功的。第六十七回威震逍遥津一节，更为突出地写出了张辽的性格特点。他丢失了皖城，回到合肥，正苦闷间，曹操派人传来命令，要他和李典出战东吴，由乐进守城。但李典因为与张辽不和，看完书令，默不作声，乐进则以敌众我寡，难以迎战，不如坚守为由，违背了曹操的原意。张辽看到事情难办，指出他们是私心作祟，不顾公事，而后，就挺身而出，要去和东吴决一死战。这样，感动和教育了李典，于是，大家通力合作，在逍遥津打了一个胜仗。由这里可以看出张辽是忠心耿耿地对待曹操，而且颇有些奋不顾身的劲头的。

和张辽有很大性格差别的是另一将领夏侯惇。此人自小习枪棒，从师学武。一次有人辱骂了他的老师，他一气之下，竟把那人杀了，从此逃到外地。得知曹操起兵，他带着族弟夏侯渊一起投奔了他同族的曹操（第五回）。这员猛将曾多次和吕布拼杀。第十八回他与吕布部下交战时，被暗箭射中左眼，他急忙用手拔箭，不想连眼珠也拔了出来，就大声说："父精母血，不可弃也。""遂纳于口内啖之，仍复挺枪纵马"。终于把敌人刺下马来，使两边军士惊骇不已。关羽过五关斩六将，也遇上他的阻截，但因为武艺高强，他没有葬身在关羽的刀下。

张辽与夏侯惇代表着曹操手下两种类型的将领。如果说张辽是文武全才的话，那么夏侯惇则是一往无前的猛将。这类形象，还有裸衣斗马超被称为"虎痴"的许褚和典韦、夏侯渊、曹洪、曹仁等。作者对他们几乎没有什么贬斥，而是描写了他们作为猛将的一个侧面，只不过没有全面去展开描写罢了。当然，其中也有例外，如司马懿。人们很晚才知道他的名字（第三十九回）。那时，他已是曹丞相属下的文学掾了。从他提建议不要让嗜酒成性的王必去统率御林军马起（第六十九回），就显示了他的较高的政治见解。特别是当曹操听说刘备自立为汉中王后，怒不可遏，要发"倾国之兵"和刘拼杀，司马懿第一个站出来反对，并出点子要让吴蜀两方打起来，魏可享渔翁之利（第七十三回）。这一招十分厉害，确实是使刘蜀失败的关键。后来，劝曹操派人去向孙权陈说利害，叫孙权抄"关羽的后路"的是他（第七十五回）；识破东吴移祸之计的是他（第七十七回）；劝阻曹丕不受诏的是他（第八十回）；劝曹丕及时发兵攻蜀的也是他（第八十五回）；提议曹丕造战船御驾征吴的是他（第八十六回）；当曹方损兵折将，蜀兵又出祁山，在危急关头为曹叡出谋的又是他（第九十八回）。总之，在曹操的晚年和曹丕与曹叡当权的一段时期，司马懿成了为曹魏政权谋划的一个主要人物，就连孔明也惧他三分。为此，孔明要造舆论挑拨曹叡和他的关系（第九十一回）。后来，司马懿复职，又在长安聚兵，孔明听了这消息，大为吃惊，深怕下面的将领不是他的对手。当然，司马懿也十分钦佩孔明，说他是神人。两个都知己知彼。正因为这个缘故，才有失街亭、空城计这一场精彩的战斗，以及后来的"混元一气阵"和"八卦阵"的旗鼓相当的对垒。甚至，也有即以其人之道、还治其人之身的招数：给孔明散布流言，说他有怨上之意，让后主疏远孔明。孔明能造木牛流马，他会；孔明会夜观天象，他也会。他的智慧也近于神异（第一百回）。然而，司马懿终究斗不过孔明，以至于"死诸葛能惊走生仲达"。不能不使司马懿惊服、慨叹，称孔明为"此天下奇才也"。小说认真地写了司马懿的作为，不仅表现出魏之所以能成大业，是因为有这类人物在，而且衬出孔明的对手也并非全是无能之辈。这既符合历史真实，也更合乎艺术的需要。不过，总的看来，司马懿的性格还比较单薄，小说没有从更多的方面去描写他，表现他，因而还缺乏立体感。

除此而外，像诸葛瑾、陆逊、吕蒙、庞统、许褚、典韦、姜维、邓艾、杨修、荀彧、祢衡等都是很有性格的人物，因此，也是一些具体生动的形象。

通过以上介绍可以看出，《三国演义》创造众多的成功的人物形象，是它很突出的优点。

高度艺术化的战争描写

　　战争是政治的继续。政治斗争的白热化，就有可能导致战争。汉末三国时期那样激烈的错综复杂的政治矛盾，转化成大大小小数百次的战争，这是合乎客观规律的。

　　《三国演义》整个故事的中心线索是什么？应该说是贯穿始终绵延不绝的战争。某种意义上讲，这部小说是形象的百年战争史，也可以称为真正的战争文学。它不但描绘了错综复杂、风云多变的战争，而且有着高度艺术化的战争描写。前者，使我们看到这百年间为争夺权益，各派政治力量进行殊死的较量，出现了形形色色各不相同的战争。这里有战略、策略上的斗争，也有各式各样战术（如治兵、调兵、用兵、布阵等）的较量，真是千变万化，炫人耳目；后者，对于战争描写的着眼点不是或主要不是千军万马的攻城略池的拼杀、刀枪剑戟的搏斗，而是通过战争去反映不同人物的思想、性格、意志、情绪，和他们间的尖锐冲突。借政治斗争的尖锐化、激烈化，来充分展现人物的行动和人的灵魂。这是小说所以能吸引人、感动人、令人百看不厌的根本原因。

　　据此，我们认为，《三国演义》描写战争的特色可以概括为下述几点：

　　（一）在数以百计的战争中，突出重点战争。

　　《三国演义》有声有色地描写了一系列的战争，既有排山倒海的血战，更有惊心夺魄的厮杀；既有旷日持久的对垒，又有短兵相接的速决；既有几十万上百万人参加的大战役，又有千百人出击的小战斗。对此，作者重点择取了讨伐董卓、官渡之战、当阳之战、赤壁之战、

彝陵之战、六出祁山、七擒孟获等几次战争。重点的重点则是赤壁之
战和出祁山、伐中原过程中的失街亭、空城计的故事。他能把小战争
写"大"，也能把大战争写"小"，着眼点是在最富有戏剧冲突的事件
和最能展示人物思想、性格（特别是主要人物诸葛亮的智慧、才能、
胆识）的情节上。因此，重点还在于写人。作为艺术作品，这样的处
理是完全正确的。如果对于前后有四百多个人物卷入的许多次战争，
不分主次地全面铺写开来，这不仅篇幅不允许，在艺术构思上也是十
分拙劣的。

就每次战斗或战役的具体描写来看，对于敌对的双方或三方，作
者也不是平均使用力量的。一般说，凡有刘蜀集团参加的军事行动，
总要以刘蜀一方为重点进行描写；没有刘蜀参加时，详写掌握住战争
主动权的一方、胜利的一方，略写在战争中被动的一方、失败的一方。
因而，尽管矛盾错综复杂，战局千变万化，由于作者能明确把握着战
争的主要矛盾和矛盾主要方面，所以写来仍能条分缕析，有条不紊。

（二）在千变万化的战争描写中，侧重于人物描写。

《三国演义》继承了《左传》《史记》等史传文学的创作传统，虽
然长于记述战争，但更注意人物的刻画，能在紧张尖锐的政治、军
事冲突中，随事写人，通过人物音容笑貌的描写，突出其性格特征。
一部《三国演义》从镇压黄巾起义起，至晋武帝司马炎调集水陆两路
兵马二十余万，战船数万艘，进攻东吴，迫使孙皓投降止，大小战争，
难以细算。每一次战争，每一场战役，作者都把注意力放在写人上。
例如，写封建军阀镇压黄巾起义，则把笔用在写当时并不重要的人物
刘备、关羽、张飞和曹操的登场。又如，十七镇太守起兵讨董卓的这
场战争，不是用大量篇幅去写疆场上的拼杀，而是通过它写董卓"欺
天罔地，灭国弑君，秽乱宫禁，残害生灵，狼戾不仁，罪恶充积"的
所作所为；写袁绍、袁术、陶谦、马腾、公孙瓒、孙坚及其下属们在
讨伐董卓的战争中所表现的性格、思想。仅此两例，可见一斑。其他

如官渡战、赤壁之战、彝陵之战、六出祁山、七擒孟获、九伐中原……也无不如此。可见，作品写战争有明显的侧重点。

（三）在多方人物的剧烈争斗中，以斗智为主。

《三国演义》描写各方主帅之间的争斗，把军事斗争与政治、外交斗争结合起来，而且，以后者为主，充分写出战争胜负的原因，写出各方将帅的性格、气度、才能与谋略。这样，描写的重点就自然是参战的人，而不是战斗过程。因而它描写战争的时候，不是一仗未完一仗又起，而是有穿插、有间歇；甚至，在一场战争中，也插入政治、外交上的斗争。这就不至于成为一部并不高明的战争回忆录和单纯的战争史，而是一部真正的战争小说。例如，赤壁之战后，则写周瑜赴蜀营取南郡开始的一场唇枪舌剑。周瑜的装死，曹军的中计，孔明坐享渔翁之利，轻取巧夺袭了荆州、襄阳。后来，刘琦一死，东吴吊丧，并要讨还荆州，这样又一次开展性格战、智谋战、思想战。周瑜设计赚刘备入赘，以为人质，但弄巧成拙，使东吴赔了夫人又折了兵。最后，周瑜布下了个"虚名收川，实取荆州"之计，但又被孔明识破，他被三气之后，病入膏肓，仰天长叹而死。这段精彩的穿插，放弃了力的格斗，变成智的较量，煞是好看！这以后，才有马超起兵雪仇、曹操狼狈溃逃、许褚裸衣斗马超等疆场上的激烈拼搏。这样，也就形成了一个必要的、合理的、而且是十分艺术的间隔。这种间隔与前后情节衔接很紧，有张有弛，节奏分明，符合艺术美创造的需要。这样的例子，小说中不胜枚举。

（四）在尊重基本史实的前提下，表露作者的鲜明倾向。

《三国演义》既是历史演义小说，就很难违背基本的历史事实。如在三国纷争中，曹魏政权终于夺得了江山，而孙吴和刘蜀两个集团都以失败告终，这早为历史所决定，不容更改。然而，作家由于种种原因，却寄同情于失败了的刘蜀集团，于是，一方面既竭力在曹操脸上涂白粉，另一方面又要为蜀汉的明君、贤相、良将们树碑立传。

这就给创作增加了难度，也是《三国演义》与一般历史演义和英雄传奇小说的不同之处。为此，作家在选材、剪裁、组合和虚构等多方面苦心经营，以争得更多的创作自由，反映了作者的主观倾向性。例如，官渡之战，是袁绍与曹操的一场恶战，在历史上，是十分出名的。曹操参加镇压黄巾军后，逐渐发展自己的势力，而后，又击败陶谦、袁术、吕布，控制了汉献帝。他羽毛渐丰，想在北方与袁绍相抗衡。然而，兵力、物力暂时还比不上袁绍，因此，官渡之战打得十分艰苦。但曹操能很好地分析对方的实力，巧妙运用新的战术，选择良好的时机，出奇制胜，击败对手。它是曹操打败强敌、壮大自己实力的关键性一仗。但是，因为主角是曹操和袁绍，小说也只用第三十回有数的篇幅来写。相反，却用更多的笔墨来写当时参加了战争而被打败了的刘备及其手下将领的境遇。于是，出现刘备跃马过檀溪、用计袭樊城、三顾草庐和孔明出山后的博望用兵、火烧曹营，又在新野时用火攻、水淹了曹军。还有刘备携民渡江、当阳之战中赵子龙单骑杀入敌军，长坂桥张飞接应时喝退曹兵等情节。仔细推敲，这些不过是大败之中的一些小胜，却被分外强调和突出，写得十分悲壮、很有威势，极为感人。它大大地盖过了官渡之战，使读者简直忘记了刘备集团失败的大背景，产生了虽败犹胜的艺术效果。

至于对刘蜀集团在争斗中取得真正的大胜，作家当然更要抓住不放，不遗余力地加以描绘，笔酣墨畅地给予渲染。如赤壁之战，在历史上不见得比官渡之战重要，但它却是小说中写得最细腻、详尽、精彩的一场战争，作者为此用了第四十二回到第五十回共九个回目。这场战争不仅斗勇，更是斗智，其激烈程度是空前的。这仗下来，奠定了三国鼎立的局面，大煞了曹操的威风，大抖了诸葛亮的神威。曹操所率领的号称八十万兵将溃不成军，他本人狼狈逃窜，最后从华容道脱险，仅以身免。这是吴蜀联盟获得的第一次胜利，也是蜀方外交上、政治上的胜利。作者所以这样为它铺写，就是因为有他明显的倾向在里面。

（五）在战争描写中善于虚构与夸张。

这部小说描写战争，有着神奇的虚构和夸张。最明显的是每场激战，不管规模、场面多大，双方投入兵力多少，真正交锋的不过是几个领兵的将帅。所有的士兵只不过是观望者、擂鼓助威者。只要双方将领交战几个回合，一方不能匹敌，败将下来，这一方的人马就作鸟兽散，溃不成军。在战争中突出的只不过是英雄人物的个人，起决定作用的，也只是他们的超群武艺。这样写来，也确实好看：形象集中了，行动细腻了，性格深化了。但这只是艺术上的创造，不是战争的纪实。是艺术化了的真实，而不完全是生活的真实，其中含有浓重的浪漫主义的色彩。然而，恰恰是这一点，它的影响却十分巨大，几乎成为后来历史演义小说、英雄传奇小说等描写战争的一个共同的特色。

综合以上的简述，选择三个例子来略作分析。

第一例是"当阳之战"。

这是继官渡之战后的又一次战役。曹操乘胜追击刘备，刘备前无去路，后有追兵，加上带着大批的百姓，行动不便，处境危急。曹操追逼到当阳长坂。新的决战，便在这里展开。

《资治通鉴·卷六十五·汉纪五十七》献帝建安十三年中记载说：

操以江陵有军实，恐刘备据之，乃释辎重，轻军到襄阳。闻备已过，操将精骑五千急追之，一日一夜行三百余里，及于当阳之长坂。备弃妻子，与诸葛亮、张飞、赵云等数十骑走，操大获其人众辎重。……张飞将二十骑拒后，飞据水断桥，瞋目横矛曰："身是张益德也，可来共决死！"操兵无敢近者。

或谓备："赵云已北走。"备以手戟擿之曰："子龙不弃我走也。"顷之，云身抱备子禅，与关羽船会，得济沔，遇刘琦众万余人，与俱到夏口。

寥寥二百多字，记述了一段战争故事。这与《三国志·蜀书》中的《先主传》第二、《关、张、马、黄、赵传》第六中记载比较接近。这里有一点形象的描写，但很不够，远不能满足文学作品描写的需要。由于神情、动作、语言都写得简略，人物的思想、性格也就没能完全表现出来。但《三国演义》中却写得非常好，它写出了悲壮动人、感人至深的场面和栩栩如生的人物形象。

第一个是写了智勇双全、舍生取义的赵云。他单骑闯入敌军中，往来冲杀，决意拼个死活也要找到主母和小主人的下落。因此，即使身陷重围，只剩孤身一人，也无半点退兵之心。后来，见主母自尽，他把小主人护于怀中与曹将拼杀。因马失前蹄，人与马都跌入大坑，他腾空跃起，纵马要走，却被曹方四将团团围住，他力杀众敌、冲出重围。连一边观阵的曹操也惊呆了，赞他是"真虎将"。待他离了大阵，已血满征袍。他见着刘备，伏地大哭，深深责备自己的失职，虽死犹轻。如此描写，把一个赤胆忠心、英勇顽强的英雄形象创造出来了。这里有正面的铺写，也有侧面的烘托；动作写得很细，情绪渲染得很浓，语言运用得很精，是非常精彩的人物描写。

第二个是张飞。这段情节中，主要写了张飞两件事：一是听说赵云反投曹操去了，他大怒，认为这是赵云贪图富贵的不义举动，若让他碰上，定要一枪把赵刺死。但后来见赵云杀得人困马乏，向他求援时，他便说："子龙速行，追兵我自当之。"这样，一个头脑简单、行动鲁莽、性格率直、语言爽快的形象，就立在我们面前了。第二件事，写他掩护赵云退却后，立马于长坂桥上，厉声大喝，声如霹雳，竟吓退了敌军，真是天神一样的威风。这里他那粗犷、勇猛的性格，得到最充分的渲染。他粗中有细，在接受刘备要他断后的命令后，便带着二十余骑，砍下树枝，拴在马尾上，在树林中奔驰，冲起尘土，让人家以为有疑兵，果然，使曹军不敢近前。可是，他吓退曹兵后，又自作聪明把桥梁拆断，暴露了自己并无伏兵。这种粗中有细、细中带鲁的性格，才是属于张飞的。这段情节不但显得神奇，而且深化了张飞武勇、粗鲁、质朴可爱的个性。

第三个是刘备。他在这段故事中和读者见面机会不多，但从他处理几件事中也见到个性。其一，他充分信任赵云，断定赵不会投敌。其二，见到赵云杀回来，他接过儿子掷于地上，说"为汝这孺子，几损我一员大将"，表现对赵的疼爱、信任，也做出姿态，让在场的人都知道他重义惜才。当然，由于这动作的过火，暴露出其中夹带着的几分虚情假意。其三，对张飞撤兵断桥的行为，他指出这样做的不当，说明他精细而富有斗争经验。以上便是活生生的刘备。这场旌旗遍地、擂鼓轰响、战马嘶鸣、刀光剑影的生动的战斗，却被几个主要人物的命运变化盖过了。除了那扣人心弦的情节能攫住读者外，熠熠发光的人物形象留给人的印象是极深的。如果说赵云的性格在这里被确定下来，那么张飞、刘备的性格也在这里得到深化。这次战争从总体上看是曹胜刘败，而在具体描写中却似乎是刘胜曹败，因为作品极力从正面突出刘、张、赵的力量，而且作了理想化的夸张，他们的声势、威力远远压倒曹方，仿佛正义在刘一方，胜利也在刘一方似的。

第二例是"赤壁之战"。

这一战，在陈寿的《三国志》及司马光的《资治通鉴》中，远没有这么丰富。前者的有关纪、传只作了大同小异的简略记述，《三国志平话》就描写得细腻多了，加上戏曲舞台上已经把许多故事单独改编成有头有尾的戏剧情节和观众见面。《三国演义》显然充分吸收了这些成果，又发挥了自己巨大的艺术创造力，成为这部小说中最出色的篇章，也成为中国古典小说描写战争之冠绝。

说这一场战争描写得好，主要不是指在军事上两军对垒，摆开阵势，进行真刀真枪的接触，而是指它把政治斗争、外交斗争与军事斗争紧紧结合在一起，从而产生极其丰富的斗争策略的较量，灵活的战术的抗衡，奇智异谋的竞赛。关系全局的始终是紧张万分的智斗。因为，稍一疏忽，可以造成全军的溃败，也能导致个人名败身亡。这次直接参与战斗的魏、吴、蜀三方，都推出了最出众的人物曹操、周瑜、诸葛亮。他们都才智过人，真是棋逢对手，将遇良才，你兵来，我将挡，他水来，你土掩。既紧张又好看。

孔明凭他三寸不烂之舌独赴江东说合孙权，首先，碰到的阻力是那里有一股强大的投降派势力。这股力量包围着孙权，使得孙权犹豫不决。舌战群儒一场，就是要慑服那些人，使他们哑口无言。但真正要起来参战，还需孙权下决心，并有主战派的支持。于是，周瑜出场了。开始，周是想测试一下孔明，没想到反被孔明激起了一腔怒火，决意与曹操誓不两立。周瑜的坚决抗曹，也坚定了孙权主战的旨意。孔明靠策略、计谋调动了孙吴方面抗曹的积极性和主动性，也就完成了吴蜀联盟的决定性步骤，并把周瑜推到了斗争的前端。然而，极其敏感而有才智、气量狭窄而又多忌的周瑜，容不下孔明，当孔明表现出令他吃惊的智谋时，他就下决心要把孔明除掉。可是，事与愿违，他的这点用心也被孔明识破，就更增加了他对孔明的忌恨。因此，随着赤壁之战的帷幕徐徐拉开，显示出两条矛盾线索：一是吴蜀联盟与魏的斗争，这是明线、主线；一是吴与蜀，具体讲就是周瑜与孔明的矛盾，这是暗线、辅线。这两条线紧紧胶着着，从而，形成三方面的智谋的充分较量。群英会蒋干盗书、诸葛亮草船借箭、献密计黄盖受刑、阚泽密献诈降书、庞统巧授连环计、七星坛诸葛祭风、三江口周瑜纵火……一场场斗争，都是极富于戏剧性的，冲突是这样尖锐复杂，情节是如此跌宕曲折，可以看出作者有多么高超的艺术才能！在这里，激烈的交战场面写的是不多的，多的则是智斗，悬念、扣子全在这里产生。你虚情，我假意；你有计来，我有计回。曹、周彼此都能识破，又彼此都有疏漏、破绽。曹操是高明的，周瑜又胜他一筹，而孔明则更高明些。不管是吴还是魏，哪一方设下的计谋、圈套，全被孔明一一识破。他常居于幕后，只登场露了两手，如借箭、借风，已令周瑜慨然惊叹："孔明神机妙算，吾不如也！""孔明真神人也！"
更为奇妙的是，在孔明和周瑜等人接触一场之后，他即料到将来事态
的发展。因此，激烈的战争还没有真正打起来，孔明就已算定："以
十一月二十甲子日后为期，可令子龙驾小舟来南岸边等候。""但看东
南风起，亮必还矣。"事情的结局果然像他料想的那样。

"赤壁之战"的描绘能有这么巨大的艺术魅力，那是因为这种斗
智斗谋，均是关乎成败命运大局的，也是关乎主要人物生死存亡的，
因此显得有深度、有力度。同时，每一场智斗都和疆场上的恶斗紧紧
衔接着。再有，设计与破计、再设计、再破计，总是一来一往，不断
进行着。悬念一个接一个，波澜层层迭起，始终强烈地吸引着读者。
出场的人物极多，但主宾关系十分明确，层次也相当清楚。这里，孔明、
周瑜、曹操自然是缺一不可，甚至分量放轻了也不成。此外，像孙权、
鲁肃、黄盖、蒋干、阚泽也是一个不能少的，即使像诸葛瑾、庞统、
张昭、蔡瑁、张允等，也各有自己不可替代的作用。然而，要在这几
回中让这么许多人物都得到亮相，他们的思想、性格得到合乎分寸的
展示，使读者看后合上书本，而书中人物和事件仍历历如在眼前，这
就十分不容易了。

第三例是"失街亭""空城计"。

这段故事写得不如赤壁之战长，规模不如赤壁之战大，战争的行
进也远没有这么复杂，但是却写得一样地动人。

整个故事比较单纯。应该说，像马谡这样指挥不当而导致全军败
退的事，在战争中是常有的，没有多少新奇可言。引人注目的与其说
是马谡的过错，不如说是孔明的失误，因为这在孔明是少见的。诸葛
亮一生用兵谨慎，不大栽筋斗在人家手中，但恰恰在司马懿与他交兵
之初，出现了如此严重问题，这就很值得人们注意了。

小说在描写孔明的偶失上，首先写出这是客观的形势使然，即遇
上地形、人事的变化，使他难以应付。魏蜀交战，蜀想攻魏，夺取长安，

必得经过秦岭，魏要攻蜀，想占汉中，也必得经过秦岭。这样，秦岭就成了两军必争之地。蜀要经过秦岭，有三条路可走：东路，经子午谷，但此路险要，司马懿料定孔明不敢这样做；中路，蜀从斜谷攻打郿城，再下长安，这路司马懿已派人死死扼守；西路是一条小道，由阳平关绕街亭，路稍远，但是一条咽喉。司马懿想，孔明若从中路来攻郿城，他就出兵攻打街亭，截断蜀国运粮的道路，逼得孔明无法前进，只得退却。因此，你若攻我，我则包抄你，一场恶战，在所难免。尤其是街亭虽小，关系重大。这种形势，孔明是考虑到了。他审慎地分析了军事地形的特点，认为街亭无天然险要可作屏障，守起来相当困难。因此，守将的选择，不得不加倍小心。当时，这样的人也难找，魏延喜欢弄险，独当一面很不可靠；赵云、邓芝又不在，身边无人。而马谡则自告奋勇愿承担这艰巨任务。马谡何许人？刘备临终时嘱咐过孔明，说此人言过其实，不可重用。但孔明把他看成有才能之人，"平蛮"时马曾提出以"攻心"为上的策略，对付司马懿，马谡又曾建议孔明到曹魏那边去进行离间。而且在征战中他也立过汗马功劳，自称熟读兵书，精通兵法。因此，孔明就同意他去守街亭。当然，毕竟还不是完全放心的，除了一再叮嘱他外，还派了谨慎从事的王平跟着，并叫王平在安营扎寨后，画一张地形图呈来；又叫高翔屯兵列柳城，若街亭危急，可去援救，最后，还安排魏延去接应。应该说，孔明是布置得周详而妥帖的，但他的最大缺陷，就是对于马谡还了解得极其不够。原来，马谡是狂妄自大、骄傲自满、麻痹大意的人，既犯主观主义又犯教条主义的毛病，于是铸成大祸，丢失了街亭，使得孔明驻扎的西城也危在旦夕。当时孔明在无可奈何的情况下，只得弄险。他装作十分镇静，收起旌旗，大开四门，每门用二十军士扮作百姓，洒扫街道，自己却在城楼凭栏而坐，焚香操琴。使司马懿大疑，以为定有埋伏，不敢进攻，而吓得退了兵。等司马懿得到真实情况，知道上当，已后悔莫及。

"空城计"是智斗的高潮。从这意义上讲，失了街亭是为智斗作铺垫，没有如此危急的情势，用不着孔明弄险，也就出不了空城计。而这个计策用得如此高明，是把孔明奇智异谋和他那惊人的胆识，又作了一次深刻、生动的展示。自然，他不识马谡，但却识得司马懿，知道司马懿是个有头脑的军事家，也是对孔明比较了解的一个很强的对手，所以他才要利用一下。如果司马懿换成司马昭，孔明就不敢这样行动了。空城计的智，首先体现在对敌方的充分了解上。而司马懿也知道孔明从不弄险，以常情来推测，这次该有埋伏。因此，这场扣人心弦的冲突，是建筑在双方知己知彼的性格冲突上，是在必然转化为偶然中显现出来。

"失街亭""空城计"是作者伟大的艺术创造，体现了作者了不起的艺术匠心！就以写孔明来说，既要把他写成是崇高智慧的化身，就得采取特殊方式来体现他。因此，欲扬先抑，在"空城计"中采取了必欲置于死地而后生的手法，使孔明通过自己的智谋赢来了奇迹般的大胜。这反败为胜的大转折，带给读者多少情趣、兴味！

另外，我们也可以看到，这段情节中几个重要人物是写得颇为成功的。以司马懿而言，就写得很合分寸，虽然着墨不浓，而性格却刻画出来了。如他赞叹过孔明，也看到对方的破绽，因此，既高兴又警惕，决定亲自精细地下山察看，而后定了攻打的决心。并在他与郭淮、曹真争功中，看到他深谋远算、调兵遣将的艺术。他和孔明是可以相匹敌的，但经过较量，他比孔明似乎略逊一筹。这样，孔明遇上一个真正的对手，才能显示出他有无与伦比的智谋。写司马懿的强，映托出孔明的更强，小说是这样来构思的。

马谡也是有个性的。他骄狂得很，对孔明的话置若罔闻，在与王平相见时，公开嘲笑说："汝真女子之见！"为炫耀自己精通兵法，还说"凭高视下，势如破竹。若魏兵到来，吾教他片甲不回"这样的大话。这样，他自然听不进王平的劝说，甚至要与王平分道扬镳。可是，当他感到处境十分危险时，就心乱如麻，性情极其暴躁。他手下将士，见敌人皆丧胆，无一人敢出战，他勃然大怒，"自杀二将"。一个无能、狂妄而又暴戾的人物，在不多的描写中，被刻画了出来。王平与马谡不同，他十分小心谨慎，不但听从指挥，而且颇有心机，眼见说服马谡不成，就遵照孔明旨意，画了地形图给孔明送去。这样既尽了自己的职守，也卸去了自己的罪责。当然，他对蜀国还是一片忠心的，并没有临阵逃脱，而是冲杀上去，救了高翔、魏延。因此，写他的地方虽不多，但一个精明能干的良将形象，也已勾勒出来。

　　通过以上三个例子可以看出，文学创作最主要的还是要写人，即使写战争，也要着重写战争中的人。当阳之战、赤壁之战、失街亭、空城计，以及其他的战争，都是这样做的。这符合文艺创作的需要。正因为这样，它充分体现了这部小说在写战争中最重要的特色，也显示了它巨大的艺术成就。

试论《三国演义》的结构特色

《三国演义》的结构很有特色。它把三国时期前后一百年左右的历史变迁，和在这一历史时期活动的几百个人物有机地组织在一起，而且做到了有条不紊，脉络清晰，主次得体，轻重有致。如果没有精细、缜密、得体的结构，那是很难设想的。

如果说我国古典长篇小说的结构有的是百川归海式的，有的是九曲连环式的，那么《三国演义》的结构则像是绵延百里、蔚为壮观的大山脉。一经进入，但见山峦重叠，此起彼伏。有主峰，有侧翼，山外有山，峰外有峰。时而峻峭险拔，时而一马平川，自始至终，由此及彼，浑然一体。

毛宗岗很注意《三国演义》的结构特色，他把这部小说的写法形象地比喻为"同树异枝，同枝异叶，同叶异花，同花异果"。在"读三国志法"中，他精心地把可以用来比较、对比的地方找出来，发现作品情节中，照应、衬托、重现、起讫、连断之处很多。从而，总结了《三国演义》情节结构安排的多方面特色：有总起总结，追本穷源，巧收幻结，以宾衬主的章法；有同中的异，异中的同，星移斗转，云复风翻的变化；有横云断岭、横桥锁溪的间断；寒冰破热、凉风扫尘的穿插；有将雪见霰、将雨闻雷的前奏；浪后波纹、雨后霖霖的余波；有隔年下种、先时伏著的伏笔；笙箫夹鼓、琴瑟闻钟的节奏。移针匀绣的细细铺陈；近山浓抹、远树轻描的虚实处理；奇峰对插、锦屏对峙的正反相求；还有首尾大照应，中间大关锁处，都很有艺术特点。因此，他赞不绝口说它是"天造地设，以成全篇之结构者也"。毛宗岗的意见，比较细腻地注意了整部小说的情节、人物、细节之间前前后后的关系，可以给人以启发，但过于烦琐，有的不免显得穿凿附会。实际情形并不像他所说的那样。总的来看，他从全书的整体上来认识和考虑结构还嫌不足。

我们认为，《三国演义》全书的结构是一个完整的整体。官渡之战前，基本是群雄角逐的局面，像是整部书的序幕，如引出的山脉。从"三顾茅庐"诸葛亮出山，直到他归天，大体从第三十六回到第一百〇五回这近七十回是全书的中心段落，也是这大山脉巍峨挺拔的高峰所在。诸葛亮去世，姜维支撑残局，三分归一统的架势逐渐形成，这十四五回，是全书的尾声，犹如山的余脉，趋向平缓。自然，这只是从整体上说的，至于这中间迂回曲折的小径、绵延起伏的丘陵是很多的。那毛宗岗的分析就可以借鉴了。

作者为什么要采取这样的结构呢？

（一）服从于历史。

顾名思义，《三国演义》是艺术地再现魏、蜀、吴三国鼎立的历史。而从三国的统治者先后各自封帝，直到分别亡于司马晋之手，即公元220年至280年约六十年的历史时期，自然成了小说的中心段落，这也是为作品的题材所规定了的。但是，三国局面并不是一下子形成的，他的几个主要人物又都有其创业的历史过程。以曹魏来说，称帝的是曹操的儿子曹丕，但开基创业的则是曹操。因此，小说就不能不从曹操发迹，投入戎马生涯写起。刘备也如此。这两人都是先参加镇压黄巾起义，然后卷入封建军阀扩大势力、争夺权力的斗争的。这就不能不又有前一段三十余回的历史性描写。然而，历史已定，在当时的政治生活中实际地位比他们重要的大有人在。董卓、孙坚、袁绍、刘表、陶谦，甚至吕布等都是称雄一时的人物。曹操与刘备也曾依附过他们。为了广泛而深刻地反映出这样一段强凌弱、众欺寡，互相厮杀并吞的历史进程，作者不能不尊重历史的本来面貌，而把他们一一放在应有的地位来加以描写。这就是采取这样的结构方式的原因之一。

（二）服从于主要人物。

艺术描写毕竟不是记流水账，它要服从于人物塑造。这也是作者进行构思时所不能忽视的。如《三国演义》的真正主角是诸葛亮，小说为他花费了多少笔墨呢？据大略的统计，从第三十五回水镜先生为他出场造舆论开始，到他归天后影响所及的第一百十九回结束，前后几乎有八十三回，而其中自"定三分隆中决策"至"陨大星汉丞相归天"这三十年间，却占去六十六回。也就是说，在近百年的历史中，小说详细、集中写的就是这三十余年的历史事实，也是此书最引人入胜的一段。孔明死后，书中几乎就不再有吸引人的地方了。因此，我们可以看出，这样的结构构思，又是服从于写主要人物的。

此外，还用大量的篇幅写另一个主要人物曹操。他的故事在小说中也作了充分的展开。再就是关羽，为他设立的章节也不少，集中的是第二十五回"屯土山关公约三事"至第二十八回"斩蔡阳兄弟释疑"，以及第七十三回"云长攻拔襄阳郡"至第七十七回"玉泉山关公显灵"，共九回。再加上这两段中间的穿插，几乎占全书一百二十回的十二分之一。我们说，《三国演义》虽不像《水浒传》那样，把林冲、鲁智深、武松等主要英雄人物分别集中在几个回目中加以介绍，如所谓"林十回""鲁十回""武十回"之类，而是将诸葛亮、曹操、关羽等分别插入各个回目之中，往往几个人物同时出现在同一个或几个回目里。之所以这样，因为他们之间的关系是胶着的，很难单独把他们抽出来。由此也可以看出，整部小说是以书中的主角和重要角色为轴心，来组织安排情节和构思故事的。难能可贵的是，作者力图摆脱传记体史的影响，尽量使各个人物的经历和重大的历史事件交织起来，形成网状的宏大的结构布局。

（三）服从于作品的倾向和作者的态度。

虽说小说必须尊重历史的事实，但是既然有它的倾向，自不免有所偏爱，如对刘蜀政权的产生、巩固、发展、衰亡的全过程，用的篇幅就比较多，仿佛成了全书的主线、主干。其他的如曹操、孙权方面，用的篇幅就比较少，不免成了陪衬。实际上这三条线是齐头并进的，只不过那两条线毕竟写得薄弱些，而且是紧紧围绕着与刘蜀的矛盾来展开罢了。

再者，这部小说有大量的诗词论赞，它们成为作品的重要组成部分。毛宗岗认为这是作品的极妙处。本来，在明代的本子中，收录有与内容有关的诗、词、赋、评、赞、对子等近四百处，而且，反映各种态度的作品不分轩轾，兼收并蓄。但到了毛宗岗修改本，不仅数量减少到原有的一半，态度也更明朗了。他所收录的大都是唐代名家的诗作，它们成了增强作品的倾向，传达作者的意愿的一个重要内容。将诗词加进叙事作品中去，并非自小说始，应该说在说书艺术中就已有的。《三国演义》保留了它，而使其成为情节发展和人物刻画的一个辅助手段。这种散韵结合的形式，势必给作品的结构带来一些变化。例如第四十四回，孔明出使东吴，游说周瑜时，即席背诵了曹植奉曹操之命所作的《铜雀台赋》，为的是要引用其中"揽'二乔'于东南兮，乐朝夕之与共"两句话，并且加以"篡改"，说"二乔"即指孙策的妻子大乔和周瑜的妻子小乔，意思是曹操想占有这"二乔"，从而引起周瑜的极大愤慨，促使他坚定联蜀抗曹的决心。诗赋之作便这样进入情节发展中。又如第一百〇五回，孔明逝世，作品就引用了杜甫有关的诗作，其中"出师未捷身先死，长使英雄泪满襟"和"诸葛大名垂宇宙，宗臣遗像肃清高"等诗句，显然是用以表示作者对孔明深深的敬意和真挚的怀念。因此，这些与正文无直接关联的文字，不能说完全是游离于情节之外，而是在不同场合起着不同的作用，大部分则是表示作者的爱憎态度的。

（四）服从于原来说听艺术的特点。

《三国演义》受讲史的影响极大，可以说，未脱讲史的痕迹。它为了制造悬念，在有扣子的地方，则刻意盘旋；甚至故意卖关子，"暂且按下不表"。在叙写某一事件时，往往不把这件事的结局和当事人的命运和盘托出，而是留下一个扣子说："且听下文分解。"这种结构形式，正是吸引听众、招徕听众所需要的。另外，在叙述上，又力求脉络清楚，即使是"话分两头，各表一枝"，对这一"头"一"枝"也要交代得一清二楚。否则不仅在叙述上极不方便，而且由于不合说听艺术的逻辑要求，很难吸引听众。《三国演义》的结构还有一个十分明显的特点，即人物、情节都处理得十分紧凑、利索，有戏（冲突）则长，无戏则短，很少有拖沓的感觉，穿插、衔接，也十分洗练。这种情节结构，恐怕也与说书艺术有关。

遐想:《儒林外史》·讽刺·鲁迅的小说

一

今年是伟大的思想家和革命家和文学家鲁迅诞生一百周年,也是清代优秀小说家吴敬梓诞生二百八十周年,同样都值得纪念。

这两位作家都是中国人民的骄傲,只不过鲁迅更伟大、更光辉罢了。

众所周知,伟大的文学巨匠鲁迅博古通今,对古典小说史有极独到的研究。他的小说史研究所提出的一些科学见地,开我国用唯物主义观点研究小说的先河,影响之深广、久远,是不待言的。无论是《中国小说史略》二十八篇,还是《中国小说的历史的变迁》六讲,对长达二三千年的小说发展的历史过程,论述详备适当,褒贬公允妥帖,总以成败、优劣两点,分析一种现象、一个作家、一部作品,往往不绝对化、片面化。唯此,中国古代的小说家们,被他评价得很高的则寥寥无几,而吴敬梓和《儒林外史》却是难得的一位和难得的一部。

鲁迅似乎用蘸满感情的笔来谈论他(它):"迨吴敬梓《儒林外史》出,乃秉持公心,指摘时弊,机锋所向,尤在士林,其文戚而能谐,婉而多讽:于是说部中乃始有足称讽刺之书。"这是多高的赞誉!而于有争议的小说结构,却下了八个字的断语:"虽云长篇,颇同短制"。这样结构好不好?他以为:"但如集诸碎锦,合为帖子,虽非巨幅,而时见珍异,因亦娱心,使人刮目矣。"总之,是好的。在《中国小说的历史的变迁》中,除了继续阐发他的相类的评价外,格外详尽地谈道："在中国历来作讽刺小说者，再没有比他更好的了。"真是啧啧赞许之情，形诸言表！最后结论是："所以讽刺小说从《儒林外史》而后，就可以谓之绝响。"

以上摘引的材料，早为人所熟知，值得提出的是这样评品一个古典小说家和他的作品，对鲁迅说来实属少见。

如若，鲁迅仅是个小说研究家，问题单纯得多，偏巧他更是一个伟大的作家，而且是一个罕见的讽刺艺术家，描写之深刻，"讥刺之切，或逾锋刃"，这在他的小说、杂文、诗歌等创作和他的书信中，到处可见。难道他和《儒林外史》在创作上，就不曾发生一点关系？谁也不敢下这样的断语。至少"讽刺"两字有可能使他们（它们）发生淡淡的却又是割不断的联系。

鲁迅爱讽刺，也懂得讽刺，知道这是刺向黑暗罪恶社会的投枪、匕首，是向该诅咒的时代所能采取的最巧妙的进攻形式。

"泰山不让土壤，故能成其大；河海不择细流，故能就其深。"（李斯《谏逐客书》）在《中国新文学大系》小说二集序中，鲁迅讲到自己的《狂人日记》《孔乙己》《药》等，"表现的深切和格式的特别"，曾激动了一些青年的心，而且列举了果戈理、尼采、安特莱夫，并作了比较。他谈自己的小说创作，也都没有提到受吴敬梓和《儒林外史》的影响，这是事实。但是有几点，不能不给我们一些联想。

（一）在立意、主题、艺术表现手法、艺术风格以及作品的倾向方面，鲁迅的讽刺，也是"秉持公心，指摘时弊"，也是"戚而能谐，婉而多讽"和"旨微而语婉的"，多么像他评说《儒林外史》的特点！

（二）从创作思想方面来看，鲁迅从事小说史讲授和写作的前后，正是他创作《呐喊》《彷徨》之时，也正在这时，竭力推崇《儒林外史》，这难道是偶然的？一个思想家、一个文学家，在一个时期常常会集中关注一个问题，或取一种见解，是不罕见的。

（三）从作品的社会影响来看，鲁迅说过《儒林外史》的作者的描写手段不在罗贯中之下，但"留学生漫天塞地以来"，这部书却被冷落，而显得不伟大了，"伟大也要有人懂"。谈他自己的《呐喊》，也认为这书并不风行，似乎也无人真懂，同样有慨叹之情。

（四）鲁迅欣赏《儒林外史》的真实，认为唯其真实、深刻，才有价值。"讽刺"的生命是真实。它不是捏造，不是诬蔑，不是"揭发阴私"，不是专记骇人听闻的所谓"奇闻"和"怪现状"，而是把不以为奇，人们不大注意、却又是不合理，很可笑，可鄙，甚至可恶的事情，"给它特别一提，就动人"。这一点，他在谈他的《呐喊》之所以"略略流行于新人物间者，因为其中的讽刺在表面上似乎大抵针对旧社会的缘故"。因此，他爱《儒林外史》，也要学它，因为似乎谈他对吴敬梓的书和他对自己作品的品评，思想和感情十分相通。

（五）鲁迅怎么会爱这么一部讽刺小说，也有社会的原因。吴敬梓这"家声科第从来美"的家庭，是五世而斩的。高祖、曾祖辈颇显赫，曾祖辈五人，"四成进士，一为农"。吴敬梓曾说曾祖父后"五十年中家门鼎盛"，父亲是康熙丙寅拔贡，并为江苏赣榆县教谕，对功名较淡泊，不久去官、谢世。父亲死后，家业遂衰，"兄弟参商，宗族诟谇"，境况不堪回首。

鲁迅的家虽不是以与吴敬梓家相比附，但也是个大族，也曾"购地建屋，设肆营商，广置良田"，有过功名，授过官，只是在鲁迅十三岁时，家中遭到一场大变故，家业才衰败下来。父亲病重，鲁迅不得不天天出入于当铺和药铺间。父逝，被迫辍学。因此，他十分感慨地说过："有谁从小康人家而坠入困顿的么，我以为在这途路中，大概可以看见世人的真面目。"这一点，大约鲁迅与吴敬梓的心会有相通的吧。

过去的中外文学家，似乎诗人的出现，往往比小说家年轻（自然个别也有例外）。拜伦、雪莱、济慈、海涅、普希金、莱蒙托夫等，大都在少年、青年时期已露头角了。那是因为写诗要有灵感，有激情、有丰富的想象、有澎湃的热情、有强烈的爱憎、有惊人的天赋……而很深的社会阅历却似乎不一定是居首位的。小说作者除需要热情、想象、天赋外，更重要的则是对社会、人生有独到而又精细的观察体验，有冷峻而客观的分析，有极强的概括力和思考力，过于稚嫩不成。至于用讽刺来戳穿五光十色帷幕掩盖下的种种丑态，刺破人生的疮痍，恐怕要求作家有更深的阅历，在思想和艺术上也要更深沉、冷峭、尖利、成熟。鲁迅发表第一篇反封建小说《狂人日记》时，已是三十八岁；而吴敬梓写《儒林外史》也和鲁迅写小说年龄相仿佛。总之，我们会感到：他们都觉察到时代已到了隆冬，没有歌唱，没有花朵，于是感到寂然，感到悲哀，要提笔来打破一下可怕的寂寞，最好的艺术手段是讽刺。这一点，恐怕吴敬梓和鲁迅也很相似。

尽管以上几点，无不以说明鲁迅与吴敬梓的必然联系，而且大多是妄断和遐想，不能成为科学的判定，然而或许可以作为探索和研究他们从事创作的动意和出发点也未可知。

二

把鲁迅小说和《儒林外史》放在一起来比较，可以看到，首先它们都用辛辣的讽刺的笔刀来解剖黑暗的时代，敢于撕破社会的一切伪装，还它们以丑恶的本来面貌。

《儒林外史》通过官场、考场、文墨之场的蝇营狗苟之徒，写出了一个上自朝廷下至穷乡僻壤的破败的封建中国的不可救药；鲁迅的《呐喊》《彷徨》则从北京写到江南的市、县、镇、乡、庄上活动着的"芸芸众生"，勾画出一个半殖民地半封建中国的漆黑一团。虽然，它们间相距一个半多世纪，但灾难深重的旧中国又改变了多少！亿万人民依旧生活在水深火热中任人宰割，肉体和精神仍然受到严重的摧残。

翻开这样两段历史，何等相似！照旧明显地写着"吃人"两个字。

对于这样一个"吃人"的社会，鲁迅和吴敬梓要揭露、批判、鞭挞，都要：（一）戳穿伪装，还其丑恶。因此，总是写出表与里、真与假、善与恶的两个面。（二）不着眼于一时一事，不仅仅着手于一眼、一鼻、一手、一足，而是勾勒出一个腐败透顶的社会"整体"。这样，他们的讽刺是同样有力度、深度、广度的。

例如，对剥削的惨烈、压迫的残酷的揭露，这是深刻的现实主义作品所共同具有的。《儒林外史》的第一回写当时黄河决口：

……只见许多男女啼啼哭哭，在街上过。也有挑着锅的，也有箩担内挑着孩子的，一个个面黄肌瘦，衣裳褴褛。过去一阵，又是一阵，把街上都塞满了。也有坐在地上就化钱的，问其所以，都是黄河沿上的州县，被河水决了，田庐房舍尽行漂没。这是些逃荒的百姓，官府又不管，只得四散觅食。

鲁迅笔下同样有深刻、精到的描写。《狂人日记》中，这样来描绘一帮青面獠牙的吃人家伙，说那些被欺凌的：

他们——也有给知县打枷过的，也有给绅士掌过嘴的，也有衙役占了他妻子的，也有老子娘被债主逼死的……

但这种描写，算不得是《儒林外史》和鲁迅小说的特色，还没有把"讽刺"两字明显地体现出来。而《儒林外史》中多的则是另一类描写：口口声声吹嘘"为人率真，在乡里之间，从不晓得占人寸丝半粟的便宜"的严贡生，偏巧是算盘打得精、心术极不正、无恶不作的贪婪之徒。"为人廉静慈祥，真乃一县之福"的汤知县，是个既要做婊子又要立牌坊的假善人。第四回他要惩处行贿的穷商贩和偷鸡贼，甚至不惜把他们迫害致死，一则他们可欺；二则"上司访知"，知道他"一丝不苟，升迁就在指日"，用心是十分卑劣而险恶的。如此等等的例子，都是"儒林外史"式的，在写出那些作威作福的压迫者的凶恶残忍行径外，还写出他们的狡诈、伪善和装作仁慈的嘴脸。唯其如此，则显得更可憎，可气。

鲁迅小说同样很有讽刺的特色。如写"自己想吃人，又怕被别人吃了，却用着疑心极深的眼光，面面相觑"（《狂人日记》），既叫人感到可怕的战栗，又感到那些人的可悲！同时，在《狂人日记》《药》这样的故事中，写下了（像徐锡麟、秋瑾一类的）革命者被杀，一些生病病者的家人，却用馒头去蘸他们的血，来给患者治病。《示众》写了一些精神麻木、善恶不分、是非不明的小市民们，对于那些"犯人"（很可能是被军阀残害的志士仁人），不仅毫不同情，还里三层、外三层地挤得水泄不通，去看热闹，甚至嚷嚷地说："多么好看！"阿Q这样可怜的贫雇农，也认为"杀革命党，唉，好看好看……"当他无路可走也要"革命"，认为"造反"有趣，结果却在"不准革命"下，犯了十恶不赦之罪。在把他押赴刑场前过堂时，他"膝关节立刻自然而然的宽松，便跪了下去了"。即便叫他不跪，也站不起来。而且验明正身，要他画押，他虽惶恐，但"使尽了平生的力画圆圈"。如此等等，不仅写出欺压人民的刽子手们的残忍凶狠，还深刻地写出被欺压的百姓的麻木。他们逆来顺受，并以此为乐。看来作者的笔对准两种人，既写出吞噬者的灭绝人性，也写出被吞噬者的愚昧无知。要使人们懂得：中国的有救，不仅要打倒前者，还要唤醒和疗救后者。这就是鲁迅式的小说带有极大讽刺性的揭露。

全部《儒林外史》和《呐喊》《彷徨》二十五篇中至少有二十二篇是地地道道用讽刺的手法写出来的。

作品中人物的残暴、贪婪、悭吝、卑鄙、龌龊、庸俗不堪等思想行为，常被仁慈、伪善、大度、高尚、圣洁、儒雅的一套表象包裹着，更显得令人憎恶、令人作呕。那些伤风败俗、男盗女娼之辈，往往总是显得道貌岸然、满口仁义道德。一些知识分子的灵魂，也被功名利禄熏污了，却要装扮得那样超脱，那样豁达。可怜的是这些并不完全值得憎恶的平头百姓，不仅安于现状，乐天知命，还愚昧、麻木到了令人吃惊的地步。

吴敬梓和鲁迅这两位现实主义艺术巨匠，深深懂得对于统治者、压迫者和对待被压迫者、被吞噬者，该是迥然不同的两种感情、两种态度，也懂得造成这光怪陆离的种种丑恶可笑而畸形现象的根源在于社会（自然鲁迅还是认识得更明确），因此，始终把讽刺的锋芒对准它。

《儒林外史》第一回那位"灭门的知县"，要王冕画二十四幅花卉册页，呈送上司。从中斡旋、跑腿的，则是雁过拔毛，层层克扣、敲榨，令人瞠目结舌。"家有十多万银子"的严监生，临死时为了"那灯盏里点的是两茎灯草，不放心，恐费了油"（第六回），不肯咽气，挑掉了一茎，才闭上了眼。严贡生为其"二相公"办喜事，既要热闹，又不肯花钱，却扣了吹手的戥头，硬叫下人押他们来。替他跑腿的下人，从早到晚地忙碌，却"一碗饭也不给人吃"（第六回）。请看描写这些家伙悭吝、啬刻，真是入骨三分！还是这位严贡生，用一方云片糕，来充治晕病的良药，要送偷吃糕的掌舵人到县衙门去挨板子。结果，吓得船家、水手、搬行李的，都来叩头求情，再也不敢要喜钱、酒钱。像这等例子，《儒林外史》中可以说是俯拾皆是。这就不禁使人联想起鲁迅小说《阿Q正传》中极其鄙薄阿Q的一些人，当阿Q进了几回城则"刮目相待"，不仅那些堂倌、掌柜、酒客、路人，都"显出一种疑而且敬的形态来"，未庄的钱、赵两大姓的十有九的"浅闺"妇人们，也感到神异。甚至，连赵太太和赵太爷也对他发生兴趣，想要占他的便宜。那想着飞黄腾达都想疯了的陈士成，竟妄想在屋子祖基下，会埋着无数银子，拿着锄头去掘，浑身流汗，心抖得厉害，刨了几尺深，得到的只是一个锈铜钱，和一个像是人下巴骨一样的烂骨头（《白光》）。阔绰而神气十足的四铭，耸着肩、曲着背，"很命掏着布马褂底下的袍子的大襟后面的口袋"，好像是什么价值连城的宝贝，实际上，"曲曲折折的汇出手来"，不过是一块肥皂……（《肥皂》）这些人物贪婪、吝啬的行为动作，被描绘得既形象又真实可笑，两相比较，《儒林外史》与鲁迅小说，实有异曲同工之妙。

然而，《儒林外史》毕竟"机锋所向，尤在士林。鲁编修因女婿不肯做举业，心里一气，跌了一交，半身麻木，口眼歪斜了（第十一回）。权勿用不会种田，不会做生意，荡光了田产，考了三十多年不曾考取，像神附了体一样发了疯，"从此不应考了，要做个高人"，靠骗人过日子（第十二回）。一肚子草包，要附庸风雅赚个美名的蘧公孙，在别人亲笔缮写的《高青邱集诗话》上，要添上自己一个名字刊刻出来（第八回）。利欲熏心的牛浦郎，在三讨不如一偷的"哲学"指导下，偷了《牛布衣诗稿》，从此改了姓名，冒充牛布衣而在文人墨客中招摇撞骗（第二十一回）。为攀高枝，瞒妻另娶的匡超人无耻地自吹自擂，说北方五省读书的人家家都"隆重"于他，甚至都在"书案上，香火蜡烛，供着'先儒匡子之神位'"。这就是吴敬梓笔下的"儒林"。这部书不是写了一二十个人，写出了一个社会层，通过它，展示了一个整个时代、社会不堪入目的"风貌"。

再如，在男女问题上，"圣洁"得几乎"一尘不沾"的杜慎卿，口口声声称妇人没有一个好的。他的性情"是和妇人隔着三间屋就闻见他的臭气！"（第三十回）偏偏就是他，"要做一个胜会……把这一百几十班做旦脚的都叫了来，一个人做一出戏"。"记清了他们身段、模样，做个暗号，过几日评他个高下，出一个榜，把那色艺双绝的数在前列，贴在通衢"。真是前后判若两人。活跃于社会的挂羊头卖狗肉的人，比比皆是。自称各式武艺样样精通，"惯会路见不平，拔刀相助，最喜打天下有本事的好汉和银钱到手，又最喜帮助穷人"的侠客，原来却是假的（第十二回、第十三回）。自称活了三百多岁且有一套烧银法，能将铜锡之物点成黄金的活神仙，却是个不守本分的骗子。

维系着那个社会的人与人之间的道德伦常，已丧失殆尽。服侍父亲、精心尽力的匡超人，彻底变了；一生无所求、奔波辛苦几十年为了寻找失散的老父的郭孝子，不那么超脱了；更令人吃惊的还有人逼着女儿殉节，赚得个青史留名，看着她绝食而死，却赞叹说："死的好！死的好！"真是天良丧尽，人性泯灭，一切纲常伦理实在是虚伪透了。

《儒林外史》就这样从物质生活到精神世界，从政治制度到道德观念，把假、恶、丑的东西，用对比、夸张的手法揭露出来。嬉笑怒骂，精妙至极。

鲁迅小说的题材、主题、人物和《儒林外史》不大相同，因此，讽刺对象无论是人和事，均不一样。然而，有些地方却给人以联想：自己阔绰有地位，却不准穷人和他姓一个姓的赵太爷；到城里进了洋学堂以后，又跑到东洋去了一趟，回来后，"腿也直了，辫子也不见了"，拿着一支黄漆的文明棍的钱太爷的儿子，多像《儒林外史》中的形象！此外如《儒林外史》中权勿用的口边常挂着："你的就是我的，我的就是你的"一样，《呐喊·端午节》里的方玄绰也有"都一样"和"差不多"的口头禅。这口头禅是抵御刺激、安慰自己的法宝。鲁迅辛辣地指出一些手握经济权的人物，失权后手捧《大乘起信论》去讲佛学，装成"蔼然可亲"的样子，实际上，在宝座上时，总是一副阎王脸，把别人都当奴才看（同上）。鲁迅还写过一个曾到城隍庙去拔掉神像胡子，并"连日议论些改革中国方法以至于打起来"的反封建的"猛士"，可现在也迷信起来了，很听从他老娘信奉的一套，而且编了一套谎话，去欺骗他的老娘（《在酒楼上》）。还有"骤慕俄国文豪高君尔基之为人，因改字为尔础"的高老夫子，也是个颇具特色的讽刺对象（《高老夫子》）。鲁迅所描绘的社会生活层，虽然与《儒林外史》所写的已有不同，但多少有似曾相识之感。

读到《彷徨·离婚》中拿着古人的屁塞，在自己鼻上擦着，"忽然两眼向上一翻，圆脸一仰，细长胡子围着的嘴里同时发出一种高大摇曳的声音来了。'来——兮！'"他只"将嘴一动，但谁也听不清说什么"，而听到的那个男人，仿佛这命令的力量钻进了骨髓里，牵了两牵身子，"毛骨耸然，似的，回答一声"'是'，他倒退了几步，才翻身走出去"。这场情景，便会想到《儒林外史》第六回，为逼着严监生搬房而谈判时的情景。有的人平日最怕严大老官；有的像泥塑木雕一般；有的则"本来上不得台盘"，才要开口，却"被严贡生睁开眼睛，喝了一声，又不敢言语了"。当我们看到孔乙己为了"偷书"被打了大半夜，而打折了腿，不能用脚走路，只能用手支撑着坐着蹭回去时，仿佛记起《儒林外史》中王大向严家讨猪，被严贡生的儿子打折了腿的悲惨情景（第五回）。《呐喊·风波》中九斤老太看什么也不顺眼，整天念叨"这真是一代不如一代"，便使人想到《儒林外史》第九回看坟的邹吉甫认为"而今人情薄了，这米做出来的酒汁都是薄的"，他记起父亲说过洪武爷坐江山时，什么都好，"永乐爷掌了江山，不知怎的，事事都改变了"。

是生活本身就这样相像，还是艺术描写的创造性的借鉴？两者兼而有之，但主要的还是前者。因为，他们都用讽刺之笔反映一个没有多大改变的社会。鲁迅小说确实有不少像《儒林外史》。

说到这艺术描写，使人联想到结构。鲁迅小说是短篇，《儒林外史》是长篇。但鲁迅对《儒林外史》下的八个字断语，说得很妙："虽云长篇，颇同短制"。那么鲁迅的小说，可不可以把这八个字略为颠倒一下，即："虽云短篇，颇同长制"。这话怎么讲？我们说鲁迅小说中的绝大部分，猛烈抨击封建制度（包括家族制、科举制和封建礼教的危害），鞭挞统治者和遗老遗少们以及封建势力的代表北洋军阀的复辟倒退势力，反映了落后愚昧的农民的自私、保守心理和农村的习惯势力，也描述了受着帝国主义、封建主义残害的小资产阶级知识分子的软弱、无能的奴性和狭隘性。小说虽有二十多篇，也不是用人物串起一个完整的故事来，但主题、题材乃至人物形象颇有一致之处。特别是大的社会背景十分相似。至于环境，大多写江南水乡，那鲁镇、那咸亨酒店或虽不叫这两个名字，却又是颇类的人物生活的处所和活动"舞台"。因此，大胆地说它"颇同长制"，兴许还勉强可以。使我们感到，《儒林外史》的长篇和鲁迅的短篇，都有似散而不散（即形散而意不散，人物、故事散而主题不散的特点）。两种小说类型，在两位作家的笔下的结构，有奇妙的沟通，恐非绝不近情理的妄言。

三

正像俄国伟大的讽刺作家果戈理创造出乞乞科夫、赫里斯特柯夫那样不朽的被讽刺的典型形象一样，吴敬梓和鲁迅也都在自己的小说中塑造了有永不磨灭光辉的被讽刺的典型人物。

《儒林外史》中的范进、周进等一些受封建科举制度所毒害，连灵魂也被吞噬了的艺术典型，是不朽的。周进伏着号板哭个不住，"直哭到口里吐出鲜血来"的惨象，和他对八股文顶礼膜拜，以及一阔脸就变，早已把自己过去的遭遇忘得一干二净的动人的描写，写出了一个被科举制度的钢鞭抽打了灵魂而满身血污留下斑斑创痕的令人难忘的活的形象。环境铸造了他的性格，性格又映托出可怕的环境。与他相比，写得更充分，而不仅是周进形象的补充实际上要胜过于他的这类典型是范进。他和周进相仿，从二十岁应考，考了二十余次，已五十四岁。是个穿着麻布直裰，衣服已朽烂了，冻得乞乞缩缩的老童生。平时遭尽人家的奚落、羞辱，尤其是他那做屠户的丈人骂他"现世报"，范进只能听着、受着。这样一个战战兢兢，畏畏葸葸在和命运搏斗的弱者，受尽了凌辱，饱尝了酸辛，突然听到来报他中了乡试，不由得使他惊喜得神经失常。这个卑微而可怜的人物，灵魂已被"功名"的蠹虫蛀空了。一旦中了举,"有许多人来奉承他:有送田产的,有人送店房的,还有那些破落户,两口子来投身为仆图荫庇的",说话、行事,自然也变了。结交的固然是有地位的人,神气摆出来了,不仅信口开河假充渊博,还故作恪守孝道,居丧尽礼,鼓瑟胶柱虚伪造作得厉害。他的将来无非又一个汤知县、张静斋、王惠罢了。

鲁编修的女儿,这位五六岁就开蒙上学,读"四书""五经",十一二岁就讲书、读文章。把明代八股文家的文章,读得滚瓜烂熟,肚里装得足有三千余篇之多,能写一手陈腐的八股文。受父亲的教诲、训导,深信八股文若作好,诗词曲赋就不在话下,不然,任你怎么做"也是野狐禅、邪魔外道"。自己不能应举,只盼着嫁一个举业已成、少年得志的郎君,没想到入赘的却是个胸无"点墨"的假名士。气得她"愁眉泪眼,长吁短叹",只得把全部希望寄托在小儿子身上。儿子四岁时就拘他在房里读"四书"、读文章。她常常课子到三四更鼓,书背不熟,督责他念到天亮。可见科举流毒之深。

像周进、范进、鲁小姐这号人物,是《儒林外史》以前的小说中不曾见过的。《聊斋志异》中的《叶生》《司文郎》《于去恶》等,也塑造了一批受科举制戕害的人物形象。可是,那是用较明显的浪漫主义夸张手法塑造出来的。虽然也揭示得相当深刻,讽刺色彩极浓,却和《儒林外史》中的这些形象不同。《儒林外史》的讽刺"谐"而"婉",十分贴近真实的现实生活,只稍微把那些现象集聚一下,微微而婉曲地加以点染,讽刺的特色便顿时呈现出来。

《儒林外史》虽是长篇,但集中写这样的人物,所给的笔墨并不多。他们不仅不是贯穿全书的主要人物(这样的人物全书也根本没有),而且只占一二回的篇幅便把他们栩栩如生地刻画出来。这倒颇像短篇小说创造人物形象的特点:用笔经济、勾勒集中、刻画细腻,不经意处带出点讽刺来。都在写人物的点睛之处,巧妙地一点,形神全托出了。在这里,不能不使我们想起鲁迅小说中《孔乙己》《白光》

《高老夫子》等，它们实在比《聊斋志异》中的那几篇更像《儒林外史》。

孔乙己脸色青白，皱纹中夹带着伤痕，乱蓬蓬的胡子已花白，穿着多年没洗没补、又脏又破的长衫。这样的形象，多像周进、范进！他总是人们取乐逗笑的对象，笑他脸上又添新的伤痕，一定是又偷了人家东西被打的；笑他连半个秀才也没捞到，他却立即颓唐不安起来，脸上笼上一层灰色，喃喃地回答的是之乎者也之类的话，人家全听不懂。这样一个被时代、社会捉弄得像蛆虫一样生活着的人，其结果十分悲惨，终究无声无息地死了。这种可怜、卑微的小人物，在当时的城、乡并不少见。他们有志趣，可比较低下；有理想，可背了时；想有"作为"，却不能与外人道。他们身上的罪过，多半要社会来承担。身子往前了，脑袋还留在后面，那颗锈透了的心，可怜巴巴地停留在一个世纪以前。因而，尽管孔乙己像周进、范进，却只有他们倒霉落魄时的那副窘相，没有他们得中时的显赫得意。时代"屈"了他，社会"亏"了他。这个卑微的人物完全成了科举制度的殉葬品。他生活像噩梦，行动像幽灵，这是"学而优则仕"和"孔孟之道"残害的结果。鲁迅对他有揭露，也有同情，有批判，有讽刺，也有怜悯。对他的描写充分显出"旨微而语婉"的特色。

如果说孔乙己像周进、范进中举前的形象，《白光》中的陈士成则是《儒林外史》那些落了榜的可怜人物们中的一个（其中自然也像中举前多次落第的周进、范进）。他很早起来就去县里看榜，细细的寻找他的姓、更细细地寻找他的名，搜觅的结果，根本没有。这时，脸色却更为灰白。红肿的双眼发出"古怪的闪光"，似乎榜文上只有许多乌黑的圆圈在游走，什么也看不清了。他知道："隽了秀才"一切均变，家境会好，如谋个官，前程似锦。绅士们千方百计会来攀亲，过去鄙夷他的一些人，会对他畏若神明。现在却像"受潮的糖塔一般，刹时倒塌，只剩下一堆碎片了"。他抵御不了这刺激，天昏地转，身躯涣散了，人也呆了、傻了。他没有范进之流考了二十余次的教训，但也有十六回了，"竟没有一个考官懂得文章，有眼无珠"。想到这里，他"嘻嘻的失了笑"，仿佛看到了周围有"满眼都明亮，连一群鸡也正在笑他"，他呆住了。陪伴着他的是静寂、是黝黯、是寒冷的光波。他记得小时候祖母讲过的旧事，祖宗给他埋下无数银子，那迷似的谶语。于是像"狮子似的"摸了锄头，去刨财了。但什么也不见了，被他刨出来的只有死人的下巴骨，它也像在笑他。他终于感到完了。那黑魆魆的山峰，放出浩大闪烁的白光，仿佛那是埋在地下财宝所发的光！他"惨然地奔出去了"，含着大希望、恐怖地用悲声喊着。第二天，终于在城外万流湖里发现了他的尸首。是的，陈士成是另外的周进、范进，却也是千千万万个似曾相识的周进、范进。他疯了，他的疯不是一时的得意使他"懵"了，而是失意使他"愤"迷了。一个自私而卑微的灵魂，被官与财搞得失迷。科举制度的登上青天的阶梯朽烂而折断了，对于他来说，高官厚禄的美梦已破灭。鲁迅辛辣地嘲讽了他，也多少还带有一点同情，因他毕竟是又一具牺牲品。

这小说写得这样逼真、传神，神情毕肖，淋漓尽致地揭露了封建科举制度腐朽的本质。它是《儒林外史》出色的续篇。陈士成和孔乙己一样，是一个令人难以忘却的典型形象。鲁迅小说与《儒林外史》创造的形象，多么的接近！

《儒林外史》中数以百计的人物，称得起典型的不少；鲁迅小说二十余篇，称得起是典型的更不少。他们的思想、性格各式各样，个性特色也迥然不同，却是在他们生活的社会中，很容易到处碰到的活人，又是具有极大概括性的生动的艺术典型。例如，《儒林外史》中势利小人胡屠户，就是成功的一个。他对范进真是前倨后恭。穷时一百个看不起，奚落、嘲讽还不足，要用肮脏的话来骂他。但听到女婿真的中了，又说他女婿是天上的星宿，说一套肉麻的奉承话来讨好，完全是可卑的奴才相。

这个势利小人的丑恶嘴脸，活灵活现地展现在读者面前。他的语言、动作，完全属于他自己，也属于这一号人物。作者对他的讽刺，贯穿在描写的始终，却不显得是作者外加的，而让他自己的所作所为先后对照着作自我嘲讽。鲁迅论讽刺时所讲的那些话，从这个形象的身上可以得到很好的印证：讽刺的确不是捏造，不是诬蔑，不是"揭发阴私"，不是专记奇闻、怪状，而是把不被人注意、不以为奇的又不合理的、可笑、可鄙、可恶的事，给它集中一下，"给它特别一提，就动人"。胡屠户这号人物之所以生动，首先是绝对真实，唯其真实，才有很强的艺术生命力，在他出现后的多少年代里，还可以看到生活中形形色色化了装的胡屠户，正像能看得见的阿Q一样。

当然，阿Q这个艺术典型要比胡屠户伟大，早为大家所熟悉，毋庸赘言。应该说鲁迅小说中像胡屠户这样令人憎恶的形象是多的，它们不过是形不同神罢了。如《肥皂》中的四铭，就是其中的一个。这个骄横跋扈、色厉内荏、悭吝啬刻、内心极其龌龊的封建遗老的形象，是生动无比的。他慨叹：学生没道德、社会没道德，"再不想点法子来挽救，中国这才真个要亡了。"真是一副忧国忧民的正人君子和道学家脸孔。谁知就是他，在说这些话时，心里老惦着的则是在大街上见着的一个十八九岁的讨饭姑娘。他曾"看了好半天"。听到两个光棍说："阿发，你不要看得这货色脏。你只要去买两块肥皂来，咯支咯支遍身洗一洗，好得很哩！"他一面假惺惺地说："这成什么话"，实际上已深深地印刻在他极肮脏的心坎里。他早把买的肥皂和女丐联系起来了，他心惊肉跳怕人看破，又真正动心。这实在是对他关于厌恶女学生的一番"宏论"绝妙的讽刺。仅此一点，也太像杜慎卿了。通过一系列略带讽刺性的典型细节，四铭的形象活了，而"讽刺"的伟大的进攻作用和深刻的批判意义，也显示了出来。

《儒林外史》和鲁迅小说，塑造了一系列成功的艺术形象，所采用的讽刺手法，多么相像：把作者强烈的爱憎情绪置在形象的后面，隐而不显，含而不露，"穿入隐微"，只把活生生的现实生活略加夸张地集中一下，端出来给人看。这种写法，近乎白描，只通过典型的细节对比着，映照着让人物自己行动起来，来嘲讽自己，在平庸、平凡、平淡的生活情景中，体现出令人感到惊异的讽刺力量。这就是两个讽刺艺术家创造人物形象的共同特色。

上面这样的比较却不一定人们都会同意，定有许多牵强附会的地方，所以只能称它是不科学的遐想。只希望它能引起研究者们的兴趣，真正能把《儒林外史》的影响，鲁迅小说讽刺的继承和创造、借鉴搞清楚，这是愚拙的笔者的期望。

其他篇

从门缝中瞧进去

——《电影美学初探》前言

提起笔来，不觉十分惶惑。这开场白的标题，起得就有些蹊跷古怪，什么叫"从门缝中瞧进去"？中国有句谚语"隔着门缝瞧人——把人看扁了"。这句话，自然是贬义的，不是自遣，就是责人。可我起这题目完全没有这种意思。电影对于我们不能算太陌生，但综论电影，就有些不自量了。它虽是新兴的艺术，然而这个宫殿里珍藏着许多宝贝，就像我国故宫博物院的珍宝馆、陕西西安秦陵兵马俑厅、法国卢佛尔美术宫、美国纽约大都会艺术博物馆、德国的德累斯顿绘画陈列馆、奥地利的维也纳画廊……你要进得去，才能瞧得够，艺术上的收益也就不可限量。可惜，像我们这样被关在门外的"门外汉"，即使拼命想往里挤着看一看，至多也只能是从门缝里瞧见点。真的，电影那是一个炫人耳目、五光十色的艺术世界，我们看到的，仅仅是极有限的一角。你想，世界电影史发展到今天已近百年，那么多国家年年生产那么许多影片，据美国《综艺》周报1978年5月17日的报道，自1915年以来的六十年期间，全世界共生产三十三万部故事片，加上各国的短片和其他影片，总数量是一百四十万部。另外，还有电视商业片八十二万部（当然还不包括1978年至今的五年），数目之惊人，竟至于此。而且得到戛纳、莫斯科、威尼斯、卡罗维·伐利，乃至美国的奥斯卡奖的作品，又有这么多，我们见了多少？怎么有资格去谈论这样一个题目！

再说，美学目前是个热门，在人们看来是既高深莫测又十分时髦的研究课题。特别是把电影和美学挂在一起，尽管在早已不稀罕，甚至美国的许多大学部开设了这门课，在苏联、在法国、在许多国家都很重视这门学科的研究。可在中国，还很新鲜。因此，谈这个问题不免有些赶浪潮之嫌，每思至此，不觉汗颜。

但是反过来一想，中国有电影也至少有五六十年的历史，今天，每年要生产近百部片子，也要一年一度地搞一下百花奖、金鸡奖。它一年拥有二百亿人次的观众，这也是个惊人的数字，在世界上是要使人惊叹的。这个数字说明我们的一部电影平均要有一亿多人次在观看（其中把进口的外国片除外），试问目前哪一种艺术有这样多的观众、听众和读者！对于这种艺术现象不应该去研究一下吗？至于美学，看怎么说，也可以把它看得很玄，也可以把它看得很平常，在生活和艺术中是到处碰得到的。我十分赞成王朝闻同志通俗而深刻的解释，把它叫作"关系学"（《美学讲演集》），也就是在美学领域中无非要研究一对对的关系。以电影来说，创作者和创作的成品，是一对关系，而这成品又与观众是一对关系。此外，如创作者的思想（包括艺术设想）和生活又是一对关系。凡此种种有一个中介，就是"美"。如果，这样从关系上来摆摆位置，我看问题也就会简单些、浅近些了。

有同志劝我："以你这把年纪，还是去搞你的中国古典小说吧！何必吃力不讨好，干这行当呢？"这话我懂，是一番好意。但也有潜台词，即以我的孤陋寡闻接触这样的难题，不仅捉襟见肘，而避免出尽洋相丢人现眼。是的，这很可能。但我想，做块铺路的小石，也是有意义的。即使错误百出，成为一个靶子，也好，正确的东西将会从这里出来。这就是它的价值。何况文学艺术是互相沟通的。我爱电影，成了迷，甚至胜过我爱中国古典小说。我知其难，但中国古典小说又何尝不难？仅以孙楷第先生在《中国通俗小说书目》中所列的书目来说，我们看过多少？有的是根本无法看到，大部分是无力去看。我看哪一门学问也是深广得可以把人吓住的，我们所知不过是些皮毛，如果仅以这点把自己吓退了，那就什么也不必搞，什么也搞不出来。

搞创作有冲动，写理论性文章，也会有一种冲动，有时是骨鲠在喉，不仅不吐不快，而且简直不得安身。要写这个题目，便是如此。

其一，偌大的中国不能没有"电影美学"之类的书，而且不应是一本，应是许多本。

其二，中国电影的创作亟须研究它的"美学"问题。中国的电影观众也亟须懂得对待电影中的审美理想、审美情感、审美趣味。固然，大多数同志是有对电影美的观察领悟的眼睛、耳朵和思想的，但是当你坐在漆黑的影院还能听到周围嘈杂的声音，还听到一些不堪入耳的"评议"，听到一些低级下流的、怪声怪调的叫好和鼓掌声，在你慨叹之余，难道没有一点愤愤然的激动吗？没有感到我们身上还肩负着多大责任？！

其三，我们的国家、我们的党是十分重视这个拥有最广大的观众的艺术的。卢那卡尔斯基在 1925 年 1 月 9 日给波尔将斯基的信中，曾写到列宁同志告诫他的一段话："在我们这里，你们是著名的艺术保护者。所以，你们应该牢牢记住，在所有的艺术中，电影对于我们是最重要的。"（《党论电影》）革命导师这一深刻思想，显然被我们党所接受。我们党和国家的领导人十分关怀这门艺术，曾多次接见电影工作者并作了重要的指示，使这门艺术能健康茁壮地成长，能用艺术手段对广大群众起教育鼓舞的作用。当然，列宁同志的那段话，并没有贬低其他艺术样式的意思，只不过是为了突出强调电影的重要意义罢了。他还有一段话也说得极深刻，他说："当电影在庸俗的投机者手中时，它常常以恶劣内容的剧本将群众引入堕落之途，它所带来的害处比益处多。但是，当群众掌握了电影时，并且当它掌握在真正的社会主义文化工作者手中时，它就是教育群众的最强有力的工具之一。"很可惜，这样天才的思想并不为所有的人所能接受。有人以为看电影只是娱乐，甚至是去满足精神空虚时的某种需要。没有真正认识到电影是寓教育于娱乐之中的，不管是什么样的影片，对人的思想、感情、精神、意志都会产生一定作用，不是好，就是坏。当然，对于一部影片的作用，也不可估计得过高。但不承认以上的事实，是绝对错误的。请给广大的观众的心田以甜美的乳汁吧！这是我们事业的需要。为了这个，也要讲求一些它的美，也要懂一些关于它的浅近的"美学"。

其四，应该老老实实地承认在用艺术理论、美学理论来研究文艺现象方面，近几年来，美术、建筑、电影等在一定程度上走在文学的前面。一些论述电影美学的文章常常是新颖、精到、深刻、具体而能发人深思的。这不仅是它们的思想比较解放，而且由于思考得比较深入，特别是把艺术当作艺术来研究，这一点，是文学所不及的。作为一名文学工作者难道不可以从中学到一些东西！不仅可以，而且必需。这将给我们以必要的启迪，使我们思路大开，迈出新的步子。从这个意义来讲，我们在学习中弄懂它，在懂得一点的基础上，能更好地学到一些东西，而有利于借鉴，恐怕也不算是一种过分的说法吧！

其五，我们的电影美学理论，应该是联系我国电影创作实际、为它服务的。自然，我们也不排斥外国的优秀作品，而把自己搞成"罐头电影"。特别是在我国上映过的一些有影响的影片，我们也完全有必要来分析、研究一番，这是为我们自己的需要。

基于以上的感受，产生一股强烈的冲动，便不揣管窥蠡测，以夏虫语冰式的不自量，来写一点学习电影美学的体会，恐怕多少也会得到同志们的谅解的。

世界各国电影美学的研究，既然已经深入，也就名目繁多。有同志说，除讲电影发展历史、电影的基本艺术理论外，还有电影社会学、电影心理学、电影社会心理学、电影符号学、电影哲学，甚至在美学领域中还有物质美学、真实的内容和技巧的美学、空间美学等等，研究领域的宽泛可想而知。但我们这里所能看到的，还只有匈牙利电影理论家贝拉巴拉兹在 20 世纪 50 年代初出版的一本《电影美学》和法国亨利阿杰尔也在同期出版的一本《电影美学》（中文本译为《电影美学概述》），其余的，那就不叫"美学"，只叫电影"理论""诗学""语言""随想录"，从内容看来，也有不小差别。即便是这些书，绝大部分也是五六十年代在我国翻译出版的。"文化大革命"期间新的电影"美学"的理论著作，完全销声匿迹。中国自己，虽然三十年来也有张骏祥、夏衍、袁文殊、陈鲤庭、郑君里、赵丹等同志出过一些电影理论、电影创作论的著作，但还不能算是系统的电影美学。钟惦棐同志有心致力于兹，可是二十年的坎坷经历，耽误了时日。这就是我们的历史。现在，不少电影美学文章如雨后春笋，已陆续见诸报刊，但大都只谈一个问题、一个方面，尚不够系统，这又是现状。历史和现状要使我们迅速建立一个"电影美学"的系统化体系几乎很难，可依傍的东西也极少。特别是我们已看到的一些译著和论著，或各有侧重，或各行其是，论述内容大相径庭，更重要的是还没有把"文革"以后电影艺术上的变化，总结、概括进去。这不能不使人深感遗憾。中国的电影美学也应联系实际，即是回顾自己的历史、面对自己的现实来展望自己的将来，这样兴许才会有积极意义。我虽不能做，但我却希望着。

所谓"电影美学"也者，看起来很玄妙，归根结蒂说起来，也无非就是解决现实生活和电影艺术的关系问题。前者怎样决定后者，后者又怎样反作用于前者。这恐怕是一切艺术美学的共同问题，是哲学的本质问题，也是电影美学的根本问题。但作为艺术的一种特殊样式——电影，它就有自己的个性。因此，就从这里可以探讨电影的本质，电影的表现手段和其他艺术的美学原则在电影中的运用，以及电影和观众的审美关系。如果说得不错的话，这就把一般美学所讲的三部分内容即美的哲学、艺术社会学和审美心理学概括了进去。

作为生活这一个美的客体和创作者审美的主体，尽管这两者是密不可分的，然而，却有一个谁是首位的问题。电影创作者从生活中得到了感受、认识和理解，而要集中概括地去反映它，这才能有剧作和影片的产生。编、导、演对生活怎么理解，采用什么手段、手法去反映，也就是说他们怎么创造电影艺术的美，电影的特性也就出来了。当电影经过复杂的创作和制作过程，送到社会上，要与观众见面，而受到观众的检验，这就是电影的艺术社会学

要研究的课题。各个民族，各个时期，各个阶级、阶层，乃至于各不相同的年龄的观众，对不同电影有不同爱好，要博得更多人的喝彩声能使它渗入到人们心灵深处去，这不能不是电影美学的另一部分内容，即观众心理学（当然，其中包括着对道德学、伦理学问题的探讨）。这个问题，实际就是电影艺术对生活的反作用。冀望我们的电影美学研究者们能用证唯物主义的观点，把这样一些关系阐明，这样电影美学的最基本轮廓也就出来了。

说得天花乱坠，但落叶归根还要回到文章的开头上去。既然是从门缝窥得的，要写的一个较为系统的东西，自然既无能力也无水平，不过是掇拾几点，写成心得笔记，也许勉强凑成数章，成为一册，这也只是学步之作。希望自己作为一个读者，能读到更像样子的别的同志的大作，这是我真诚的冀望。

《中国古代小说戏曲艺术心理研究》题记

我们师生六人都是在高校从事中国古代小说、戏曲的教学与科研工作的。一段较长的时间里，深感我们这个领域中的墨守成规、进步甚微，若要迈步前进，总感举步维艰。首先是我们对古代作家、作品了解不细，钻研不够。同时，亦不知朝什么方向前进，才能更深入一步。无论如何，我们只希望认认真真地读书，细致地琢磨点问题，只有在这样的基础上或许能获得点新知。我们以为当今对古代小说、戏曲的分析研究，还仍停留在对形象、性格的一般化的认识上。即使它们应属于个性化的东西，也还是人知我知、人不知我亦不知的大路货阶段。我们长期感受到戏剧艺术家们在深入戏剧作品、深入角色时，比我们对作品的理解、了解深入细微得多。他们往往需要深入角色的灵魂深处，才能用自己的形貌、感情去拥抱那些人物，才能找到最合宜的语言、动作去再现它们。这种艺术再创造的需要迫使他们更真实、更具体地把埋藏在角色灵魂深层的蕴含开掘出来。这一切使我们感佩不已，并给我们以必要的启示。我们下决心像导演和有成就的演员那样在作品上下功夫，像他们那样去接近作品，去深入角色，去把握角色心灵的微颤和内心的蠕动。或许，这可以使我们的教学和科研有些进步。我们共同确定了一个科研课题，姑且名之曰"中国古代小说戏曲艺术心理研究"。

我们提出的这一研究课题，逐级上报之后，被批准为天津市"七五"社科规划的重点项目之一。这，既庆幸，也感到压力之巨大。在被批准为重点项目后，我们就着手拟定一个全书的构思纲要。共分成三个部分，约立了十七个小节。我们对纲要进行了两次修订。这个纲要被确定后，就开始了我们的写作，历经两年，大体完成全书的初稿，这样，全书的眉目已现，迫使我为它来写题记了。

我们全书的理论要建立在唯物主义科学认识论的"文艺心理学"上。我们一边学习，一边深入阅读资料，并从三个方面从事我们的写作。第一部分着力探求作家们创作的心理特征：从创作者对现实生活的心理关注入手研讨创作者与生活的关系；同时，又进一步了解创作者对素材加工、提炼的艺术构思过程；再其次又探究创作者的主观思想与其创造的艺术形象所含蕴思想的一致性和矛盾性；最后，还要着力挖掘社会的审美心理要求对创作者的巨大影响。第二部分着重研讨的是作品中人物、角色的心理情态，努力从社会的、历史的、民族的大舞台中察看人物角色心态形成的特征；并从人物心态与各不相同的作品的总关系上来考察人物的心理变化，还从不同的心理特征中去开掘人物心理活动的不同层次；还从不同的体裁、不同题材上去考察人物（角色）的心理特征。第三部分着力研讨的是戏曲、小说的读者、观众的审美心理反应，偏重于探寻不同读者、观众对作品不同心理反应的规律性特点及其心理活动的轨迹。就这三部分内容而言，很像《文艺心理学》中所囊括的部分内容，但那些书中内容比这些要丰富得多。例如，相当于钱谷融、鲁枢元主编的《文艺心理学教程》六章中的第二、三、四、六章，相当于陆一帆著的《文艺心理学》四编的三编。他们所着力的是作理论上阐释或引用一些小说、戏曲中的例子，仅是个别例证而已。我们着力点与之不同，是把文艺现象放到主体的位置，把理论阐述置于辅佐的地位，恰恰和一般的《文艺心理学》相反，把两者的关系倒置过来。

以我而言，并不太懂得《文艺心理学》这门学科，我接触它，约莫1951年考入北大中文系之后。入学不久，才知道朱光潜教授有一部《文艺心理学》。几年后，我在北京的旧书铺碰上一本朱先生的旧作《文艺心理学》。购得后，因种种原因，无机会细心阅读，把它搁置了。几乎与此同一个时期，偶得原苏联作家 E.N. 伊格纳契也夫等著的《绘画心理学》，书中详尽地剖析了俄国列宾、苏里科夫的代表画作，从而探究出画家的创作心理活动的过程。该书给了我很大的启发，使我默默地惦记着我们文学研究中也应这样去探求作家的创作心理活动的轨迹。"文化大革命"后，我的同窗金开诚教授赠给了我一本他的《文艺心理学论稿》，这是我所喜欢的。在读着他专著的同时，又觅得了一批同题的专著，有陆一帆、滕守尧、彭立勋、鲁枢元和原苏联的科瓦廖夫等人关于文艺心理学的新著，自然使我得益颇多。尽管我国的这些先生们在这个领域刚刚起步，但对于我国开辟这一阵地却起了先导作用。正像钱谷融、鲁枢元两位先生在《文艺心理学教程》的前言中所说："关于文艺心理学研究的方向，实际上存在着两条互不相同的途径，一条途径是从文学艺术现象出发阐释心理学的原理，另一条途径是运用心理学的眼光去洞察文学艺术的现象。前者大约可以名正言顺地称之为'文艺心理学'，后者只能算作一种'心理文艺学'。"我们所见的那一批书，大体都可以分属这两类。我们目前刚刚接触这门新学科，无力去构筑自成一家的理论体系，这样做也非我们之所愿，我们只想用学得的理论去剖析自己的专业小说、戏曲。因此，可以说是用那些初步形成的体系的理论之矢，去射我们着力进行的中国古代小说，戏曲研究之的。虽然在那些先生的作品中偶或举列一些小说、戏曲中的实例，但这和我们要把理论与实例的关系倒置过来，而大大加强小说、戏曲例证的做法是不相同的。因此，我们根本不能称自己的书是"文艺心理学"，充其量不过是文艺心理研究，正因为如此，在我们论述中不去追求理论阐述的完整性、系统性。

我们实际上是把三个部分并列地摆在书中，并已构成我们书的全部内容，我们在写作初稿过程中，始终为其中无法克服的矛盾感到遗憾。这种缺陷主要是两个方面：一是理论准备不足；二是在那三部分内容中总是深感资料的匮乏，在第一、第三部分中尤为突出。

我们以为中国古代小说、戏曲，特别是小说的繁荣时期应在明清两代。这两代不仅创作家辈出，名作家也大量涌现，各种样式、各种题材全备。然而，遗憾的是创作者自己也并不把自己从事的创作视为立言的伟业，因在那个时代、社会中，创作小说并不是体面之事业，很难依靠它去换取功名富贵，似乎也不易得到文场、官场一些显赫人物的青睐（戏曲较之小说略好），正因为如此创作者除自己作品外，很少留下记述他们创作的材料，因而为我们研究他们的创作心理活动造成很大的困难。其中明代尤其明显。例如《水浒传》《三国演义》的作者说是施、罗二公，直至现今既不详知其确切是谁，更不知作者是何时、何地之人，其他情况更不得而知了。又如《金瓶梅》作者被称为兰陵笑笑生，迄今很难断定他是何许人，关于他是谁竟有三十多种说法，真是众说纷纭，莫衷一是，那么搜集他的创作资料，该是多么困难！关于《西游记》的作者是吴承恩、"三言"编纂者冯梦龙，虽仍有分歧的认识，但大体有个比较接近的看法，并有关于他们的年谱性的材料公之于众。但是对真正了解他们创作时心态和创作过程的描述性文字所能见的仍寥寥无几。这一点与清代的几位小说大家如蒲松龄、吴敬梓、刘鹗等相似．即使是那名噪海内外的《红楼梦》作者曹雪芹，关于他的疑点甚多，关于他的可信性资料也极为稀少。我们在书中援引这些作者的资料，已代表了我们对书作者的观点。因而不再作任何寻引述的说明，更不作资料的考证工作，因为那不是我们的写作范围。至于那些经过数百年尚难弄清的问题，我们绝对无力把那些问题澄清。我们只援引现成的一些材料，算是百家争鸣中同意了一家之言，这就是我们的看法和做法。而即使如此，关于作家创作心理研究的材料也大都从作品本身去取得反证。

在书的第二部分最明显的缺憾是我们在引述例证中的范围不够开阔，大部取自最著名的几部作品，这些作品是经过数百年历史的筛选，被人们所公认的精品、神品，它们集中体现了小说、戏曲创作的最高成就，它们也最有典型性、代表性。同时，也是艺术上最成熟的标志。它们与一般作品之间的差距是明显的。我们要从自己的视角来选择例证，不能不首先从它们那里进行择取。其次中国小说、戏曲也有自身的发展历史。以小说而言，逐步摆脱说唱的视听艺术的陈迹，走向以案头阅读为主的形式，似乎，心理描写也在逐步加强。这也是古典小说走向现代小说的必然之途。因而，以《金瓶梅》《红楼梦》为代表的文人独自创作，显得格外耀眼。为了选择心理描写的诸多特征，更容易从它们那里取得重要的例证。这也是被小说发展的历史状况决定了的。

第三部分使我们深感棘手的是记述读者审美心理活动的资料很难寻找。偶然获得一些评论，但那些文章不等于是心理描述的文字，更加上有一些作品在明清两代被统治者列为海淫海盗的查禁之列。从《元明清二三代禁毁小说戏曲史料》一书来看，明清的政府明令、官方的杀伐舆论和公开的评论，都淹没了读者真实的审美心理活动的记载，心里想的与口中说的往往相悖。

在这里不能不感谢我国一些著名的小说、戏曲史料专家，是他们替我们汇集了有关某些作品的大量文字记录，其中包括不同时代的评论。然而，那些评论多数看不出读者审美心理状态，不过，还是有几名颇有见地的评点家以独具的审美眼光审视了他们所喜爱的某部作品。在那些评点中，可以表达自己的期望、好恶、褒贬，他们用夹评夹述的形式，写在总评、回评、眉批、文中夹批里，他们看得如此细腻，表达得那么有真情实感。那几位是以毛纶、王宗岗父子的评《三国》、金圣叹的评《水浒》、张竹坡的评《金瓶梅》以及脂砚斋的评《石头记》最为著名。但是，毕竟数量有限，特别是难以满足我们所设想的众多课题的要求。

这个研究课题原本是我根据自己的体会提出来的，自然而然地把我推到总策划人的位置。按情理说需要我自己动笔来写大部分书稿，但终因健康的原因，在短短的两三年内集中完成近二十万字的书稿，实力所难支，因而，我请了自己早已毕业的研究生林骅、宋常立两位副教授做我的助手，并任全书的主编，他们既了解我的设想、意图，也在学术研究上有着自己出色的成绩，为学界所注目。这样的力量对完成这项科研工作有了保证。与我接受这项科研任务的同时，新招入了三名中国古典小说的硕士研究生。我根据他们的基础、业务水平，要他们边学习边搞任务，让他们三人分担了三部分的初稿写作任务，以这种方式来对他们进行培养，一方面要求他们认真读书，另一方面训练他们的思维能力，同时使他们在文字表达上有所提高。第一部分由王承先来承担；第二部分主要由郑棋来承担，林骅协助完成；第三部分主要由吴波承担，宋常立协助完成。初稿再经我和林骅、宋常立审读改写。我们在审读初稿中发现了个很难解决的问题，因为每部分由一人承担，已相对形成自己独特的语言文字风格，若要求用一种风格统一全书，势难成功，我以为有风格是好现象，无害于全书的大局，还是保留为佳。

以上面这极不周详的记述聊充全书的前言。

附记

这篇文章是李厚基先生生前惠寄我院学报的，当一校清样出来后，我们还请先生亲自校对过。因此文刊出时间推迟，不料先生竟在1996年夏病逝。未能让先生看到文章发表而成憾事。

当此文刊出时，已过厚基先生祭日的周年。先生是中国《三国演义》《红楼梦》等学会理事，是古典小说研究专家，是天津为数不多的在国内享有盛誉的学者。先生的夫人也是中国古代文学教授。记得请先生校对时，他支撑着偏瘫的身子，笑呵呵地说："没问题，我夫人专门校对。"在事业和生活上，夫妻相濡以沫，共同奋争，几乎是透支生命献身教育。先生去世七个月，其夫人也随他而去。每每想到先生这一代人为中国教育献身的精神。不仅使人感佩,而且令人涕下。

这几行文字的追记,算作我们对李厚基先生的纪念。

编者

(按:天津外国语大学学报)